Die Universität Bochum will ihren 50. Geburtstag feiern. Im Mittelpunkt steht eine Parade von 50 Universitätsmitgliedern der Stunde null. Doch scheinbar möchte irgendjemand verhindern, dass alle 50 daran teilnehmen. Kriminalhauptkommissar Helmut Jordan, Leiter der Kripo Wolfenbüttel, hilft seinem Bochumer Kollegen Henning Schmitt bei der Suche nach dem Täter. Denn eine der Spuren führt in die Wolfenbütteler Herzog-August-Bibliothek und von dort geradewegs in die Oker. Die Suche ist alles andere als einfach, denn der Täter hat offenbar verschiedene Strategien, Leute von der Parade fernzuhalten.

Arne Dessaul wurde 1964 in Wolfenbüttel geboren und wuchs in Winnigstedt (Landkreis Wolfenbüttel) auf. 1984 machte er in Wolfenbüttel sein Abitur. Es folgten Bundeswehr und eine kaufmännische Ausbildung. 1989 zog Dessaul nach Bochum, um an der Ruhr-Universität Publizistik und Kommunikationswissenschaft zu studieren. Während des Studiums fing er an, als Journalist zu arbeiten. Seit 1992 schreibt er für Magazine und Tageszeitungen. Seit 1994 arbeitet er zudem im Dezernat Hochschulkommunikation der Ruhr-Universität; dort ist er unter anderem verantwortlich für die Onlineredaktion. »50« ist, nach »Trittbrettmörder« und »Bauernjäger« (beide im Gmeiner-Verlag erschienen), sein dritter Roman.

Bisherige Veröffentlichungen von Arne Dessaul:
»Trittbrettmörder«, Gmeiner-Verlag 2016
»Bauernjäger«, Gmeiner-Verlag 2017

ARNE DESSAUL

50

Helmut Jordans dritter Fall

2. Auflage 2018

Lektorat: Martina Biederbeck, www.silbenfisch.de
Herstellung: Thomas Cerveny
Umschlaggestaltung: Monika Klein, www.designbueroklein.de
Titelfoto: Tim Kramer
ISBN 9783746754833

Die Ruhr-Uni Bochum hat tatsächlich kürzlich ihren 50. Geburtstag gefeiert. Es war ein schönes Fest! Doch damit hat es sich auch schon mit den wahren Begebenheiten. Alles andere in diesem Buch ist erfunden. Dazu gehören – abgesehen von einigen Politikern – auch alle Personen.

Das Personal

Polizisten

Kriminalhauptkommissar Helmut Jordan von der Kripo Wolfenbüttel hat ein neues Auto und neuerdings schauspielerisches Talent.

Kriminaloberkommissarin Lisa Bertram hilft ihrem liebsten Kollegen Helmut und ihrem Liebsten Henning Schmitt auf die Sprünge.

Kriminalhauptkommissar David Armbruster und Kriminaloberkommissar Jonas Sager tauchen diesmal nur als Randfiguren auf.

Kriminaloberkommissar Henning Schmitt von der Kripo Bochum ist frisch verliebt und nicht Ingenieur geworden.

Uni Bochum

Christiane Bärlauch ist die allseits beliebte Rektorin und wird trotzdem in den Ruhestand geschickt.

Winfried Schmitt organisiert die große Feier und zeigt sich bisweilen beratungsresistent.

Martin Rasch hat ein Faible für Ausschnitte und möchte vielleicht Rektor werden.

Bernd Fleischer ist der beliebteste Dozent in der Juristischen Fakultät und fährt zwei BMW.

Gesine Naumann war früher Gleichstellungsbeauftragte und ist nun Kanzlerin.

Florian Gerber zählt seine grauen Haare und versucht vergeblich, Professor Schmitt zu beraten.

Paradeteilnehmer

Lydia Assmann mag junge Klippenspringer und hatte nie vor, zur Parade zu kommen.

Walter Germann trifft im Park eine Joggerin und eine fatale Entscheidung.

Gerda Braun kann prima mit Gewichten werfen und Melodien summen.

Konrad Priefke liebt die Berge und Spaziergänge am Meer.

Paul Petersen schaut gern tief in die Flasche und weniger gern in den Abgrund.

Lutz Laarmann vergöttert Ferrari und sozusagen sonst nichts.

Volker Kloschinki wohnt jetzt in Berlin und träumt von Sex im Fahrstuhl.

Und sonst?

Theo ist ein Niederländer ohne Nachnamen und ohne Skrupel.

Elisabeth Germann kocht guten Kaffee und vermisst irgendwie ihren Mann.

Jakob Dieckmann ist Florians Nachbar und kennt wen, der wen kennt, der mal Paul McCartney fast die Hand geschüttelt hat.

Juliane Sobiech trägt gern Rollis und vielleicht etwas zu dick auf.

Gerlinde Schmitt ist eher unscheinbar und fährt nicht gern zur Vertragswerkstatt.

Kapitel 1 (2. Mai, Südfrankreich)

Anfang Mai ist es an der Côte d'Azur einfach am schönsten. Lydia Assmann muss es wissen: Seit 30 Jahren kommt sie zu allen Jahreszeiten hierher. Sie wohnt stets in derselben Villa in Pré du Lac, einem Vorort von Grasse, der berühmten Parfümstadt.

Die Villa bietet Platz für acht Personen: vier Schlafzimmer, drei Bäder, ein Wohnzimmer mit Esstisch sowie eine offene Küche. Dazu draußen eine überdachte Terrasse mit Esstisch, eine zweite Terrasse, die mit ihren flachen Korbmöbeln eher an eine Lounge erinnert, sowie eine kleine, dritte Terrasse, die direkt vor Lydias Schlafzimmer liegt und genau darum ihre liebste Terrasse ist.

Hier liest Lydia, hier arbeitet sie manchmal am Laptop, hier trinkt sie nachmittags ihren Kaffee und abends ihren Wein, hier lauscht sie den Zikaden. Die lästigen Mücken kommen zum Glück erst im Juni, wenn Lydia wieder in Bochum ist, die Taschen voller Mitbringsel. Meist handelt es sich um kulinarische Spezialitäten der Côte d'Azur beziehungsweise der Provence: um Pasten, Gebäck, Gewürze und alle Arten von Olivenöl.

Parfüm hat sie längst von der Liste gestrichen, davon steht bei ihr zu Hause mehr als genug herum. Die großen Parfümerien in Grasse kennt Lydia allesamt: Galimard, Molinard, Fragonard und wie sie alle heißen.

Lydia sitzt auf der überdachten Terrasse. Sie nippt an ihrem Pastis, den sie sich jeden Mittag vor dem Essen gönnt, und blickt auf die Sträucher, Palmen und den kleinen Olivenbaum, dessen Früchte leider nahezu ungenießbar sind. Jenseits des Baums fällt das Gelände sanft ab. Es führt zum Pool, 12,5 mal 5 Meter groß und auf Wunsch ganzjährig beheizt. Eben erst zog Lydia dort unten ihre Bahnen. 40 Mal hin und her, 500 Meter. Sie möchte in Form sein für das, was sie in den nächsten Tagen vorhat.

Nachher geht sie ein weiteres Mal schwimmen, danach fährt sie zum Casino-Supermarkt in Le Rouret und abends nach Cagnes-sur-Mer.

Sie hat sich bei ihrer Ankunft vor vier Tagen wie üblich am Flughafen Nizza ein Auto gemietet, einen kleinen Peugeot. Bei den vielen engen Straßen in der Gegend ist das sehr praktisch. Wenn sie nur an die Anfahrt zur Villa denkt: Da muss sie selbst mit dem 206er an zwei Stellen zurücksetzen, um die Kurve zu kriegen; an schlechten Tagen sind es drei Stellen. Mit ihrem 5er-BMW, der in Bochum auf sie wartet, wäre das die reinste Katastrophe.

Lydia ist halt keine begnadete Autofahrerin, obschon sie haargenau weiß, wie jedes einzelne Teil am Auto funktioniert – egal, ob Motor, Bremse oder Klimaanlage. Bei vielen Komponenten weiß sie sogar, wie sie besser funktionieren. Das gilt vor allem für den Bordcomputer. Computer, Informatik – das liegt ihr nun einmal, mehr als das Autofahren jedenfalls.

Wie kam sie eigentlich auf das Thema Auto? Sie träumte doch gerade von Cagnes-sur-Mer. Lydia fährt gern zu dem kleinen künstlichen Sandstrand beim Hippodrom, zwischen Cagnes-sur-Mer und Villeneuve-Loubet, wo der Fluss Loup ins Mittelmeer mündet.

Ein Stück weiter landeinwärts hat der Loup eine imposante Schlucht ins Gestein geschnitten, die Gorges du Loup. In dieser Schlucht geht Lydia bisweilen wandern. Gern steigt sie ins eiskalte Flusswasser. Vorzugsweise sonntags, wenn die Einheimischen dort sind.

Junge, waghalsige Männer, die von den Felsen in den Fluss springen. Lydia mag junge, waghalsige Männer – egal, ob sie gerade von einem Felsen in einen Fluss springen oder andere Dinge tun. Kleine Ringkämpfe im Bett beispielsweise. Ringen lernte sie während ihres High-School-Jahres in Wisconsin. Doch leider gibt es immer weniger junge, waghalsige Männer, die sich für Lydia und ihre Ringkünste interessieren.

Früher interessierten sich jede Menge Männer für sie.

Männer wie Winfried Schmitt.

Doch an ihn mag sie jetzt auf gar keinen Fall denken. An ihn dachte sie zuletzt sehr viel. Vielleicht so viel, dass es sich nun lohnt? Sie schielt zu ihrem Laptop, der auf dem Tisch steht. Sie will ihn gleich hochfahren, um ein paar Dinge zu überprüfen. Ihren Plan B.

Aber jetzt lieber an den Sandstrand denken. Früher fuhr Lydia gern abends mit der Clique dorthin, um mit Wein und Antipasti zu picknicken. Und um nackt im Meer zu baden. Manchmal, wenn man gerade nackt durch die Gegend lief, zufällig zu zweit, ein Stück entfernt vom Rest der Bande …

Diese Zeiten sind lange vorbei; »Sex on the Beach« gibt es zum Glück auch als Cocktail.

Statt zu picknicken, wird sie heute Abend im Restaurant »Rosy Beach« speisen. Der Tisch ist reserviert, sonst besteht keine Chance, dort einen Platz zu ergattern. Spätestens um 19.30 Uhr strömt der halbe Strand dorthin. Dabei ist das Essen wahrlich keine Offenbarung: mittelmäßiger Fisch, das Fleisch knapp darunter, die Pizza vor allem groß, die Pasta grundsätzlich zu weich. Aber das Restaurant liegt direkt am Strand, und es ist allemal besser als die Imbissbuden dort.

Sie ist verabredet, mit ihrer Zufallsbekanntschaft von gestern, einem stattlichen Herrn aus ihrer Generation. Holländer, groß, blond, braun gebrannt.

Mal schauen.

Noch sitzt sie auf der Terrasse und nippt an ihrem mittlerweile zweiten Pastis. Die Schuld am hohen Alkoholkonsum trägt natürlich Winfried – der Gedanke an ihn, den sie nicht länger verdrängen kann.

Winfried Schmitt, ihr geliebter Professor. Zumindest war er es, also Professor, beim zweiten Mal. Beim verhängnisvollen zweiten Mal. Beim ersten Mal promovierte Winfried gerade und betreute Lydia.

Damals, Anfang der 80er-Jahre, gehörte sie zu den wenigen Studentinnen in den Ingenieurwissenschaften an der Bochumer Uni. Dort hätte sie wahrscheinlich selbst dann die Blicke der vielen jungen Männer auf sich gezogen, wenn sie weniger hübsch gewesen wäre. Sie sah jedoch super aus damals, mit 19. Blond, groß, sportlich, kurvenreich.

Winfried hingegen sah zu Beginn ihrer Bekanntschaft allenfalls mäßig attraktiv aus, eher ein Duckmäuser, ein typischer Ingenieur halt. Heute würde man ihn einen »Nerd« nennen. Karierte Pullover. Bisweilen gar Pullunder. Beige oder braune Cordhosen. Etwas ungepflegt insgesamt.

Er sollte jedoch rasch aufblühen und sich zu dem Mann entwickeln, der den jungen Damen den Kopf verdrehte, zum Teil durch Lydias Werk: Sie formte ihn, achtete auf seine Frisur, empfahl ihm das richtige Rasierwasser, nötigte ihn überhaupt zu regelmäßiger Körperpflege. Ein schönes Eigentor, wie sie im Nachhinein feststellte. Doch eines war Winfried bereits mit Mitte 20, ohne ihr Zutun: sehr charmant – und er hatte richtig Ahnung von Mathe.

Fast so viel wie Lydia. Das will etwas heißen, denn Lydia bestach schon als Schülerin mit ihren Mathematikkenntnissen. Keine Formel konnte ihr lang genug sein. Je mehr Unbekannte eine Gleichung besaß, desto besser. Vektoren, Wahrscheinlichkeiten, Integrale – Kinderspiele! Den berühmten Zauberwürfel knackte sie in höchstens zwei Minuten, an guten

Tagen in weniger als einer Minute. Das Schulfach Informatik wurde zu Lydias Schulzeit sozusagen extra für sie eingeführt. Schade, dass es damals nirgendwo als Prüfungsfach angeboten wurde. Natürlich kaufte sie sich von ihren ersten Ersparnissen einen Commodore.

Purer Zufall, dass Lydia später Maschinenbau studierte statt Mathematik, Informatik oder Elektrotechnik. Wenn sie sich heute in Bochum einschriebe, dann für IT-Sicherheit. Oder irgendwo anders für Maschinenbauinformatik. Das ist ihr Metier.

Lydia ist natürlich ein Mathegenie geblieben. Heutzutage weiß sie ihre Fähigkeiten zudem besser einzusetzen als damals. Das liegt in erster Linie am Fortschritt in der Informationstechnik. Wer Mathe beherrscht, beherrscht die Informationstechnik; wer die Informationstechnik beherrscht, beherrscht im Grunde genommen die Welt.

Abgesehen von ihrem talentierten Mathelehrer in der 10. Klasse (und vom allerdings als Gesprächspartner wenig geeigneten Gottfried Wilhelm Leibniz), erwies sich Winfried als der erste Mensch, mit dem sie über Zahlen und Formeln reden konnte.

Selbst beim Fachsimpeln kann man irgendwie im Bett landen. Dort erwies sich Winfried übrigens als fast so talentiert wie mit den Zahlen.

Die Sache dauerte ein paar Monate. Dann zog Winfried zwecks Habilitation nach Aachen. Lydia beendete ihr Studium in Bochum. Aber nicht ohne sich in eine weitere Affäre zu stürzen. Diesmal in einen … Ach, lassen wir das. Es endete unerfreulich. Vor allem, weil er die Sache beendete.

Etwas später lernte Lydia einen anderen halbwegs talentierten Zahlenjongleur und Liebhaber kennen, Lothar Brinkmann, heiratete ihn, gründete eine Familie. Die beiden Töchter, Jasmin und Deborah, sind seit langer Zeit aus dem Haus.

Doch an dem Tag, als die beiden auszogen, war es kein gemeinsames Haus mehr. Lydia hatte zu diesem Zeitpunkt längst ihre Familie verlassen. Wegen eines anderen Mannes. Überraschung, Überraschung – dieser Mann hieß Winfried Schmitt.

Vor knapp 25 Jahren, Anfang der 90er-Jahre, kehrte Winfried in ihr Leben zurück. Mittlerweile durfte er sich »Professor« nennen, saß in Bochum auf seinem eigenen Lehrstuhl.

Wie konnte das eigentlich passieren, dass sich Lydia in eine zweite Beziehung mit Winfried stürzte? Nun, zu Lydias Verteidigung sollte angeführt werden, dass sie damals mitten in einer Sinnkrise steckte. Die erste Euphorie rund um Ehe und Familie? Verflogen. Beide Töchter gingen zur Schule, Gatte Lothar jeden Tag zur Arbeit. Große Baufirma, viel Arbeit, viel Ruhm, viel Geld. Selten zu Hause, selten gesprächig, selten aufmerksam, selten zärtlich.

Und Lydia? Beste Absolventin (unter allen, inklusive der männlichen Mitbewerber) ihres Jahrgangs, dazu die bislang Schnellste (unter allen, inklusive der männlichen Kommilitonen) in der Geschichte der Fakultät für Maschinenbau. Sie blieb es, dies nur nebenbei, bis zum Ende, bis zur Abschaffung des Diploms zu Anfang des Jahrtausends.

Die Beste, die Schnellste – und nun Hausfrau, Mutter und irgendwie unglücklich: Da kann man durchaus die Krise kriegen, nicht wahr?

Ausgerechnet an einem ihrer schlimmsten Tage traf sie ihn wieder, Winfried, nach zehn Jahren. Es begab sich auf dem ansonsten wenig spektakulären Bochumer Weihnachtsmarkt.

Lydia stapfte, lustlos und eindeutig als Spaßbremse, mit ein paar Freundinnen um die Marktstände herum; Winfried führte seinen Lehrstuhl aus. Beide Gruppen landeten schließlich an derselben Glühweinbude. Sie erkannten sich sofort, schüttelten sich förmlich die Hände, siezten sich fast.

Ungefähr zwei Becher Glühwein später befanden sie sich mitten in einem angeregten Gespräch. Er wusste von ihren fantastischen Studienleistungen und gab vor seinen Mitarbeitern damit an, dass er sie einst betreut hatte. Keineswegs prahlerisch. Durchaus nett, mit einem Augenzwinkern.

Glühweinlaune halt.

Er sah gut aus damals, Mitte 30 mittlerweile, besser als zehn Jahre zuvor, reifer, erwachsener, die Haare kurz geschnitten, Vollbart, leicht gebräunt, ein dunkler Mantel, darunter ein Anzug.

Lydias Stimmung jedenfalls besserte sich merklich, auch dank des Glühweins, den man nun eine Weile lang in großer Gruppe gemeinsam trank. Winfrieds Laune hingegen ging auf steile Talfahrt, als er erfuhr, dass Lydia ihr unglaubliches Talent vollkommen verschwendet hatte.

Hausfrau und Mutter – also bitte, das war doch zu wenig für eine wie Lydia.

Das musste sich ändern, beschloss Winfried feierlich, vor (vielen) Zeugen auf dem Bochumer Weihnachtsmarkt. Wenige Monate später besorgte er Lydia tatsächlich eine Stelle als Doktorandin an seinem Lehrstuhl.

Das Schicksal lief seinen Lauf.

Langstrecke.

Das Scheusal lief die ganze Zeit über mit.

Wobei diese schiefe Assoziation ganz eindeutig auf den zweiten Pastis geht.

Fehlt nur die naheliegende Assoziation zum Thema »besorgen«.

Prost, Winfried!

Winfried war zu diesem Zeitpunkt ebenfalls verheiratet, Vater zweier Söhne – was ihn aber sehr wenig davon abhielt, dort weiterzumachen, wo Lydia und er vor zehn Jahren aufgehört hatten.

So begann Lydias Doppelleben.

Und Winfrieds.

So richtig begann es im Juni darauf mit einer schnellen Nummer in der um 23 Uhr natürlich menschenleeren Werkhalle der Maschinenbauer.

Ja, es handelte sich wirklich um eine Werkbank, wo er es ihr besorgte (da hätten wir zum Glück die gewünschte Assoziation).

Nein, da stand kein Tisch.

Langfristig, vor allem im Winter, erwies sich die Werkhalle als untauglich. Gleiches galt für die jeweiligen Wohnhäuser der Verliebten. Winfried mietete deshalb eine kleine Wohnung in einer unscheinbaren Straße in der nördlichen Innenstadt. Ihr Liebesnest. Kleine Ringkämpfe inklusive, die funktionierten auf der Werkbank natürlich nicht.

Man fuhr getrennt dorthin, blieb eine Stunde, manchmal zwei, trank Champagner, fickte, duschte den Schweiß weg. Anschließend fuhr man getrennt in das jeweilige Heim.

Ganz nett soweit.

Leider auch ein wenig gehetzt, kein bisschen entspannt, da daheim die Familie wartete.

Wesentlich entspannter gingen Lydia und Winfried die Angelegenheit auf ihren gemeinsamen Reisen an. Viele dieser Reisen verbrachten sie heimlich in dieser Villa. Erstmals im Sommer 1992.

Lydia kannte die Villa von früher. In wechselnden Konstellationen verbrachte sie damals ihre Urlaube in der Villa, zwei Wochen, manchmal drei. Mit Winfried hingegen blieb sie dort nur übers Wochenende – meist unter dem fadenscheinigen Deckmantel von Dienst- oder Forschungsreisen.

Im Laufe der Zeit freundeten sie sich mit den Besitzern der oberhalb gelegenen Villa an, einem Ehepaar aus der Schweiz und deren Clique, Deutsche und weitere Schweizer.

Denen erzählten sie damals die Wahrheit über sich, spielte ja keine Rolle, 1.200 Kilometer von zu Hause entfernt.

Die Schweizer luden einmal zu Ehren von Lydia zu einer großen Poolparty, ein paar Tage, nachdem Lydia ihren Doktortitel erworben hatte. Wieder mit Auszeichnung. An diesem Abend entpuppte Winfried sich als echter Partylöwe: Er sprang angezogen in den Pool. Lydia sprang hinterher. Der Rest der Bande auch. So ein Spaß.

Sollte dies vielleicht der schönste Augenblick in Lydias Leben gewesen sein? Verbarg sich hinter dieser vollkommen gelösten Stimmung möglicherweise sogar das Versprechen auf eine gemeinsame Zukunft?

Winfried deutete mehrfach an, dass er sich von seiner Ehefrau trennen wollte, von Gerlinde, einer Frau, die ungefähr so aufregend daherkommt, wie ihr Name es andeutet. Zwei Kinder großgezogen, früher Sportschützin. Mehr gibt es über sie nicht zu berichten. Na gut, sie hat ihre Dissertation abgebrochen.

Lydia trennte sich von Lothar und von ihren Töchtern. Sie trug ihren Teil bei, denn sie liebte Winfried, wollte mit ihm zusammen sein.

Winfried blieb bei seiner Frau. Er trennte sich von Lydia. Garantiert erzählte er Gerlinde niemals von seinem Seitensprung. Nicht etwa aus Angst vor ihrer Reaktion, sondern weil es Gerlinde einen Scheiß anging.

15 verschenkte Jahre. Übrig geblieben waren Scherben. Keine Familie mehr. Keinen Geliebten. 45 – und sonst: Leere.

Zehn Jahre sind seitdem vergangen. Kürzlich feierte Lydia ihren 55. Geburtstag. Zum Glück verlief ihr Leben in den letzten Jahren trotz allem durchaus erfreulich. Genau wie ihr früherer Ehemann arbeitet sie bei einer großen Firma (keine Baufirma, ein Energiekonzern), verdient ein Schweinegeld.

Genug jedenfalls, um sich zwei oder drei Mal im Jahr die riesige Villa leisten zu können – sowie ab und zu ein paar Wochen lang einen Mann. Meist einen jüngeren Mann, aber niemals so jung wie die kühnen Felsenspringer in den Gorges du Loup.

Bisweilen bringt sie ihre Männer mit in die Villa. Doch diesmal reist sie allein. Sie braucht Ruhe, und sie hält sich fit.

Von den Zahlen konnte sie natürlich nie lassen, in ihrem Job wäre das ohnehin undenkbar. Da setzt sie sich ständig mit neuer Software für Kraftwerke auseinander. Manchmal optimiert sie Programme, die extern eingekauft wurden. Ein Kinderspiel. Wahrscheinlich könnte sie die Programme komplett selbst schreiben. Aber warum sollte sie all ihre Karten aufdecken? Lydia beschränkt sich auf das Optimieren.

Apropos Zahlen: Es steht noch eine Rechnung offen, die endlich fällig wird. Winfried wird sie zahlen, er weiß nur noch nichts von seinem Glück.

Sie hat zehn Jahre lang damit gewartet. Weshalb eigentlich? Wahrscheinlich wollte sie den Gedanken daran irgendwie verdrängen? So lange, bis diese selten dämliche Einladung eintrudelte. Selten dämlich und extrem beleidigend. Alles kam wieder hoch. Alles. Fortan kannte Lydia nur noch ein Ziel: Rache.

Kürzlich, natürlich animiert durch besagte Einladung, surfte Lydia auf den Internetseiten der Uni Bochum. Sie fand jede Menge Bilder von ihrem früheren Liebhaber, mittlerweile zum Prorektor aufgestiegen. Das wusste sie allerdings schon vorher. Eine Freundin arbeitet im Vorzimmer der Rektorin, hält sie über alle Entwicklungen an der Uni auf dem Laufenden.

Zurück zu den Bildern im Netz: Der meiste Lack ist ab, aber schemenhaft schimmert schwach der frühere Charmeur durch. Der dunkle Teint, das ironische, zugleich selbstgefällige Lächeln. Die vollen Haare, nur an wenigen Stellen angegraut. Jedoch ein faltiges Gesicht. Vom Alter gezeichnet. Keine Frage.

Mit dem wollte ich mal durchbrennen, wunderte sich Lydia, als sie die Bilder sah – und gleich darauf ihr eigenes Antlitz im Spiegel betrachtete: das blonde, leicht gelockte Haar, das schmale, aristokratisch geformte Gesicht mit der feinen Nase und den blassen Lippen, um die herum sich natürlich einige Falten gebildet haben. Und doch: Mit ihrer, am Alter gemessenen, praktisch makellosen Haut und dem – ohne Chemie und Chirurgie – vorzeigbaren Gesicht sieht sie keineswegs aus wie Mitte 50; allenfalls wie Ende 40.

Winfried hingegen sieht aus wie Anfang 60. Dennoch zeigen die Fotos im Internet einen selbstzufriedenen, eitlen Kerl, der sich weiß Gott was einbildet.

»Arschloch«, sagt Lydia laut, leert ihr Glas. »Du hättest fast mein Leben zerstört.«

Ekel.

Zum Glück hat Lydia längst einen Plan entworfen, wie sie es ihm so richtig heimzahlen kann. Zwei Pläne, genau genommen. Einmal Florett. Einmal Säbel. So richtig Säbel.

Wie sie ihren Winfried kennt, wird der nichts davon bemerken. Allenfalls sein Assistent. Der hinterlässt, so aus der Ferne betrachtet und wenn man den Erzählungen der Freundin Glauben schenken darf, einen recht cleveren Eindruck. Zu clever? Lydia behält ihn im Auge, und wenn nötig …

Dass sich einer der Pläne, der mit dem Florett, um Zahlen dreht, liegt auf der Hand. Natürlich in erster Linie um Nullen und Einsen. Richtig platzierte Nullen und Einsen können bekanntlich eine Menge Unheil anrichten. Das weiß Lydia sehr genau. Sie streicht zärtlich über ihren Laptop.

Kapitel 2 (10. Mai, Bochum)

Vogelgezwitscher?

Wurde er davon geweckt? Oder verdankt er das wieder seiner schwachen Blase? Im Grunde genommen spielt es keine Rolle. Er ist wach, draußen singt ein Vogel, die Blase quillt über. Da muss er wohl aufstehen.

Walter Germann wirft einen Blick auf die Digitalanzeige seines Radioweckers, der auf dem Nachttisch neben seinem Bett steht. Die Entfernung von knapp 40 Zentimetern überwindet er auch ohne Brille mühelos. 5.45 Uhr steht dort. Scharf genug. Und früh genug, gewissermaßen. Vor allem für den Vogel dort draußen, falls er denn einen Wurm jagen und nicht bloß singen möchte.

Auf jeden Fall ist es zu früh für einen Sonntag. Elisabeth schläft garantiert noch tief und fest, drei Räume weiter. Germanns schlafen seit einigen Jahren in getrennten Zimmern. Nichts Außergewöhnliches nach knapp 40 Jahren Ehe, oder? Sind sie nicht nach all diesen Jahren immer noch zusammen? Auch wenn …

Walter denkt diesen Gedanken nicht zu Ende, setzt die Brille auf, quält sich aus dem Bett, wackelt ins Badezimmer, postiert sich vor der Toilette, lässt es laufen. Er denkt kurz darüber nach, sich wieder hinzulegen. Aber er weiß, dass es sinnlos wäre. Er hat Hunderte Male versucht, in solchen Situationen wieder einzuschlafen – stets vergeblich.

Dann beginnt also auch dieser Sonntag in Allerherrgottsfrühe. Eigentlich unnötig, die Sonntage hervorzuheben: Seit vier Jahren ist streng genommen jeder Tag ein Sonntag, sprich ein freier Tag.

Zumindest, wenn man als Maßstab die Anzahl der Verpflichtungen anlegt: zur Arbeit zu gehen in erster Linie. Genau dieses Privileg verwehren sie ihm seit fast vier Jahren. Da schickte ihn seine Universität in den Ruhestand. Unwiederbringlich. Nach 46 Jahren als Kunsthistoriker. 46 Jahre Studium, Forschung und Lehre – dabei stets das hehre Ziel vor Augen, eine Verbindung von Frühromantik und Ikonografie einerseits und der Wahrnehmung von Kunst und Religion in der Moderne andererseits herzustellen.

Der berühmte Max Imdahl war Walters erster Chef gewesen. Der Wegbereiter der Kunstgeschichte der Moderne. Der große Denker. Max Imdahl kam 1965 nach Bochum an die brandneue Universität, baute das Kunstgeschichtliche Institut auf. Walter half ihm dabei, damals zählte er gerade einmal 18 Lenze. Er war einer der ersten Studenten, dazu die allererste studentische Hilfskraft an der Ruhr-Universität Bochum.

Während seiner kurzen mentalen Reise in die Vergangenheit hat Walter sich angezogen. Jeans, Polohemd, Halbschuhe, die leichte Jacke, dazu die beige Kappe. Insgesamt etwas jugendlich. Aber nicht zu jugendlich für einen sehr frühen Sonntagsspaziergang durch den um 6.30 Uhr garantiert menschenleeren Weitmarer Schlosspark.

Er schreitet durch die wuchtige Metalltür nach draußen, saugt die kühle Frühlingsluft auf. Die Sonne scheint, weit und breit ist kein Mensch zu sehen.

Walter nimmt seine Gedanken zu Max Imdahl wieder auf. Ungefähr 50 Jahre liegt das jetzt zurück. Nein, exakt 50 Jahre: Die Universität Bochum feiert schließlich in wenigen Wochen ihren 50. Geburtstag. Walter gehört zu den Ehrengästen der Feier im Audimax. Angeblich kommt sogar die Bundeskanzlerin zum Gratulieren.

Walter ist zwar nicht ganz so bedeutend wie die Kanzlerin, doch spielt er eine wesentliche Rolle beim zentralen Programmpunkt der Feier: Er wirkt mit beim sogenannten Aufmarsch der 50. Gemeint sind 50 Universitätsmitglieder der ersten Stunde: Professoren, wissenschaftliche Mitarbeiter, Studenten, Hausmeister, Sekretärinnen und so weiter.

Der Universitätsmusikdirektor komponiert zu diesem Zweck ein kurzes Musikstück, eine Art Marsch, den das Universitätsorchester spielt, begleitet vom Universitätschor.

Zur feierlichen Musik und garantiert unter tosendem Applaus der 1.500 geladenen Gäste schreiten die 50 Ausgewählten in den Saal, um der Bundeskanzlerin die Hand zu schütteln.

Eine sehr große Ehre, die Walter allerdings zu Recht zuteilwird. Er hat der Universität so viel gegeben: bis zu seinem letzten Tag als Ordinarius.

Walter schlendert die Nevelstraße entlang, eine Straße voller Bungalows mit Flachdach und schweren Metalltüren. Anwälte, Steuerberater, Manager, Universitätsprofessoren residieren hier. Die Bungalows stammen aus den 60er-Jahren, und in vielen Häusern wohnt unverändert die Generation, die den Bungalow einst errichten ließ. Deshalb sind Walters Nachbarn allesamt um die 80 Jahre alt. Eine Straße der alten Leute. Er selbst ist mit 68 gleichsam der Jungspund.

Die Nevelstraße steigt von seinem Bungalow aus zunächst leicht an. Für Walter kein Problem. Er strotzt vor Kraft und Lebensfreude. Er fragt sich ohnehin so manches Mal, ob das schon alles gewesen sein soll. Dieses Rentnerleben, dieses Leben ohne …

Nein, keine Wehmut.

Kurz darauf erreicht er den Park, die frühe Morgensonne wärmt kaum, aber die Bewegung hält ihn warm.

Außer ihm scheint tatsächlich niemand unterwegs zu sein. Denkt er und läuft doch im nächsten Moment beinahe jemanden über den Haufen. Einen Mann, den er vom Sehen her kennt, der in der nahe gelegenen Florastraße wohnt. Oder in der Sylvesterstraße? Den Namen des schätzungsweise 50-jährigen Mannes kennt er nicht. Ebenso wenig den Namen des Hundes, den dieser Mann jedes Mal mit sich führt, wenn Walter ihm begegnet. Ein Labrador. Gut erzogen. Selbst den Beinahezusammenstoß nimmt er gleichmütig hin.

»Hoppla«, sagt der Hundebesitzer und weicht im letzten Moment aus.

»Verzeihung«, murmelt Walter.

»Kein Problem. Schon so früh auf den Beinen?«

»Das schöne Wetter.« Walter macht eine Geste Richtung Himmel.

»Natürlich. Dann noch einen schönen Sonntag.« Mann und Hund biegen auf die Nevelstraße.

»Auf Wiedersehen.« Walter lüftet seine Kappe, obwohl der Hundebesitzer diese Geste nicht mehr wahrnimmt.

Wenn man den Schlosspark von der Nevelstraße aus betritt, stößt man auf das 1943 bei einem Luftangriff fast komplett zerstörte Haus Weitmar aus dem 16. Jahrhundert. 2010 wurde in die Ruine ein neues, nahezu quadratisches Gebäude hineingebaut. Dieser sogenannte Kubus stabilisiert die marode Fassade und beherbergt zugleich ein kleines Museum.

Dieses Museum wiederum ergänzt das Ensemble von Situation Kunst nebenan. Gleich mehrere Gebäude stehen hier, in denen zeitgenössische Kunst präsentiert wird; ein Umstand, der durch den Begriff »Situation« verdeutlicht wird.

Große Kunst, geschaffen zu Ehren des großen Max Imdahl, in dessen Gedenken Situation Kunst gegründet wurde, kurz nach dessen Tod.

Auf eine Initiative von Walter hin, übrigens. Das allerdings weiß kaum jemand. So soll es bleiben.

Walter blickt auf den bläulich schimmernden Kubus und sortiert seine Gedanken. Ständig schweift er ab. Die Uni lädt ihn zu einer Feierstunde ein. Selbstverständlich nahm er die Einladung an.

Doch seit letztem Dienstag ist nichts mehr selbstverständlich. Seit letztem Dienstag könnte sein Leben eine neue Richtung einschlagen. Er müsste nur ein wenig am Lenkrad drehen. Vielleicht wäre dann sogar diese Wehmut endgültig überwunden?

Walter löst langsam seinen Blick vom Kubus und dreht sich um. Aus der Ferne, wahrscheinlich vom anderen Parkeingang an der Hattinger Straße her, nähert sich jemand. Ein Läufer. »Jogger«, wie man heutzutage sagt. Sehr schnell, sehr dynamisch. Der Jogger setzt die Arme energisch ein. Lange Haare. Ein T-Shirt, das ausschließlich die Brust bedeckt? Natürlich, es handelt sich mitnichten um einen Mann. Kein Läufer. Eine Läuferin. »Joggerin«. Lange, schlanke, muskulöse Beine stecken in sehr kurzen Sporthosen. Sehnige Arme. Mitte, Ende 40. Sehr athletisch.

Die Joggerin ist nur noch wenige Meter entfernt. Hoffentlich bemerkt sie nicht, dass Walter sie anstarrt. Ein strenges Gesicht zeichnet sich gegen den letzten Morgendunst ab. Dunkle Locken.

Er hat diese Frau niemals zuvor gesehen und ist gegen seinen Willen beeindruckt. Erinnert sie ihn an jemanden? Walter steht mit offenem Mund da, fühlt sich wie paralysiert. Zum Glück steht er am Rand und nicht mitten auf dem Weg. Im Weg.

Die Joggerin scheint ihn bisher nicht wahrzunehmen. Sie blickt stur geradeaus. Erst im letzten Moment, als sie schon fast an ihm vorbeigelaufen ist, dreht sie den Kopf in seine

Richtung, wünscht ihm freundlich einen guten Morgen. Entgegen der aktuellen Mode trägt sie keine Kopfhörer im Ohr.

Walter ist zu perplex, um zu antworten. Er lüftet wieder wortlos seine Kappe, aber da ist die Joggerin längst zehn, zwölf Meter entfernt.

Sie läuft Richtung Situation Kunst, wo sie unweigerlich die Nevelstraße erreichen wird. Ob sie ausgerechnet dort weiterlaufen möchte? Wohnt sie dort? Falls ja, dann garantiert erst seit Kurzem. Andernfalls hätte Walter sie gewiss schon früher getroffen.

Walter geht ein Stück weiter, überquert die Brücke mit der freundlichen gelben Sonnenplastik am blauen Geländer. Er könnte jetzt nach rechts gehen, um vorbei an den Maisfeldern und später an der Tierklinik zurück zur Nevelstraße zu gelangen. Einen Moment lang verharrt er unschlüssig, lehnt sich ans Brückengeländer.

Dann entschließt Walter sich, auf die Maisfelder und die Tierklinik zu verzichten. Lieber will er den kleinen Rundweg abschreiten, der um das erst kürzlich erschlossene neue Stück im Park herumführt. Früher lag hier ein Acker. Jetzt gibt es einen Spielplatz, jede Menge Sand, eine Wiese, Bänke, große Sitzpodeste aus Holz, den Rundweg und bei schönem Wetter jede Menge Besucher. Besonders die Jugend eroberte diesen Platz rasch für sich.

Doch von Jugendlichen fehlt jetzt jede Spur. Die treiben sich sonntags um 7.30 Uhr natürlich nicht hier herum.

Die Joggerin, die ihn gerade so freundlich grüßte, kommt ihm schon wieder entgegen. Sie ist folglich nicht auf die Straße gelaufen, sondern dreht nun hier eine kleine Runde. Sie kommt näher und näher, scheint auf einmal extrem langsam zu laufen, fast wie in Zeitlupe. Als lägen Minuten zwischen ihren Schritten. Oder bildet er sich das bloß ein? Sie hebt den Blick, lächelt, scheint ihn wiederzukennen.

Diesmal nickt er rechtzeitig zurück – und verspürt gleichzeitig ein seltsames Gefühl in der Magengegend. Als läge etwas in der Luft. Ja, sicher: die neue Richtung. Denn plötzlich fällt Walter ein, an wen ihn die Joggerin erinnert.

Natürlich.

Ein Zeichen! Das ist ein Zeichen. Eindeutig.

Eine nicht zu bändigende Unruhe erfasst ihn; langsam nimmt in seinem Kopf ein Plan Gestalt an, der vielleicht tatsächlich das Ende der Wehmut bedeutet.

Kapitel 3 (18. Mai, Wolfenbüttel)

Helmut Jordan steuert seinen neuen Skoda auf den Parkplatz vor der Dienststelle am Grünen Platz. Der Leiter der Ermittlungsgruppe der Wolfenbütteler Kripo hat sich kürzlich einen Octavia zugelegt, eine Nummer größer als zuvor der Fabia. Der Wagen ist fabrikneu, anthrazitfarben und fährt sich toll.

Dank Juttas Überredungskunst gab Helmut sich erstmals in seinem Leben nicht mit einem zufälligen Kennzeichen zufrieden, sondern suchte sich eines aus. Keine ganz einfache Angelegenheit, denn die nächstgelegene Option, Initialen plus Geburtsdatum, schied natürlich wegen der Buchstabenkombination »HJ« in der Mitte aus. Aus demselben Grund fiel die Kombination aus »Helmut und Jutta« weg. Allenfalls umgekehrt, »JH« wäre denkbar gewesen, aber das fand Helmut irgendwie unbefriedigend: Es ist schließlich sein Auto.

Helmut hält es ohnehin nicht für nötig, seine mittlerweile acht Monate andauernde wilde Ehe mit der frisch von ihrem Ehemann getrennt lebenden Freundin Jutta Langner auf seinem Autokennzeichen zur Schau zu stellen.

Letztlich entschied Helmut sich dafür, die ersten beiden Buchstaben seines Nachnamens zu wählen: »WF-JO 4754«.

Immerhin das magische Datum bleibt auf diese Weise sichtbar: der 4. Juli 1954, früher Abend, Bern, das legendäre WM-Finale, Helmut Rahns 3:2, praktisch zeitgleich mit Helmuts Geburt, der logische Grund für seinen Vornamen. Und so weiter.

Helmut scheint früh dran zu sein. Das schließt er vor allem daraus, dass weder David noch Jonas auf ihren Plätzen sitzen.

Dann sieht Helmut erneut auf seine Uhr. Von wegen früh. 8.20 Uhr. Er hätte schwören können, dass es noch weit vor 8 Uhr ist. Aber seitdem er die Abende, die Nächte und die Morgen danach mit Jutta verbringt, gerät sein Zeitgefühl bisweilen ein wenig durcheinander.

8.20 Uhr, wie gesagt. Da dürften die Herren gut und gern in der Dienststelle sitzen. Sie haben genug zu tun: Die tödliche Messerstecherei im Flüchtlingswohnheim im Stadtteil Linden will schließlich aufgeklärt werden. Sensible Sache.

Zunächst wurden Rechtsradikale verdächtigt. Nun scheint es auf einen ethnischen Konflikt innerhalb des Flüchtlingswohnheims hinauszulaufen. Ethnisch oder religiös. Man hat in diesem Flüchtlingswohnheim die Qual der Wahl: einerseits die ganze Balkanfraktion mit Serben, Bosniern, Albanern und Kosovaren, andererseits die arabische Auswahl mit Syrern, Iranern beziehungsweise Schiiten, Sunniten und Alewiten. All diese Konflikte, die man sonst nur aus den Nachrichten kennt.

Weitgehend unaufgeklärt sind leider auch die Fälle aus dem vergangenen Sommer – beziehungsweise die Wiederaufnahme des Falles aus dem Jahre 1974. Heinz Schraders Mörderin konnte Helmut zwar 40 Jahre nach der Tat ermitteln. Sie gestand auch den Mord, nur verhaftet wurde die Dame bislang nicht. Das soll auch so bleiben, wenn es nach Helmut geht. Seine Kollegen Lisa und Jonas sehen das genauso, nur der ehrgeizige David tut sich schwer, die Täterin laufen zu lassen. Sie wird demnächst übrigens 90. Wenn sie in jungen Jahren eine sadistische KZ-Wärterin gewesen wäre, sähe die Sache anders aus. Doch sie nahm (in großen Anführungszeichen) nur Rache an einem perversen Lüstling und Mörder – dies zudem im Affekt.

Noch komplizierter verhält es sich mit den beiden anderen möglichen Mördern: Jochen Wettenstedt und Fritz Tiedemann.

Es gibt keine Leichen; beide Männer sind zudem spurlos verschwunden. BKA und Interpol suchen bislang ohne jeden Erfolg nach ihnen. Helmut glaubt nicht mehr daran, einen von ihnen jemals wiederzusehen. Schade, denn noch stehen Rechnungen offen.

Aber zurück zur Gegenwart. Viel Arbeit, wie gesagt. Aber wieder einmal gelingt es Helmuts männlichen Untergebenen offenbar nicht, ihr Privatleben von der Arbeit fernzuhalten. Bei Jonas Sager lässt es sich einigermaßen nachvollziehen: Franziska und er bekommen demnächst ihr erstes Baby; sie warten wirklich schon lange auf diesen Augenblick. Scheinbar gibt es aber leichte Komplikationen. Da Franziska Mitte 30 ist, gehen die beiden natürlich auf Nummer sicher und lieber dreimal zu viel zum Frauenarzt oder ins Krankenhaus als einmal zu wenig. Da Jonas seine Frau meistens begleitet (was Helmut im Grunde genommen für überflüssig hält, es gleichzeitig als feinen Zug ansieht), fehlt Jonas regelmäßig für ein, zwei Stunden, meistens morgens.

Bei David Armbruster sieht es etwas anders aus. Seitdem er zusammen mit seiner Freundin Rabea wohnt, streiten sich die beiden in unschöner Regelmäßigkeit. Dadurch greift David nun wieder häufiger zum Glas – und verschläft bisweilen. Seine Laune leidet ebenfalls darunter.

An manchen Tagen steht David total neben sich. Er schnauzt grundlos Zeugen, Streifenpolizisten oder Imbissverkäufer an – je nachdem, wo er sich gerade befindet. Seine drei engsten Kollegen schnauzt David zwar nie an, er schenkt ihnen jedoch in diesen Phasen kein einziges nettes Wort. Ganz zu schweigen von den unterhaltsamen Pöbeleien, die er sich sonst mit Lisa und Jonas liefert und die nun allen anderen sehr fehlen.

David verzichtet dann sogar komplett darauf, mit seinem unglaublichen Sportwissen zu glänzen.

Normalerweise kann man ihn mitten in der Nacht anrufen und fragen, wer 1976 olympisches Gold im Speerwurf der Männer gewann oder gegen wen und wann Dieter Müller in einem Bundesligaspiel sechs Tore schoss. David weiß es garantiert. Und wehe, David bekommt mit, dass jemand die diversen Istanbuler Fußballklubs miteinander verwechselt – oder die olympischen Bootsklassen der Ruderer. Dann wird er zum Studienrat. Das ist wirklich lustig.

Zurzeit landet man selbst damit selten bei David. Helmut versuchte es einige Male umsonst. Er behauptete zum Beispiel in Davids Gegenwart mit voller Absicht, dass es im Reitsport ausschließlich getrennte Wettbewerbe für Männer und Frauen gibt. David nahm es schweigend zur Kenntnis.

Wie dem auch sei, David und Jonas sind nirgendwo zu sehen. Allein Lisa sitzt vor ihrem Computer, sie legt gerade den Telefonhörer auf.

»Guten Morgen, Helmut. Du kannst deine Jacke anbehalten. Wir müssen direkt los. Eine Wasserleiche.«

»Wo sind David und Jonas?«

»In der Flüchtlingsunterkunft.«

Da lag Helmut aber weit daneben: Seine Kollegen sind bereits fleißig bei der Arbeit. Er ist tatsächlich derjenige, der spät dran ist. »Ah, gut. Wo ist die Leiche?«

»In der Oker. Am Großen Zimmerhof.«

Natürlich, denkt Helmut. Ausschließlich die Oker fließt durch Wolfenbüttel. Wasser gibt es zwar auch anderswo, in Kanälen, in Swimmingpools oder Waschmaschinen. Aber die Oker erscheint doch naheliegend bei einer Wasserleiche. »Bei der Kneipe dort?« Der Einfachheit halber heißt diese Kneipe wie die Straße, inklusive Hausnummer: »Zimmerhof 13«.

»Gegenüber, am anderen Ufer. Dort wurde sie offenbar angeschwemmt.« Lisa steht auf und zieht ihre Jeansjacke an.

»Angeschwemmt?« Helmut ist irritiert. Woher kam die Leiche wohl? »Was weißt du noch?«

Lisa geht an Helmut vorbei, Richtung Tür. »Eine männliche Leiche. Zwischen 70 und 80 Jahre alt. Keine Papiere bei sich. Offensichtlich kein Penner. Das schließen die Streifenbeamten vor Ort anhand der Kleidung des Toten aus.«

Helmut folgt Lisa, die beiden sind bereits im Treppenhaus, sie müssen eine Etage nach unten gehen. »Gibt es eine Vermisstenmeldung, die darauf passt?«

Lisa dreht sich um. »Nein. Gerade, als du gekommen bist, habe ich mit der Vermisstensachbearbeitung beim BKA telefoniert. Da liegt nichts vor, was auf einen Mann dieses Alters zutrifft.«

»Gibt es Anzeichen für Gewalteinwirkung?«, fragt Helmut.

»So weit sind wir noch nicht.« Lisa erreicht die Außentür des Gebäudes. Sie hält Helmut die Tür auf.

Helmut nimmt das hin. Beim nächsten Mal gibt er wieder den Gentleman. »Wer ist vor Ort?«

»Zwei von der Streife und Doktor Rösner. Die Spurensicherung ist unterwegs.«

Fünf Minuten später parken sie am Schulwall. Kurz vor ihnen ist offenbar die Spurensicherung eingetroffen. Sechs Beamte in weißen Schutzanzügen marschieren quer über die Wiese Richtung Oker. Während sich die Spurensicherer rasch am Ufer verteilen, gehen Lisa und Helmut zunächst zu den beiden Streifenbeamten. In deren Mitte steht eine Frau in Joggingkleidung. Ganz offenbar die arme Person, die die Leiche fand.

»Kannst du die Zeugin befragen? Dann gehe ich zu Rösner«, schlägt Helmut vor.

»Okay.«

Rösner kniet vor der Leiche. Er begrüßt Helmut, ohne sich umzudrehen. »Schön, dich zu sehen, Helmut.«

»Ganz meinerseits.« Helmut wirft einen kurzen Blick auf die Leiche. Für eine Wasserleiche sieht sie nahezu harmlos aus. Wahrscheinlich liegt sie erst seit Kurzem im Wasser. »Was meinst du?«, fragt er den Gerichtsmediziner.

Endlich dreht sich Rösner um. »Männlich. Zwischen 70 und 80 Jahre alt. Plus, minus zwei, drei Jahre. Seit drei bis sechs Tagen im Wasser, schätze ich in Anbetracht der Temperaturen von Luft und Wasser. Du siehst ja selbst, wie gut erhalten die Leiche ist. Nur ganz leicht aufgedunsen, das Gesicht prima zu erkennen. Die Waschhaut ist weitgehend vorhanden, kein Anfraß von Tieren.«

»Ertrunken?«

»Das wiederum kann ich dir noch nicht sagen, Helmut. Da musst du – und da werfe ich gern die fünf Euro ins Phrasenschwein – die Obduktion abwarten. Fest steht, dass man dem Mann keinen Stein ans Bein gebunden hat, damit er absinkt. Ich erkenne auf den ersten Blick auch keine Kopf- oder sonstige Verletzung.«

»Also höchstwahrscheinlich ein Unfall?«

»Möglich. Es sei denn, jemand stieß ihn heftig. So ein Stoß, der hinterlässt ja keine Spuren. Vielleicht spazierte der Mann zu nahe am Ufer, rutschte aus, fiel ins Wasser, konnte mit seiner Kleidung nicht schwimmen. Bewegte sich unbeholfen, ertrank schließlich. Vielleicht war Alkohol im Spiel. Oder es handelt sich um Suizid.«

»Hm.« Zu viele Möglichkeiten für Helmut. Wie immer. Jetzt heißt es, die Ruhe zu bewahren und, da hat Rösner – Phrase hin, Phrase her – natürlich recht, die Obduktion abzuwarten. Vielleicht tauchen die Papiere des Mannes auf? Oder eine Vermisstenmeldung? Nach drei bis sechs Tagen sollte man bemerken, wenn ein Mensch aus dem eigenen Umfeld nicht mehr da ist. Es sei denn, dieser Mensch ist ein Handlungsreisender, bei dem es vielleicht nicht so schnell auffällt.

Von der Kleidung her passt es. Sehr seriös mit dunklem Anzug, Weste, Krawatte. In der Tat augenscheinlich kein Obdachloser. Andererseits ist der Mann für einen Handlungsreisenden wahrscheinlich zu alt. Dann wohl eher ein alter, einsamer Mann, mit wenigen bis gar keinen Angehörigen, den einfach niemand vermisst.

Das Fehlen der Papiere bereitet Helmut Kopfzerbrechen. Vielleicht wurde der Mann doch ausgeraubt und anschließend ins Wasser geworfen? Nicht, dass so etwas jeden Tag in Wolfenbüttel passiert. Aber bisweilen passiert es; hier wie überall sonst auf der Welt.

Selbstverständlich kann das Fehlen des Portemonnaies ganz andere Ursachen haben. Naheliegend wäre zum Beispiel, dass der Mann seine Papiere beziehungsweise sein Portemonnaie zu Hause ließ, als er zu seinem Spaziergang aufbrach. Aber wer geht schon im dunklen Anzug spazieren? Oder seine Papiere gingen im Wasser verloren? Oder er vergrub sie, bevor er ins Wasser ging, um seinem Leben ein Ende zu bereiten?

Wie gesagt: zu viele offene Fragen. Der Gerichtsmediziner würde sie Helmut jetzt nicht beantworten; deshalb stellt Helmut eine andere Frage: »Wann nimmst du dir die Leiche vor, Herbert?«

»Du hast Glück. Es gibt keine Warteliste. Ich fange nachher noch an. Möchte jemand von euch dabei sein?«

Helmut gibt vor zu überlegen. Dabei steht seine Antwort fest. Er reißt sich grundsätzlich nicht darum, einer Obduktion beizuwohnen. Seinen Kollegen möchte er diese Aufgabe nicht übertragen, zumal David und Jonas mit dem Mord im Flüchtlingsheim ausgelastet sind. Er selbst und Lisa sollten vorrangig die Identität des Toten klären. Da in Deutschland keine Vermisstenmeldung vorliegt, könnte der Tote theoretisch auch aus dem Ausland stammen.

In diesem Fall vermisst man ihn unter Umständen in einem der Hotels. Dort müsste man zunächst nachfragen. Am besten nicht nur in Wolfenbüttel, sondern auch in den Nachbarstädten, vor allem in Braunschweig. Doch eine Frage bewegt Helmut noch. »Sag mal, Herbert, wenn die Leiche seit drei bis sechs Tagen in der Oker liegt, wie kann es da sein, dass sie nicht früher entdeckt wurde?«

Rösner verdreht die Augen. »Ich schätze, das herauszufinden fällt eher in deinen Bereich. Aber wenn du dich mal umschaust, siehst du doch überall Brücken: Schulwall, Bahnhofstraße, Kommißstraße. Vielleicht ist die Leiche unter eine dieser Brücken getrieben, hing dort eine Weile fest, kam irgendwie wieder frei, landete dann hier. Ich kenne mich zwar nicht so genau mit den Strömungsverhältnissen an diesem Teil der Oker aus. Es scheint mir aber nicht unmöglich zu sein.«

»Du hast recht, Herbert, das scheint die naheliegende Antwort zu sein.«

Kurz darauf berichtet Helmut Lisa von seinem Gespräch mit Rösner. »Was sagt die Zeugin?«, fragt er anschließend seine Kollegin.

Lisa blickt auf ihren Notizblock. »Sie heißt Cornelia Weis, 35 Jahre alt. Wohnt ganz in der Nähe, in der Bahnhofstraße. Morgens läuft sie wohl gern durch den Seliger-Park. Heute kam sie nicht besonders weit, weil sie gleich zu Beginn ihrer Runde über die Leiche stolperte. Den Toten kennt sie nicht. Sie sah den Körper im Wasser liegen und rief sofort die Polizei an. Ansonsten gibt es nicht viel zu sagen. Ich habe ihre Personalien aufgenommen und sie nach Hause geschickt. Danach habe ich der Spurensicherung kurz über die Schulter geschaut. Da tut sich offensichtlich noch gar nichts. Keine verdächtigen Spuren.«

»Schlimmstenfalls bleibt das so, weil der Mann gar nicht hier ins Wasser gefallen ist. Dann darf die Spurensicherung das ganze Ufer in dieser Gegend absuchen.« Helmut blickt sich zu allen Seiten um. Die Strecke ist zwar nicht endlos, aber dummerweise hat auch die Oker zwei Ufer. »Wir versuchen derweil, seine Identität zu klären. Wir behalten bundesweit die Vermisstendatei im Auge, vielleicht auch im Ausland. Wir fragen in allen Hotels nach, ob sie einen Gast vermissen, und wir suchen entlang der Oker in den Häusern nach möglichen Zeugen, zumindest im Bereich der Altstadt. Wir brauchen also dringend ein paar zusätzliche Leute für heute, vielleicht auch für morgen.«

Lisa macht sich Notizen. »Ich kümmere mich darum. Ich schätze aber, dass wir beide mithelfen müssen, Helmut.«

»Das sehe ich genauso. Ich fahre gleich zurück zur Dienststelle und entwerfe einen Text, den man per Fax oder per Mail an die Hotels schicken kann. Zur Not rufe ich auch in einigen der Hotels an, die keinen Faxanschluss und keine Mailadresse besitzen. Spätestens am Nachmittag gehe ich in die Kneipen in dieser Gegend. Rösner spekuliert, dass der Mann vielleicht betrunken ins Wasser gefallen ist. Vielleicht betrank er sich in einer dieser Kneipen?«

»Dabei helfe ich dir gern«, sagt Lisa.

Kapitel 4 (18. Mai, Bochum)

Die Wege im Weitmarer Holz sind feucht und rutschig von dem Regen, der am Wochenende Bochum und damit automatisch auch den größten Wald der Stadt heimgesucht hat.

Man muss halt vorsichtig gehen. Der Anblick der Natur entschädigt einen sowieso für das bisschen Nässe. Mitte Mai. Alles steht in voller Blüte, jeder Baum, jeder Strauch, jeder Busch. Grün, grün, grün.

Die Frischlinge im Wildschweingehege sind ein paar Wochen alt und darum weniger süß als im Januar. Es macht gleichwohl Spaß, ihnen beim Suhlen im Schlamm zuzusehen. Oder beim vergeblichen Versuch, den Säuen und Keilern Obst, Brötchen oder rohe Nudeln streitig zu machen – all das Zeug, das ihnen die Spaziergänger über den Zaun zuwerfen.

Ein paar Meter weiter ruht sich das Rotwild in seinem Gehege aus – wahrscheinlich vom Fressen und Herumstehen. Die Hirsche und Rehe freuen sich natürlich ebenso über Besucher, die Obst bringen oder Gräser durch den Zaun reichen.

Es gibt Tage, an denen sich auch Gerda Braun gern an den Zaun stellt, Wildschweine und Rotwild mit Nahrung versorgt. Aber nicht heute, an diesem sonnigen, jedoch relativ kühlen Montagmorgen im Mai.

Heute steht genau genommen niemand am Zaun und wirft irgendetwas. Montagmorgen, wie gesagt, da ist das durchaus normal. Dass Gerda jetzt durch den Wald läuft, mit kleinen Gewichten in den Händen, die sie zackig nach oben pendeln und dann zurückfedern lässt, hat natürlich nur einen Grund: Sie genießt ihr Leben als Rentnerin – eine Runde Walken am Montagmorgen gehört nun einmal dazu.

Am späten Montagmorgen, sobald die arbeitenden Hundebesitzer den Wald verlassen haben und die Hausfrauen mit ihren Kläffern noch zu Hause sind. Die Stunde dazwischen. Die schöne Stunde. Gerdas Stunde, in der der Wald ihr ganz allein gehört.

Allenfalls eine Sache ärgert sie, dass sie ohne Begleitung beziehungsweise Publikum unterwegs ist: Niemand sieht, wie hervorragend sie die Rolle der rüstigen Rentnerin, der aktiven Best Agerin ausfüllt. Ihre silbernen Locken, von lilafarbenen Strähnen durchzogen, werden von einem lilafarbenen Stirnband gebändigt, auf dem der Schriftzug des Sportartikelherstellers prangt, der wiederum den Namen einer griechischen Göttin trägt. Ihr schlanker, geradezu drahtiger Körper steckt in einem weiß-lilafarbenen Jogginganzug aus hochwertiger Ballonseide, der von demselben Sportartikelhersteller produziert wurde, genau wie übrigens die Sportschuhe an ihren Füßen. Alles passt perfekt. Eine griechische Göttin in ihren besten Jahren.

Viele ihrer Altersgenossinnen können das nicht tragen. Das gilt erst recht für Josef, ihren Göttergatten. Leider. Josef sieht in Sportklamotten affig aus. Genau wie im Schlafanzug. Josef sieht allenfalls im Anzug einigermaßen aus, besser zusätzlich in einem Mantel, damit man weniger von dem sieht, was bei anderen Menschen »Figur« heißt.

Nein, so ehrlich muss man sein, selbst beim Göttergatten: Josef ist ein fetter Sack. Wenn man bedenkt, dass er sieben Jahre jünger ist als Sir Paul – und um wie viel jünger Sir Paul wirkt, wie viel schlanker und fitter Sir Paul ist. Wenn man das bedenkt!

Wenigstens ist Josef kein fauler Sack. Trotz seiner 66 Jahre (»Da fängt das Leben an«) arbeitet er noch fleißig als selbstständiger Handelsvertreter für Spirituosen. Hochwertiges Zeug, Whisky, Grappa, Rum, Calvados.

Wirft erstaunlicherweise genug ab. Mehr als genug. Zusammen mit Gerdas Rente reicht es für einen netten Lebensabend, für das längst abbezahlte Haus am Stemmannsfeld sowieso – und für die Finanzierung der Studien der fünf Enkelkinder.

Leider studieren nur zwei der fünf Enkelkinder an der Uni Bochum, die Gerda als »ihre Uni« betrachtet. Schließlich arbeitete sie dort 50 Jahre lang – vom allerersten Tag an, als die Uni ihren Betrieb aufnahm. Im Juni 1965, als Sir Paul wahrscheinlich gerade in seiner Londoner Wohnung an der Gitarre zupfte und die Melodie zu »Yesterday« komponierte, Gerdas Lieblingslied.

Beim Gedanken an Sir Paul in seiner Mansarde und an den Song schlechthin summt Gerda zwangsläufig los: »All My Troubles Seamed So Far Away«. Sie steigert sich schnell in einen lautstarken Gesang (»I Long For Yesterday-ay-ay ...«) und bereut es erneut, allein im Wald unterwegs zu sein, denn so hört niemand, wie sicher sie den Text beherrscht, wie spielerisch leicht sie jede einzelne Note trifft. Ihre Coverversion von »Yesterday« dürfte eine der besten der vielen Tausend Versionen sein.

Keine Frage.

Andererseits, überlegt sie und rechnet flugs nach, erschien das Album »Help«, auf dem der böse John das schöne »Yesterday« ganz am Ende quasi versteckte, im August 1965. Das heißt, im Juni 1965 müsste es fix und fertig gewesen sein. Sir Paul schrieb stattdessen möglicherweise gerade »Michelle«, das dann auf dem Album »Rubber Soul« erschien. Im Dezember 1965. Zwei geniale Alben in nur einem Jahr. Sir Paul halt.

Gerda weiß all diese Daten auswendig. Natürlich. Diesmal passt es: im Juni 1965 komponiert, im Dezember 1965 erschienen.

Sie überlegt kurz, ob sie vielleicht »Michelle« anstimmt, lässt es aber bleiben.

Gerda saß ab Juni 1965 in ihrem kleinen Büro. Sie war damit, so ganz nebenbei, die allererste Sekretärin der Uni Bochum. 18 Jahre alt. Ein extrem heißer Feger, kann man ganz objektiv feststellen.

Die heute grauen Locken glänzten pechschwarz, die Augen, damals wie heute, leuchteten in einem tiefen Grün. Ihre langen, schlanken Beine versteckte sie, der Mode von damals verpflichtet, zur Hälfte unter einem weiten Rock. Ihren wirklich sehenswerten Busen musste sie leider komplett unter einem ausladenden BH und einer weiten Bluse verbergen. Züchtig ging es damals zu.

Zumindest in der Öffentlichkeit. Privat war Gerda nie ein Kind von Traurigkeit. Vor ihrer Zeit an der Uni hielt sie sich bei den Jungs aus ihrem Viertel schadlos, zur Not bei den Bergarbeitern, da zeigte sich Gerda wenig wählerisch. Tanzen. Flirten. Knutschen. Petting. Sex. Sie nahm es, wie es kam.

Doch sobald sie an der Uni arbeitete, gab sie sich ausnahmslos mit Leuten von dort ab. Natürlich niemals mit Studenten. Doktorand sollte er wenigstens sein, lieber aber ein Promovierter.

Während die Beziehungen zu den fast oder zu den erst jüngst promovierten jungen Herren gern offiziell sein durften, mussten die Treffen mit den Lehrstuhlinhabern, mit den Herren Professoren (im Bett etwas weniger förmlich) geheim bleiben, denn die Herren Professoren waren in der Regel verheiratet.

Eine schöne Zeit, nicht wahr?

Erst mit Ende 20 ließ Gerda es ein wenig gemütlicher angehen. Dank Josef, in den sie sich Hals über Kopf verliebte. Josef, damals noch rank und schlank, arbeitete an einem BWL-Lehrstuhl. Die Wirtschaftswissenschaftler saßen in demselben Gebäude wie die Juristen, bei denen Gerda arbeitete. 50 schöne Jahre lang.

Josef, frisch promoviert, strebte eine wissenschaftliche Karriere an – angefeuert von Gerda, die sich natürlich gern mit einem echten Professor als offiziellem Freund oder Gatten schmücken wollte.

Aber irgendwie verlor die Universität ihren Reiz auf den guten Josef, er ließ sich in die freie Wirtschaft abwerben. Finanziell betrachtet war das besser, vom Status her natürlich schlechter. Josef wechselte häufig die Arbeitsstelle, jedes Mal verbesserte er sich dabei finanziell; letztendlich kam die Selbstständigkeit.

Gerda hingegen blieb ihrer Uni treu, ihrer Fakultät und ihrem Lehrstuhl für Kriminologie. Diesen Lehrstuhl leitete in den letzten 20 Jahren Professor Stefan Erdmann. Ein sympathischer Mann, dazu ein berühmter Wissenschaftler, der unter anderem über Fußballfans forscht und einen berufsbegleitenden Studiengang für aktive Polizeibeamte erfand.

Gerda erinnert sich mit gemischten Gefühlen an ihre letzten Arbeitstage, das große Abschiedsfest, zu dem der Herr Professor den Dekan, den Kanzler und den Personalratsvorsitzenden einlud. Ein wirklich schönes Fest.

Der Dekan von damals, Herr Professor Fleischer, ist mittlerweile Prorektor für Lehre. Scheint recht ehrgeizig zu sein.

Im Gegensatz zu Herrn Professor Erdmann, dessen Ehrgeiz sich darauf beschränkt, ein guter Forscher und Lehrer zu sein. Sowie der beste Chef der Welt.

Gerda dringt immer tiefer in den Wald ein. So tief man in einen Stadtwald eindringen kann. Denn letztlich entfernt man sich niemals so richtig von der Blankensteiner Straße, die, von der großen Hattinger Straße ausgehend, quer durch den Stadtwald in den kleinen Ortsteil Sundern führt.

Keine Gefahr, sich zu verlaufen. Zumal Gerda jeden der Wege schon Hunderte Male entlangging.

Tausende Male?

Gerade jetzt erscheint der Sportplatz des SV Waldesrand in ihrem Blickfeld, dahinter liegt dichte Bebauung.

Wie gesagt, die Zivilisation ist allgegenwärtig.

Ein paar Tage vor der großen Verabschiedung besuchte der Chefredakteur der Universitätszeitung Gerda in ihrem Büro, um sie zu interviewen. Wenn die allererste Sekretärin die Uni verlässt, dann ist das zweifelsfrei einen Zeitungsartikel wert.

Die Schreiberlinge porträtieren regelmäßig herausragende Persönlichkeiten der Universität: meist dann, wenn sie die Uni verlassen. Deshalb heißt diese Rubrik »Das schwindende Gedächtnis unserer Alma Mater«. »Alma Mater« ist ein anderes Wort für Universität.

Gerda wurde Teil dieser Rubrik, bevor sie sich Richtung Rente aufmachte, im Gepäck viele kleine und große Geheimnisse. Nur ein paar wirklich harmlose Geheimnisse plauderte sie im Interview aus. Die Lady schweigt und genießt.

Wahrscheinlich hätte sie dem Chefredakteur verraten, dass sie sich natürlich freuen würde, wenn man sie zum 50. Geburtstag der Uni (damals war dieses Ereignis rund drei Jahre entfernt) einlädt. Das fragte der Zeitungsmann aber nicht.

Vor drei Monaten luden sie Gerda tatsächlich ein: als Ehrengast zur großen Geburtstagsfeier. Das lasse man sich einmal auf der Zunge zergehen: Gerda Braun schüttelt am 6. Juni dem Bundestagspräsidenten die Hand. Sowie ein paar anderen wichtigen Menschen. Eine Riesensache. Gerda sagte ohne zu zögern zu. Natürlich wäre sie unter allen Umständen gekommen. Unter fast allen. Doch das konnte sie vor drei Monaten unmöglich ahnen: dieses Preisausschreiben, das vor acht Wochen in ihrem Briefkasten landete.

Gerda hatte niemals zuvor in ihrem Leben irgendetwas gewonnen, sich auch diesmal keine Chancen ausgerechnet.

Die Frage erwies sich als Witz (»Wie heißt Paul McCartneys erste Frau mit Vornamen?« Natürlich Linda), der Preis hingegen als unbeschreiblich: Sir Paul wiederholt »Chaos and Creation at Abbey Road«, der Gewinner des Preisausschreibens darf live dabei sein.

Natürlich kennt Gerda diese Episode aus Sir Pauls Leben: In den Abbey Road Studios in London, wo die Beatles die meisten ihrer Alben produzierten, spielte Sir Paul 2005 exklusiv vor wenigen Studiogästen Titel seines damaligen Albums »Chaos and Creation in the Backyard« ein; außerdem sang er einige Beatlessongs. Nebenbei erklärte Sir Paul Aufnahmetechniken und Instrumente der 60er-Jahre. Und er sang nicht nur, er spielte diverse Gitarren sowie Schlagzeug und Klavier; er benutzte Weingläser als Instrument, plauderte zwischendurch über Musik, über die Beatles.

Offenbar bereitete ihm die Sache so viel Spaß, dass er sie wiederholt – am selben Ort, erneut vor einem kleinen, exklusiven Publikum.

Handverlesen.

Erstaunlich und zugleich erfreulich: Das Publikum wird unter anderem mithilfe eines Preisausschreibens in Deutschland gesucht.

Wie gesagt, Gerda hat noch nie etwas gewonnen – bis heute. Heute früh lag der Brief im Kasten: Unfassbar, die frühere Sekretärin Gerda Braun gewinnt eine Karte für das Studiokonzert von Sir Paul. Sie wird ihn persönlich kennenlernen.

Eine Karte. Aber Josef wird das leicht verschmerzen, er konnte sich nie für die Beatles begeistern.

Also fliegt Gerda ohne ihren Josef nach London, ab Düsseldorf, am Abend vor dem Konzert. Den folgenden Tag verbringt sie zusammen mit den 34 anderen glücklichen Gewinnern in den Abbey Road Studios. Am Nachmittag trifft sie Sir Paul, bevor um 19 Uhr Ortszeit das Studiokonzert beginnt.

19 Uhr Ortszeit? Heißt das: 18 Uhr unserer Zeit? Oder 20 Uhr? Oder wie bei uns 19 Uhr? Egal.

All das wird haarklein in dem Anschreiben geschildert, das Gerda vorhin mit zittrigen Händen las. Bestätigt wird es auf der Internetseite, die in diesem Schreiben angegeben wird.

Fast alles passt, denn das Studiokonzert findet ausgerechnet am 6. Juni statt. Schade für den 50. Geburtstag der Uni. Schade für die Feier. Schade für die ganzen wichtigen Menschen dort. Aber wenn Sir Paul spielt und sie eine von 35 Gästen ist, also bitte, dann ist das keine Frage, dann ruft London.

Nun muss sie allerdings noch bei den Organisatoren der Geburtstagsfeier absagen. Ärgerlich. Wenigstens ist der Herr Professor Fleischer allenfalls indirekt involviert. Gerda würde es kaum übers Herz bringen, ausgerechnet ihm abzusagen, ihm, der sie als Dekan damals so nett verabschiedete. Zum Glück ist ein anderer Prorektor für die Feier verantwortlich, Professor Winfried Schmitt. Den hat sie Gott sei Dank niemals persönlich kennengelernt. Diesem Mann eilt ein gewisser Ruf voraus.

Sie sollte bei all dem selbstverständlich ebenfalls an ihren Herrn Professor Erdmann denken, der ja davon ausgeht, dass sie zur Geburtstagsfeier kommt.

Nein, es bleibt kompliziert.

Noch weiß niemand von ihrem unbeschreiblichen Glück. Sie könnte es in den kommenden drei Wochen weiterhin verschweigen. Sie muss dann bloß am 5. oder 6. Juni zum Telefonhörer greifen, um sich krankzumelden. Gegen Krankheit ist doch niemand gefeit, oder? Direkt nach dem Telefonat wird sie nach Düsseldorf fahren und in ihr Flugzeug steigen.

Huch, was ist denn das? Irgendwo im Gebüsch kurz vor ihr raschelt etwas.

Gerda nimmt beide Gewichte in die rechte Hand. Mit der linken Hand tastet sie aufgeregt in ihrer Jogginghose nach der Dose mit dem Pfefferspray, die sie für alle Fälle bei sich führt, wenn sie durch den Wald walkt (»Im Wald, da sind die Räuber«). Sie umklammert kurz darauf mit zittrigen Fingern die kleine Dose.

Sie geht langsam weiter, lässt die kleinen Gewichte in der rechten und das Pfefferspray in der linken Hand schwingen. Mit etwas Geschick und viel Glück kann sie die Gewichte als Waffen einsetzen, wenn sich der Räuber gleich auf sie stürzt.

In diesem Moment springt eine dunkle Gestalt auf den Weg. Schwarzer, weiter Mantel, Skimaske, Hut. Die Gestalt erinnert an Zorro, fuchtelt allerdings nicht mit einem Degen herum, sondern mit einem Baseballschläger.

Die Gestalt baut sich drohend vor Gerda auf, hebt bereits die Arme mit dem Schläger. Geistesgegenwärtig erkennt Gerda, dass der Angreifer dadurch zugleich seine linke Flanke preisgibt. Ohne nachzudenken, schleudert Gerda mit voller Kraft das erste Gewicht in Richtung linker Schulter ihres Gegners.

Treffer! Die Gestalt zuckt zurück.

Schon lässt Gerda das andere Gewicht sausen. Diesmal erwischt sie den Brustkorb, knapp unter dem Hals.

Volltreffer! Die Gestalt taumelt.

Gerda springt nach vorn. Sie zückt die Dose mit dem Pfefferspray. Dank des Panikverschlusses braucht sie jetzt einfach nur noch zu drücken. Und zielen. Voll auf die Augen, die sie unter der Maske panisch anstarren. Doch Gerda kennt kein Pardon. Die komplette Ladung pustet sie ihrem Widersacher in die Augen. Dieser kreischt in hohem Ton auf, lässt zugleich den Schläger fallen.

Doch dieser Schläger interessiert Gerda nicht. Sie sammelt rasch ihre Gewichte auf und läuft weg. Die stöhnende Gestalt lässt sie liegen.

Selbst schuld, denkt Gerda. Wer im Wald anderen auflauert, sollte halt damit rechnen, dass es auch mal andersherum läuft.

Gerda schüttelt den Kopf, atmet ein paar Mal tief durch. Dann steckt sie die leere Dose zurück in die Hosentasche, nimmt die kleinen Gewichte wieder in die Hände und setzt ihren Weg fort.

Woran dachte sie gerade, als ihr der Schreck in die Glieder fuhr? Düsseldorf, klar. Dann der Flieger nach London.

»Michelle, Ma Belle ...«

Kapitel 5 (18. Mai, Bochum)

Wieder so ein öder und garantiert endloser Montag. Für Kriminaloberkommissar Henning Schmitt haben die Montage, überhaupt alle Tage unter der Woche, ohnehin längst jegliche Bedeutung verloren. Für Henning zählen ausschließlich die Wochenenden – die Zeit mit Lisa.

Henning steht vor dem Badezimmerspiegel und rasiert sich. Ihm bleibt eine Stunde bis Dienstbeginn. Eine Stunde, um an seine Freundin zu denken. Lisa Bertram, wie Henning 33 Jahre alt, Kriminalbeamtin wie er, leider nicht bei der Kripo Bochum beschäftigt, sondern im 300 Kilometer entfernten Wolfenbüttel.

Fernbeziehung. Man trifft sich am Wochenende. Fertig.

Das letzte Wochenende war immerhin ein langes: von Himmelfahrt am Donnerstag bis gestern, Sonntagabend. Lisa kam sogar schon am Mittwochabend nach Bochum.

Am Donnerstag, zugleich Vatertag, besuchten sie Hennings Eltern. Mittagessen und Kaffeetrinken. Das übliche Programm. Die Stimmung war alles andere als euphorisch. Das lag allein an Vater: Er macht sich zurzeit zu viele Gedanken wegen dieses Festes. Seine Universität wird 50, feiert am ersten Juniwochenende groß Geburtstag.

Hennings alter Herr organisiert die zentrale Feier. Er sorgt sich zunehmend, ob alles funktionieren wird. Verständlich, denn es kommen unter anderem der Bundespräsident und die Ministerpräsidentin.

Erschwert wird alles, laut Hennings Vater, dadurch, dass sich Bundespräsidialamt und Bundeskriminalamt in die Vorbereitung einmischen.

Dass sie sich einmischen müssen, wie Henning findet. Es geht um die Sicherheit des Staatsoberhauptes. Wenn man es dabeihaben möchte, ist man gezwungen, sich an ein paar Regeln zu halten. Selbst wenn es die Spürhunde sind, die ihre Nase buchstäblich in das Büffet stecken. Das mag unappetitlich sein. Es dürfte aber weitaus schwerer zu verdauen sein, wenn der Bundespräsident ausgerechnet in Bochum Opfer eines Giftanschlags wird.

Letztlich gerieten Henning und sein Vater am Donnerstag aneinander, weil Henning gute Gründe für das strenge Vorgehen der beiden Ämter anführte. Vater und Sohn streiten sich leider häufig. Das hängt ganz allgemein damit zusammen, dass Henning Polizist werden wollte. Kein Ingenieur wie sein Urgroßvater, sein Großvater, sein Vater, sein großer Bruder. »Nur Polizist«, das schwingt da natürlich deutlich vernehmbar mit. Dabei hat auch Henning einen Universitätsabschluss erworben, einen Bachelor; zurzeit arbeitet er schwer daran, einen Master draufzusetzen. Seit einem Jahr ist Henning an der Uni Bochum für den berufsbegleitenden Masterstudiengang Kriminologie und Polizeiwissenschaft eingeschrieben. Er studiert gemeinsam mit knapp 70 Kommilitonen, von denen die meisten wie er bei der Polizei arbeiten.

Meist sitzt Henning zu Hause am Computer, denn der größte Teil des Studiums läuft als E-Learning über die Internetplattform »Blackboard«. Dort werden Onlinevorlesungen gezeigt und Aufgaben verteilt, dort können die Studenten diskutieren. Selten muss Henning während der sogenannten Präsenzblöcke tatsächlich im Hörsaal sein. Bisweilen am späten Nachmittag oder, wesentlich häufiger, am Wochenende.

Im Grunde genommen bereiten Henning diese Ausflüge ins richtige Studentenleben die größte Freude. Zum einen trifft er seine Mitstudenten, statt ihnen bloß digitale Nachrichten zu senden.

Zum anderen erlebt er Professor Erdmann hautnah, den Erfinder des Studiengangs, einen charismatischen Menschen, von dem sein Vater (gerade deshalb?) wenig hält.

Winfried Schmitt mag ebenso wenig E-Learning. Ausgerechnet, denn ohne E-Learning kann Henning nicht gleichzeitig studieren und Polizist sein.

Henning sitzt mittlerweile am Frühstückstisch, nach vier Frühstücken mit Lisa leider wieder ohne Gegenüber. Er schlürft Kaffee, isst zwei Scheiben Brot, zum guten Schluss eine Banane und sinniert weiter über sein Studentenleben.

Es war schwer genug, überhaupt einen Studienplatz zu bekommen, denn Jahr für Jahr bewerben sich mehrere Hundert Interessenten um nur 70 Studienplätze.

Um diesen Ansturm irgendwie zu bewältigen, führt die Uni ein mehrstufiges Zulassungsverfahren durch, in dessen Mittelpunkt ein Assessment-Center steht. Dort stellten sich Henning und die anderen Bewerber einer Auswahlkommission und verfassten kurze Essays zu aktuellen kriminologischen Themen.

Henning hasst das Schreiben. Immerhin fiel ihm ein griffiges Thema ein: Er schrieb über Fußballfans beziehungsweise die Gewalt, die manchmal von ihnen ausgeht. Als junger Polizist erlebte er im Bochumer Stadion oder auf den Zugangswegen (hauptsächlich am Bahnhof) häufig Gewaltexzesse. Verantwortlich dafür waren die üblichen Verdächtigen: FC-Fans aus Köln, Herthafrösche aus Berlin, vor allem aber die ganz großen Idioten aus Rostock, Dresden, Essen. Mittlerweile hält Henning sich ausnahmslos auf der anderen Seite des Zauns auf: als halbwegs normaler VfL-Fan unter vielen anderen Normalen sowie einigen Ultras und wenigen Hooligans.

Für ein kurzes Essay reichte sein Wissen auf jeden Fall. Das Thema wählte Henning mit einem Hintergedanken: Aus der Zeitung wusste er, dass sich Professor Erdmann regelmäßig zu Fankrawallen, Pyrotechnik oder Stadionverboten äußert.

Henning bekam einen Studienplatz. Momentan studiert er im dritten Semester, sammelt fleißig Scheine: Kriminologie, Kriminalistik, Recht, Sozialwissenschaften und so weiter.

Im kommenden Semester schreibt er seine Masterarbeit. Wenn es mit dem Master klappt und er eine gute Note bekommt, kann er anschließend seinen Doktor machen. Seine Karriere bei der Kripo dürfte dieser Titel erheblich beschleunigen.

Bereits der Master dürfte ihm ein paar zusätzliche Türen öffnen. Zumindest die Tür, hinter der sich die Nachfolge seines Chefs verbirgt. Kriminalhauptkommissar Eric Vorberg geht in drei Jahren in den Ruhestand, und irgendjemand wird die Nachfolge als Leiter des KK 11 übernehmen. Nicht zwangsläufig jemand von auswärts.

Falls Henning endlich Kriminalhauptkommissar wird – und in Bochum bleibt. Seit er mit Lisa zusammen ist, macht er sich sehr grundsätzliche Gedanken über sein Leben. Lisa und er sind alt genug, um Nägel mit Köpfen zu machen, sozusagen. Zusammenziehen, vielleicht heiraten, vielleicht eine Familie gründen.

Aber wo? Henning findet Wolfenbüttel ganz hübsch mit seinen Fachwerkhäusern, aber zugleich ziemlich langweilig. Andererseits behauptet Lisa, dass es ihr in Bochum gut gefällt, insgesamt in etwa so gut wie in Wolfenbüttel.

Falls sie aber ins Ruhrgebiet übersiedelt, muss sie zusätzlich ihren Dienstherren wechseln. NRW statt Niedersachsen. Denkbar wäre das. Genau wie das Zusammenziehen.

Dann wird man sehen, ob es klappt, wenn man Tag für Tag, Abend für Abend, Nacht für Nacht zusammenhockt und sich nicht die Rosinen herauspickt, die eine Fernbeziehung zwangsläufig bietet. Ob dann Hochzeit und Kinder weiterhin wünschenswert sind? Henning hofft es. Jetzt gilt es, sich Schritt für Schritt voranzutasten.

Henning erinnert sich gut an ihre erste Begegnung: Im Januar 2014 kam in Bochum ein katholischer Priester ums Leben, am Bahnhof Ehrenfeld erfasste ihn eine einfahrende S-Bahn. Schnell stellte sich heraus, dass dieser Priester in demselben Jahr an derselben Schule in Wolfenbüttel sein Abitur erworben hatte wie drei andere Menschen, die in den vier Wochen zuvor ums Leben gekommen waren: bei mysteriösen Unfällen beziehungsweise bei einem Raubüberfall.

Henning rief damals in Wolfenbüttel an, um den Tod des Priesters zu melden. Am anderen Ende der Leitung saß – Kriminaloberkommissarin Lisa Bertram. Kaum etwas sprach in diesem Moment dafür, dass dieses Telefonat den Beginn einer großen, gar intimen Freundschaft markierte. Außer dass Lisa sympathisch klang und dass Henning gerade dabei war, sich von seiner langjährigen Freundin zu trennen – mit der er seit drei Jahren zusammenlebte. Ja, ja. Gerade rückte der Zeitpunkt näher, die Weichen zu stellen: Hochzeit und Kinder oder eben Trennung.

Etwas später entwickelte sich der Wolfenbütteler Fall zu einer echten Mordserie. Der letzte Akt des Dramas, inklusive Verhaften des Täters, wurde ausgerechnet in Bochum aufgeführt – gemeinschaftlich inszeniert von Wolfenbütteler und Bochumer Kripo.

Bei dieser Gelegenheit traf Henning Lisa zum ersten Mal. Liebe auf den ersten Blick? Schimmerte da etwas in ihrem Blick, das ihm signalisierte, dass Lisa ihn auf Anhieb … na, was? Nett fand? Attraktiv? Sich irgendwie zu ihm hingezogen fühlte? Wahrscheinlich, denn beim Abschied drückte sie ihm einen Zettel in die Hand. »Ruf mich doch mal an, wenn du magst!«, stand darauf, dazu Lisas Mobilnummer.

Henning rief sie am selben Abend an. Sie telefonierten anderthalb Stunden lang, trafen sich am darauffolgenden Wochenende auf neutralem Terrain, ungefähr in der Mitte zwischen Wolfenbüttel und Bochum, in Minden. Trafen, na ja. Um es neutral auszudrücken. Lisa erzählte ihrem Freund, dass sie zu ihren Eltern nach Uelzen fährt. Henning erzählte seiner Freundin, dass er einen Freund in Köln besucht, es war zufällig das Karnevalswochenende, das passte.

Während Lisas Freund die Lüge kommentarlos schluckte, roch Hennings Freundin sofort Lunte – ein Verdacht, der die Trennung erheblich beschleunigte. Hennings Freundin zog kurze Zeit später aus; Lisa und er konnten sich fortan ungestört in Hennings Wohnung treffen. Etwa alle drei Wochen. Natürlich viel, viel zu selten.

Lisa zögerte zunächst, sich von ihrem Freund Björn zu trennen. Erst im Spätherbst gab sie ihm den Laufpass. Seitdem treffen sich Lisa und Henning praktisch an jedem Wochenende. Über Silvester verreisten sie ein paar Tage gemeinsam, nachdem sie das Weihnachtsfest getrennt mit den jeweiligen Eltern verbracht hatten.

Hennings Vater verbreitete Weihnachten noch richtig gute Laune. Das große Jubiläum war weit weg, er erfreute sich an seinen eigenen guten Ideen, von denen er just an Weihnachten erstmals seiner Familie berichtete.

Winfried Schmitt trug es seiner Familie voller Stolz vor, um es etwas genauer auszudrücken. Das tut er sehr gern. Er steht dann vom Tisch auf, läuft durch das geräumige Esszimmer, hebt den Zeigefinger und die Stimme, fixiert seine Zuhörer mit seinen strahlend blauen Augen. Er lechzt nach Aufmerksamkeit, bekommt sie – und genießt es.

Hennings Bruder, der um zwei Jahre ältere Viktor, hängt in der Regel fest an Vaters Lippen. Im Gegensatz zu Henning ist Viktor der Familientradition treu geblieben, er studierte brav Maschinenbau, promovierte und ist nun Juniorprofessor in Darmstadt.

Auch Viktors Söhne, vier beziehungsweise zwei Jahre alt, sind schon jetzt wahre Künstler, wenn sie aus Legosteinen Maschinen oder gleich ganze Fabriken bauen. Der Vierjährige erklärt darüber hinaus wortreich, wie ein Staubsauger, eine Waschmaschine oder ein Automotor funktionieren.

Gespenstisch.

Henning und seiner Mutter hingegen gelingt es weniger gut, echte Begeisterung für Winfrieds Vorträge zu zeigen. Mutter Gerlinde war dazu früher durchaus in der Lage. Aber nach dem gefühlt 1001. Vortrag gelingt es selbst der Mustergattin kaum, den ganz großen Enthusiasmus zu zeigen – oder geschickt vorzutäuschen.

Henning kann das gut nachvollziehen. Er presste schon als Dreijähriger erstmals die Hände auf die Ohren, als sein Vater eine große, furchtbar wichtige Rede hielt. Vater blieb diese unangemessene Geste damals verborgen. Viktor jedoch fiel es sofort auf, er lieferte seinen kleinen Bruder – ohne mit der Wimper zu zucken – ans Messer. Es folgten ein trauriger Blick der Mutter sowie ein Tobsuchtsanfall des Vaters. Laut brüllend, die rechte Hand drohend in der Luft, das Gesicht puterrot, so stand Winfried da, vergaß für einige schrecklich lange Augenblicke sein Vortragsthema.

Vielleicht ging es damals um den Sommerurlaub? Oder um die Planung des kommenden Wochenendes? Oder um das Mittagessen? Henning erinnert sich selbstverständlich nicht. Er weiß aber, dass sein Vater aus jedem Thema einen Vortrag macht. Darüber hinaus weiß Henning, dass sein Vater im Grunde seines Herzens kein ganz und gar schlechter Mensch ist, dass man ihm gegenüber jedoch mit Widerworten sparsam sein muss, dass es grundsätzlich besser ist, wenn die Dinge so laufen, wie Vater es sich vorstellt.

Gibt es zu viele Widerworte oder laufen die Dinge anders, reagiert Vater äußerst emotional und höchst unterschiedlich.

Das kann ein Tobsuchtsanfall sein oder eine Art Nervenzusammenbruch mit lautem Gejammer, manchmal regelrechtem Heulen, gerne mit der rechten Hand, die sich erschrocken ans Herz fasst.

Weihnachten, wie gesagt, und Vaters, nach eigenem Bekunden, schönste Idee für das Jubiläum: Er will 50 Universitätsprofessoren der Gründungsphase, sozusagen der Stunde null, zusammentrommeln und in das Audimax marschieren lassen. Für diesen Teil seines Vortrags benötigte Vater rund 20 Minuten.

Viktor sprang umgehend jubelnd auf, fiel seinem geliebten Vater um den Hals. Mutters Reaktion lässt sich kaum so eindeutig zusammenfassen. Nachdem sie zunächst konsterniert wirkte, nickte sie im nächsten Augenblick anerkennend, sagte etwas wie »Bravo, Winfried!« Aber irgendwie schien sie mit ihren Gedanken ganz woanders zu sein.

Henning findet den Einfall mit der Parade ganz nett. Höchstens. Er lobte gleichwohl am betreffenden Abend seinen Vater für diesen »grandiosen Einfall«. Er wollte ihn nicht gegen sich aufbringen. Was an Weihnachten natürlich nur recht und billig ist. Und was an diesem Abend dazu führte, dass Vater strahlte wie – niemals zuvor. Mutters Reaktion entging ihm garantiert komplett. Falls er doch irgendetwas davon bemerkte, dann wahrscheinlich bloß den positiven Teil.

Henning ist es bisher nicht gelungen, die letzten Geheimnisse der Beziehung seiner Eltern zu ergründen. Nach außen hin scheint alles wunderbar zu sein – wenn man eher altmodische Werte gelten lässt: Vater sammelt im Beruf Meriten, Mutter führt erfolgreich den Haushalt, geht darüber hinaus einem interessanten Hobby nach: Sie arbeitet als Kampfrichterin bei den Sportschützen.

Früher war Mutter selbst Sportschützin. Im Keller stehen ihre Trophäen. Henning weiß nicht, warum sie seinerzeit recht plötzlich ihre Karriere beendete. Laut Hennings Oma gab es Diskrepanzen zwischen Vater und Mutter. Details wollte Oma nicht preisgeben. Weder Vater noch Mutter sprachen jemals dieses Thema im Beisein der Kinder an. Henning fragt beide nicht danach. Er befürchtet, in ein Wespennest zu stechen.

Auch das Thema Parade mied Henning lange. An Christi Himmelfahrt sprach Winfried es jedoch von sich aus wieder an: »Der Bundespräsident hält offensichtlich wenig von meiner Parade.«

»Woher weißt du das?«, fragte Henning.

Vater schloss die Augen, antwortete zögernd. »Das Rektoratsgeschäftszimmer hat mit dem Bundespräsidialamt telefoniert, die deuteten so etwas an.«

»Sie deuteten es an?«

»Ja, verdammt. Die werden sich wohl kaum direkt einmischen, oder?« Hennings Vater erhob erstmals die Stimme.

»Was haben sie denn konkret gesagt?«

»Keine Ahnung. Der Mensch aus Berlin erwähnte wohl, dass der Präsident das Programm für sehr lang hält. Er muss an diesem Tag weitere Termine wahrnehmen.«

»Das Finale der Champions League«, sagte Henning.

Sein Vater riss die Augen auf. »Wie bitte? Wegen eines Fußballspiels sollen wir unser Programm kürzen? Das ist unerhört.«

Henning blieb unbeirrt. »Das Finale findet in Berlin statt, es kommen hohe Staatsgäste aus Spanien und Italien. Da hat der Bundespräsident keine große Wahl, schätze ich.«

Winfried schnappte laut nach Luft.

»Erwähnte dieser Mensch aus Berlin nun explizit die Parade oder nicht?«, bohrte Henning nach.

»Doch, doch, doch. Er sagte, dass die Parade zunächst nicht geplant war.«

In diesem Moment schaltete sich Lisa ein, die sich ansonsten gern heraushält, wenn Henning sich mit seinem Vater streitet. »Und jetzt?«

»Wir machen es trotzdem.« Winfried schlug mit der Faust auf den Tisch.

»Und wenn der Bundespräsident dann wegbleibt?«, fragte Henning.

»Papperlapapp. Der wird kommen. Andernfalls wird er eine ganz schlechte Presse kriegen, der Herr. Wenn nämlich herauskommt, dass ihm ein Fußballspiel wichtiger ist als der 50. Geburtstag einer der führenden Universitäten des Landes. Das würde er bereuen, dieser feine Herr.« Mit dieser Drohung verließ Hennings Vater das Wohnzimmer.

Und beendete damit die kurze Diskussion. Mutter verfolgte die Sache, ohne ein Wort zu sagen. Wie üblich.

Kurz danach kehrte Winfried zurück, aber nur um einen neuen Streit vom Zaun zu brechen: den mit den Hunden, dem Büffet und ganz allgemein wegen des »ganzen Sicherheitshokuspokus um den blöden Pfarrer«.

Am Ende des Disputs warf Winfried seinen Sohn und dessen Freundin mehr oder weniger aus dem Haus. Wie man sich unschwer vorstellen kann, hält er Lisa für keine ideale Schwiegertochter. Eine Polizistin! Manchmal überlegt Henning ernsthaft, Lisa zu fragen, ob sie seinen Vater für einen idealen Schwiegervater hält. Doch er fürchtet sich vor der Antwort.

Henning befindet sich mittlerweile auf dem Weg zum Polizeipräsidium. Sein Smartphone vibriert. Er holt es aus der Innentasche seiner Jacke. Eine SMS. Die Nachricht ist von Vater: »Walter Germann ist verschwunden. Bitte schnellstmöglich anrufen!«

Kapitel 6 (18. Mai, Wolfenbüttel)

Helmuts Arbeitstag zieht sich in die Länge. Seitdem die Wasserleiche entdeckt wurde, sind knapp zehn Stunden vergangen. Bislang wissen die Ermittler nicht, wer der Tote ist. Offenbar wird in ganz Deutschland tatsächlich niemand vermisst, auf den die Beschreibung des Mannes passt. Das behauptet zumindest die Datenbank des BKA. Schlimmstenfalls werden sie ihre Ermittlungen auf das Ausland ausdehnen.

Den ganzen Tag lang fragten Helmut, Lisa sowie einige Braunschweiger Kollegen in – wortwörtlich – allen Hotels der Gegend nach, ob ein Gast vermisst wird. Per Fax, per Mail, per Telefon. Absolute Fehlanzeige. Wenn es sich tatsächlich um einen Reisenden handelt, dann hat er kein Hotelzimmer reserviert und erst recht nicht bezogen.

Immerhin konnte der Polizeifotograf einige vorzeigbare Fotos der Leiche machen. Mithilfe dieser Fotos suchten Streifenbeamte in den umliegenden Häusern des Fundorts nach Zeugen. Ebenfalls vergeblich. Niemand hat in den letzten Tagen etwas Verdächtiges gesehen. Schon gar nicht den Toten.

Die Spurensicherung fand auf einem Streifen von über 100 Metern entlang des Flussufers bislang keinerlei relevante Hinweise. Immerhin scheint festzustehen, dass es an der Stelle, wo die Joggerin die Leiche fand, in den letzten Tagen keinen Kampf gab. Die Suche wird morgen ausgedehnt: zunächst bis zum Schulwall auf der einen beziehungsweise bis zur Kommißstraße auf der anderen Seite.

Gesicherte Erkenntnisse liegen allein von der Gerichtsmedizin vor. Herbert Rösner hielt Wort: Er untersuchte die Leiche am frühen Nachmittag. Der Mann ist demnach eindeutig ertrunken. Es fehlen jegliche Hinweise auf fremdes Einwirken. Erstaunlicherweise nahm der Mann in den letzten zehn bis zwölf Stunden vor seinem Tod keine feste Nahrung zu sich, aber erhebliche Mengen an Alkohol. Ansonsten sei der Tote, so der Pathologe, bei bester Gesundheit gewesen.

Nun ist es 17.30 Uhr. Helmut will die Kneipen im Umfeld des Fundortes aufsuchen, um Rösners Theorie nachzugehen, dass der Mann möglicherweise betrunken in die Oker gefallen ist. Wenn man den Ort findet, wo er den Alkohol konsumierte, hätte man eine erste Spur.

Lisa hilft Helmut. Sie geht in die »Schloss Schenke«, während Helmut den »Zimmerhof 13« aufsucht. Falls sie in diesen beiden Kneipen am Großen Zimmerhof nichts herausfinden, werden sie noch gemeinsam zu »Slims Irish Corner« in der Kommißstraße gehen.

Der »Zimmerhof 13« hat gerade erst aufgemacht, doch die Terrasse unmittelbar über der Oker ist dank des schönen Wetters bereits gut besucht. An zwei Tischen sitzen Gruppen. An einem der Tische prostet man sich bereits zu, auf dem anderen Tisch stehen noch keine Getränke.

Drinnen sitzen keine Gäste, zumindest nicht in der untersten der drei Etagen. Hinter der Theke steht ein schlanker Mann Ende 20 mit kurzen rotblonden Haaren. Er trägt ein weißes T-Shirt, zapft eifrig Bier.

Helmut zeigt ihm seinen Ausweis. »Haben Sie einen Augenblick Zeit für mich?«

Der Mann verdreht die Augen. »Wenn es geht, bitte kurz. Die Leute da draußen warten sehnsüchtig auf ihre Getränke.«

»Ich versuche es.« Helmut holt das Foto des Ertrunkenen hervor, hält es dem Wirt unter die Nase. Zum Glück sieht der Tote nicht allzu schlimm aus. »Haben Sie diesen Mann schon einmal gesehen?«

Der junge Mann betrachtet das Foto und zieht die rechte Augenbraue hoch. »Sieht nicht so gesund aus, oder?«

»Mag sein.«

»Tot?«

»Ja, tot. Also, kennen Sie den Mann?« Typisch, denkt Helmut. Erst geben die Leute an, sie hätten keine Zeit, dann beginnen sie mit ihren vermeintlich witzigen Gegenfragen, um das Gespräch unnötig in die Länge zu ziehen.

»Wenn mich nicht alles täuscht, dann war der Kerl vor ein paar Tagen hier.«

»Aha. Wann genau?«

»Montag? Dienstag? Eher am Dienstag, würde ich sagen.«

»Was hat er hier gemacht?« Keine besonders clevere Frage, räumt Helmut ein; aber nun ist sie gestellt.

»Ha! Wenn das tatsächlich der Typ ist, dann saß er stundenlang an der Theke und gab sich schwer die Kante. Aber so was von schwer.«

»Sind Sie sich denn mittlerweile etwas sicherer, dass es sich um diesen Mann handelt?«

»Auf den ersten Blick war ich es nicht. Das Gesicht auf dem Bild ist ja nicht mehr gerade erste Wahl. Aber dann sah ich das Hemd und die Krawatte. Kommt ja nicht so oft vor, dass hier so ein alter Knacker im schicken Anzug reingeschneit kommt. Wenn der Typ sich dann auch noch mit Pils und Tequila abschießt – das bleibt schon hängen.«

»Pils und Tequila?«, fragt Helmut.

»Ja, voll Neunziger. Von beidem reichlich und immer gleichzeitig. Jetzt fällt mir wieder was ein. Ist wahrscheinlich nicht wichtig, aber egal. Der Typ fragte bei der ersten Bestellung, ob wir auch örtliches Bier ausschenken. Aber damit konnte ich ihm nicht dienen.«

»Und?«

»Er wirkte zwar nicht begeistert, gab sich dann aber mit Becks zufrieden.«

»Was meinen Sie, warum er nach einem örtlichen Bier fragte? War der Mann nicht von hier?«

Der Wirt blickt nach draußen, wo seine Gäste noch immer auf ihr Bier warten. »Meine Chefin wird nicht wirklich begeistert sein, wenn sie erfährt, dass ihre Gäste so lange auf dem Trockenen sitzen.«

»Sind Sie allein hier?«

»Um die Uhrzeit? Klar. Nachher kommt Unterstützung, gegen 19 Uhr.«

Helmut denkt kurz nach. Er braucht durchaus noch einige Informationen. Allerdings möchte er vermeiden, dass der Mann Ärger mit seiner Chefin bekommt. »Okay. Dann bringen Sie doch eben die Getränke nach draußen. Wir reden danach weiter.«

Der Wirt nickt, zapft die Gläser voll, bringt das Tablett nach draußen. Zwei Minuten später steht er wieder hinter der Theke. »Glück gehabt!«

»Wieso?«, will Helmut wissen.

»Keine neuen Bestellungen. Wir haben also ein paar Minuten Ruhe. Solange keine neuen Gäste in den Biergarten kommen. Ich sehe das ja von hier aus.«

Helmut nickt. »Das ist gut. Also, was meinen Sie: Kam der Mann nicht von hier?«

»Schwer zu sagen. Er sprach jetzt nicht gerade mit Akzent oder Dialekt oder so. Gäste von hier fragen auch schon mal nach unseren regionalen Bieren, Wolters oder Hasseröder. So ist das nicht. Wobei ich weiß, worauf Sie hinauswollen: Dass es Leute gibt, die in der Fremde explizit nach dem lokalen Bier fragen, um es auszuprobieren. Mache ich selbst auch ganz gern. Aber in diesem Fall möchte ich mich nicht festlegen, ob der Typ von hier oder von auswärts stammte.«

Helmut mag noch nicht lockerlassen. »Hat er allgemein nach lokalen Biersorten gefragt oder explizit Wolters und Hasseröder erwähnt?«

»Puh, ganz ehrlich, das weiß ich nicht mehr.«

»Hatte der Mann denn Gepäck bei sich? Tasche, Koffer, Rucksack?«

Der Wirt lacht. »Also, ein Rucksack hätte nicht zu ihm gepasst. Eher so ein Rollkoffer. Hatte er aber nicht bei sich. Das wäre mir schon aufgefallen.«

Es bleibt dabei, denkt Helmut: Wenn es sich um einen Reisenden handelt, muss sein Gepäck in einem Bahnhofsschließfach sein. Oder in einem Auto. Sie müssen also sowohl den Bahnhof als auch die Parkhäuser im Auge behalten. »Hat der Mann zufällig etwas erzählt?«

»Nur, wenn er neu bestellte. Abgesehen von der Frage nach dem lokalen Bier, natürlich.«

Helmut zögert kurz, er möchte sein Gegenüber nicht in die Defensive drängen; dennoch interessiert ihn dieser Aspekt: »Sie haben ihm auch keine Fragen gestellt? Immerhin stand der Mann einige Stunden lang an Ihrer Theke.«

Der Wirt wiegt den Kopf hin und her. »Klar, ich verstehe, worauf Sie hinauswollen. Aber ich verlasse mich auf meine Menschenkenntnis und meine Erfahrung als Zapfer: Es gibt Leute, die wollen quatschen, und es gibt Leute, die wollen ihre Ruhe. Ihr Mann da, der passt in die zweite Schublade. Wenn einer seine Ruhe will, kriegt er sie von mir.«

»Also eher ein Schweiger. Was machte er darüber hinaus für einen Eindruck auf Sie?«

»Schwer zu sagen. Etwas widersprüchlich insgesamt. Einerseits ein seriöser Typ mit Anzug, der jetzt auch nicht gerade wie ein Säufer aussieht. Verstehen Sie, nach mehr als fünf Jahren hinter der Theke kann ich das einigermaßen abschätzen. Andererseits taucht er hier praktisch zu Betriebsbeginn um 17

Uhr auf und trinkt ein paar Stunden lang Bier und Schnaps.«

»Wie viele Stunden genau?«

Der Wirt blickt nach draußen, wo aber offenbar noch keine neuen Gäste auf der Terrasse eingetroffen sind. »Ich glaube, er ist gegen 22 Uhr, 22.30 Uhr gegangen. Es war jedenfalls schon dunkel.«

»In welche Richtung?«

»Keine Ahnung. Der Laden war mittlerweile rappelvoll. Der Typ bezahlt, gibt mir ein nettes Trinkgeld und drängelt sich zum Ausgang durch. Wobei ihm die jungen Leute schon Platz machten. Sonst hätte er es wohl nicht bis zur Tür geschafft. Der schwankte nur noch.«

»Kein Wunder, nach fünf Stunden Bier und Tequila.«

»Eben. Wo haben Sie den Kerl eigentlich gefunden. Wenn ich fragen darf?«

»Fragen geht immer. Diesmal bekommen Sie sogar die Antwort. Morgen steht es ohnehin in der Zeitung. Wahrscheinlich längst auf Facebook. Wir fanden ihn direkt hier vor Ihrer Tür in der Oker.«

»Echt? Wann denn?«

»Heute Morgen.«

Der Wirt kratzt sich am Kopf. »Heute Morgen? Hätten Sie gesagt, am Mittwochmorgen, dann hätte ich behauptet, dass der Kerl nach seinem Gelage hier ins Wasser gefallen ist.«

»Hm.«

»Was bedeutet das? Kann das trotzdem passiert sein, obwohl Sie ihn erst heute entdeckten, nach sechs Tagen?«

»Nach unserem Gespräch erscheint mir dieser Ablauf ziemlich plausibel. Vielleicht ist er nicht gleich hier ins Wasser gefallen, sondern irgendwo, wo man ihn nicht sofort entdecken konnte.«

Der Wirt blickt wieder einmal nach draußen. »Draußen kommen leider gerade neue Gäste. Sind wir durch?«

»Ja, aber wenn Ihnen noch etwas einfällt, rufen Sie mich bitte an.« Helmut reicht dem Mann eine Visitenkarte.

»Wird gemacht, Chef!«

»Ach, eines noch: Ist Ihnen zufällig aufgefallen, dass zeitgleich mit dem Herrn jemand anders die Kneipe verlassen hat? Oder kurz danach?«

Der Wirt fasst sich an sein unrasiertes Kinn. »Wie gesagt, es herrschte großes Kommen und Gehen. Da kann es immer sein, dass Leute zeitgleich rausgehen. In diesem Fall weiß ich es wirklich nicht. Tut mir leid.«

Vor der Tür der Kneipe trifft Helmut Lisa, die gerade aus der »Schloss Schenke« kommt. Wie nach Helmuts Gespräch im »Zimmerhof 13« zu erwarten war, kann Lisa keine Neuigkeiten beisteuern.

»Es hat eine Weile gedauert«, sagt sie. »Das Personal, das heute Dienst schiebt, ist nicht identisch mit dem der letzten Tage. Sie telefonierten ein wenig herum, bis schließlich alle aufkreuzten. Aber keiner erinnert sich an unseren Mann.«

»Dafür war er am Dienstag im Zimmerhof 13.« Helmut berichtet Lisa von seinem Gespräch.

»Oh je. Ich mag mir das gar nicht vorstellen, wie dieser alte Mann dort an der Theke steht und sich volllaufen lässt. Irgendwie traurig. Immerhin haben wir eine erste Spur. Gehen wir dennoch noch zu Slims?«, fragt Lisa.

»Ja, der Vollständigkeit halber. Vielleicht trinken wir dort anschließend ein Feierabendbier – falls du Zeit und Lust hast.«

Lisa sieht auf ihre Uhr. »Beides. Henning ist den ganzen Abend unterwegs, wir können heute noch nicht einmal telefonieren.«

»Ihr Ärmsten.«

»Vorsicht, ja!«

Bei »Slims« in der Komißstraße herrscht reger Betrieb, das Personal befindet sich praktisch im permanenten Einsatz. Es dauert eine Weile, bis Lisa und Helmut mit allen Zapfern und Kellnern sprechen können. Allerdings erinnert sich niemand an den Mann aus der Oker. Im Gegensatz zur »Schloss Schenke« ist das gesamte Personal anwesend, das auch an den vergangenen Abenden Dienst schob. Am Dienstagabend, wie auch montags, bleibt die Kneipe ohnehin geschlossen. Also kann der Tote hier gar nicht gewesen sein. Dass er auch am Mittwoch und den folgenden Tagen nicht bei »Slims« aufkreuzte, muss überhaupt nichts bedeuten. Es kann jedoch bedeuten, dass der Unbekannte Dienstagnacht in die Oker fiel, nachdem er den »Zimmerhof 13« verließ.

Nach der kurzen, erfolglosen Befragung stellen sich Lisa und Helmut an einen der Stehtische in der Nähe der Theke. Helmut holt die erste Runde. Der Zapfer runzelt kurz die Stirn, wahrscheinlich, weil Helmut so plötzlich die Rolle wechselt, nun als Gast bei ihm auftaucht. Gleichwohl zapft er ihm klaglos zwei große Kilkenny.

»Was denkst du?«, fragt Lisa.

»Wegen unseres Toten?«

»Ja, klar. Nach seinem Besäufnis am Dienstagabend verliert sich seine Spur, ein paar Tage später taucht er als Leiche in der Oker wieder auf.«

Helmut trinkt einen Schluck. »An der Ausgangslage hat sich aus meiner Sicht kaum etwas verändert: Unfall, Selbstmord oder Mord.«

»Aber spricht sein volltrunkener Zustand nicht eher dafür, dass er tatsächlich unbeabsichtigt ins Wasser gefallen ist? Mal vorausgesetzt, er fiel direkt am Dienstagabend in die Oker.«

»Auf den ersten Blick vielleicht, Lisa. Genauso gut kann er sich Mut angetrunken haben, um freiwillig aus dem Leben zu scheiden.«

»Hm. Diese Vorstellung macht die Sache noch trauriger. Ich verstehe aber nicht, was seine Trunkenheit mit einem möglichen Verbrechen zu tun haben könnte.«

»Nun ja, vielleicht hat jemand beobachtet, wie der Mann sich betrinkt, und folgt ihm, weil er ihn für ein leichtes Opfer hält, das er gefahrlos ausrauben kann. Immerhin fehlt das Portemonnaie des Mannes.«

»Aber warum schmeißt er ihn anschließend ins Wasser?«

Helmut überlegt. »Stimmt. Das ergibt keinen Sinn. Es sei denn, dass unser Opfer bei dem Gerangel zufällig ins Wasser fällt.«

»Doktor Rösner hat doch keine Spuren einer Fremdeinwirkung entdeckt.«

»Vielleicht schubste er nicht heftig genug, um Spuren zu hinterlassen? Aber du hast recht, Lisa: Die Raubtheorie dürfte eher unwahrscheinlich sein.«

»Wenn wir nur mehr über diesen Kerl wüssten! Ich glaube auch, dass es sich um einen Ortsfremden handelt. Einen, der hier irgendetwas Frustrierendes erlebt und sich dann betrinkt. Nur: Wohin wollte er nach seinem Besäufnis?«

»Gute Frage. Wenn es tatsächlich ein Fremder ist, wäre ein Hotel die nächstliegende Alternative.«

»Die wir aber bereits ausschließen konnten«, unterbricht Lisa. »Die nächste Möglichkeit wäre der Bahnhof. Nur 200 Meter entfernt von der Kneipe.«

»Fahren da um 22 Uhr oder 22.30 Uhr noch Züge?«

»Das weiß ich zufällig recht genau, Helmut. Früher bin ich häufiger Zug gefahren. Nach Braunschweig kommst du auf jeden Fall noch, mit dem Zug oder mit dem Bus. Dort am Hauptbahnhof gibt es noch einige Möglichkeiten. Den Bahnhof sollten wir also nicht ausschließen.«

»Zumal es möglich ist, dass sein Gepäck im Schließfach liegt.«

Lisa lacht. »Ich nehme mal an, du warst länger nicht im Bahnhofsgebäude.«

»Wieso?«

»Im Wolfenbütteler Bahnhof gibt es keine Schließfächer mehr. Die Bahnreisenden nutzen die Schließfächer der Stadtbücherei, die sich ja auch im Bahnhofsgebäude befindet. Diese Fächer eignen sich allerdings nur für kleine Gepäckstücke wie Taschen.«

»Erwischt.« Auch Helmut lacht. »Ich schätze, dass man so spät nicht mehr in die Bücherei hineinkommt?«

»Richtig. Wobei man natürlich behaupten könnte, dass ein Betrunkener daran nicht unbedingt denkt und trotzdem zum Schließfach marschieren möchte. Wir können ebenso wenig ausschließen, dass unser Toter sich auskannte und sein Gepäck von vornherein beispielsweise im Braunschweiger Bahnhof gelassen hat, weil er nur einen Abstecher in unsere schöne Stadt machen wollte, um dann nach Braunschweig zurückzufahren.«

Helmut nimmt einen Schluck, sein Glas ist halb leer. Mehr als eines darf er ohnehin nicht trinken, er fährt noch zurück nach Winnigstedt. »Das erscheint mir doch recht weit hergeholt. Immerhin haben wir auch die Braunschweiger Hotels überprüft. Auch dort fehlt kein Gast. Wenn es anders wäre, wäre deine Theorie plausibel.«

»Stimmt auch wieder. Bliebe noch ein Auto, zu dem der Mann gehen wollte.«

»Hoffentlich nicht, um zu fahren – in seinem Zustand.« Helmut dreht sein Glas hin und her. »Aber auch diese Option müssen wir in Betracht ziehen.«

»Zu viele Optionen.«

»Ja, wir können nur hoffen, dass bald eine Vermisstenmeldung auftaucht. Wo auch immer. Oder seine Papiere.«

Lisa nimmt einen kräftigen Schluck, ihr Glas ist fast leer.

Im Gegensatz zu Helmut muss sie nicht zwangsweise mit dem Auto fahren, sie wohnt nur wenige Hundert Meter entfernt in der Frankfurter Straße. Selbstverständlich wird Helmut sie nachher mit seinem Auto nach Hause bringen. Diesen Gefallen schuldet er ihr spätestens seit heute Morgen, als Lisa ihm die Tür aufhielt.

Kapitel 7 (19. Mai, Bochum)

Das Ehepaar Germann wohnt im Stadtteil Weitmar, in der Nevelstraße, ein paar Hundert Meter entfernt vom Schlosspark. Die Straße steht voller Bungalows aus den 60er-Jahren. Germanns wohnen in der Nummer 51, hinter einer dieser trutzigen Kupfertüren, die typisch sind für diese Straße.

Bevor er klingelt, vergewissert sich Henning ein letztes Mal, dass er vor der richtigen Tür steht. Eine Frau öffnet ihm. Man sieht ihr an, dass sie gerade geweint hat. Kein Wunder, denkt Henning, schließlich fehlt seit einer Woche jede Spur ihres Ehemanns.

»Frau Germann?«, fragt Henning überflüssigerweise.

»Ja. Sind Sie der Polizist?«

»Richtig. Oberkommissar Henning Schmitt von der Kripo Bochum.« Henning reicht der Frau die Hand.

»Haben Sie etwas von meinem Mann gehört?« Frau Germann zieht ihre Hand rasch wieder zurück.

»Darf ich vielleicht reinkommen?«

»Natürlich, Herr …«

»Schmitt. Mein Vater, Winfried Schmitt, kennt Ihren Mann. Er ist Professor an der Ruhr-Uni, er hat gestern mit Ihnen gesprochen.«

»Ja, gewiss. Das erwähnten Sie ja bereits am Telefon.«

Endlich tritt Frau Germann zur Seite und lässt Henning ins Haus. In der breiten, hellen Diele duftet es nach Kaffee. Henning wartet, bis seine Gastgeberin ihn in die Küche führt, wo der Kaffeeduft noch intensiver wird.

»Trinken Sie Kaffee, Herr Schmitt?«

»Gern.«

»Nehmen Sie doch Platz, bitte.« Elisabeth Germann zeigt auf den weißen Esstisch, an dem vier ebenfalls weiße Stühle stehen. Auf dem Tisch selbst stehen zwei Tassen sowie ein kleiner Teller mit Plätzchen.

Kein schlechter Augenblick für einen kleinen Snack, denkt Henning und setzt sich.

»Bedienen Sie sich bei den Keksen. Ich bringe gleich den Kaffee.«

Henning greift allerdings erst nach dem Gebäck, als der Kaffee in der Tasse ist und die Fragen nach Milch und Zucker geklärt sind. Dann antwortet er endlich auf die Frage: »Wir haben leider noch nichts von Ihrem Mann gehört. Sie offenbar ebenso wenig?«

Die Frau schüttelt den Kopf.

»Ich bin normalerweise gar nicht für vermisste Personen zuständig«, beginnt Henning. »Deshalb bin ich mehr oder weniger inoffiziell hier. Das geht auch nur, weil Sie Ihren Mann noch nicht als vermisst gemeldet haben und die entsprechenden Stellen noch nicht ermitteln. Ich hoffe, dass dadurch nicht unnötig Zeit verschwendet wird. Sie sind sich weiterhin ganz sicher, dass Sie zunächst mit mir sprechen möchten?«

Frau Germann nickt. »Ich bin mir ja erst seit gestern sicher, dass er wirklich verschwunden ist. Bis dahin machte ich mir keinerlei Gedanken. Walter ist früher oft tagelang unterwegs gewesen, ohne sich großartig zu melden. Früher gab es keine Handys, da riefen die Leute nicht alle paar Stunden an. Walter besuchte bisweilen Kongresse in Italien, Frankreich oder Griechenland; da ließ er manchmal eine Woche lang gar nichts von sich hören. Ich kenne das also.«

»Was ist diesmal anders?«

»Walter hat versprochen, spätestens am Sonntag zurück zu sein, sprich vorgestern. Ich wartete bis tief in die Nacht hinein auf ihn und schlief dann auch nur sehr schlecht. Am Montagmorgen war er noch immer nicht wieder da. Er rief auch nicht an. Handys benutzt er bis heute nicht, aber es gibt ja noch Telefonzellen. Ich begann, mir ernsthaft Sorgen zu machen. Während ich noch überlegte, was ich tun soll, rief zufällig Ihr Vater an. Er wollte Walter wegen dieser Feier im Audimax sprechen. Als er hörte, dass ich vergeblich auf Walter warte, schlug er vor, Sie zu informieren, da Sie ja bei der Polizei sind.«

Genau das tat Winfried Schmitt, zunächst per SMS, danach bei einem Telefonat. Wie gut diese Idee tatsächlich ist, muss sich erst noch herausstellen. Henning besitzt nur wenige Erfahrungen mit Vermisstenmeldungen. Spätestens morgen wird er dafür sorgen, dass sich das BKA der Sache annimmt. Eine Chance möchte er sich und Elisabeth Germann jedoch geben. »Ihr Mann ist also seit Dienstag unterwegs?«

»Ja, das stimmt.«

»Und er wollte Ihnen nicht sagen, wohin er fährt.«

»Das stimmt auch, Herr Schmitt. Das ist aber nicht so ungewöhnlich, wie es sich vielleicht für Sie anhört. Ich kenne schließlich meinen Walter. Ich weiß sehr genau, dass die letzten vier Jahre schrecklich für ihn gewesen sind. Vor vier Jahren wurde er in die Rente geschickt. Seitdem langweilt er sich, fühlt sich unnütz. Walter war als Wissenschaftler sehr umtriebig. Er forschte für sein Leben gern. Das fehlt ihm jetzt. Obwohl er nie darüber spricht, weiß ich doch, dass er hinter meinem Rücken nach neuen Forschungsprojekten oder Aufträgen sucht. Ich denke, dass er jetzt etwas in Aussicht hatte, mir aber erst davon erzählen wollte, sobald es unter Dach und Fach ist. Auf dieser Reise sollte wahrscheinlich die Entscheidung fallen. Deshalb machte Walter ein kleines Geheimnis daraus.«

Für Henning klingt diese Geschichte wenig überzeugend. Aber er kennt Walter Germann nicht. »Sie haben wirklich keine Idee, wohin die Reise Ihres Mannes gegangen sein könnte? Ob er vielleicht sogar ins Ausland gefahren ist? Sie sprachen vorhin von Italien und Griechenland.«

»Nein. Ich denke aber nicht, dass er eine größere Reise plante. Er nahm nur eine kleine Reisetasche mit. Am Dienstagmorgen, gegen 8.30 Uhr, rief er ein Taxi und ließ sich zum Bahnhof fahren.«

»Zum Hauptbahnhof Bochum?«

»Ja. Das sagte er bei seinem Anruf in der Taxizentrale.«

Henning trinkt einen Schluck Kaffee. »8.30 Uhr? Das heißt, vor 8.45 Uhr hat er keinen Zug genommen. Wahrscheinlich nicht vor 9 Uhr. Wissen Sie, ob er schon eine Fahrkarte gekauft hatte?«

»Nein, leider nicht.«

Henning winkt ab. »Das ändert auch nicht so viel. Wir werfen am besten im Internet einen Blick auf den Fahrplan am Bochumer Bahnhof und schauen, welche Züge dort um 9 Uhr herum abfahren.« Henning holt sein Smartphone hervor, wählt die App der Deutschen Bahn und findet dort rasch den Abfahrtsplan des Bochumer Hauptbahnhofs. Zwischen 8.45 Uhr und 9.45 Uhr fahren dort dummerweise unzählige Züge ab – in alle Himmelsrichtungen. Los geht es mit einem ICE nach Wien: über Essen, Duisburg, Düsseldorf, Köln und so weiter. Es folgen der NRW-Express nach Aachen, die S-Bahn nach Solingen, ein IC nach Berlin, der NRW-Express nach Hamm, die S-Bahn nach Dortmund, die sogenannte Glückauf-Bahn nach Gelsenkirchen, ein ICE nach Dortmund sowie viele weitere Züge nach Düsseldorf, Köln, Hagen oder München.

Henning geht den Plan mit Frau Germann Zug für Zug durch, doch bei keinem der Ziele oder der aufgeführten Zwischenstationen läuten bei ihr die Alarmglocken.

»Natürlich könnte Ihr Mann praktisch an jedem der Bahnhöfe umgestiegen sein, um von Köln weiter nach Mannheim zu fahren oder von Hannover nach Hamburg. Natürlich könnte er am Flughafen Düsseldorf ausgestiegen sein, um irgendwohin zu fliegen. Er hat sich seit Dienstag wirklich kein einziges Mal bei Ihnen gemeldet?«

»Nein. Wie gesagt: Das ist keineswegs ungewöhnlich.«

Henning überlegt kurz. »Kann es denn sein, dass es irgendwelche Notizen gibt bezüglich dieses möglichen Projektes?«

»Keine Ahnung. Ich wühle nicht in den Unterlagen meines Mannes.«

»Vielleicht machen Sie diesmal eine Ausnahme.«

»Meinen Sie?«

»Ja. Vielleicht finden wir irgendeinen Hinweis.«

»Dann lassen Sie uns in Walters Arbeitszimmer gehen.«

Schon steht Frau Germann auf; sie geht Richtung Flur. Henning folgt ihr. Das Arbeitszimmer liegt am anderen Ende des Flurs. Mächtige Bücherregale stehen links und rechts der Eingangstür. Geradeaus, hinter einer Glastür, liegt der Garten. Mitten im Zimmer steht ein wuchtiger dunkelbrauner Schreibtisch. Ein Monitor und eine Tastatur stehen darauf sowie einige Bücher und ein silberner Ablagekorb mit losen Zetteln darin; der Computer steht unter dem Schreibtisch.

»Vielleicht sehen wir uns zunächst diese Zettel an«, schlägt Henning vor. Er zeigt auf den Ablagekorb.

»Meinetwegen.«

»Möchten Sie – oder soll ich?«

»Schauen Sie ruhig, Herr Schmitt.«

Henning schnappt sich den Stapel mit den losen Papieren, entdeckt direkt obenauf eine ausgedruckte Mail vom 2. Mai. Er überfliegt den Inhalt. Offenbar wurde der Kunsthistoriker nach Wolfenbüttel eingeladen. Ausgerechnet. Natürlich denkt Henning automatisch an Lisa, verkneift sich aber das Lächeln. Die dortige Bibliothek veranstaltet ein Symposium. Es geht offenbar um das Evangeliar Heinrichs des Löwen.

Henning reicht die Einladung weiter. »Sagt Ihnen das was?«

Germann rückt ihre Brille zurecht und liest. »Nein. Ich weiß allerdings, dass Walter sich für dieses Buch interessiert.«

»Buch?«

»Beim Evangeliar Heinrichs des Löwen handelt es sich doch um ein Buch.«

Erwischt, denkt Henning. »Klar. Könnte die Einladung etwas mit diesem möglichen Forschungsprojekt zu tun haben?«

»Ich weiß nicht. Diese Tagung findet ja erst in ein paar Wochen statt. Am 6. und 7. Juni.«

»Wie bitte?« Mit diesem Datum verbindet Henning ein ganz anderes Ereignis. »Am 6. Juni findet doch die Feier zum 50. Geburtstag der Universität statt.«

Germann schaut erneut auf den Ausdruck. »Dieses Datum steht hier aber. Sehen Sie selbst.«

Henning nimmt den Zettel zurück. »Tatsächlich. Und Sie sagen, dass Ihr Mann sich sehr für dieses Buch in Wolfenbüttel interessiert?«

»Ja, das Evangeliar faszinierte Walter schon immer.«

»Könnte es sein, dass Ihr Mann zugunsten dieser Einladung sogar auf die Geburtstagsfeier verzichtet hätte?«

»Das glaube ich kaum. Walter verdankt der Universität so viel, er würde sie an diesem Tag niemals im Stich lassen.«

»Hm. Schauen wir uns mal die anderen Blätter an.« Henning holt den ganzen Stapel aus der Ablage. Allerdings sind die meisten Blätter leer. Offensichtlich dient der Korb zugleich als Reserve für das Druckerpapier. Nur wenige Blätter sind bedruckt. Walter Germann hat offensichtlich weitere Informationen über dieses Symposium gesucht, diese auf den Seiten der Wolfenbütteler Herzog-August-Bibliothek gefunden – und ausgedruckt. Die Informationen decken sich mit jenen aus der E-Mail. Ein Name ist gelb markiert: »Professor Doktor Juliane Sobiech.« Sie lädt zu der Tagung ein.

Henning dreht sich zu Elisabeth Germann: »Juliane Sobiech – kennen Sie diesen Namen?«

»Nein.«

Henning überlegt kurz. »Aus der Einladung geht hervor, dass Ihr Mann bis zum 16. Mai zu- oder absagen sollte. Mich interessiert schon, ob er geantwortet hat.« Vor allem was, aber das sagt Henning nicht laut. Er will seine Gesprächspartnerin nicht verärgern. Sie geht schließlich davon aus, dass ihr Gatte seiner alten Universität die Treue hält.

»Wie wollen Sie das herausfinden, Herr Schmitt?«

»Ich schätze, wir müssen den Computer Ihres Mannes einschalten, um in seinen Mails nachzuschauen. Vielleicht finden wir dort auch Hinweise auf andere mögliche Forschungsprojekte.«

»Kennen Sie sich aus damit?«

»Solange Ihr Mann kein Passwort benutzt, um seinen Rechner zu schützen.«

»Das kann ich mir nicht vorstellen.«

So kommt es auch: Der Rechner fährt ohne anzuhalten hoch. Auf dem Desktop befinden sich nur wenige Anwendungen, darunter das gängige Mailprogramm von Windows. Henning klickt zweimal, atmet auf, da der Kunsthistoriker selbst seine Mails nicht mit einem Passwort schützt, und kann sofort die jüngsten Nachrichten lesen. Sie machen deutlich, dass der Professor auch keinen Spamfilter benutzt: Im Eingangsordner befinden sich – ungelesen – ausnahmslos Grußbotschaften von Viagra-Vertreibern, jungen Damen und anderen ungebetenen Absendern.

Bei den gelesenen Mails sieht es ähnlich aus. Germann erhält insgesamt nur recht wenig elektronische Nachrichten, er räumt außerdem seine Eingangspost nur extrem selten auf. Henning scrollt sich durch die Seite, entdeckt die Mail der Herzog-August-Bibliothek sowie drei Mails seines Vaters. Er öffnet diese drei Mails und findet den Hinweis, dass Germann sie beantwortet hat. Bei der Mail der Bibliothek fehlt dieser Hinweis. Vorsichtshalber kontrolliert Henning die Ausgangspost; er ruft ebenfalls den Ordner mit den Entwürfen auf. Nichts. Keine Antwort an die Bibliothek, auch keine geplante. Ebenso wenig findet Henning Mails, die auf ein Forschungsprojekt schließen lassen: weder in der Eingangspost noch in der Ausgangspost.

Henning, der längst am Schreibtisch sitzt, dreht sich zu Elisabeth Germann. »Fehlanzeige.«

»Aber das heißt doch, dass er nicht vorhatte, zum Symposium zu fahren? Andernfalls hätte er doch zugesagt, oder?«

»Bisher wissen wir nur, dass er nicht per Mail zugesagt hat. Oder abgesagt. Ich gebe Ihnen aber recht: Wer eine Einladung als E-Mail erhält, der antwortet meist auch mit einer E-Mail. Obwohl das in der Einladung nicht explizit steht.«

»Zu irgendwelchen Forschungsprojekten konnten Sie ebenfalls nichts finden?«

»Nein. Tut mir leid.«

»Wie geht es jetzt weiter?«

»Dieses Symposium in Wolfenbüttel scheint mir die einzige Spur zu sein, auch wenn es erst in einigen Wochen stattfindet.« Andererseits erinnert Henning sich an den Abfahrtsplan am Bochumer Hauptbahnhof, genau genommen an den IC um 8.57 Uhr nach Berlin, der praktisch an Wolfenbüttel vorbeifährt.

Elisabeth Germann blickt Henning fragend an. »Wollen Sie dort anrufen oder sogar hinfahren?«

Henning lächelt. »Ich kenne zufällig jemanden bei der Kripo Wolfenbüttel.«

Kapitel 8 (20. Mai, Oberstdorf)

Konrad Priefke sitzt am Frühstückstisch und blickt verzückt aus dem Panoramafenster. Klar und in herrlich frischen Farben zeichnet sich der Gipfel des Nebelhorns vor dem Horizont ab. Ein grandioser Anblick und immer wieder einen Besuch wert. Deswegen will Konrad gleich nach dem Frühstück in die Nebelhornbahn steigen. Er wird bis zur Station Seealpe fahren, von dort aus wird er zum Gipfel hinaufsteigen.

Welchen Weg er nimmt, überlegt er sich noch. Er kennt sie alle in- und auswendig. Vermutlich wird er das letzte Stück klettern.

Gut, dass er sich damals entschieden hat, hierher zu ziehen – in diesen bisweilen überlaufenen Ferienort. Zurzeit allerdings ist vergleichsweise wenig los in Oberstdorf. Das wird sich am Wochenende ändern, zum Pfingstfest; es wird auch in der Woche danach voll bleiben.

Aber Pfingsten verbringt Konrad nicht in Oberstdorf. Er wird seine Frau treffen, die bereits gestern ins Ferienhaus nach Ouddorp fuhr. Im niederländischen Zeeland verbringen Konrad und Luise jedes Jahr die Pfingsttage.

Einstweilen genießt Konrad die Zeit in Oberstdorf. Er hat die wichtigsten Artikel in der »Süddeutschen« gelesen; nun blättert er durch die alte Ausgabe der Bochumer Unizeitung, die ihm kürzlich beim Aufräumen zufällig in die Hände fiel.

Zehn Jahre soll das jetzt her sein, wundert er sich. Damals machten ihn die Bochumer hier im Allgäu ausfindig. Es ging um den 40. Geburtstag der Uni.

Ein Redakteur rief ihn an. Konrad sei ja der allererste Student der Ruhr-Uni gewesen, plauderte der Journalist munter drauf los. Anlässlich des runden Geburtstags wolle man ihn gern in der Unizeitung vorstellen. Da gebe es die allseits beliebte Rubrik »Das schwindende Gedächtnis unserer Alma Mater«. Normalerweise präsentiere man dort Personen, die aktuell die Uni verlassen, Konrad sei zwar direkt nach dem Studium, 1971, gegangen. Aber das sei egal, versicherte der Redakteur, irgendwie passe Konrad in diese Reihe. Im Verwaltungsgebäude kenne schließlich jedermann Konrads Konterfei. Ein riesiges Schwarz-Weiß-Foto seiner Einschreibung ziere den Gang vor dem Rektorat. Wie Konrad an einem Tisch stehe, gerade ein Formular ausfüllen will. Mit Sakko und Krawatte. Ganz adrett. Ganz im Stil der 60er-Jahre.

Konrad kam bei diesem Telefongespräch vor zehn Jahren kaum zu Wort. Aber er willigte spontan ein, sich interviewen zu lassen. Der Redakteur schickte ihm ein paar Tage später die Fragen per E-Mail. Konrad antwortete brav, schickte zudem ein aktuelles Foto von sich nach Bochum.

Es wurde ein netter Artikel, mit ein paar Fragen zum Studium damals, zur Uni, zum Studentenleben; ob er, Konrad, irgendwie mitbekäme, was in Bochum passiere, was er jetzt mache, was er sich vorgenommen habe im Leben. Und so weiter. Ganz launig, aber ohne Tiefgang. Harmlos.

Konrad unterrichtete damals noch am Gertrud-von-le-Fort-Gymnasium, Deutsch und Geschichte. Da war er keine 60 Jahre alt. Stand beinahe mitten im Leben.

Jetzt ist er so gut wie 70. Alt, aber irgendwie nicht so alt, wie man früher gedacht hätte, dass man sich mit 70 fühlen würde.

Gewagte grammatikalische Konstruktion. In einem Aufsatz hätte er so etwas höchstens den wenigen Schülern durchgehen lassen, die er mochte.

Nein, wegen der Schüler ergriff er damals nicht den Lehrerberuf. Sie waren eher ein notwendiges Übel: sowohl die deutschen als auch die österreichischen Schüler aus dem Kleinwalsertal, die das Gymnasium ebenfalls besuchen, das südlichste Gymnasium in Deutschland.

Mittlerweile hat Konrad sein Frühstück beendet, die Wanderschuhe geschnürt, den Rucksack gepackt und das Haus verlassen. Er stiefelt die Lorettostraße hinauf, biegt in die Schrofengasse, geht am »Haus Abendsonne« vorbei, besorgt sich kurz darauf im Supermarkt frisches Obst und eine Brezel als zusätzliche Wegzehrung. Ein paar Stullen sowie große Wasservorräte sind bereits im Rucksack verstaut. Genau wie die Regenjacke. Dort oben muss man auf alles vorbereitet sein.

Als er den Supermarkt verlässt, nimmt Konrad seine Gedanken wieder auf. Abgesehen von den Schülern bringt der Lehrerberuf hauptsächlich Vorteile mit sich: Verbeamtung, gute Besoldung, erfreuliche Arbeitszeiten, jede Menge Urlaub.

Ein großes Stück der freien Zeit investierte Konrad in seine Passion: die Raumfahrt. Das Weltall und seine Eroberung durch den Menschen faszinierten ihn schon als Kind, später auch als Studenten. Häufig schlich er sich in die Vorlesungen der Astronomen und lauschte atemlos, wie die Dozenten über Schwarze Löcher oder Weiße Riesen sprachen, Einstein zitierten oder Wernher von Braun.

Natürlich hätte Konrad am liebsten Astronomie oder besser noch Luft- und Raumfahrttechnik studiert. Aber für diese Studiengänge reichten seine Leistungen in den naturwissenschaftlichen Fächern und in Mathematik nicht aus. Also betrachtete Konrad die Raumfahrt all die Jahrzehnte nur durch die Augen des interessierten Laien.

Mittlerweile konnte er sich die fehlenden Kenntnisse in Mathematik und Physik weitgehend aneignen. Vielleicht reicht es für ein Studium der Astronomie? Aber nun ist es wirklich zu spät. Einmal ins Weltall zu fliegen – das ist allerdings Konrads größter Wunsch geblieben: per Spaceshuttle oder Sojus Richtung ISS schweben, den blauen Planeten in all seiner Herrlichkeit von weit oben betrachten.

Seit Jahren sucht er eine Möglichkeit, diesen Traum zu realisieren, er forscht im Internet und in Bibliotheken nach, nennen wir es Mitfahrgelegenheiten für Zivilpersonen. Günstig. Gern natürlich kostenlos. Er fragt Politiker, Wissenschaftler, Wirtschaftsbosse und Raumfahrtbehörden, er bittet, er droht – und wird natürlich niemals erhört. Warum um alles in der Welt sollte man einen Zivilisten mit ins All nehmen? Noch dazu einen derart betagten? Na gut, wenn er ein paar Millionen Dollar zahlt, klappt es problemlos. Aber woher soll Konrad dieses Geld nehmen?

Gleichwohl könnte sich sein Traum nun erfüllen – noch vor seinem 70. Geburtstag im Oktober.

Die E-Mail kam vor drei Wochen. Von der ESA. Dort erinnerte man sich offenbar an ihn, als man einen außergewöhnlichen Wettbewerb auslobte. Gesucht wird (ausgerechnet) ein rüstiger Senior, der gern mit einer Sojus zur ISS und wieder zurück zur Erde fliegen möchte. Er muss sich während der Reise ein paar Untersuchungen unterziehen, aber das spielt für Konrad keine Rolle. Dann fliegt er halt als Versuchskaninchen mit. Egal.

Der Wettbewerb findet in ein paar Wochen in Darmstadt statt. Gefragt ist, neben physischen Grundvoraussetzungen (die Konrad hoffentlich erfüllt), vor allem Faktenwissen rund um die Raumfahrt: Geschichte, Technik und so weiter. Da macht Konrad niemand etwas vor. Da stehen seine Chancen gut.

Zunächst hielt Konrad diese E-Mail für einen schlechten Scherz. Doch alles stimmt, nachzulesen auf der Webseite, auf die in der E-Mail verlinkt wird.

Offenbar rekrutiert die ESA alle Wettbewerbsteilnehmer auf die gleiche Art: durch eine persönliche E-Mail. Jedenfalls fand Konrad nirgendwo sonst Informationen darüber. Im Fokus steht also sozusagen der innere Kreis der Raumfahrtfans.

Es gibt dennoch ein Problem: Auch seine alte Universität meldete sich in diesem Jahr wieder. Sie lud Konrad zu einer Feierstunde anlässlich des (mittlerweile) 50. Geburtstags ein. Als allererster Student nimmt er an einer Art Prozession in den Festsaal des Audimax teil. Die Einladung erhielt Konrad vor rund vier Monaten, er sagte spontan zu.

Dumm nur, dass der Wettbewerb in Darmstadt ausgerechnet am selben Tag stattfindet wie die Feier.

Natürlich sollte die erste Einladung (inklusive) Zusage Vorrang besitzen. Das gehört sich so. Aber wer, bitte schön, verzichtet freiwillig darauf, die Chance seines Lebens zu ergreifen? Damit meint Konrad keineswegs die Feier in Bochum.

Konrad steht nun – zusammen mit rund 50 bis 60 anderen Menschen – im Wartebereich der Nebelhornbahn. Riesige Poster an den Wänden zeigen die Schönheit der Berge, meist im Winter mit Massen von Schnee. Es gibt aber auch sommerliche Motive. Drachenflieger, Wanderer, Hochseilgärten.

Ein Ticket brauchte Konrad nicht zu kaufen, er besitzt natürlich eine Jahreskarte. Um ihn herum stehen die typischen Touristen aus Norddeutschland oder Holland, für die eine Seilbahnfahrt etwas Außergewöhnliches darstellt. Sie sind alle etwa so alt wie er und wirken ziemlich aufgeregt.

Angemessene Kleidung zum Bergwandern trägt natürlich niemand. Die norddeutschen Rentner lassen sich entweder von der Wärme hier unten täuschen und sind zu dünn angezogen. Oder sie erwarten dort oben Eis und Schnee und sind viel zu warm gekleidet.

Die Wahrheit dürfte irgendwo dazwischenliegen – passend sozusagen zu Konrads Kleidung. Er trägt eine Hose, die sich mit einem Reißverschluss in Kniehöhe halbieren lässt, und einen Pullover. Den kann er ausziehen (er trägt darunter natürlich ein Hemd und darunter ein Unterhemd) oder aber zusätzlich seine Regenjacke überziehen. Konrad ist für alle Eventualitäten gewappnet.

Die ganzen Nordlichter um ihn herum wollen garantiert ohnehin nicht wandern, sie werden höchstens von der Gipfelstation bis zum Gipfelkreuz schlendern. Das sind nur ein paar Meter. Ihre Sache.

Die nächste Bahn kommt; es zeigt sich, dass es offenbar weder 50 noch 60 Menschen sind, sondern exakt 62. Da die Nebelhornbahn I maximal 60 Personen befördern darf, bleiben zwangsläufig zwei Personen übrig: Konrad sowie einer dieser Niedersachsen, Holsteiner, Westfalen oder Limburger.

Jedenfalls handelt es sich um einen blonden Kerl, der offenbar ohne Begleitung unterwegs ist. Denn es gibt keine Szene. Kein Geschrei wie »Mein Mann muss mit.« Kein »Ich will bei meiner Gruppe bleiben.«

Der Blonde ist mindestens 15, 20 Jahre jünger als Konrad. Groß gewachsen, kräftig. Das Haar voll. Keine grauen Stellen. Auffällig braun gebrannt, als hätte der Kerl gerade irgendwo im Süden Urlaub gemacht.

Er würdigt Konrad keines Blickes. Starrt stur geradeaus. Konrad glaubt, den Mann bereits vorhin im Supermarkt auf der Oststraße gesehen zu haben. Nicht auch schon gestern in der Nähe seines Hauses? Zusammen mit einer blonden Frau?

Na ja, in zehn Minuten kommt die nächste Bahn, das weiß Konrad. So lange wird er es mit diesem mürrischen Kerl aushalten. Garantiert kommen ohnehin gleich neue Reisende.

Diese Hoffnung erfüllt sich wenige Minuten später, als eine Reisegruppe aus Sachsen (das hört man sofort) die Station entert – bestimmt 40 oder 50 Frauen und Männer, die vor allem eines sind: laut.

Aber die Truppe ist offenbar unvollständig. Jemand aus der Gruppe, augenscheinlich der Reiseleiter, scheint mindestens vier Personen zu vermissen: Kathleen, Randolph, Ronald und Peggy.

Als der Mann zum vierten Mal vergeblich diese Namen aufruft, trifft die Bahn ein. Da der Reiseleiter unbedingt mit Kathleen & Co. nach oben fahren will, bleiben die Sachsen zurück. Es checken bloß Konrad und der Riese aus dem Norden ein.

An der Kabine empfängt sie der Bahnführer mit großen Augen. »Wie? Nur zwei?«

»Da standen mindestens 40 andere Leute. Aber die warten wohl auf jemanden«, erklärt Konrad.

Der große Blonde schweigt.

Der Bahnführer, den Konrad von vielen Fahrten kennt, hebt die Schultern. »Fahren wir eben zu dritt nach oben.«

Schon ruckelt die Kabine los; bald darauf taucht das Skisprungstadion unter ihnen auf.

Der gebräunte Hüne postiert sich am Ende der Kabine und blickt ins Tal, während Konrad wie üblich vorn steht, den Berg hinaufblickt und beobachtet, wie sich im Minutentakt die Vegetation verändert, bis statt hochgewachsener Nadelbäume nur noch Steine zu sehen sind.

Konrad kehrt gedanklich zurück zu seinem Dilemma: hier die ESA, dort die Uni. Wie gesagt: Bei aller Liebe zur alten Uni …

Konrad schmunzelt. Plötzlich fällt ihm ein, dass er nicht nur der allererste Student war, sondern auch die allererste Vorlesung besuchte. Der Professor, ein evangelischer Theologe, wollte ursprünglich den 1. Korintherbrief des Apostels Paulus auslegen. Aber irgendwie sprach er die ganze Zeit über Rosemarie Nitribitt, besser bekannt als »Das Mädchen Rosemarie«.

Ziemlich spannend und unterhaltsam – gleichwohl lauschten gerade einmal 18 der insgesamt 1.039 Bochumer Studenten den Worten des Theologen. Die anderen 1.021 haben wirklich etwas verpasst, findet Konrad. Er besuchte auch später fachfremde Vorlesungen, fühlte sich jedes Mal bestens unterhalten.

Die Erinnerung an diese schönen Augenblicke an der Uni bringt Konrad ins Wanken. Genau, wie jetzt die Gondel der Station Seealpe entgegen wankt.

Der Blonde steht schon breitbeinig in der Nähe der Tür. Offenbar fährt er häufiger mit einer Seilbahn. Wie ein Wanderer sieht er allerdings kaum aus. Möglicherweise arbeitet er an der Station? Als Monteur oder Kellner?

Aussteigen müssen jedenfalls alle Passagiere. Entweder wandern sie, wie Konrad, von der Station Seealpe aus los, oder sie fahren mit der Nebelhornbahn II weiter zum Höfatsblick, dann eventuell mit der kleinen Gipfelbahn ganz hinauf auf 2.214 Meter.

Ruckelnd kommt die Bahn zum Stehen; bevor die Tür zu beiden Seiten auffährt, fasst Konrad einen spontanen Entschluss: Wenn der große Schweiger Richtung Nebelhornbahn II geht, fährt Konrad am 6. Juni nach Darmstadt. Das findet Konrad schlüssig. Nebelhornbahn II bedeutet schließlich »Aufwärts«, die ESA in Darmstadt steht ebenfalls für diese Richtung. Wendet sich der Mann hingegen Richtung Ausgang, dann nimmt Konrad am 6. Juni in Bochum an der Parade teil.

Soll das Schicksal doch entscheiden, denkt Konrad. In diesem Moment fährt die Tür auf, der große Blonde steigt als Erster aus. Nun bleiben nur noch wenige Sekunden, bis er sich für einen der Wege entscheiden muss.

Kapitel 9 (20. Mai, Bochum)

Zwei Wochen noch.

Für Florian Gerber gehen am übernächsten Samstag die schlimmsten Tage seines Lebens zu Ende: die Tage mit Professor Winfried Schmitt, dem größten Idioten an der Ruhr-Uni Bochum. Sowie an vielen anderen Orten auf diesem Planeten. Ein Mensch, dem man nicht begegnen möchte, mit dem man erst recht nicht zusammenarbeiten möchte. Doch genau das ist Florians Schicksal geworden – vor ein paar Monaten.

Wenig deutete damals darauf hin, dass es so schlimm kommen würde. Im Gegenteil: Der Schmitt galt gemeinhin als harmlos, als typischer Ingenieurwissenschaftler – korrekt, penibel, langweilig.

Seinen Lehrstuhl an der Fakultät für Maschinenbau (irgendetwas mit Strömungsmechanik), hörte man, führt der Schmitt weitgehend geräuschlos mit ruhiger, großzügiger Hand. Die Sekretärin darf ungestört mit ihren Freundinnen telefonieren, Habilitanden und Doktoranden können unter ihrem eigenen Namen veröffentlichen.

Das ist weitaus mehr, als ansonsten an Universitäten üblich ist. In den Naturwissenschaften beispielsweise steht der Professor bei den Veröffentlichungen seiner Untertanen gern mit drauf – vorzugsweise ganz vorn oder ganz hinten, also dort, wo seine Wichtigkeit am besten zur Geltung kommt. Es spielt keine Rolle, ob der Professor überhaupt einen einzigen Satz zu dieser Veröffentlichung beitrug.

Es gab noch mehr Gutes über den Schmitt zu berichten: In den obligatorischen beiden Jahren als Dekan gelang es ihm, den angeschlagenen Haushalt seiner Fakultät zu konsolidieren, ohne Stellen zu streichen oder an irgendetwas Substanziellem Hand anzulegen.

Dadurch wurde die Rektorin auf ihn aufmerksam, sie holte Schmitt ins Rektorat, ernannte ihn zum Prorektor für Planung und Finanzen. Grundsätzlich eine gute Idee, denn Schmitt machte beim gesamtuniversitären Haushalt dort weiter, wo er an der Fakultät für Maschinenbau aufgehört hatte.

Dann jedoch rückte der 50. Geburtstag der Uni näher – und irgendwer kam auf die bescheuerte Idee, der Begriff »Planung« sei dehnbar genug, um ihn auf das Planen einer großen Veranstaltung auszuweiten: Man übertrug Schmitt die Planung der zentralen Geburtstagsfeier im Audimax.

Ursprünglich sollte sich eine Essener Eventagentur darum kümmern. Doch deren Expertise benötigte man auf einmal nicht mehr.

Leider. So wurde aus dem (scheinbar) umgänglichen Maschinenbauprofessor Winfried Schmitt der beratungsresistente Zerstörer der zentralen Feier.

Außerdem kann Schmitt ein richtiges Arschloch sein. Manchmal sollte man besser zuhören oder die richtigen Leute fragen; das hat Florian mittlerweile getan: Demnach serviert Schmitt durchaus mal eine Sekretärin oder einen Doktoranden kalt lächelnd ab. Angeblich auch die eine oder andere Geliebte. Das sind aber vielleicht doch nur Gerüchte.

Dass Florian überhaupt den doofen Schmitt kennenlernte, verdankte er der guten alten Arschkarte.

Schmitt suchte kurzfristig einen Assistenten für das Organisieren der großen Feier. Diesen Job hätte natürlich Schmitts persönlicher Referent übernehmen können. Doch der beherrscht nur Zahlen und Paragrafen und ist ohnehin überlastet.

Zum Glück gibt es für solche Fälle die Feuerwehr beziehungsweise das Dezernat für Marketing und Öffentlichkeitsarbeit. In diesem Dezernat arbeitet Florian als stellvertretender Leiter und verfügt selbstverständlich über ein unerschöpfliches Reservoir an Zeit. Als Stellvertreter fällt ja kaum Arbeit an. Das Meiste erledigt der Dezernent, den Rest die Abteilungsleiter.

Zumindest in der grauen Theorie. Im graueren Alltag bleibt mehr als genug an Florian hängen. Alles, was der Dezernent nicht anpacken will, sowie alles, was die Abteilungsleiter nicht anpacken können beziehungsweise dürfen, weil sie doch irgendwie nur so Abteilungsleiter sind. Was sie keinesfalls können (dürfen), sei es in der Theorie oder im praktisch gelebten Alltag, ist die Assistenztätigkeit für jemanden von ganz oben, für einen Prorektor zum Beispiel.

Da muss mindestens der stellvertretende Leiter des Dezernats ran. Zumal dieser in seiner früheren Tätigkeit in einer Werbeagentur regelmäßig Events organisierte.

Leider gibt Schmitt genau darauf einen Scheiß. Da Florian – von ganz oben betrachtet – doch nur so ein kleiner Schisser in einem unwichtigen Dezernat ist, weiß er grundsätzlich herzlich wenig und per se nichts besser als der Prorektor. Das macht Schmitt übrigens gern deutlich.

15 Tage, wie gesagt.

Das Programm der zentralen Feier bestand anfangs aus einigen künstlerischen Darbietungen wie dem Auftritt des Universitätsorchesters, ein paar Tanzeinlagen – sowie aus ungeheuer vielen Reden: beispielsweise Bundespräsident, Ministerpräsidentin, Oberbürgermeisterin, Rektorin.

So weit, so gut.

Doch dann fiel Prorektor Schmitt plötzlich ein, wie er das Programm ein wenig aufpeppen beziehungsweise (aus Florians Sicht) unnötig verlängern wollte: Es könnten doch 50 Universitätsprofessoren der Stunde null feierlich in den Saal des Audimax einziehen. Untermalt von einem schmissigen Marsch, den der Universitätsmusikdirektor komponieren könnte. Diese 50 Auserwählten dürfen allesamt dem Bundespräsidenten die Hand schütteln – und der Ministerpräsidentin, der Oberbürgermeisterin, natürlich der Rektorin. 20 Minuten lang bloßes Händeschütteln. Mindestens. Garniert von ein paar schönen Blumensträußen, die jedem überreicht werden.

So vergeht mindestens eine halbe Stunde, nur damit ein Haufen Halbtoter auf der Bühne stehen und wichtig sein kann, angeführt von Winfried Schmitt, der natürlich besonders wichtig sein möchte – und seine Idee für den genialsten Einfall seit dem Trojanischen Pferd hält.

»Besser lässt sich die Verbundenheit der Universität mit ihren Gründungsvätern nicht symbolisieren. Und umgekehrt«, sagte Schmitt mehr als einmal.

Abgesehen von den Betroffenen interessiert sich kein Schwein für diesen Mist. Denkt Florian. Außerdem dauert die Veranstaltung auch ohne diesen Schnickschnack knapp zwei Stunden. Jetzt sind es zweieinhalb Stunden. In Florians Dezernat und andernorts an der Uni gab es bald den passenden Namen für diesen geplanten Aufmarsch: Zombieparade.

Eine Zeit lang hoffte Florian, dass der Spuk rasch ein Ende nimmt. Irgendjemand aus dem Dezernat behauptete, dass sich das Bundespräsidialamt gern ins Programm einmischt, wenn der Präsident eingeladen wird – und wenn eine Veranstaltung auszuufern droht. Doch mittlerweile hatte das Bundespräsidialamt fast ein halbes Jahr lang Zeit, sich einzumischen. Fehlanzeige. Die Staatskanzlei Düsseldorf und das Büro der Oberbürgermeisterin schwiegen ebenfalls; man wird die Zombieparade kaum auf diesem Wege verhindern können.

Ansonsten mischen sich die diversen Ämter leider vehement ein. Weniger in das Programm als in das Drumherum. Hauptsächlich wegen der Sicherheit natürlich. Verständlich, es will ja niemand ernsthaft riskieren, dass der Bundespräsident ausgerechnet in Bochum Opfer eines Attentats wird. Dieser Präsident würde anschließend nie wieder nach Bochum kommen. Da könnte die Uni ihren 100. Geburtstag feiern und zwischen dem 50. und dem 100. Geburtstag jährlich einen Nobelpreisträger hervorbringen.

Florian schmunzelt über seinen eigenen Scherz. Den müsste er sich eigentlich aufschreiben, um damit in einer der nächsten Mittagspausen die Schreiberlinge im Dezernat zu beeindrucken.

Es wäre übrigens fast noch schlimmer gekommen, als es nun kommt. Ursprünglich wollte der bekloppte Schmitt wirklich 50 Professoren einladen. Diesen Plan verhinderte allerdings die Biologie: Schließlich war so ein Professor 1965 nicht erst 20 Jahre alt. Auch nicht 30. Sondern häufig 40 und älter. Mit anderen Worten: Viele Professoren der Stunde null sind schlicht und ergreifend tot. Es waren damals sowieso nur 82.

Schmitt wäre aber nicht Schmitt, wenn er zunächst nicht doch eine Weile lang auf seiner grandiosen Idee bestanden hätte. Er beauftragte Florian, im Universitätsarchiv alte Akten zu sondieren und eine Liste der 82 Erstberufenen aufzustellen. Anschließend musste Florian herausfinden, wer von diesen 82 Professoren noch lebte. Das Ergebnis fiel ernüchternd (aus Florians pietätfreier Sicht: erfreulich) aus: Nur sieben der 82 Erstberufenen lebten, Stand: Mitte Februar.

Mit dieser schaurig-schönen Zahl brachte er Schmitt endlich von seinem Ursprungsplan ab.

Zu den sieben lebenden Professoren gehört übrigens Adalbert Schmitt, der Vater von Winfried, zugleich der erste habilitierte Ingenieurwissenschaftler in Bochum. Der gute Adalbert nimmt natürlich an der Zombieparade teil. Er sowie vier weitere Professoren der ersten Stunde. Die beiden anderen Überlebenden sind dazu körperlich kaum mehr in der Lage.

Es blieben folglich 45 offene Stellen. Hier kam Florian ins Spiel. Er flüsterte seinem Chef eine Idee zu: 45 Paradeteilnehmer könnten doch im Gründungsjahr etwas Anderes an der Uni gemacht haben. Neun andere Tätigkeiten, das ergibt, inklusive der Profs, insgesamt zehn Tätigkeiten. Jeweils fünf Personen. In der Summe: 50.

Selbst in den 60er-Jahren, das behielt Florian freilich für sich, funktionierte eine deutsche Universität nicht allein dank der bloßen Anwesenheit der Professoren; da brauchte es zusätzlich ein paar andere Menschen wie Sekretärinnen, Hausmeister, Techniker oder – oh, Graus – Studenten.

Schmitt reagierte pikiert, schalt Florian einen »Idioten« – und verkaufte die Idee zwei Tage später öffentlich und stark umjubelt als seine eigene. Da denkt doch tatsächlich jemand an die unteren Hierarchieebenen, hieß es, sozusagen an das Volk, wenn nicht gar: an das Menschliche.

Schmitt machte aus Florians Tätigkeiten allerdings Funktionen. Na ja, ein Ingenieur halt, aber so steuerte er immerhin eine Art Eigenanteil bei.

Florian war es egal. Selbst, dass Schmitt ihm die Idee klaute.

Schmitt und Florian definierten die neun weiteren Funktionen übrigens wie folgt:

Funktion 2 (Funktion 1 ist natürlich der Lehrstuhlinhaber): wissenschaftliche Assistenten; Menschen mit Doktortitel also, die nun habilitieren. Wissenschaftliche Assistenten waren damals (wir reden jetzt und im Folgenden von den 60er-Jahren, wenn wir »damals« sagen) im Durchschnitt vier, fünf Jahre jünger als die Lehrstuhlinhaber. Heute sind sie demzufolge in der Regel Mitte, Ende 80. Also auf jeden Fall Zombies, findet Florian. Der Begriff passt perfekt zu dieser Funktion.

Funktion 3: akademischer Rat beziehungsweise Oberrat; also Menschen mit Doktortitel, aber ohne Ambition oder Aussicht auf Habilitation, Professorentitel und Lehrstuhl. Altersmäßig gibt es kaum Unterschiede zu den wissenschaftlichen Assistenten. Akademische Räte (Oberräte) sind fraglos Zombies.

Funktion 4: wissenschaftliche Mitarbeiter beziehungsweise Doktoranden. Sie sind etwas jünger als Lehrstuhlinhaber, wissenschaftliche Assistenten sowie akademische Räte (Oberräte), heute sind die Doktoranden von damals dennoch, grob gesagt, zwischen Mitte 70 und Anfang 80. Mit anderen Worten: Zombies.

Funktion 5: wissenschaftliche Hilfskräfte; Menschen, die zwar als Wissenschaftler an einem Lehrstuhl tätig sind, aber keinen Doktortitel anstreben. Das ist zugleich der wesentliche Unterschied zum wissenschaftlichen Mitarbeiter. Vom Alter her gibt es keinen Unterschied. Zombies, keine Frage.

Funktion 6: Verwaltungsangestellte, egal ob Dezernent, Abteilungsleiter oder Sachbearbeiter. Bei ihnen variiert das Alter erheblich. Ein Verwaltungsangestellter kann damals 20 oder 45 Jahre alt gewesen sein, er ist heute folglich 70 oder 95 oder tot. Zombies so oder so.

All das gilt gleichermaßen für Funktion 7, eigentlich eine Unterfunktion von Funktion 6, denn Sekretärinnen sind natürlich Verwaltungsangestellte. Schmitt will den Lehrstuhlsekretärinnen aber unbedingt eine Sonderrolle einräumen.

Funktion 8: technische Angestellte, beispielsweise Hausmeister, Mechaniker, Elektriker, chemisch-technische Assistenten, Köche, Fotografen – und so weiter. Auch innerhalb dieser Gruppe gibt es große Altersunterschiede. Aber heute sind sie allesamt Zombies.

Das sind auch die Studenten der Stunde null, Funktion 9. Keiner von ihnen war damals unter 18, heute sind sie alle Ende 60, Anfang 70.

Ausschließlich bei Funktion 10 kann man guten Gewissens von echten Menschen sprechen. Ihrer Zeit weit voraus, eröffnete die Ruhr-Uni parallel zum Vorlesungsbeginn eine Kindertagesstätte. Dorthin brachten zu Anfang in der Hauptsache die Sekretärinnen ihre Kinder, später taten es ihnen die Studentinnen gleich. Da man damals Kinder ab drei Jahren in der Kita abliefern konnte, sind die jüngsten Kitakinder von damals heute 53 Jahre alt. Da ist man streng genommen kein Zombie.

Natürlich bewahrt die Uni alle Dokumente der ersten Jahre in ihrem Archiv auf, natürlich stehen darin die Namen der ersten Universitätsmitglieder, egal ob es sich um Lehrstuhlinhaber, Sekretärinnen, Studenten oder Hortkinder handelt.

Nicht in den Dokumenten steht jedoch, was aus diesen Menschen geworden ist. Dies herauszufinden, wurde Florians nächste große Aufgabe: Schicksalen nachspüren. Bei einigen Funktionen gab Schmitt die Namen vor, mal alle, mal einen Teil. Bei anderen Funktionen ließ er Florian freie Hand.

Kleiner Exkurs: Schmitt kennt sogar eines der Kinder, das in den 60er-Jahren den Hort der Uni Bochum besuchte: Lydia Assmann. Sie sollte, bitteschön, dabei sein, wünschte sich der Prorektor. Also schrieb Florian sie an und ließ das Anschreiben vom Chef unterschreiben.

Weder geschrieben noch angerufen oder einen berittenen Boten geschickt hat Lydia Assmann. Darum schrieb Florian sie ab; zähneknirschend tat dies ebenso Schmitt. Exkurs beendet.

Es dauerte eine Weile, bis Florian seine 50 Kandidaten beisammenhatte. 50 Menschen, 50 aktuelle Adressen sowie einige Infos mehr. Und, erneut Florians Idee, zusätzlich ein paar Leute als Reserve, falls jemand am 6. Juni, dem großen Tag, doch tatsächlich keine Zeit für seine gute alte Uni hat. Oder krank wird. Oder stirbt.

Bei den Sekretärinnen, Studenten und Kita-Kindern sind die Chancen einigermaßen realistisch, Ersatz zu finden. Bei den anderen Funktionen läuft Florian mit der Zeit um die Wette; er ist heilfroh, dass die Zombieparade im Juni stattfindet und nicht erst im Dezember.

Denn das bedeutet auch, dass der Spuk in 15 Tagen vorbei ist, statt in 185 Tagen. Das hätte Florian nie im Leben durchgestanden. Er ist schließlich nicht mehr der Jüngste. Fast 40. Genau genommen 38. Sein braunes Haar zeigt erste Geheimratsecken; direkt neben diesen lichten Stellen schimmern die ersten grauen Haare durch.

Das ist weitaus weniger schlimm, als es einige seiner gleichaltrigen Freunde traf, die sich mit Vollglatze beziehungsweise komplett grauem Haupthaar herumärgern.

Beides sieht wenig sexy aus, findet Florian. Er kann es auch gerade so erwarten, dass seine Frau graue Haare bekommt. Sie ist 31, es wird hoffentlich mindestens 20 Jahre dauern, bis ihr kastanienbraunes Haar grau wird.

Florian hat irgendwo gelesen, dass Frauen mit Anfang 30 am attraktivsten sind – auf Sandra trifft das auf jeden Fall zu. Nach zehn Wochen Schwangerschaft ist sie noch ein wenig hübscher geworden.

Ja, Anfang Dezember wird Florian zum ersten Mal Vater. Endlich. Wenn es nach ihren Wünschen gegangen wäre, ginge ihr erstes Kind jetzt mindestens in die Kita.

Die passende Wohnung für eine Familie haben sie jedenfalls gefunden – in der Marschnerstraße im angesagten Bochumer Ehrenfeld, ein paar Meter entfernt vom bekanntesten Krankenhaus der Stadt, dem Bergmannsheil. Die Wohnung misst knapp 120 Quadratmeter, verteilt auf fünf Räume zuzüglich Küche, Diele, Bad.

Dass sich diese Wohnung selbst für größere Familien eignet, beweisen ihre Nachbarn in dem Zweiparteienhaus. Die

Dieckmanns bewohnen die baugleiche Wohnung unter ihnen; sie verfügen über ausreichend Platz für drei Kinder im Alter von zwölf, zehn beziehungsweise sieben Jahren.

Jakob Dieckmann arbeitet als freier Journalist, unter anderem für die »WAZ«, der mittlerweile einzigen Tageszeitung in Bochum. Er und Florian sind im Laufe der Jahre gute Freunde geworden.

Vor anderthalb Jahren wäre Jakob beinahe Opfer eines Serienmörders geworden. Eine total verrückte Geschichte, in der irgendwie Jakobs Heimatstadt Wolfenbüttel eine tragende Rolle spielt. Doch an diesen Teil der Geschichte erinnert sich Florian nur schemenhaft. Irgendwas mit Jakobs alter Schule?

Jedenfalls toben Dieckmanns Kinder regelmäßig im Gemeinschaftsgarten herum. Bald wird sich Florians Kind hinzugesellen. Eine schöne Vorstellung.

Sandra wird mindestens ein Jahr lang mit der Arbeit aussetzen. Kein Problem als Lehrerin. Sie unterrichtet seit zwei Jahren an der Matthias-Claudius-Schule, einer integrativen Gesamtschule in Weitmar, keine zwei Kilometer von ihrer Wohnung entfernt.

Für Florian dürften sich, rein beruflich betrachtet, durch die Geburt keine Veränderungen ergeben. Er wird wie gehabt seine 40 (oft leider 50 bis 60 bis 70) Stunden abreißen und nach dem 6. Juni hoffentlich niemals wieder für Winfried Schmitt arbeiten.

Für jenen Winfried Schmitt, der nun vor seiner offenen Tür steht. Das bedeutet nichts Gutes, denn unter normalen Umständen zitiert Schmitt Florian zu sich in die dritte Etage und taucht nicht unvermittelt bei ihm im Erdgeschoss auf.

»Herr Gerber.« Schmitt fasst sich mit der rechten Hand an die Brust.

»Hallo, Herr Schmitt. Was ist los?«

»Walter Germann«, stammelt der Prorektor.

»Was ist mit ihm?«

»Er …«, beginnt Schmitt erneut und flüstert unverständliche Worte.

»Was?« Florian versteht kein Wort.

Schmitt versucht es erneut, doch »weg« ist das Einzige, was Florian versteht.

»Was? Professor Germann ist weg? Was ist so schlimm daran?« Florian kann es sich denken, aber er möchte es gern von Schmitt hören. Okay, zugegeben: Florian möchte seinen Chef gern ein wenig leiden sehen. Nennen wir es eine kleine Entschädigung für all das, was Schmitt ihm in den letzten Monaten angetan hat.

»Er ist verschwunden. Was wird nun aus meiner Parade?« Nun ist es heraus. Schmitt klammert sich panisch an den Türrahmen.

Florian hätte gern Mitleid, aber diese Gefühlsregung verdient Schmitt nicht. Florian überlegt kurz: Germann ist offenbar verschwunden. Na und? Bis zum 6. Juni könnte er locker wiederauftauchen. Andernfalls müsste ein anderer Kerl her. Es gibt vergleichsweise viele Alternativen in dieser Gruppe. Funktion Student. Das weiß Florian sofort. Alle weit unter 80.

Aber Germann, der war zudem ausgerechnet die erste studentische Hilfskraft der Uni, er arbeitete bei Professor Max Imdahl, dem berühmten Kunsthistoriker. Im Grunde genommen doch eine recht zentrale Figur. Übernahm später Imdahls Lehrstuhl. Doch eher unersetzbar, der Germann. Kein Wunder, dass es den Schmitt da aus den Latschen haut.

»Seit wann ist er verschwunden?«, fragt Florian.

Schmitt steht unbeirrt in der Tür, krallt sich am Türrahmen fest. Florian hofft, dass das so bleibt; andernfalls kippt Schmitt wohl um wie ein nasser Sack.

Florian bleibt keine andere Wahl, als aufzustehen und zu Schmitt zu gehen. Er fasst ihn mit der rechten Hand am Arm, zerrt mit der linken Hand Schmitts Hände vom Türrahmen; er muss jeden Finger einzeln wegziehen. Dann führt er Schmitt hinüber zum Besucherstuhl.

Florian füllt ein Glas mit Mineralwasser, stellt es vor Schmitt hin. Mit zitternden Händen greift der Professor danach und trinkt. Er stellt das Glas zurück und rülpst – ohne sich zu entschuldigen.

Typisch Schmitt. Umgehend bereut Florian seine Hilfsbereitschaft. »Seit wann ist Professor Germann verschwunden?«

Schmitt räuspert sich. Erzählt. Zusammenhanglos. Wirres Zeug. Völlig untypisch für den ansonsten so akkuraten Ingenieur. Eine Woche weg. Nur eine ganz vage Spur. Es geht um ein mittelalterliches Kunstwerk. Natürlich, Germann ist Kunsthistoriker. Irgendwas mit der Bibel. Ein echter Schatz. Steht in einer Bibliothek in Wolfenbüttel. Dort findet ein Symposium statt.

Huch! Jakobs Heimat. Was für ein lustiger Zufall. Nachher wird er Jakob danach fragen.

Heinrich der Löwe, holla. Klingt wirklich ganz schön alt.

Muss Florian jetzt eigentlich irgendetwas unternehmen? Dem Schmitt irgendwie helfen?

Wahrscheinlich, dem Kerl geht es eindeutig schlecht.

Oder doch nicht?

Denn auf einmal faselt der alte Sack was von seinem Sohn. Von Henning. Der arbeitet bei der Kripo. Okay, der Henning, der hat eine Freundin. Toll für ihn. Die arbeitet wie er selbst bei der Kripo. Wie schön. Was, in Wolfenbüttel? Unfassbar. Ohne Jakob hätte Florian nie von diesem Nest gehört. Jetzt laufen ausgerechnet dort die Fäden zusammen? Unglaublich.

Na ja, jedenfalls soll der Henning seine Freundin bitten, dort in Wolfenbüttel bei dieser Bibliothek vorstellig zu werden, um zu erfahren, ob die etwas von Professor Germann gehört haben und was das für ein Symposium ist, zu dem Germann offenbar eingeladen ist. Und welches – oha – nicht jetzt stattfindet, sondern am 6. Juni. Am Tag der Parade! Das verleiht der Sache noch mehr Bedeutung: Da erhält dieser Kerl doch tatsächlich eine zweite Einladung für das Geburtstagswochenende – ausgerechnet zu einer Veranstaltung, die ihn sehr interessieren dürfte. Da schimmert fast ein Interessenkonflikt durch.

Schmitt wirkt ein wenig ruhiger, prompt schanzt er Florian einige neue Aufgaben zu: Er möge ausloten, sagt Schmitt, ob es – für alle Fälle – einen Ersatz gibt für den Germann.

Extrem wahrscheinlich, das kann Florian ad hoc sagen.

Und Florian möchte doch bitte die anderen 49 Zombies fragen, ob sie wirklich kommen wollen. Nicht, dass noch jemand verschwunden ist.

Na klar. 49 Anrufe oder Mails. Mal eben zwischendurch. Kein Problem! Läuft ja sonst alles von selbst. Wie geschmiert. Die paar Stunden habe ich locker über, denkt Florian. Sarkasmus ist seine Stärke. Er verspricht dem Schmitt aber, es zu tun. Hauptsache, der Schmitt beruhigt sich. Hauptsache, er weiß, dass ihm sonst keiner von der Fahne geht. Hauptsache, er haut gleich wieder ab.

Schmitt trinkt einen weiteren Schluck – und rülpst wieder.

»Ich verlasse mich auf Sie, Herr Gerber.« Schmitt geht. Ohne fremde Hilfe, ohne Florians Hilfe.

Florian ist wieder allein.

15 Tage noch.

Irgendwie wird es gehen.

Irgendwie.

Kapitel 10 (22. Mai, Bochum)

Wie üblich scheint der Abend zu lang zu werden für seine Vorräte. Netto hat natürlich längst zu, Rewe ebenso. Da darf er also wieder zu seiner Bude wackeln. Wie an jedem verdammten Abend zwischen 21.30 und 22 Uhr. Ehe auch die Bude schließt und er auf dem Trockenen sitzt.

Paul Petersen nimmt den letzten Schluck Fiege, wütend starrt er die leere Flasche an, als trüge diese die Schuld an seinem Schicksal. Am liebsten würde er die Pulle gegen die Küchenwand pfeffern oder durch die Glastür, die von der Küche über eine kleine Terrasse in den Gemeinschaftsgarten führt; Paul kann direkt in den Garten gehen, während die anderen Idioten aus dem Haus durch den versifften Keller latschen müssen. Doch wer macht die Schweinerei hinterher weg? Seit die drei Blagen aus dem Haus sind und Else ihren kurzen Kampf gegen den Krebs verlor, bleibt nur er selbst übrig. Und Paul wird den Teufel tun, hier aufzuräumen oder gar zu putzen. Er musste sein Leben lang aufräumen. Meist den Dreck von Fremden. Als Hausmeister blieb ihm da keine Wahl.

Hausmeister an der schicken Uni, wo sich die Damen und Herren zu fein sind, selbst Hand anzulegen. Egal, ob Professor, Student oder Sekretärin. Niemand räumt seinen Dreck weg, niemand käme auf die Idee, selbst eine Glühbirne auszuwechseln oder einen Hörsaal aufzuschließen. Da wird immer hübsch der Hausdienst gerufen. Bitte und Danke kennen die Herrschaften auch nicht.

Eingebildetes Pack.

Vor 50 Jahren, mit 19, fing Paul an der Uni an. Er hatte gerade seine Schlosserlehre beendet und arbeitete zunächst in der Werkstatt der Psychologen. Die Psychologen besaßen tatsächlich ihre eigene Werkstatt, ließen sich Möbel zimmern sowie irgendwelche Apparate für ihre Forschung. Was auch immer die mit den Dingern untersuchten. Paul wollte das gar nicht wissen, er erledigte seine Arbeit und fertig. Er interessierte sich ohnehin mehr für die Studentinnen und Doktorandinnen, die in der Werkstatt aufkreuzten. Bei den meisten von ihnen hätte er sich gern auf die Couch gelegt.

He, he, he.

Dem Meister passte Pauls Interessengewichtung allerdings nicht. Er hätte es lieber gesehen, wenn Paul sich auf seine eigentliche Arbeit konzentriert, statt ständig mit den Damen zu schäkern. Arschloch. Doch Paul ließ sich nicht herumkommandieren; es ging ihm am Arsch vorbei, was der Meister, was seine Kollegen von ihm dachten. Die konnten ihn alle kreuzweise.

Nach drei Jahren verließ Paul die Werkstatt, die Maschinenbauer suchten einen zweiten Hausmeister für ihr Gebäude. Paul bewarb sich, bekam die Stelle – und blieb dort bis zur Rente. Hübsche Studentinnen bekam er dort all die Jahre allerdings selten zu sehen, nur wenige Frauen studierten überhaupt Maschinenbau, die allermeisten waren hässlich wie die Nacht. Es gab wenige Ausnahmen, beispielsweise die Assmann. Die geile Sau. Die Assmann ließ sich regelmäßig an der Uni ficken, meist von einem Lackaffen von Doktoranden. Manchmal sogar in der Werkhalle. Paul hörte es bisweilen auf seinen Rundgängen. Sehen konnte er leider niemals etwas.

Dann verschwand zunächst der Doktorand, bald darauf auch die Assmann. Doch ein paar Jahre später kamen beide wieder, erst der Doktorand, jetzt als Professor, dann die Assmann. Sie machte ihren Doktor bei diesem Professor, ließ sich wieder regelmäßig von ihm stoßen (gern auch wieder auf einer Werkbank), sah noch schärfer aus als früher.

Eines Tages verschwand sie mir nichts, dir nichts.

Der Professor besprang fortan eine andere Doktorandin. Die war zwar jünger als die Assmann, besaß jedoch längst nicht deren Klasse.

Paul rafft das Leergut zusammen. In der Hauptsache handelt es sich um Pfandflaschen, die er in der Bude abgibt. Es befinden sich aber auch einige Einwegflaschen darunter. Die wird er unterwegs in den Hausmüll werfen. Wie immer. Und wie immer werden sich dann die Idioten aus dem zweiten Stock beim Vermieter über ihn beschweren.

»Mülltrennung, Mülltrennung!«

»Zum Altglas-Container sind es keine fünf Minuten!«

Und ähnlicher Mist.

Interessiert das einen Paul Petersen?

Nein, nicht die Bohne.

Hier rein, da raus. Lass die Penner doch meckern.

Die aus dem ersten Stock nerven weniger. Dafür besitzen sie diesen dämlichen Wellensittich, der ständig das gesamte Haus zusammen krakelt. Den möchte Paul gern mal in die Finger bekommen – und ihm das Genick brechen.

Ist ja nur ein Scheißtier!

Wenn Paul bedenkt, wie viele Tauben, Ratten und Mäuse er in seiner Zeit als Hausmeister erlegt hat. Und anderes Getier. Gern, wenn ihn gerade irgendwelche Sekretärinnen beobachteten. Die standen ohnehin den halben Tag im Flur oder am Fenster und quatschten oder glotzten. Da machte es ihm am meisten Spaß: vor Publikum! Drauftreten. Hals umdrehen. Gegen die Wand schmeißen. Gab viele Möglichkeiten. Er probierte sie alle mehrfach aus. Gehörte zum Job. Oder will jemand ernsthaft Ratten, Mäuse oder streunende, verlauste Katzen in der Bude haben? Natürlich nicht. Da ist man doch froh, wenn der Hausmeister das Zeug entsorgt, nicht wahr?

Vor drei Jahren war allerdings Feierabend mit der Hausmeisterei. Ab in den Ruhestand. Einen Monat später starb Else. Seitdem hockt er allein in der Bude in der Alsenstraße, gleich hinter dem Bahnhof, und guckt tagsüber aus dem Fenster. Meist vorn, zur Straße raus. Ist mehr los. Ein paar Häuser weiter ist das Alsenwohnzimmer, so ein Treff für die Nachbarschaft. Kann man einfach hingehen, Sachen reparieren lassen, Gymnastik machen oder bloß rumsitzen. Machen viele der jungen Leute aus der Straße. Paul natürlich nicht. Aber aus seinem Fenster beobachtet er, wer kommt und wer geht. Kann ganz interessant sein.

Im Sommer hängt Paul manchmal auch am Fenster zum Garten. Natürlich nicht an der Terrassentür, sondern am Klofenster. Immer dann, wenn er sieht, dass die Schlampe aus dem dritten Stock mit ihrer Decke in den Garten geht. Dann legt sie sich auf die Wiese und liest. Bestenfalls in ihrem knappen Bikini. Ist zwar nicht mehr ganz taufrisch, die Alte, aber ihre Titten machen einen ordentlichen Eindruck. Kann man sich schon noch vorstellen, die anzupacken.

He, he, he.

Zehn leere Flaschen hat Paul mittlerweile in zwei Stoffbeutel gequetscht. Er tritt ins Treppenhaus, hört sofort wieder diesen verrückten Vogel aus dem ersten Stock. Er ist kurz davor, hochzugehen, zu schellen, der ganzen verfluchten Bande den Hals umzudrehen. Er besinnt sich rechtzeitig, geht stattdessen die kurze Treppe hinunter, die zur Haustür führt.

Draußen öffnet Paul genüsslich die in die Außenwand eingelassene Tür, hinter der sich die Mülltonne befindet. Lustvoll und unter großem Lärm zerrt er die Tonne auf den Gehweg, öffnet die Klappe, wirft mit Wucht zwei Korn- und eine Weinflasche hinein. Zum Glück gelingt es ihm, mit der letzten Flasche eine der beiden anderen zu zerstören. Es klirrt herrlich.

Paul geht zwei Schritte weiter auf den Gehweg, sieht an der

Fassade hoch. Niemand erscheint an einem der Fenster. Wie ärgerlich. Vielleicht wirft er noch ein paar Bierflaschen hinterher? Unsinn, dafür kassiert er lieber das Pfand.

Paul stößt die Mülltonne zurück in ihr Verlies, knallt die Tür zu, stiefelt los. Die Bude an der Haderslebener Straße kann er auf zwei Wegen erreichen. Im Laufe der Jahre hat Paul sich angewöhnt, auf dem Hinweg die Alsenstraße bis zur Universitätsstraße zu gehen, dort links abzubiegen, bis er rund 150 Meter später links in die Haderslebener Straße biegt. Auf dem Rückweg geht er stets anders: die Haderslebener Straße weiter, dann links in die Düppelstraße, am heruntergekommenen Spielplatz vorbei, schließlich rechts in die Alsenstraße. Ein kleiner Rundweg. Bietet deutlich mehr Abwechslung, als ginge man hin und zurück denselben Weg.

Die Universitätsstraße, wie könnte es anders sein, führt geradewegs zur Uni. Sie liegt knapp fünf Kilometer entfernt von der Alsenstraße. Mit dem Auto dauert das frühmorgens keine zehn Minuten. Pauls Arbeitstag begann um 6 Uhr. Da lagen die faulen Studenten noch allesamt im Bett, wahrscheinlich auch die Professoren und Sekretärinnen. Da hatte er die Straße für sich allein – und die Uni zunächst ebenfalls. Erst gegen 7.30, 8 Uhr tauchten die nächsten Mitarbeiter auf.

Na gut, der eine oder andere Hausmeisterkollege ließ sich auch schon um 6 Uhr blicken. Manchmal quatschte Paul mit einem von ihnen. Lieber war es ihm allerdings, wenn er für sich blieb – und andere Leute beobachten konnte.

Insgesamt keine schlechte Zeit, dort an der Uni. Und zugegeben: Paul arbeitete sich dort nicht gerade zu Tode. Demnächst wird er wohl mal wieder hinfahren. Sie haben ihn zu so einer Feier eingeladen. Paul weiß nicht, worum es geht, er hat sich den Brief nur halb durchgelesen. Immerhin notierte er sich das Datum. 6. Juni. Höchstwahrscheinlich geht er dorthin. Gibt ja garantiert was zu saufen.

Genau wie hier an seiner Stammbude.

Heute schiebt der Araber Dienst, hinter verschlossener Scheibe. Paul klopft. Der Araber grinst ihn an. Was sonst? So ein guter Kunde wie Paul, da muss man scheißfreundlich sein. Ist doch ohnehin eine Spezialität dieser Kameltreiber.

»Fünf Fiege, einen Weizenjungen«, bestellt Paul, ohne zu grüßen. Er stellt die Pfandflaschen auf den Tresen.

Der Araber erzählt irgendetwas, Paul hört nicht hin. Er nimmt seine Flaschen entgegen, stopft sie in den Stoffbeutel, bezahlt. Geht grußlos. So einem Araber kriecht er nicht in den Arsch; morgen sitzt wahrscheinlich wieder die Polin in der Bude. Mit der spricht Paul ab und zu.

Schnell erreicht er die Düppelstraße, wechselt die Straßenseite, geht an dem dunklen, ungepflegten Spielplatz vorbei. Tagsüber spielen tatsächlich manchmal Kinder an den abgewrackten Spielgeräten. Abends treffen sich hier Jugendliche. Nachts Drogenabhängige. Toto und Harry fanden dort mal einen Drogentoten. Ausgerechnet in der Nachbarschaft! Das verbesserte den Ruf der Gegend keinesfalls. Lag nicht auch eine Heroinspritze im Sandkasten?

Offenbar hängen auch jetzt irgendwelche Haschtypen dort ab; Paul hört Stimmen. Irgendein Rascheln, Schritte hinter sich.

Dann presst ihm jemand ein Tuch auf den Mund – danach ist alles dunkel.

Kapitel 11 (20. Mai, Wolfenbüttel)

Als Helmut an diesem Mittwochmorgen die Dienststelle betritt, trifft er erneut nur auf Lisa. Jonas und David sind unterwegs, sie stehen kurz davor, den Mord in der Flüchtlingsunterkunft aufzuklären.

Wenigstens dieser Fall dürfte also bald gelöst sein. Das kann man von dem Unbekannten in der Oker keinesfalls behaupten. Noch immer tauchte in ganz Europa keine passende Vermisstenmeldung auf, ebenso wenig die Papiere des Toten, sein Auto oder sein Gepäck.

Helmut hat bislang darauf verzichtet, die Schließfächer in der Stadtbücherei öffnen zu lassen. Die Chance erscheint doch zu vage, dass jemand ein Gepäckstück in der passenden Größe für diese kleinen Fächer mit sich führt.

Spätestens zum Ende der Woche wird sich Helmut jedoch auch an diesen Strohhalm klammern. Heute klammert er sich an einen anderen: Am Nachmittag wird das Foto des Toten an ausgewählte Zeitungen und Presseagenturen geschickt, damit es am Abend beziehungsweise morgen früh über die Medien, auch in den sozialen Medien, verbreitet wird. Vielleicht erkennt doch jemand den Mann.

Lisa sitzt vor ihrem Computer und spricht leise in ihr Mobiltelefon. Sie registriert Helmut, lächelt ihn kurz an, telefoniert jedoch weiter.

Helmut geht zur Kaffeemaschine, die offenbar gerade ihren Dienst getan hat, denn die Glaskanne ist gefüllt; es dampft und blubbert noch ein wenig. Von Lisas Gespräch versteht Helmut nur einzelne Wortfetzen. »Hm, das ist ja eigentlich nicht wirklich unser Zuständigkeitsbereich.« Oder: »Ich versuche es mal.« Schließlich: »Okay, ich frage Helmut.« Dabei blickt sie Helmut an, lächelt erneut. Kurz darauf beendet Lisa das Gespräch.

»Was kannst du mich fragen?« Helmut stellt seiner Kollegin eine Tasse Kaffee auf den Schreibtisch. Er bleibt zunächst stehen.

Lisa sieht zu ihm hinauf. »Danke für den Kaffee. Möchtest du dich setzen? Das dauert ein paar Minuten.«

Helmut setzt sich auf den Stuhl neben Lisa. »Also, schieß los!«

»Das eben, das war Henning.«

Keine Überraschung. Die beiden telefonieren ständig. Schließlich sehen sich die Turteltauben allenfalls an den Wochenenden.

Da hat Helmut es besser getroffen: Nachdem seine neue Freundin Jutta zunächst unfassbar weite 400 Meter von ihm entfernt wohnte, lebt sie mittlerweile bei ihm.

Helmut fiel es nie leicht zu akzeptieren, dass Jutta eine Weile unter demselben Dach wohnte wie ihr Noch-Ehemann Werner: über dem Dorfkrug, den Werner seit vielen Jahren führt.

Dabei schien Eifersucht vollkommen unangebracht. Jutta und Werner trennten sich in aller Freundschaft und im gegenseitigen Einvernehmen; Werner und Helmut hegen keinerlei Groll gegeneinander. Helmut geht weiterhin jeden Donnerstag zum Skatabend in den Dorfkrug, um wie üblich einen »Null« nach dem anderen zu verlieren und brav die Zeche seiner Skatbrüder zu zahlen.

Doch beschlich Helmut jedes Mal ein ungutes Gefühl, wenn Jutta in ihrer alten Wohnung weilte. Das ist jetzt zum Glück vorbei.

Weiter kann Helmut seine Gedanken nicht schweifen lassen, denn Lisa fährt fort: »Henning hat mir gerade eine ziemlich verrückte Geschichte erzählt.« Lisa trinkt einen Schluck Kaffee, bevor sie fortfährt: »Ich habe dir ja von diesen Feiern zum 50. Geburtstag der Uni Bochum erzählt.«

Das stimmt. In rund zwei Wochen findet in Bochum eine große Zeremonie mit zahlreichen wichtigen Politikern statt; Hennings Vater organisiert die Feier.

»Hennings Vater lädt zu dieser Feier 50 Menschen ein, die schon zur Gründung an der Uni waren. Das wird der Höhepunkt der ganzen Sache«, setzt Lisa wieder an.

Daran erinnert sich Helmut. Er erinnert sich darüber hinaus daran, dass Lisa Hennings Vater nur bedingt leiden mag.

»Es war ziemlich schwierig, 50 passende Leute aufzutreiben«. Lisa fährt sich mit der Hand durch ihr braunes, zurzeit halblanges Haar. »Hennings Vater hat sie aber gefunden. Alle sagten zu. Doch jetzt scheint plötzlich einer von ihnen abgehauen zu sein.«

»Aha?« Helmut versucht, interessiert zu wirken. Immerhin betrifft es den Vater des Freundes seiner Lieblingskollegin. Außerdem scheint jemand abgehauen zu sein. Das klingt fast wie »verschwunden«. Oder gar »vermisst«.

»Es handelt sich um Professor Walter Germann. Er, darum rief Henning mich eben an, wurde wohl für denselben Tag, an dem die Feier in Bochum stattfindet, also für den 6. Juni, zu einem Symposium in die Herzog-August-Bibliothek eingeladen.« Lisa atmet tief ein und wieder aus. »Ich weiß, dass es noch ein bisschen hin ist bis zum 6. Juni. Aber Henning und vor allem sein Vater sind ziemlich nervös. Erst recht die Ehefrau von diesem Germann. Schließlich ist ihr Mann seit einer Woche weg, hätte sich allerspätestens vorgestern melden müssen.«

Da Lisa nicht weiterredet, fragt Helmut: »Ich verstehe bislang nur die Hälfte. Was für ein Symposium überhaupt?«

»Wenn ich es richtig verstehe, ich weiß es ungefähr aus vierter Hand, kommen Wissenschaftler aus aller Welt nach Wolfenbüttel, um über das Evangeliar Heinrichs des Löwen zu forschen. Die Leute von der Bibliothek holen sogar das Buch aus dem Tresor hervor, das gab es wohl so noch nie.«

Natürlich kennt Helmut in groben Zügen die Geschichte des Buches, das seit über 30 Jahren in der Herzog-August-Bibliothek aufbewahrt wird. Als es damals bei einer Auktion in London ersteigert wurde, war es mit über 32 Millionen D-Mark eine ganze Weile das teuerste Buch der Welt.

Deshalb wird es meist unter Verschluss gehalten und der Öffentlichkeit nur alle paar Jahre gezeigt. Helmut sah es sich bei einer dieser Gelegenheiten an. Das liegt allerdings einige Jahre zurück. Helmut erinnert sich in erster Linie an viele bunte Bilder, die Szenen des Neuen Testaments zeigen. Er hätte keine 32 Millionen D-Mark dafür ausgegeben.

Nachvollziehbar ist andererseits, dass es für Fachleute außergewöhnlich sein dürfte, dieses Buch zwei Tage lang benutzen zu dürfen. Aber erst am 6. Juni. Doch dieser Professor aus Bochum scheint jetzt irgendwie abgetaucht zu sein. Daran erinnert Helmut Lisa. Das Wort »vermisst« benutzt er absichtlich noch nicht.

»Ja, klar«, antwortet seine Kollegin. »Aber, wie gesagt: Die Leute in Bochum sind ziemlich nervös.«

Helmut schüttelt den Kopf. »Was geht uns das an?«

Lisa zögert mit ihrer Antwort. Sie blickt zunächst zum Fenster, wo sie einen sonnigen Maimorgen sieht. Der Frühling meint es ganz gut mit ihnen. »Henning fragt sich, beziehungsweise er fragt mich, ob wir mal zur Bibliothek gehen können, um etwas mehr über dieses Symposium zu erfahren. Ob es vielleicht einen Zusammenhang gibt zwischen dem Symposium und Germanns Verschwinden. Vielleicht ist dieser Professor in einen Gewissenskonflikt geraten, kann sich nicht entscheiden, ob er am 6. Juni zum Symposium geht oder zum Geburtstag seiner Uni. Vielleicht versteckt er sich deshalb. Keine Ahnung. Noch nicht. Deswegen möchte ich gern mit dir zur Bibliothek gehen, Helmut.«

Helmut denkt kurz nach. »Aber wozu? Sollen die Leute von der Bibliothek dieses Symposium verschieben oder diesen Gerwald wieder ausladen?«

»Germann. Es geht Henning hauptsächlich darum, irgendetwas zu tun, irgendwie seinem Vater zu helfen. Die Bochumer wollen es noch nicht an die ganz große Glocke hängen mit Vermisstenmeldung und so. Offenbar ist es nicht vollkommen ungewöhnlich, dass dieser Germann mal ein paar Tage unterwegs ist und sich nicht bei seiner Frau meldet. Nur sind es diesmal etwas zu viele Tage. Dann noch die Begleitumstände. Wenn wir hier nichts herausfinden, geht in Bochum die Vermisstenmeldung raus. Helmut, ich bitte dich.«

»Steht dazu nichts im Internet?« Helmut zeigt auf Lisas Rechner, obwohl seine Kollegin sehr genau weiß, dass sich genau dort das Internet befindet.

Lisa blickt ebenfalls auf ihren Rechner. »Nein.«

»Soll doch der Vater dort anrufen.« Fast hätte Helmut auf Lisas Telefon gedeutet. Er hält sich im letzten Augenblick zurück.

»Du kennst Hennings Vater schlecht. Der würde das niemals selber tun. Er bat jedoch Henning, mich anzurufen.«

Helmut startet einen letzten Versuch. Auf ihren Schreibtischen liegen schließlich ein paar ungeklärte Fälle; sie brauchen keine neuen Schauplätze, die sie wahrscheinlich nichts angehen. »Henning könnte doch dort anrufen, oder?«

»Helmut, bitte. Von der Dienststelle aus sind es zu Fuß keine zehn Minuten zur Bibliothek. Du weißt doch, wie das ist. Wenn wir dort persönlich auftauchen, nimmt man die Angelegenheit garantiert ernster, als wenn da jemand aus

Bochum anruft. Das wirkt viel verbindlicher. Den Gefallen möchte ich Henning wirklich gern tun.« Lisa räuspert sich. »Vielleicht erinnerst du dich auch daran, dass wir hier einen unbekannten Toten haben.«

»Daran denke ich die ganze Zeit. Wie alt ist denn dieser Professor aus Bochum?«

»Laut Henning Ende 60.«

»Das wäre ja nicht so weit weg von unserer Leiche.« Helmut überlegt. »Wer weiß, ob uns hier Kollege Zufall mal wieder einen bösen Streich spielen möchte?«

»Du bist also dabei!« Lisa hebt den rechten Daumen.

»Was genau fragen wir die Leute in der Bibliothek? Konfrontieren wir sie direkt mit der Wasserleiche?«, fragt Helmut.

»Ich denke, damit warten wir zunächst noch. Mal schauen, wie sich das Gespräch entwickelt.«

Kapitel 12 (24. Mai, Witten)

Solche Idioten. Da holen sie den Hamilton ohne Not von der Strecke, klauen ihm sozusagen den Sieg.

Sein eigenes Team.

Wahnsinn!

Trotzdem freut Lutz Laarmann sich, denn dank dieses irrsinnigen Fehlers landet Ferrari in Monte Carlo auf Platz 2. Das zweitbeste Ergebnis in dieser Formel-1-Saison. Ein Rennen gewann Ferrari sogar, Ende März in Malaysia.

Es ist wirklich eine gute Idee gewesen, Vettel zu holen. Mit ihm fährt Ferrari spätestens nächste Saison wieder um den Titel mit. Schon in dieser Saison wird er Mercedes noch das eine oder andere Mal ärgern.

Garantiert.

Zeit für ein Krombacher, alkoholfrei, wie es gerade in der Werbung angepriesen wurde. Lutz prostet sich sozusagen selbst zu.

Ist ja sonst keiner da.

Wie üblich konnte er niemanden aus der Familie überreden, sich mit ihm das Rennen auf dem Riesenbildschirm, der an der Wohnzimmerwand hängt, anzusehen. Dabei ist gerade Monte Carlo ein Rennen, bei dem keineswegs »immer nur doof im Kreis gefahren wird«, wie seine Frau es ausdrückt.

Auch die Kinder interessierten sich nicht für die Rennen – selbst zu der Zeit nicht, als Schumi im Ferrari saß, um fünf Weltmeistertitel nach Deutschland zu holen.

Sonst jubeln sie bei jedem deutschen Erfolg, ob nun in der Fußball-Champions-League oder bei der U-19-Europameisterschaft der Volleyballerinnen.

Für Lutz wiederum spielt der patriotische Aspekt keine Rolle. Ihm ist herzlich egal, wer im Ferrari sitzt und gewinnt – ob nun ein Deutscher, ein Finne oder ein Spanier. Für Lutz zählt nur, dass Ferrari gewinnt.

Die Roten.

Deren Fahne über seinem Schrebergartenhäuschen weht.

Für immer Ferrari.

Lutz trinkt einen kräftigen Schluck, direkt aus der Flasche, und wirft einen Blick auf den Videotext, wo die aktualisierte Fahrerwertung gezeigt wird. Nein, dieses Jahr wird es kaum reichen, erst recht nicht in der Teamwertung, wo Mercedes sozusagen uneinholbar vorn liegt.

Aber nächstes Jahr.

Ferrari.

Er sieht sich um. Der große Fernseher nimmt praktisch die gesamte Wand gegenüber ein. Der zweiten Wand geht es ähnlich, sie wird komplett von der Schrankwand verdeckt. Eiche rustikal. Harmoniert prächtig mit der braunen Couchgarnitur, ziemlich echtes Leder. Die dritte Wand ist die abwechslungsreichste. Sie wird von der Tür zum Flur unterbrochen; an dem Stück Wand links davon steht die Anrichte; darüber hängt die Zigeunerin, Öl auf Leinwand, ein Original von der Strandpromenade in Rimini. Die vierte Wand besteht hauptsächlich aus Glas, sie bietet freie Sicht auf die Terrasse und den kleinen Garten. Über dem Gartenhäuschen weht die rote Fahne. Seine Frau sitzt auf der Terrasse, sie trinkt Kaffee mit der Nachbarin. Die Kinder sind über Pfingsten unterwegs. Immerhin hocken sie nicht auf ihren Zimmern, die sie sozusagen dauerhaft bewohnen, obwohl sie mittlerweile 25 beziehungsweise 23 Jahre alt sind.

Leiden unter Trennungsängsten. Sagt seine Frau.

Möchten kein Geld für die Miete ausgeben. Sagt Lutz. Er weiß es natürlich besser. Er war früher genauso drauf. Wohnte selbst bis 26 bei seinen Eltern, heiratete erst mit Anfang 30 und gründete eine Familie.

Jetzt ist er 56. Kfz-Mechaniker, Kfz-Meister, besser gesagt. Beschäftigt bei der Firma Ernst in Witten. Großes Autohaus. Große Werkstatt. BMW und Mini. Krisensicherer Job. BMW wird immer gefahren. Vor allem von Männern. Deren Ehefrauen reicht meist der Mini. Ein gutes Auto. Bloß viel zu teuer. Ein Prestigeobjekt, sozusagen.

Meist sind es Frauen zwischen 25 und 40, die einen Mini fahren. Zumindest bei Ernst. Außer dieser Frau, die bestimmt schon 60 ist. So eine kleine verhuschte Person, der man sofort anmerkt, wie widerwillig sie die Werkstatt ansteuert. Auch in ihrem Mini scheint sie sich nicht wirklich wohlzufühlen. Das hätte sie sich mal lieber vor dem Kauf überlegen sollen.

Doch Lutz nimmt es, wie es kommt, er behandelt alle seine Kundinnen und Kunden gleich. Er lässt selten den Fachmann heraushängen, wenn er mit Frauen spricht. Da muss man heutzutage aufpassen. Entweder wird es einem als Machogehabe ausgelegt, oder aber die Frau hat mindestens so viel Ahnung von Autos und Technik wie man selbst.

Bei einer seiner Kundinnen dürfte feststehen, dass sie in der Tat mehr Ahnung hat als Lutz: Frau Doktor Assmann. Lutz unterhält sich regelmäßig mit ihr über Motoren und Bordcomputer. Sie weiß sozusagen alles. Eine Ingenieurin. Wahrscheinlich kann Frau Doktor Assmann problemlos einen Motor auseinandernehmen und wieder zusammenbauen. So eine ist das. Sie gibt aber nicht an damit. Sie will nur deutlich machen, dass sie sich nur wenig vormachen lässt. So schätzt Lutz sie jedenfalls ein. So behandelt er sie. Mit Respekt und einer Spur Reserviertheit.

Krisensicher, genau, das ist sein letzter Gedanke gewesen, bevor er an Frau Doktor Assmann dachte. BMW-Fahrer kommen in die Vertragswerkstatt, die gehen zu keinem kleinen

Krauter, der auf irgendeinem schäbigen Hinterhof werkelt. Gute Kunden, wohlhabend. Ärzte, Anwälte, Manager, Professoren. Meist nette Leute, keine Angeber. Die begegnen ihm sozusagen auf Augenhöhe, wie es so schön heißt, verlassen sich in der Regel auf sein Urteil, was Autos angeht.

Umgekehrt bekommt Lutz hin und wieder Expertentipps von seinen Kunden: Aktien, Rechtsstreitigkeiten, Krankheiten, Computer.

Läuft wunderbar.

Ein paar von seinen Kunden interessieren sich sogar für die Formel 1. Der Herr Professor Fleischer zum Beispiel liebt Vettel, also sozusagen auch Ferrari. Er kommt übermorgen, bringt den Countryman seiner Gattin. Der Herr Professor Fleischer ist Dozent für Jura, seit drei Jahren darüber hinaus Prorektor an der Bochumer Universität. Er gehört damit zum Führungsstab, zum inneren Kreis. Ein netter Kerl, der Herr Professor. Knapp zehn Jahre jünger als Lutz. Ebenfalls mit Familie. Zwei Töchter, Teenager.

Mit Herrn Professor Fleischer gibt es ein weiteres interessantes Gesprächsthema neben der Formel 1: die Bochumer Universität. Denn auch Lutz hat einen Bezug zu dieser Universität, sogar einen ziemlich lustigen Bezug: Vor 50 Jahren, als dort der Betrieb losging, fing seine Mutter, nach drei Geburten, gerade wieder an zu arbeiten: halbtags als Sekretärin an der Universität.

Während Mutter arbeitete, besuchte Lutz den Kindergarten der Universität. Er war damit zugleich einer der ersten Menschen, die überhaupt mit der Universität Bochum verbunden waren. Deswegen luden sie ihn vor ein paar Monaten zum 50. Geburtstag der Uni ein. Nette Geste, wirklich.

Lutz nahm natürlich an. Wie konnte er damals ahnen, dass das nächste Formel-1-Rennen, in 14 Tagen in Montreal, ein ganz besonderes Rennen wird?

Für ihn.

Das weiß er erst seit ein paar Wochen.

Er hatte bis dahin niemals davon gehört, dass Ferrari von Zeit zu Zeit Gastmechaniker einlädt, um ein Rennwochenende lang in der Box zu hospitieren.

Genau das macht Ferrari offenbar seit Jahrzehnten. Aber der Rennstall verzichtet auf Publicity, setzt es vielmehr im Stillen um. Ferrari hat offenbar ein Netzwerk rund um den Globus gespannt und beauftragt Agenten, nach geeigneten Mechanikern suchen.

So steht es in der Mail an Lutz, so steht es (in allen Sprachen der Welt) auf der speziellen Webseite von Ferrari, die in der Mail genannt wird und die natürlich ausnahmslos den Auserwählten zugänglich ist. Die Leute von Ferrari schickten Lutz in ihrer Mail das entsprechende Passwort, damit er diese Seite aufrufen kann. Er gehört zu den Auserwählten.

Denn nun wurde man dort unten in Italien endlich auf ihn aufmerksam: auf Lutz Laarmann aus Witten im Ruhrgebiet. Ferrari-Fan sozusagen von Geburt an. Kfz-Meister. Deutscher wie Schumacher, wie Vettel. Das passt.

Das ist auch kein großes Geheimnis. Schließlich schickte Lutz häufig Briefe und E-Mails nach Maranello, er bat um spezielle Fanartikel oder Autogramme von Fahrern. Mal wurden seine Wünsche erfüllt, mal nicht.

Diesen Wunsch äußerte er jedoch nie. Den haben sie ihm wohl von den Lippen abgelesen. Jedenfalls lud Ferrari ihn ein fürs nächste Rennen: vom ersten freien Training am 4. Juni bis zum 7. Juni, dem Renntag.

Super.

Ein Traum.

Für immer Ferrari.

Leider steigt die Feier der Universität ausgerechnet am 6. Juni. Dort kann Lutz ja schlecht wieder absagen.

Andererseits, was hat er denn großartig mit dieser Einrichtung zu schaffen? Anderthalb Jahre Hort, an die er sich so gut wie gar nicht erinnert, die er außerdem nicht aus freiem Willen dort verbrachte. Im Gegensatz zu Mutter, die ging damals freiwillig an die Universität.

Ferrari hingegen? Ferrari? Das ist ein Leben lang. Das war, das ist, das wird sein. Freiwillig. Ferrari, das ist praktisch sein Leben.

Für immer Ferrari.

In Kanada ist er auch noch nie gewesen.

Nun gut, den Flug zahlt er wohl selbst. Scheinbar. Dazu schweigt sich Ferrari aus. Kein Wort dazu in der Mail, kein Wort dazu im Internet. Er könnte in Maranello nachfragen, aber das kommt ihm irgendwie kleinlich vor.

Er darf die Reifen eines Formel-1-Ferraris wechseln, im freien Training auf jeden Fall. Vielleicht im Qualifying? Unwahrscheinlich. Da kommt es auf jede Hundertstelsekunde an. Wie im Rennen. Keine Chance, da mitzuhelfen. Aber er darf dabei sein, im Hintergrund, beobachten, Gummi und Benzin einatmen. Die Mechaniker bei der Arbeit bewundern.

Was dagegen ist der 50. Geburtstag einer Universität? Ein Rattenschiss!

Eine Frage bleibt allerdings: Sagt er frühzeitig ab? Sagt er überhaupt ab? Oder bleibt er einfach weg?

Bislang sprach Lutz mit niemandem darüber, selbst seine Frau weiß nicht, dass er das übernächste Wochenende in Montreal verbringen wird. Gestern kaufte er das Flugticket, nachdem Ferrari eine weitere E-Mail geschickt hatte. Darin steht, dass man sich ungemein auf ihn freut.

Steht da wirklich »ungemein«? Oder »sehr«? Nachher wird er sich die Mail nochmals durchlesen.

Kapitel 13 (20. Mai, Wolfenbüttel)

Auf dem kurzen Weg zu der weltberühmten Bibliothek sprechen Helmut und Lisa noch einmal ihren Plan durch. Die Wasserleiche lassen sie beim Gespräch zunächst außen vor; doch, wenn es sein muss, präsentieren sie dem Bibliotheksdirektor das Foto des Toten. Dafür entwerfen sie eine kleine Choreografie, damit es spontan wirkt.

Dann stehen die beiden vor dem neobarocken Gebäude, das seit 1887 die Bibliothek beherbergt. Leibniz und Lessing, ihre beiden bekanntesten Bibliothekare, wirkten allerdings im Vorgängerbau. Die beiden Gelehrten prägten sowohl die Bibliothek als auch Wolfenbüttel nachhaltig. Kein Wunder, dass zwei der umliegenden Straßen nach ihnen benannt sind. Nach Lessing benannt ist darüber hinaus der Platz, auf dem die Bibliothek steht, sowie eines der Häuser schräg gegenüber, in dem der Dichter und Denker seinen Lebensabend verbrachte – und welches heute ein kleines Museum beherbergt.

Der »Herr Direktor« sei heute außer Haus, heißt es kurz darauf am Empfang. Für Forschungsprojekte sei ohnehin jemand anders zuständig, »Frau Professor Doktor Juliane Sobiech«, erklärt ihnen die Empfangsdame, eine knapp 60-jährige Frau, die sehr humorlos wirkt und sich offensichtlich schlecht vorstellen kann, dass es für die Kripo irgendeinen Grund geben könnte, unangekündigt in den heiligen Hallen der Bibliothek aufzutauchen. Nachdem sie per Telefon »die Frau Professor« verständigt hat, würdigt sie Lisa und Helmut keines weiteren Blickes, obwohl bis zum Eintreffen der Sobiech gut fünf Minuten vergehen.

Juliane Sobiech erweist sich als kleine und sehr zarte Frau Mitte 40 mit dunklen Locken, blasser Haut, ausgeprägter Nase und spitzem Kinn. Ihr schmales Gesicht vermittelt, womöglich ungewollt, eine leichte Strenge. Sobald man ihre wunderschönen braunen Augen und den offenen Blick entdeckt, verflüchtigt sich dieser Eindruck wieder – man erblickt eine attraktive, selbstbewusste Frau, die allerdings selbst bei 25 Grad nicht auf ihre schwarze Stoffhose, ihren schwarzen Rollkragenpulli und den beigefarbenen Blazer darüber verzichten will.

Die Professorin begrüßt Helmut und Lisa freundlich und führt sie durch ein paar helle Gänge in einen kleinen Besprechungsraum, an dem fünf Stühle um einen runden Tisch gruppiert sind. Auf dem Tisch stehen zwei Flaschen Wasser (eine mit, eine ohne Kohlensäure) sowie ein paar Gläser.

Helmut fragt sich, ob Frau Sobiech diesen kleinen Empfang auf die Schnelle irgendwie organisiert hat oder ob in diesem Raum grundsätzlich Wasser griffbereit steht.

Sobiech scheint seine Gedanken zu lesen. »Wie Sie sehen, kann ich Ihnen trotz Ihres sehr spontanen Besuches Wasser anbieten. Falls Sie lieber Kaffee möchten, gebe ich einer der Sekretärinnen Bescheid.«

Helmut wartet auf Lisas Antwort.

»Wasser ist super, ohne Kohlensäure«, sagt sie.

Da will auch Helmut keine Extrawurst gebraten bekommen. »Ich nehme auch gern ein Wasser. Ohne Kohlensäure, bitte.«

Sobiech füllt drei Gläser, darunter ihr eigenes, mit Wasser ohne Kohlensäure. »Ich weiß natürlich nicht, warum Sie beide gekommen sind. Ich fühle mich gleichwohl geehrt, denn Sie beide sind quasi Berühmtheiten. Sie haben damals diese schreckliche Mordserie aufgeklärt.« Sobiech blickt Lisa und Helmut nacheinander lächelnd an. »Ich sollte hinzufügen, dass ich 1988 am Gymnasium im Schloss mein Abitur gemacht habe und einige der Opfer gut kannte. Mit Susanne Ferber spielte ich damals in der Theater-AG, auch später traf ich sie häufig; ihre Familie gehört zu den wichtigsten Förderern unserer Bibliothek.«

Sobiech spielt natürlich auf die Mordserie an, die die Stadt und den Landkreis Wolfenbüttel im Winter 2013/2014 in Atem hielt. Damals starben sieben Menschen, die 1989 am Gymnasium im Schloss zusammen Abitur gemacht hatten. Unter den Opfern befand sich Susanne Ferber, die damalige Aufsichtsratsvorsitzende der Likörfabrik »Waldläufer«.

Obgleich durch Sobiechs Bemerkung im Grunde genommen das Eis bereits gebrochen ist, will Helmut sich doppelt absichern und zugleich eine elegante Überleitung von Wolfenbüttel nach Bochum finden. Ihm ist gerade eingefallen, dass einer ihrer wichtigsten Zeugen damals und zugleich ein früherer Mitschüler von Ferber und den anderen Toten, Jakob Dieckmann, zu Schulzeiten ebenfalls zum Ensemble der Theater AG gehörte. »Dann kennen Sie wahrscheinlich auch Jakob Dieckmann?«

»Oh ja.« Zunächst lächelt Sobiech erfreut. Doch schon eine Sekunde später runzelt sie die Stirn. Wahrscheinlich ist ihr eingefallen, dass Ferber und Dieckmann damals ein Techtelmechtel hatten. Schließlich lächelt sie wieder. So ein Techtelmechtel ist ja kein Verbrechen, denkt sie vielleicht, vor allem, wenn es fast 30 Jahre her ist. »Geht es um ihn, um Jakob, meine ich? Der wohnt doch jetzt in Bochum, oder?«

»Es geht nicht um Herrn Dieckmann, aber durchaus um Bochum«, schaltet sich Lisa ein.

»Oh«, entfährt es der Sobiech, »das müssen Sie mir aber genauer erklären.«

»Eines vorab«, beginnt Helmut, »es geht hier womöglich gar nicht um ein Verbrechen. Es geht eher darum, einem Kollegen bei der Kripo Bochum einen Gefallen zu tun. Einem sehr guten Kollegen.«

Anschließend erzählt Helmut, im Wechsel mit Lisa, die ein paar zusätzliche Details beisteuert, vom 50. Geburtstag der Uni Bochum und den geplanten Programmpunkten der Feier, namentlich von der Parade der 50 Mitglieder der ersten Stunde. Lisa konkretisiert ganz ungezwungen ihre eigene, sozusagen private Verwicklung in die Angelegenheit. Das ist zugleich der einzige Moment, in dem Sobiech eine Gefühlsregung zeigt: ein Lächeln. Ansonsten lauscht sie mit vollkommen unbewegter Miene.

Diese Gleichmütigkeit verschwindet jedoch umgehend, als Lisa auf das geplante Symposium zu sprechen kommt beziehungsweise die Einladung an Walter Germann. Sobiech läuft rot an, sie schüttelt heftig den Kopf. »So ein Unsinn.«

Mist, denkt Helmut, sie durchschaut uns und denkt, dass wir wirklich versuchen wollen, irgendetwas an diesem Symposium zu drehen. Verschieben oder ausladen oder Schlimmeres. Es gefällt der Sobiech natürlich nicht, dass wir uns in ihre Angelegenheiten einmischen. Verständlich.

»Oh!«, entfährt es Lisa. Offenbar befürchtet auch sie das Schlimmste.

Sobiech schüttelt noch immer den Kopf. »Eine absolut verrückte Geschichte. Als würden wir so ein Symposium anbieten. Wissen Sie zufällig, wie das konkrete Thema lautet?«

Lisa holt ihr Smartphone hervor und scrollt ein paar Sekunden. »Das Evangeliar Heinrichs des Löwen in der Wahrnehmung von Kunst und Religion in der Moderne. Ergibt das einen Sinn?«

Sobiech explodiert praktisch vor Lachen, es klingt fast schon hysterisch. »Verzeihen Sie mir bitte meinen Ausbruch. Aber das ist kompletter Unsinn. Pseudowissenschaft.«

»Also kein Symposium?«, wagt Helmut zu fragen. Doch irgendetwas an Sobiechs Reaktion verwirrt ihn.

»Nein.« Sobiech hört endlich auf zu lachen. »Wir lassen doch niemanden zwei Tage lang mit unserem größten Schatz spielen. Wer weiß, was die Leute damit anstellen? Hinterher fehlen uns ein paar Seiten. Es handelt sich meiner Meinung nach um einen Scherz, den sich jemand mit Herrn Germann erlaubt.«

»Von diesem Wissenschaftler haben Sie aber gehört?«, fragt Lisa.

Sobiech wird noch röter. »Ja. Er ist ein durchaus bekannter Kunsthistoriker, ein Schüler von Max Imdahl, soweit ich weiß, der ein paar wichtige Arbeiten zur kirchlichen Kunst im Mittelalter verfasst hat. Möglicherweise ist er mal bei uns gewesen. Vor meiner Zeit. Keine Ahnung. Aber selbst, wenn wir jemals ein ähnliches Symposium durchführen, was jedoch praktisch ausgeschlossen ist, laden wir garantiert niemanden ein, der bereits emeritiert und deshalb mindestens 70 ist.«

»Ende 60, soviel ich weiß«, sagt Lisa.

»Das ändert natürlich alles.« Sobiech lacht gezwungen und blickt zur Seite. »Ich weiß nicht, wer sich, vor allem warum sich jemand diesen Scherz erlaubt, aber genau darum scheint es sich zu handeln.«

»Puh, diese Wendung kommt überraschend.« Lisa blickt Helmut an.

Helmut trinkt einen Schluck Wasser. »Das stimmt allerdings. Eine Sache haben wir Ihnen allerdings bisher verschwiegen, Frau Professor Sobiech.«

»Aha! Welche Sache ist das?«, fragt Sobiech mit brüchiger Stimme.

»Herr Germann ist seit ein paar Tagen verschwunden.«

Sobiech schweigt.

»Frau Professor Sobiech?«, fragt Lisa.

Sobiech schluckt. »Ich habe Ihnen auch eine Sache verschwiegen. Walter … Herr Germann besuchte mich hier vor einigen Tagen.«

»Walter?«, hakt Helmut nach.

»Ja, Walter. Das ist zugleich der Grund, warum ich bisher schwieg. Walter und ich sind uns vor rund 20 Jahren einmal etwas nähergekommen. Um es mal so auszudrücken. Auf einer Tagung in Weimar. Ich war damals noch Studentin in Braunschweig und fuhr mit meiner Dozentin dorthin. Walter kam auch, ein angesehener Kunsthistoriker. Recht attraktiv. Verheiratet zwar, aber … Ich erspare Ihnen die Einzelheiten. Nach dieser Tagung telefonierten wir noch einige Male, sprachen darüber, uns noch einmal zu treffen. Doch bevor es konkret wurde, fuhr ich für ein Auslandsjahr nach Rom. Ich hörte nie wieder etwas von ihm – bis Walter Anfang letzter Woche auf einmal hier auftauchte und von dieser vermeintlichen Einladung zum Symposium berichtete. Ausgerechnet von mir ausgesprochen.. Er hoffte, dass wir dort weitermachen, wo wir vor über 20 Jahren aufgehört hatten. Er deutete die Einladung vollkommen falsch. Ich glaube, er ging sogar davon aus, dass er bei mir übernachtet. Er hatte wohl kein Hotelzimmer in Wolfenbüttel reserviert.«

»Und?« Lisas Stimme klingt einfühlsam.

»Ich habe keineswegs 20 Jahre lang sehnsüchtig auf Walter gewartet, sondern mein Leben gelebt. Weder dort noch in meinem Herzen gibt es Platz für Walter.«

»Und das sagten Sie ihm?«, fragt Lisa.

»Ja, auch in dieser Deutlichkeit.«

In Helmuts Kopf nimmt ein bestimmtes Szenario Gestalt an. »Wie reagierte Germann?«

Sobiech seufzt. »Sichtlich enttäuscht. Walter erzählte mir von einem Spaziergang in Bochum. Er dachte wohl gerade darüber nach, ob er zu unserem Symposium gehen soll oder zum Geburtstag der Uni Bochum. Da begegnete ihm eine Joggerin, die ihn irgendwie an mich erinnerte. Das sah er als Zeichen an, dass er sich für das Symposium entscheidet. Und dass er nicht bis zum 6. Juni warten muss, hierherzukommen, um mich wiederzusehen. Für ihn handelte es sich um einen Wink des Schicksals. Nur zwei Tage nach diesem Spaziergang setzte er sich in den Zug, um nach Wolfenbüttel zu fahren.«

»Sie redeten doch gewiss auch über das Symposium, nicht wahr?«, fragt Lisa.

»Natürlich.«

»Wie reagierte er auf die Tatsache, dass es dieses Symposium überhaupt nicht gibt?«, fragt Helmut.

Sobiech lächelt. »Komisch, jetzt, wo Sie das fragen, kommt es mir im Nachhinein fast so vor, als hätte ihn das noch mehr getroffen als meine Absage. Ich glaube, er weinte sogar.«

Helmut überlegt. »An welchem Tag genau war Herr Germann bei Ihnen?«

»Letzten Dienstag, am frühen Nachmittag.« Sobiech zögert. »Ist er seit diesem Tag verschwunden?«

Lisa scheint mit ihrem Smartphone beschäftigt zu sein, dennoch nickt sie. »Ja, das passt. Hat er Ihnen denn nach dem Gespräch gesagt, was er vorhat?«

»Nein. Ich ging davon aus, er fährt zurück nach Bochum.«

»Hatte er sein Gepäck dabei?«, hakt Helmut nach.

»Nein. Wo kann er nur sein?« Sobiechs Stimme klingt verzweifelt. »Hoffentlich …«

Helmut ahnt, welchen Gedanken die Sobiech nicht weiterverfolgen möchte: Hoffentlich ist ihm nichts passiert. Beziehungsweise: Hoffentlich hat er sich nichts angetan – und ich wäre dann schuld daran. Doch genau darauf könnte es hinauslaufen. »Frau Professor Sobiech, Sie wissen vielleicht, dass Anfang dieser Woche die Leiche eines Unbekannten in der Oker lag.«

»Nein! Bitte nicht.«

»Ich weiß nicht, ob wir Ihnen zumuten können, dass Sie sich die Leiche einmal ansehen.«

Lisa unterbricht Helmut. »Aber Sie brauchen deswegen nicht zur Gerichtsmedizin mitzukommen.«

Helmut runzelt die Stirn. Aber nur für die Galerie, denn Lisa setzt gekonnt ihren kleinen Plan um: spontanes Präsentieren des Fotos.

Lisa klärt Sobiech auf. »Ich habe gerade meinen Kollegen gebeten, mir ein Foto des Toten zu schicken. Die Qualität ist nicht überragend. Immerhin ist die Leiche in einem recht guten Zustand. Würden Sie wohl?«

Lisa gibt Sobiech ihr Smartphone. Die Kunsthistorikerin sieht sich das Bild an, beißt sich auf die Lippen. »Das ist Walter. Oh, mein Gott. Ich …«

Lisa nimmt Sobiech das Smartphone wieder aus der Hand und streicht sanft über deren Arm. »Sie dürfen sich nicht schuldig fühlen. Sehr wahrscheinlich handelt es sich um einen Unfall.«

Lisa versucht, nett zu sein und die Wahrheit ein wenig zu beugen, findet Helmut. Noch ist ungeklärt, wie Germann in die Oker fiel. Selbst, wenn es tatsächlich ein Unfall war, so wurde dieser hauptsächlich durch den vielen Alkohol verursacht, den der Professor zuvor im »Zimmerhof 13« trank. Er trank ihn offensichtlich wegen der Sobiech und deren doppelter Absage. Aber damit sollte man sie jetzt verschonen.

Lisa erledigt ihren Job wirklich gut. Natürlich, so überlegt Helmut weiter, müssen sie nun Frau Germann nach Wolfenbüttel kommen lassen, um den Leichnam offiziell identifizieren zu lassen. Schlimm genug, doch unausweichlich. Immerhin wissen sie jetzt, warum Germann in keinem Hotel vermisst wurde: Er hätte gern bei Sobiech übernachtet.

Vielleicht gibt es einen Weg, Frau Germann diesen Teil der Geschichte zu ersparen. Aber das ist jetzt zweitrangig.

Jetzt fehlt nur noch Germanns Gepäck – falls er welches mit sich trug, als er von Bochum nach Wolfenbüttel fuhr. Eventuell finden sie den Koffer oder die Tasche demnächst in einem Schließfach in der Stadtbücherei.

Kurz darauf stehen Helmut und Lisa vor dem imposanten Bibliotheksgebäude. Lisa holt ihr Smartphone hervor und beginnt zu tippen. »Ich schreibe Henning kurz eine Nachricht. Er wird nicht gerade begeistert sein. Zum einen ist Walter Germann tot. Zum anderen brauchen sie jetzt einen Ersatz für diese Parade. Ich weiß nicht, was Hennings Vater schlimmer findet.«

Noch auf dem Rückweg zur Dienststelle kommt Hennings Antwort.

»Er bedankt sich bei uns und lädt uns als kleines Dankeschön für unsere Ermittlung, trotz der traurigen Nachricht, zur Jubiläumsfeier ein. Er besorgt uns außerdem Freikarten für die Gala am Freitag davor«, erklärt Lisa. »Ich glaube, Herbert Grönemeyer tritt da auf.«

»Hm.« Helmut möchte das übernächste Wochenende mit Jutta verbringen.

»Vier Freikarten«, sagt Lisa. »Falls Jutta mitkommen möchte.«

Helmut nickt. »Ich frage sie mal.« Nach einer kurzen Pause fügt er hinzu: »Aber diese Geschichte mit dem Symposium, losgelöst von dem schrecklichen Unfall oder Selbstmord, die ist komisch, nicht wahr? Die Sache mit dieser offenbar falschen Einladung, meine ich. Warum macht jemand so etwas?«

Lisa bleibt abrupt stehen. »Na ja, das ist doch irgendwie so was wie ein Klingelstreich, oder? Oder beim Pizzaservice Essen für jemanden anders zu bestellen?«

Auch Helmut ist stehen geblieben. »Puh. Das mit dem Datum wäre dann ein Zufall, deiner Meinung nach?«

Lisa holt erneut ihr Smartphone aus der Jackentasche und wirft einen prüfenden Blick darauf. Aber offenbar handelt es sich um falschen Alarm, denn sie steckt das Gerät gleich wieder weg. »Vielleicht. Aber wie ich Hennings Vater kenne, wird der wohl veranlassen, dass für alle Fälle die anderen 49 Personen, die bei dieser Parade dabei sind, erneut kontaktiert werden, um zu überprüfen, ob sie tatsächlich kommen werden.«

Kapitel 14 (29. Mai, Bochum)

All die schönen Pokale und Medaillen sind blank gewienert und glänzen um die Wette. Sie reflektieren das Licht der LED-Spots, die genau auf das fünf Meter breite und zwei Meter hohe Regal ausgerichtet sind. 97 Pokale sowie 129 Medaillen konkurrieren um den viel zu geringen Platz.

Zu viele Siege, zu viele Titel.

Gerlinde Schmitt steht mit einem Putztuch bewaffnet vor dem Regal, sie mustert jede ihrer Trophäen. Das Regal steht im Souterrain des Hauses in der Bochumer Virchowstraße, in dem sie seit vielen, vielen, vielen Jahren mit ihrem Ehemann Winfried lebt.

Falsch: »Wohnt« muss es heißen. »Leben« kann man das kaum nennen.

Früher schlief in diesem Zimmer eine Zeit lang ihr älterer Sohn Viktor. Als Viktor sich zu alt fühlte, um auf derselben Etage zu schlafen wie seine Eltern und sein kleiner Bruder. Als er sich aber noch zu jung fühlte, um auszuziehen.

Als Viktor endlich auszog, übernahm sein um zwei Jahre jüngerer Bruder Henning das Zimmer, um seinerseits eine Zwischenphase zu überbrücken. Keinesfalls, um es seinem großen Bruder nachzumachen. Solche Art von Brüdern sind Viktor und Henning definitiv nicht; Henning käme niemals auf die Idee, seinem großen Bruder nachzueifern.

Leider, findet Winfried. Er hätte es lieber gesehen, wenn auch Henning Ingenieur geworden wäre. Doch Henning kommt kein bisschen nach seinem Vater.

Gott sei Dank, findet Gerlinde. Wenn sie jemand fragte, warum sie froh darüber sei, würde sie dieselben Gründe nennen wir ihr Mann. Aber es fragt niemand. Das geschieht aus purem Desinteresse. Allenfalls Henning interessiert sich für die Gedanken und Gefühle seiner Mutter. Er traut sich aber nicht zu fragen.

Leider.

Immerhin half Henning ihr damals, die Spots richtig auszurichten. Niemand sonst wäre auf diese Idee gekommen.

Gerlinde weiß, dass es an ihr liegt, dass Henning zögert, ihr Fragen zu stellen. Sie trägt eine unsichtbare Rüstung, um ihre wahren Gefühle, Gedanken und Verletzlichkeiten zu verbergen. An ihr Inneres kommt niemand heran, es darf höchstens vorsichtig an der Oberfläche gekratzt werden.

Gerlinde hatte ihre Pokale und Medaillen während der Okkupation durch die Heranwachsenden im muffigen Keller untergebracht. An dem Tag, als sie ihr Exil verließen und an ihren angestammten Platz zurückkehrten, scheuerte Gerlinde sie stundenlang. Seitdem putzt sie ihren Schatz zweimal pro Woche.

Doch offenbar war sie erst gestern oder vorgestern hier, denn sie sieht kein Staubkorn oder Härchen. Alles glänzt im LED-Licht.

Gerlinde ist halt etwas durcheinander in den letzten Tagen. Verschiedene Dinge gehen ihr durch den Kopf – zum Beispiel, dass ihr vierjähriger Enkel schon zwei Tage lang über heftige Bauchschmerzen klagt. Das erzählte Viktor ihr vorhin am Telefon. Es erinnerte sie an früher. Aber diese frische Information ließ sie irgendwie kalt. Keinerlei Omagefühle. Gerlinde wird halt nicht so recht warm mit ihren Enkeln: weder mit dem Vierjährigen noch mit dem Zweijährigen. Beide sind Viktors Söhne. Und die Söhne seiner Frau, mit der Viktor in Darmstadt lebt.

Oder wohnt?

Henning hat keine Kinder. Ob sich das so bald ändert?

Seine neue Freundin, Lisa, scheint sehr nett zu sein, wirklich, aber sie ist Polizistin. Genau wie Henning. Ob es unter diesen Umständen überhaupt ratsam wäre, Kinder in die Welt zu setzen? Bei den Arbeitszeiten? Gefährlich ist der Beruf obendrein. Außerdem wohnt Lisa 300 Kilometer entfernt von Bochum.

Von einer Sache kann man aber getrost ausgehen: Die Kinder von Lisa und Henning wären garantiert nicht solche altklugen Geschöpfe wie die Jungs von Viktor. Der Vierjährige, der mit den Bauchschmerzen, begeistert sich schon jetzt für Technik. Da wächst eindeutig die nächste Generation Ingenieure in der Familie Schmitt heran.

Nein, nimmt Gerlinde ihren Gedanken wieder auf, natürlich hat das meiste von dem, was ihr durch den Kopf geht, mit ihrem Gatten zu tun. Mit wem denn sonst? Winfried prägt seit über 35 Jahren ihr Dasein. Sie ließ es all die Jahre geschehen. Lässt es noch immer geschehen. Erst kürzlich musste sie sich ein Auto von ihm schenken lassen, so einen modischen Mini, wie ihn junge Frauen gern fahren. Gerlinde findet dieses Auto vor allem unpraktisch und klein. Sie empfindet es schlechthin als Zumutung, dass sie nun alle nasenlang extra in die Vertragswerkstatt nach Witten fährt, wenn etwas an dem Auto kaputt ist oder eine Inspektion ansteht.

Mit ihrem alten Honda fuhr sie zu einer kleinen Werkstatt im Ehrenfeld. Da gibt es genau einen Mechaniker, einen sehr netten Türken, den Herrn Yilmaz. Der haut sie garantiert nie übers Ohr. Sobald es die Umstände (Garantie, Gewährleistung und so weiter) zulassen, wird sie wieder zu Herrn Yilmaz fahren.

Diesem Kfz-Meister in Witten traut sie nicht über den Weg. Der Kerl redet unablässig, er will sie mit seinem Fachwissen und mit seinen Motorsportgeschichten bestimmt irgendwie ablenken und einlullen, um sie letztlich mit unnötigen Reparaturen reinzulegen. Meist schaltet sie komplett auf Durchzug, wenn sie mit dem Mann redet. Aber ein paar Dinge bleiben doch hängen. Das und die lange Anfahrt, das geht ihr ziemlich auf die Nerven.

Aber Winfried fragte sie natürlich nicht, welches Auto sie sich wünscht. Winfried wollte bestimmen. Wie immer. Winfried selbst stieg übrigens von BMW auf Audi um, zu seiner neuen Werkstatt fährt er keine fünf Minuten.

Zurzeit läuft ausnahmsweise nicht alles nach Winfrieds Vorstellungen. Der Arme sorgt sich um seine geliebte Feier. Zwei seiner 50 Paradeteilnehmer sind tot, ein Raubüberfall und ein tragischer Unfall. Darunter Walter Germann, der frühere Assistent von Max Imdahl. Ausgerechnet. Jemand, der als unersetzbar gilt.

Och, wie ärgerlich.

Winfried sitzt jetzt oben auf der Terrasse, hadert mit seinem Schicksal. Vorhin, als Gerlinde selbst oben war, in der Küche, um das Abendessen abzuräumen, hörte sie ihn abwechselnd fluchen und jammern.

Auf dem Terrassentisch steht eine Flasche Rotwein, Winfried schenkt sich reichlich ein. Dabei verträgt er ja kaum etwas. Morgen wird er über Kopfschmerzen klagen.

So viel Leid.

Irgendwann morgen Vormittag wird Winfried dann zum Telefon greifen, seinen Assistenten anrufen, den netten Herrn Gerber, und ihn anschnauzen. Dabei trägt Herr Gerber weder Schuld an den beiden Toten noch an Winfrieds Kater; außerdem ist morgen Samstag.

Aber das interessiert Winfried nicht.

Gerlinde horcht nach oben. Nichts. Vielleicht schüttelt Winfried gerade mit geschlossenen Augen den Kopf, verflucht leise den toten Professor Germann und den toten Hausmeister. Diese Geste würde jedenfalls keinerlei Geräusche verursachen.

Gerlinde schließt ihrerseits kurz die Augen, aber nur, um die Gedanken an ihren Mann zu vertreiben. Sie möchte sich ungestört ihrer Trophäensammlung hingeben. Wenn es schon nichts zu putzen gibt, möchte sie doch wenigstens den Anblick genießen.

Ihren ersten Pokal, einen ganz winzigen und dennoch ihren liebsten, gewann Gerlinde mit neun Jahren. In Grevenbrück im Sauerland, wo sie aufwuchs, wo ein Teil ihrer Familie noch immer wohnt beziehungsweise in diesem Fall wirklich: lebt.

Opa nahm sie damals mit zum Schützenverein. Er drückte Gerlinde das kleinste Luftgewehr in die Hand, welches der Verein besaß. Er zeigte ihr die kleine Papierscheibe, auf die es zu zielen gilt. Opa redete ihr gut zu, erklärte ihr, was sie beachten sollte.

Ziel sei es, so Opa damals, die Mitte der Zielscheibe zu treffen. Um das zu schaffen, müsse man eigentlich viel trainieren. Körper und Geist sozusagen, denn zum Schießen brauche man innerliche Ruhe. Die Ringanordnung auf der Scheibe heiße »Spiegel«, erläuterte Opa weiter. Meist handele es sich um Ringscheiben mit zehn Ringen. Je näher er die Treffer in der Mitte platziere, desto mehr Ringe beziehungsweise Punkte erhalte der Schütze. Genau in der Mitte seien es selbstverständlich zehn Punkte. »So, jetzt schieß mal schön, mein kleiner Schatz«, forderte sie Opa zum Schluss auf.

Opas Worte waren allerdings überflüssig. Gerlinde verstand die Sache von Anfang an: dort die Scheibe, hier mein Gewehr, Kimme und Korn, nicht wackeln beim Abdrücken. Aber das galt auch, wenn man seine Puppe schminkte oder aus Bauklötzen einen Turm baute.

Also zielte Gerlinde und drückte ab. Dreimal.

Dann drehte Opa an einer Kurbel, über eine Art Seilbahn glitt die Papierscheibe quietschend zu ihnen. Opa und zwei andere Männer vom Schützenverein holten die Papierscheibe aus der Halterung, betrachteten sie schweigend. Opa schüttelte daraufhin den Kopf, die beiden Männer lachten lauthals.

Gerlinde hatte zweimal in die Zehn getroffen, einmal in die Acht.

Ein Naturtalent. Beim nächsten Schützenfest in Grevenbrück schoss sie sich auf Anhieb zur Jugendkönigin (die jüngste Jugendkönigin aller Zeiten), gewann eine kleine Schützenscheibe – und diesen winzigen Pokal, den sie gerade liebkost.

Mit diesem Sieg startete zugleich ihre erfolgreiche Karriere als Sportschützin, als Sammlerin von Scheiben, Pokalen und Medaillen. Kreismeisterschaften, Bezirksmeisterschaften, Landesmeisterschaften, Deutsche Meisterschaften. Erst als Jugendliche, dann als Erwachsene. Zu Beginn mit dem Luftgewehr, dann mit der Luftpistole über die 10-Meter-Distanz, später mit der Sportpistole über die 25-Meter-Distanz.

Die 25-Meter-Distanz blieb über all die Jahre hinweg ihre Lieblingsdisziplin. Darin erzielte sie später ihre größten, ihre wichtigsten Erfolge. Aus dieser Zeit stammen die meisten der Trophäen, die sie im Regal ausstellt. Viele der Pokale und Medaillen aus ihren ersten Jahren als Sportschützin lagern hingegen in irgendwelchen Kisten im Keller.

Im Grunde genommen war es Zufall, dass Gerlinde beim Schießsport landete. Es hätte genauso gut Kegeln, Judo oder Volleyball werden können. Gerlinde betrachtete das Schießen auch niemals als Berufung, sondern rein als sportliche Betätigung.

Um Sport handelt es sich in der Tat, wenngleich viele Leute das anders sehen. Das Pistolenschießen gilt als eine der schwierigsten Disziplinen. Der Anschlag beispielsweise funktioniert vollkommen anders als beim aus Film und Fernsehen bekannten Schießen. Der Schütze steht keinesfalls frontal zur Scheibe, sondern leicht seitlich gedreht. Er hält die Pistole mit ausgestrecktem Arm – und mit einer Hand.

Das geht im wahrsten Sinne des Wortes in den Arm, es klappt nur mit ausreichend Kraft und Kondition. Andernfalls kann man die Waffe nicht ruhig halten. Dann muss auch noch der Abzug ausgelöst werden. Dabei überwindet man ein Gewicht von bis zu 1.500 Gramm. Dadurch wird es extrem schwierig, die Pistole sauber im Ziel zu halten. Das alles macht die Angelegenheit mehr zu einem Leistungssport als zu einem bloßen Hobby. Geld jedoch verdiente Gerlinde niemals. Allenfalls bekam sie hin und wieder ein paar Mark an sogenannter Sportförderung.

Gerlinde lechzte niemals nach Erfolgen. Sie wollte bei den Wettkämpfen ihre Fähigkeiten ausschöpfen. Wenn das zum Sieg reichte – schön. Erst recht empfand sie niemals Emotionen (beispielsweise Befriedigung) beim Schießen. Nein, sie setzte mit der Waffe in der Hand keine großen Gefühle frei, stattdessen setzte sie auf die allerhöchste Konzentration. Denn die braucht man, wenn man sechsmal fünf Schüsse innerhalb kürzester Zeit abfeuert und möglichst fünfmal ins Schwarze treffen will.

Noch anstrengender, vor allem schwieriger zu gewinnen waren die gemischten Wettkämpfe mit Frauen und Männern, an denen Gerlinde teilnahm. Bei diesen Gelegenheiten schoss sie mit anderen Waffen als ihrer Sportpistole Kaliber .22, zum Beispiel mit einer Beretta Kaliber 9 mm. Diese Waffe lag ihr besonders gut in der Hand. Allerdings benötigt man beim Abdrücken wesentlich mehr Kraft als bei der Sportpistole. Deshalb verschlechterten sich Gerlindes Schießleistungen mit der schweren Waffe von Serie zu Serie. Ausschließlich bei den ersten fünf Schüssen traf sie mit der Beretta so präzise wie mit ihrer Sportpistole, deren Munition allerdings auch locker zehn Zentimeter dickes Holz durchschlägt.

Kapitel 15 (29. Mai, Bochum)

Jetzt lerne ich endlich auch die dritte Generation der Schmitts kennen. Florian Gerber fragt sich allerdings, ob er sich wirklich darauf freut. Er sitzt nervös vor seinem Rechner, blickt regelmäßig nach rechts, wo die wie immer offene Tür einen menschenleeren Gang zeigt. Es lehnt kein Winfried Schmitt im Türrahmen. Immerhin das.

Henning Schmitt, Winfrieds Sohn, zugleich Kommissar bei der Kripo Bochum, rief ihn vorhin an. Im Büro. Vollkommen unvermittelt. Im ersten Moment verstand Florian vor allem – »Kripo«. Er befürchtete sofort das Schlimmste. Irgendetwas mit Sandra. Ein Unfall. Eine Entführung. Irgendein anderes Kapitalverbrechen. Erst nach und nach kapierte er, dass er mit dem Sohn seines Projektleiters sprach. Vor allem, dass es nicht um ihn (oder Sandra) ging, sondern um die Zombieparade.

Na klar, worum sonst?

Die Sache mit der Parade nahm extrem Fahrt auf seit letztem Freitag, nach Winfried Schmitts kuriosem Auftritt im Türrahmen. Florian rief am Mittwochnachmittag, nach anfänglichem Zögern, testweise bei sechs Ehemaligen an. Grund dafür waren sowohl die tragischen Todesfälle Germann und Petersen als auch der Umstand, dass bei Germann eine andere, offenbar gefälschte Einladung für den Tag der Parade vorlag. Wenn nun noch jemand solch eine Einladung erhalten hatte? Schmitt wollte es genau wissen.

Florian fand immerhin rasch Ersatz für Germann und Petersen. Für den Hausmeister, der zur Funktion der technischen Angestellten gehörte, einen Elektriker. Für Germann natürlich keinen wirklich gleichwertigen Ersatz. Schließlich war Germann nicht nur einer der ersten Studenten der Uni Bochum, sondern darüber hinaus die allererste studentische Hilfskraft, was zum Glück keine eigenständige »Funktion« ist. Damit kann sein Ersatz nicht dienen: eine Geschichtsstudentin, die zufällig ganz oben auf der nach Alphabet sortierten Ersatzliste stand.

Eigentlich wollte Florian probeweise sogar mindestens sieben dieser Alumni, wie die Ehemaligen heutzutage heißen, kontaktieren. Doch Konrad Priefke, der allererste Student, mittlerweile pensionierter Lehrer, blieb unerreichbar.

Für seine Telefonate benutzte Florian einen Trick, damit die Anrufe nicht allzu sehr nach Überprüfung klangen. Er tat einfach so, als gebe es eine Änderung im Festprogramm.

»Der Essener Bischof wird nun doch nicht reden«, begann Florian jedes Gespräch. Dass das niemals geplant war, verschwieg er. Natürlich. »Ich hoffe, das ist kein Problem für Sie«, sagte Florian als Nächstes. Als besäße die Ansprache des Bischofs irgendeine Relevanz für die Zombieparade. Aber egal, den Angerufenen schien das nicht aufzufallen. »Sie kommen also trotzdem?«, setzte Florian dem Unsinn eins drauf – und stach prompt mitten ins Wespennest.

Dreimal wurde ihm ohne zu zögern sehr fest versprochen zu kommen. Bischofsrede hin, Bischofsrede her. Doch ebenfalls dreimal herrschte Schweigen am anderen Ende der Leitung. Betretenes Schweigen. Es folgten gestotterte Absagen. Im Stottern versteckt fanden sich ein paar interessante – nun ja, Geschichten. Als »Ausreden« kann man diese Geschichten kaum bezeichnen.

Am unterhaltsamsten verlief das Telefonat mit dieser Sekretärin, Gerda Braun. Florian erreichte sie am späten Vormittag:

Gerda Braun: Ja?

Florian: Frau Gerda Braun?

Braun: Ja?

Florian: Hier spricht Florian Gerber von der Ruhr-Uni Bochum. Ich bin der Assistent von Professor Schmitt.

Braun: (atmet laut)

Florian: Frau Braun?

Braun: Ja?

Florian: Was ist los mit Ihnen? Sie klingen so außer Atem.

Braun: Ich komme gerade aus dem Wald, vom Walken.

Florian: Ach so, verstehe. Darf ich Sie dennoch kurz stören?

Braun: Worum dreht es sich denn, Herr …?

Florian: Gerber.

Braun: Worum dreht es sich denn, Herr Gerber?

Florian: Es geht um die große Feier zum 50. Geburtstag unserer Uni. Um die Zom… Ähm, um die Parade, an der Sie teilnehmen.

Braun: Ja?

Florian: Es gibt schlechten Nachrichten.

Braun: Aha!

Florian: Ja, der Herr Bischof wird nun doch keine Rede halten.

Braun: Der wer?

Florian: Der Bischof aus Essen.

Braun: Ach so, der! Ich bin sowieso nicht katholisch.

Florian: Das ist also kein Problem für Sie?

Braun: Problem?

Florian: Sie kommen also trotzdem?

Braun: Ich …

Florian: Ja?

Braun: Ich weiß nicht.

Florian: Oh! Wieso? Sie sagten doch gerade, dass Sie keinen großen Wert auf die Rede des Bischofs legen.

Braun: Bischof?

Florian: Ja, der Ruhrbischof.

Braun: Der ist mir doch egal.

Florian: Aber wieso wissen Sie dann nicht, ob Sie zur … zur Parade kommen?

Braun: Wegen Sir Paul.

Florian: Bitte, wegen wem?

Braun: Sir Paul.

Florian: Sir Paul?

Braun: McCartney.

Florian: Ah, Paul McCartney. Was hat der mit unserem 50. Geburtstag zu schaffen? Schreibt er uns ein Lied?

Braun: Wie bitte?

Florian: Ach, nichts. Ich verstehe nur den Zusammenhang nicht zwischen Paul McCartney und der Parade.

Braun: »Chaos and Creation at Abbey Road".

Florian: Abbey Road? Sehr schön. Vor allem dieses »I want you«.

Braun: Das ist von Lennon.

Florian: Und »Something«, das gefiel mir auch immer so gut.

Braun: Das ist von Harrison.

Florian: Ist nicht auch »Here comes the sun« auf diesem Album? Das mag ich fast …

Braun: Das hat auch Harrison geschrieben.

Florian: Und Sie mögen nur die Beatlessongs von McCartney?

Braun: Ja, ich mag die Lieder von Sir Paul am liebsten.

Florian: Okay. Und wo ist die Verbindung von Ihrem Sir Paul zu der Parade?

Braun: Sir Paul wiederholt am 6. Juni »Chaos and Creation at Abbey Road«.

Florian: Okay. Was genau ist das?

Braun: Ein Studiokonzert. Für 35 Zuhörer. Ich gehöre dazu.

Florian: Wow! Wie kommt man denn an die Karten?

Braun: Ich habe bei einem Preisausschreiben gewonnen. Eine Karte. Mein Mann kann leider nicht mit.

Florian: Und Sie? Fahren Sie zu diesem Konzert und geben uns einen Korb?

Braun: (schweigt)

Florian: Frau Braun?

Braun: Hm.

Florian: Wie bitte?

Braun: Was würden Sie denn machen an meiner Stelle?

Florian: Gute Frage. Weiß ich gerade nicht. Aber warum haben Sie dann überhaupt zugesagt, zur Parade zu kommen.

Braun: Da wusste ich noch nichts von dem Gewinn.

Florian: Ach so. Das ist wirklich schade, Frau Braun. Sie wissen, dass wir 50 Ehemalige aufmarschieren lassen möchten, weil es ja der 50. Geburtstag ist. Ohne Sie sind wir nur noch 49.

Braun: (schweigt)

Florian: Frau Braun?

Braun: Jetzt wollen Sie mir ein schlechtes Gewissen machen. Dabei freue ich mich so sehr auf Sir Paul. Vor dem Konzert lerne ich ihn persönlich kennen. Persönlich, verstehen Sie?

Florian: Ja, gewiss. Aber …

Braun: Sie können doch einen Ersatz für mich finden. Es bleiben doch noch ein paar Tage Zeit.

Florian: Nun ja ...

Braun: Ich muss jetzt auch auflegen. Ich muss kochen. Mein Mann kommt gleich nach Hause.

Florian: Frau Braun?

Braun: Lassen Sie mich bitte in Ruhe. Kümmern Sie sich lieber um den Ersatz für mich.

Florian: Frau Braun?

Braun: Wiederhören.

Florian: Frau …

Braun: (legt auf)
Florian: Einfach aufgelegt. Na super.

Das war, wie gesagt, nicht die einzige abenteuerliche Geschichte. Ein Sachbearbeiter von damals behauptete, am 6. Juni den Dalai-Lama in einem bayerischen Kloster unter vier Augen sprechen zu dürfen. Zu schlechter Letzt geriet Florian an einen Doktoranden, der am Jubiläumswochenende eine Statistenrolle im neuen Film von Mario Adorf übernehmen wollte.

So viele verrückte Geschichten. Alle drei toppen irgendwie noch die von Professor Germann, der am Jubiläumswochenende in Wolfenbüttel im Evangeliar Heinrich des Löwen blättern sollte.

Diese Geschichte klingt allerdings nicht nur verrückt, sie ist erwiesenermaßen erfunden. Professor Schmitts Sohn ließ sie von zwei Kripobeamten aus Wolfenbüttel in jener Bibliothek überprüfen, in der das Symposium angeblich stattfindet. Die beiden Beamten sprachen mit der Bibliotheksdirektorin und erfuhren die Wahrheit: Es gibt kein Symposium. Offenbar handelt es sich bei der Einladung an den emeritierten Kunsthistoriker um einen üblen Scherz.

Als wenn das nicht genug wäre: Nun ist Germann sogar tot, wobei es offenbar keinen direkten Zusammenhang gibt zwischen der falschen Einladung und seinem Ableben. Behauptet Professor Schmitt.

Und nun wimmelt es auf einmal von skurrilen Geschichten.

Nach der dritten verrückten Story sah sich Florian außerstande, weitere Testanrufe zu tätigen. Das musste er zunächst sacken lassen. Er machte früh Feierabend und fuhr nach Hause.

Vor dem Haus stolperte er über Jakob Dieckmann, der, sein Laptop unter den Arm geklemmt, Richtung Garten marschierte. »Mensch, Florian, wie siehst du denn aus? Bist du deiner eigenen Leiche begegnet?«, begrüßte ihn sein Nachbar.

Florian nickte. »So ungefähr.«

»Willst du darüber reden?« Jakob versuchte, wie ein Sozialpädagoge zu klingen.

Florian wollte durchaus darüber reden. Die Umstände erwiesen sich als günstig: Jakob ging nach eigener Aussage nicht »zwingend« in den Garten, um dort an seinem Laptop zu arbeiten. Hinzu kam, dass weder Sandra noch Jakobs Familie zu Hause waren.

In der nächsten Viertelstunde berichtete Florian von den vier bizarren Einladungen und den beiden Todesfällen, während sie im Garten um den runden Tisch herumsaßen und Espresso tranken.

Jakob interessierte sich zunächst ganz besonders für die Geschichte aus Wolfenbüttel. Seine Heimatstadt. Außerdem kannte er die beiden Kriminalbeamten aus der Bibliothek.

»Helmut Jordan und Lisa Bertram. Die beiden haben bei mir den Mörder geschnappt. Henning Schmitt war auch dabei.« Jakob nickte kurz, bevor er fortfuhr. »Das ist der Sohn deines Chefs?«

»Ja. Er ist jetzt offenbar mit dieser Lisa Bertram zusammen.«

Jakob blickte Florian erstaunt an. »Oha! Sehr ungewöhnlich. Da lernen sich zwei Bullen bei einem Einsatz kennen, verlieben sich und starten kurz darauf eine Fernbeziehung. Aber durchaus nachvollziehbar.«

»Hm?«

Jakob trank einen Schluck Espresso. »Vielleicht lernst du die beiden ja mal kennen. Dann verstehst du das. Vor allem, wenn du die Bertram siehst.«

»Hm?« Florian verstand nur Bahnhof. Augenscheinlich hing es irgendwie mit dem Aussehen von Schmitt und Bertram zusammen. Solche Anspielungen machte Jakob ständig. Meist kapierte Florian erst mit Verzögerung, was genau Jakob sagen wollte. Aber heute spielte all das keine Rolle. Florian fühlte sich erleichtert, nach diesem verrückten Tag im Garten zu sitzen und mit seinem Freund zu plaudern. Die Sonne schien, die Blumen blühten, Jakobs Espresso schmeckte köstlich.

Jakob blickte ihn fragend an. »Ist egal, Florian. Sag mal, diese anderen Einladungen, habt ihr die auch schon überprüft?«

»Wann denn? Ich weiß es erst seit eben.« Florian beobachtete ein Amselweibchen, das sich in diesem Moment auf dem Rasen niederließ, drei, vier Meter vom Tisch entfernt.

Jakob nickte entschlossen. »Okay. Die Sache mit McCartney, die lässt sich leicht klären. Ich kenne da jemanden, der wen kennt, der so was weiß und der schon bei Paule zu Hause auf dem Sofa saß. Wenn du verstehst, was ich meine?«

Erneut konnte Florian kaum den flinken Gedankensprüngen seines Nachbarn folgen. »Nein. Aber es interessiert mich. Willst du das mal versuchen?«

Doch Jakob hielt schon sein Smartphone ans Ohr, sprach mit seinem Gewährsmann. Er schilderte ihm die Lage und verabschiedete sich kurz darauf.

Jakob sah nun wieder zu Florian hinüber. »Er ruft da an und ruft mich dann zurück. Ich gehe mal so lange rein und setze frischen Espresso auf.«

Richtig: Keine zehn Minuten später kam der versprochene Rückruf. Jakob nickte und beendete nach wenigen Sekunden das Gespräch.

»Alles erstunken und erlogen. McCartney ist am 6. Juni gar nicht in England, geschweige denn in London in irgendeinem Studio. Also die nächste falsche Einladung.«

»Bist du ganz sicher?« Für Florian lief alles viel zu schnell.

Jakob verdrehte deutlich sichtbar die Augen. »Mensch, Flo.

Was glaubst du, woher diese Information stammt? Sie stammt direkt von Paules Management, nur über zwei kleine Umwege. Das ist sicher, aber so was von.«

Anschließend fanden Jakob und Florian mithilfe einer kurzen Recherche im Internet heraus, dass der Dalai-Lama den Sommer über nicht nach Europa kommt und dass Mario Adorf zurzeit keinen Film mit per Preisausschreiben ausgewählten Statisten dreht: weder als Schauspieler noch als Regisseur.

Der Dalai-Lama betreibt natürlich einen eigenen Webauftritt, informiert dort über seine Reisen. Mario Adorf verkündet auf seiner Internetseite, dass er in diesem Jahr keinen Film macht, weil er sich auf seine Lesereise mit über 30 Stationen in Deutschland, Österreich und der Schweiz konzentriert.

»Das war ja leicht.« Jakob schüttelte den Kopf. »Ich frage mich, warum deine Leute nicht mal kurz googeln, um herauszufinden, was an ihren tollen Einladungen wirklich dran ist. Dass die das einfach so glauben, dass sie zu den Auserwählten gehören. Privataudienz beim Dalai-Lama – nee, ist klar.«

»Na ja«, begann Florian, »denen wurden offenbar Links geschickt. Davon erzählten sowohl der Typ mit dem Dalai-Lama als auch der Typ mit den Filmaufnahmen. Auf diesen Seiten fanden sie genau die Infos, die ihnen in den Mails oder Briefen avisiert wurden. Im Falle dieses Doktoranden, mit dem ich am längsten telefoniert habe, kommt da einiges zusammen: Erst findet er im Briefkasten dieses Preisausschreiben. Er macht mit, wird dann per Post als Gewinner benachrichtigt. Ihm wird eine Internetseite genannt, wo er alle Informationen findet. Diese Seite gibt es wirklich. Er will natürlich, dass das alles wahr ist, dass er seinen Liebling hautnah erlebt. Das kann ich nachvollziehen. Dieser Doktorand kennt alle Filme und Bücher von Mario Adorf, er träumt seit Ewigkeiten davon, mal in einem Film von dem mitspielen zu können. Das hat er mir haarklein berichtet. Ich glaube, der wird heulen, wenn ich ihm erzähle, dass er reingelegt wurde. Die Sekretärin ist ein Riesenfan von McCartney, und dieser andere Typ vergöttert den Dalai-Lama.«

Jakob schenkte einen letzten Espresso ein. »Okay, die Sache mit den Webseiten ist mir neu. Da gebe ich dir recht. Das geht höchst professionell über die Bühne. Da gibt sich jemand richtig Mühe, diese Leute auf die falsche Fährte zu locken.«

»Aber wer?«, fragte Florian.

»Und weshalb? Und was hat das alles mit den beiden Toten zu tun?«, ergänzte Jakob.

Kapitel 16 (29. Mai, Bochum)

Gerlindes Blick wandert erneut das Regal entlang. Opa schenkte es ihr nach dem ersten Gewinn der Deutschen Meisterschaft in der Juniorenklasse.

»Mach es voll, mein Schatz«, sagte Opa damals.

Das gelang Gerlinde. Trotzdem enthält das Regal Lücken. Unsichtbare Lücken. Es hätte nämlich bei all dem, beim Gewinnen wollen oder bei den Gefühlen, eine Ausnahme gegeben: Olympische Spiele.

Gerlinde schließt die Augen und schüttelt den Kopf. Gegen die Tränen kämpft sie allerdings nicht mehr an, die sind längst alle vergossen.

Doch sie greift vor. Denn ehe Gerlinde sich ernsthaft mit Olympischen Spielen beschäftigte, machte sie ihr Abitur, ein sehr gutes Abitur, mit einer Eins vor dem Komma. Danach zog sie zum Studieren nach Aachen; dort blieb sie ihrem Sport treu, sammelte weiterhin fleißig Trophäen, darunter eine Silbermedaille bei den Europameisterschaften in Rom im Jahre 1977, zugleich ihre erste internationale Topplatzierung.

Wie es sich für ein Mädchen aus dem Sauerland gehörte, studierte Gerlinde in Aachen etwas Handfestes, Biologie. Sie brauchte fünf Jahre bis zum Diplom, hatte gerade mit der Dissertation angefangen, als sie schwanger wurde.

Winfried Schmitt, damals erst seit wenigen Monaten ihr fester Freund und eindeutig der Erzeuger des Kindes, heiratete sie daraufhin pflichtbewusst. Das geschah im Februar 1980.

Kein schöner Monat.

Viktor kam vier Monate später zur Welt.

Während der letzten Schwangerschaftsmonate setzte Gerlinde mit dem Sportschießen aus, doch wenige Monate nach Viktors Geburt fing sie langsam wieder an.

Winfried steckte damals mitten in seiner Habilitation und wollte sich nur in absoluten Ausnahmefällen um Viktor kümmern. Um dennoch trainieren zu können, blieb Gerlinde auf die Hilfe ihrer Eltern angewiesen. Vater und Mutter reisten extra aus dem Sauerland nach Aachen, später (nach Winfrieds Berufung nach Bochum) ins Ruhrgebiet an, damit Gerlinde zum Leistungszentrum des Westfälischen Schützenbundes in Dortmund fahren konnte.

Gerlinde fieberte längst dem Moment entgegen, in dem Sportschützen für den Rest der Welt sichtbar werden – und der Chance, eine Medaille zu gewinnen, die tatsächlich zählt, die der größte Schatz in ihrem Regal wäre: eine olympische Medaille – egal, ob Gold, Silber oder Bronze. Ihre Gedanken kreisten bereits 1981 nur um die Spiele in Los Angeles.

Gerlinde träumte vom Leben im olympischen Dorf. All die anderen Sportler, die sie kennenlernen würde: Leichtathleten, Turner, Volleyballer, Reiter. Menschen aus 200 verschiedenen Ländern, von allen Kontinenten. Dazu die weltweite Aufmerksamkeit durch die Medien. Ihre Familie und ihre Freunde drücken ihr die Daumen; die ganze Nation freut sich über eine Medaille. Bekanntlich gehören die Wettkämpfe der Sportschützen stets zu den ersten Entscheidungen bei Olympischen Spielen – und häufig gewinnen die Sportschützen die ersten Medaillen für Deutschland.

Viktor wäre vier Jahre alt, er könnte garantiert zwei Wochen lang auf die Mama verzichten. Ihm blieben ja der Papa sowie die Omas und die Opas.

Gerlinde öffnet die Augen, sie fixiert die unsichtbare Lücke im Regal. »Danke, Winfried«, sagt sie, schließt sogleich wieder die Augen.

Ihr erster ganz großer Traum: 1984, im zarten Alter von 28, nach Los Angeles zu fahren. Dort war das Sportschießen für Frauen erstmals olympische Disziplin, darunter die Sportpistole über die 25-Meter-Distanz, ihre Paradedisziplin.

Vorher durften Frauen bei den Wettkämpfen der Männer mitmachen, ähnlich wie beim Reiten. Gerlinde wäre wahrscheinlich schon 1980 gut genug gewesen, um an den Spielen teilzunehmen. Aber zum einen war Viktor im Sommer 1980 ein Säugling, zum anderen boykottierte die Bundesrepublik Deutschland die Sommerspiele in Moskau, genau wie viele andere westliche Nationen.

Dieser Boykott hätte letztlich ihre Medaillenchancen in Los Angeles deutlich erhöht. Denn praktisch der komplette Ostblock boykottierte als Revancheakt die Spiele in den USA. Dadurch fielen im Sportschießen viele starke Konkurrentinnen weg, namentlich die aus der DDR und der UdSSR.

Doch der erste Traum von Olympia platzte, gleichsam etappenweise. Zunächst wurde Gerlinde wieder schwanger, ausgerechnet in einem Moment, als sie erstmals wieder ernsthaft mit dem Gedanken spielte, ihre Dissertation fortzusetzen. Ein Gedanke, den sie nach der zweiten Schwangerschaft für alle Zeiten begrub.

Henning kam im Herbst 1982 zur Welt, er wäre somit zu Beginn der Spiele keine zwei Jahre alt gewesen. Schlechte Voraussetzungen für eine fürsorgliche Mutter, um mal eben für zwei Wochen nach Übersee zu verschwinden.

Gerlinde wollte trotzdem nach Los Angeles. Nach der Geburt von Henning fand sie rasch wieder zu ihrer alten Form, sie qualifizierte sich problemlos. Ihre Eltern und ihre Schwiegereltern erklärten sich zudem bereit, einen Teil der Betreuung zu übernehmen, während Gerlinde in Kalifornien weilte, um im Idealfall um eine Medaille zu schießen.

Doch auch Winfried hätte einen Teil der Betreuung übernehmen müssen. Aber Winfried weigerte sich strikt. Er hatte kurz zuvor einen (ordentlich dotierten) Forschungsauftrag aus der Industrie erhalten und wollte sich darauf konzentrieren. Keine Zeit für die Kinder. Der Traum seiner Frau schien ihm egal zu sein.

Gerlinde blieb also in Bochum, sie sah sich den Wettkampf mit der Sportpistole mitten in der Nacht im Fernsehen an. Gold gewann die Kanadierin Linda Thom, Silber ging in die USA, Bronze nach Neuseeland. Alle drei errangen ihre Medaillen mit Schießergebnissen, die Gerlinde in Normalform wahrscheinlich überboten hätte.

Doch zum Glück werden alle vier Jahre Olympische Sommerspiele ausgetragen. 1988 war Gerlinde in ihrer Paradedisziplin wie gehabt die Nummer 1 in Deutschland; sie wäre demzufolge nach Seoul gefahren.

Die Reise dorthin wäre vermutlich anstrengender gewesen als die Reise nach Kalifornien vier Jahre zuvor. Die Jungs waren allerdings vier Jahre älter. Gerlinde überlegte, sie mitzunehmen, um das Betreuungsproblem auf diese Weise zu umgehen. Andere Athleten rieten ihr jedoch davon ab. So ließ Gerlinde diese Idee wieder fallen, zumal Winfried hoch und heilig versprach, sich, mithilfe seiner Eltern, um Henning und Viktor zu kümmern.

Doch ein paar Wochen vor Olympia machte er auf einmal einen Rückzieher. Er wurde kurzfristig zu einem (natürlich eminent wichtigen) mehrtägigen Kongress nach Malta eingeladen, der praktisch zeitgleich mit den Spielen stattfand. Mit größter Selbstverständlichkeit sagte Winfried zu. Mit ähnlich großer Selbstverständlichkeit verhinderte er dann Gerlindes Olympiateilnahme. Er überzeugte seine und Gerlindes Eltern davon, dass die Kinder nicht über eine Woche lang ohne wenigstens einen Elternteil bleiben durften.

Niemand stellte sich entschieden genug auf Gerlindes Seite. Ihre Mutter hätte es unter anderen Umständen getan. Aber die damaligen Umstände wollten es, dass ihr Vater mit einer schweren Lungenentzündung im Krankenhaus lag und ihre Eltern somit nicht nach Bochum kommen konnten, um sich um die Kinder zu kümmern.

Winfried flog im Sommer 1988 also nach Malta, Gerlinde verzichtete auf den Flug nach Südkorea. Sie fügte sich einmal mehr. Gold ging diesmal in die UdSSR, Silber nach Japan, Bronze nach Jugoslawien. Die Schießergebnisse waren insgesamt etwas besser als in Los Angeles. Aber die Finalrunde hätte Gerlinde erreicht. Da wäre wie üblich alles möglich gewesen.

Wäre, wäre, wäre.

In den Jahren zwischen Seoul und Barcelona lieferte Gerlinde auf nationaler Ebene erneut hervorragende Leistungen ab, 1990 gewann sie fast bei einem Worldcup. Erst im Stechen verschoss sie den Titel. Um einen mickrigen Punkt.

An internationalen Titelkämpfen wie Welt- und Europameisterschaften oder Worldcups teilzunehmen, führte übrigens so gut wie nie zu Betreuungsproblemen, diese Wettkämpfe wurden in der Regel an Wochenenden ausgetragen. Solange sie sich gesundheitlich dazu in der Lage sahen, kamen entweder Gerlindes Eltern nach Bochum, oder Gerlinde brachte die Jungs nach Grevenbrück. Einmal kümmerte sich sogar Winfried ohne jegliche Hilfe von außen um die Jungs. Das geschah bei den Deutschen Meisterschaften 1989. Sie fanden in Dortmund statt, Gerlinde blieb im Grunde genommen weniger als zwei halbe Tage fort von zu Hause.

Nur die Weltmeisterschaften 1986 in Japan und 1990 in Mexiko verpasste Gerlinde. Mit An- und Abreise wäre sie vier beziehungsweise fünf Tage von Bochum fort gewesen.

Im Vergleich zu Olympischen Spielen ist jedoch jeder andere Wettkampf unbedeutend. Selbst wenn er sich »Weltmeisterschaft« nennt. Sportlich wäre Gerlinde 1992 erneut für Olympia qualifiziert gewesen. Sie präsentierte sich in diesem Jahr praktisch in der Form ihres Lebens. Sie siegte bei den Deutschen Meisterschaften im Frühjahr 1992, triumphierte kurz darauf bei einem Worldcup.

Doch dann zerplatzte ihr größter Traum im allerletzten Moment wieder wie eine Seifenblase; erneut war Winfried mit seiner Karriere schuld daran – vor allem aber Viktor, dessen Blinddarm drei Tage vor Abreise der Deutschen Olympiamannschaft nach Spanien entfernt werden musste.

Nachdem er zuvor einige Tage lang über starke Bauchschmerzen geklagt hatte – ergänzt Gerlinde ihre so oft durchlebten Erinnerungen um einen frischen Gedanken. Mit einem Mal schießen ihr Dutzende frischer Ideen durch den Kopf. Ein ganzes Feuerwerk an Ideen.

Die wird sie nachher in Ruhe sortieren. Jetzt reist sie erst einmal in den Sommer 1992 zurück.

Winfried bestand natürlich auf seine (diesmal schon länger geplante) Forschungsreise nach Frankreich, also verzichtete Gerlinde erneut auf Olympia. Zum dritten Mal hintereinander. Man kann den Jungen doch nicht allein im Krankenhaus liegen lassen. Das macht doch keine Mutter.

Noch im Krankenhaus, an Viktors Bett, beschloss Gerlinde, ihre Karriere als Sportschützin ein für alle Mal zu beenden. Sie verfolgte noch nicht einmal die Wettkämpfe in Barcelona, weiß bis heute nicht, wer die Medaillen in ihrer Disziplin gewann.

Was Winfried eine »Forschungsreise« zu nennen pflegt. Gerlinde widmet sich nun wieder ihrem ersten Pokal. Dem ganz kleinen Pokal. Errungen 1966 in Grevenbrück.

Vor allem die Forschungsreisen nach Frankreich bedeuteten ihrem Gatten immer sehr viel. Er erwähnte häufig die Stadt

Grenoble, wenn er davon sprach. Die dortige Universität blickt bekanntlich auf eine ausgeprägte ingenieurwissenschaftliche Tradition zurück. Grenoble ergab durchaus Sinn.

Ein einziges Mal, 1995 oder 1996, konnte Gerlinde zufällig einen Blick auf Winfrieds Flugticket werfen: für einen Flug von Düsseldorf nach Nizza und zurück. Gerlinde sah daraufhin auf der Landkarte nach und stellte fest, dass es doch sehr umständlich war, nach Nizza zu fliegen, wenn man nach Grenoble wollte. Vor allem, da es keine 40 Kilometer entfernt von Grenoble einen Flughafen gab, in Saint-Étienne-de-Saint-Geoirs. Dieser Flughafen wurde 1968 anlässlich der Olympischen Winterspiele in Grenoble errichtet.

Schon wieder Olympia.

Für Gerlinde stand nach eingehender Beschäftigung mit diesem Flugticket und mit verschiedenen weiteren Aspekten im Leben ihres Mannes letztlich fest, dass die Forschungsreise nach Frankreich im Jahre 1995 oder 1996 (womöglich überhaupt alle Reisen dorthin, schlimmstenfalls auch jene im Sommer 1992, während der Olympischen Spiele in Barcelona) vornehmlich dazu dienten, den Körper einer gewissen Doktorandin zu erforschen.

Lydia Assmann.

Lydia, das Luder.

Bis heute denkt Winfried, dass sie nichts von dieser Affäre wusste. Dabei hat Gerlinde es vom ersten Tag an geahnt. Von dem Tag im Januar 1992 an, als sie Winfrieds Sekretärin beim Einkaufen traf. Die Sekretärin berichtete Gerlinde von einem zufälligen Treffen auf dem Bochumer Weihnachtsmarkt im Dezember 1991.

Winfrieds kompletter Lehrstuhl war dort zum Glühweintrinken verabredet. Die Gruppe traf im Laufe des Abends eine andere Gruppe, zu der fünf oder sechs Frauen gehörten, darunter Lydia Assmann.

Assmann, so Winfrieds Sekretärin, studierte vor einigen Jahren in Bochum Maschinenbau und wurde seinerzeit von Winfried betreut, bevor er nach Aachen wechselte. Assmann verzichtete später trotz herausragender Leistungen zugunsten ihrer Familie auf eine wissenschaftliche Karriere. Ein für alle Mal, wie sie an diesem Abend Winfrieds Gruppe berichtete.

Das wiederum wollte Winfried weder glauben noch zulassen. Er überredete Assmann, an seinen Lehrstuhl zu kommen, um dort ihre Dissertation nachzuholen.

Kurz darauf kam Assmann tatsächlich und schrieb ihre Doktorarbeit. Das erfuhr Gerlinde ebenfalls von Winfrieds Sekretärin. Winfried erzählte ihr niemals davon.

Blöd nur, dass Winfried früher einmal beiläufig erwähnt hatte, dass er während seiner Promotion in Bochum mit einer Maschinenbaustudentin liiert war.

Gerlinde zählte eins und eins zusammen, die Lösung lautete: Lydia Assmann. Dass Winfried diese Frau nun an seinen Lehrstuhl holte, konnte eigentlich bloß bedeuten …

Als Gerlinde die Assmann ein paar Monate später zum ersten Mal sah, wurde diese Ahnung quasi bestätigt. Die Assmann passte genau in das Beuteschema des ordinären Mannes (zu diesem Typ gehört ihr Winfried offenbar): blond, groß und dort üppig, wo es Männer es gern üppig sehen.

All das kann die durchweg zierliche, dunkel gelockte Gerlinde nicht bieten. Warum Winfried sich damals für sie entschied, bleibt ein ewiges Rätsel.

Winfried und Assmann legten 1992 offenbar dort los, wo sie einige Jahre zuvor aufgehört hatten.

»Offenbar«, diese Einschränkung muss sein, denn Gerlinde entdeckte niemals echte Beweise. Es gab allenfalls einige Indizien wie das Flugticket. Überhaupt die häufigen Reisen. Das lange Arbeiten im Büro oder in der Versuchshalle. Manchmal der Hauch eines Geruchs nach Frau an ihm. Nach fremder

Frau. Einige Telefonanrufe, bei denen der Anrufer (die Anruferin?) sofort auflegte, wenn Gerlinde den Hörer abnahm. Telefongespräche, die er abrupt abbrach, sobald Gerlinde den Raum betrat. Das seltene Erwähnen der Assmann, wenn er von seinem Lehrstuhl erzählte. Obwohl, das las Gerlinde zufällig in der Universitätszeitung, die Winfried monatlich mit nach Hause bringt, obwohl die Assmann ihre Promotion mit Auszeichnung abschloss und verschiedene Preise erhielt. Kein Wort davon, dass die Assmann nach der Promotion als wissenschaftliche Assistentin am Lehrstuhl blieb (was keineswegs selbstverständlich ist). Kein Wort davon, dass Assmann letztendlich Hals über Kopf den Lehrstuhl verließ – trotz brillanter, jedoch unvollendeter Habilitationsschrift; wahrscheinlich haute sie ab, weil Winfried Schluss gemacht hatte.

Gerlinde schüttelt den Kopf, verdrängt diese Gedanken rasch wieder. Stattdessen erinnert sie sich noch einmal an 1992, an ihre Idee, ausgerechnet in dieser Stimmungslage ihr geliebtes Hobby aufzugeben. Mit 36 hätte ihre Karriere durchaus weitergehen können. In Atlanta wäre sie 40 gewesen. Im Schießsport kein Problem. Viktor wäre 16, Henning 14 gewesen. Da hätte man sie zu Hause zurücklassen können, ohne sich zu sorgen.

Aber nach vier verpassten Olympischen Spielen (wenn man Moskau mitzählt) besaß Gerlinde keine Kraft mehr. Sie hätte, um ihren Platz im Olympiateam zu sichern, vier weitere Jahre lang Spitzenleistungen bringen, an endlosen Wettkämpfen teilnehmen müssen. Und gewinnen.

Genau das gestaltete sich Anfang der 90er-Jahre etwas schwieriger. Mit Lieselotte Breker musste sich Gerlinde, erstmals seit langer Zeit, wieder mit einer starken nationalen Konkurrentin messen.

In den 80er-Jahren war Lieselotte mit der Luftpistole über die 10-Meter-Distanz äußerst erfolgreich gewesen, dann wechselte sie sowohl die Disziplin als auch die Distanz. Sehr erfolgreich. Nur eine von ihnen hätte in Atlanta für Deutschland schießen dürfen. Um sich gegen Lieselotte zu behaupten, hätte Gerlinde vier Jahre lang keinen einzigen Wettkampf verpassen dürfen. Sechsmal fünf, sechsmal fünf, immer wieder sechsmal fünf – dann bricht sich womöglich Viktor zwei Stunden vor dem Abflug der deutschen Olympiamannschaft das Bein. Und Winfrieds Flieger hebt gerade ab nach diesem Grenoble, das in Wahrheit Nizza heißt.

Nein, das wollte sich Gerlinde nicht mehr antun. In ihrem Regal im Souterrain standen genügend Schützenscheiben, Medaillen und Pokale.

Deshalb schloss sie an einem feuchten Sommerabend im Jahr 1992 den neben dem Regal stehenden Waffenschrank ab und schaute fortan den Jungs beim Erwachsenwerden zu: Viktor mit traurigem Blick, Henning mit einem Lächeln auf den Lippen.

Knapp drei Jahre ging das gut. Dann ließ sie sich widerstandslos von ihrem alten Dortmunder Verein überreden, Kampfrichterin zu werden.

Zunächst beschränkte sich ihre Tätigkeit auf lokale und regionale Wettbewerbe innerhalb Nordrhein-Westfalens. Später wurde sie bei Deutschen Meisterschaften und bei Worldcups eingesetzt. Dadurch reiste Gerlinde, wie früher als Wettkämpferin, wieder regelmäßig nach Bayern, Baden-Württemberg und Schleswig-Holstein sowie nach Dänemark, Polen oder Italien.

Genau wie der geografische Hintergrund erweiterte sich im Laufe der Jahre ihr Aufgabenfeld als Kampfrichterin. Zu Beginn war es ganz profan darum gegangen, den Scheibenspiegel auszuwerten. Später, als das Schießen und die Auswertung immer technischer wurden (man denke an die Infrarot-Lichtschranken!) und schließlich komplett computergesteuert abliefen, musste sich Gerlinde zwangsweise mit EDV sowie mit der Ergebnisverwaltung inklusive Statistiken beschäftigen.

Wer heutzutage im Internet nach den Ergebnissen der Deutschen Meisterschaft 2001 oder des Worldcups 2003 sucht, stößt unweigerlich auf Gerlindes Werk. Sie gab in einem ersten Schritt die aktuellen Wettkampfergebnisse in den Computer ein, ergänzte später die Resultate aus der analogen Zeit. Deshalb beginnen die Ergebnislisten auf den Internetseiten des Deutschen Schützenbundes bereits in den 50er-Jahren. Demnächst will Gerlinde die Ergebnisse aller DDR-Meisterschaften zwischen 1951 und 1989 einpflegen.

Da sie aufgrund verschiedener VHS-Kurse ein paar Vorkenntnisse besaß und ihre Söhne ihr regelmäßig ein paar pfiffige Tricks am Rechner zeigten, beherrschte Gerlinde das simple EDV-System rund um die Wettkämpfe der Sportschützen innerhalb kurzer Zeit perfekt. Schließlich schrieb sie eigenhändig ein kleines Programm, das auch bei internationalen Wettkämpfen verwendet wird. Es vereinfacht und beschleunigt einerseits die Ergebnisauswertung, es macht andererseits den ganzen Prozess wesentlich geschmeidiger für den Nutzer – beziehungsweise den gesamten Wettkampf transparenter für die Athleten. Zu guter Letzt fließen die Ergebnisse automatisch in Gerlindes Almanach ein.

Henning lobte ihr kleines Meisterwerk euphorisch. Auch seine Freundin Lisa zeigte sich sichtlich beeindruckt. Viktor nahm es, als Gerlinde es im engen Familienkreis erzählte, zur Kenntnis, sichtlich unbeeindruckt. Winfried bekam es wahrscheinlich gar nicht mit.

Gerlindes Gatte sitzt bestimmt noch immer auf der Terrasse, beklagt sein trauriges Schicksal. Wenn es nach ihr ginge, denkt Gerlinde und stellt lächelnd den kleinen Pokal zurück in die Vitrine, könnte es ruhig noch etwas trauriger werden.

Kapitel 17 (29. Mai, Bochum)

Gleich am nächsten Morgen rief Florian bei Professor Schmitt an und berichtete ihm von dem Desaster.
Die Folgen: Für den kommenden Montag wurde eine Krisensitzung des Rektorats anberaumt; heute, am Freitag, trifft sich Florian mit Henning Schmitt, dem Kripomann. Schmitt Junior ist sowohl Kripobeamter als auch Student der Uni Bochum: Er studiert berufsbegleitend Kriminologie. Heute Abend sitzt er im Hörsaal und kommt deshalb ohnehin zum Campus. Schmitt schlug vor, dass Florian und er sich um 16 Uhr am Universitätscafé treffen, das mitten auf dem Campus liegt, auf halbem Weg zwischen dem Verwaltungsgebäude und dem Gebäude der Juristen.

Als Florian den jungen Schmitt vor dem Haupteingang stehen sieht, fällt ihm Jakobs Bemerkung wieder ein. Wahrlich eine imposante Erscheinung. Um die 1,85 Meter groß, braunes, kurz geschnittenes Haar, dunkler Teint, jede Menge Muskeln, die sich unter seinem weißen Hemd abzeichnen. Einzig die Augen wirken etwas zu neugierig. Aber womöglich ist das bei Kriminalpolizisten normal, denkt Florian, als er Schmitt die Hand gibt und versucht, dessen festem Händedruck etwas entgegenzusetzen. Sie finden ein ruhiges Plätzchen vor dem Café und bestellen Latte macchiato. Erst als die Getränke vor ihnen sich stehen, verlassen sie den Small Talk, der sich hauptsächlich um das moderne, noch sehr neue Café sowie um das Wetter drehte, und Schmitt kommt zur Sache.

»Eines vorweg, Herr Gerber. Ich bin als Sohn des Prorektors gekommen, nicht als Polizist, denn es gibt keinen Fall, in dem ich ermittele. Es liegt in Bochum kein Verbrechen vor, das in Zusammenhang mit der 50-Jahr-Feier steht.«

»Was ist mit Paul Petersen?«, unterbricht Florian. Immerhin bestimmte der gewaltsame Tod des früheren Hausmeisters (und geplanten Paradeteilnehmers) in den letzten Tagen die Berichterstattung in den lokalen Medien. Petersen wurde vor einer Woche tot auf einem Spielplatz in der Düppelstraße gefunden, erstochen. So etwas passiert in Bochum zum Glück nicht allzu häufig.

»Opfer eines Raubüberfalls«, sagt Schmitt. »Da sind wir uns sicher. Sein Portemonnaie ist weg, ebenso die Einkäufe, die er kurz vor seinem Tod an einem Kiosk in der Haderslebener Straße tätigte. Bier und Schnaps, genau genommen. Eine scheußliche Tat. Wir tappen leider noch vollkommen im Dunkeln, was die Täter angeht. Wobei ich selbst bisher nicht zur eingesetzten Mordkommission gehöre. Das kann sich allerdings rasch ändern, wenn wir nicht bald weiterkommen.«

»Und Professor Germann?«

Schmitt schüttelt den Kopf. »Wir wissen es noch nicht hundertprozentig; allerdings deutet alles darauf hin, dass Herr Germann ohne Fremdeinwirkung ins Wasser fiel. So naheliegend es auf den ersten Blick auch erscheint, aber diese beiden Todesfälle stehen offensichtlich in keiner Verbindung zum 50. Geburtstag der Uni. Aber scheinbar haben wir es im Umfeld der Feier gleichwohl mit etwas Ähnlichem wie einem Verbrechen zu tun.«

»Aha?« Florian ist ganz Ohr.

»Ich würde Ihnen gern meine Theorie erläutern, wenn Sie einverstanden sind? Sie beruht ja zu einem großen Teil auf Ihren Recherchen, von denen mir mein Vater berichtete.«

Florian nickt, deshalb fährt Schmitt fort.

»Meiner Meinung nach gibt es eine Person, die den sogenannten Aufmarsch der 50 verhindern möchte. Diese Person versucht, einige der Ehemaligen von dort wegzulocken. Auf sehr subtile Weise, wie ich finde. Den Leuten wird vorgegaukelt, dass ihnen ausgerechnet am Tag der großen Feier etwas Besseres winkt. Es scheint so, als handele es sich dabei jedes Mal exakt um so etwas wie die Herzenswünsche dieser Menschen: private Konzerte, Dreharbeiten, Treffen mit berühmten Persönlichkeiten. Wir wissen mittlerweile, dass diese, nennen wir es Gegenveranstaltungen, frei erfunden sind. Ist das so weit richtig zusammengefasst?«

Florian ist beeindruckt, Schmitt zeigt sich perfekt auf das Gespräch vorbereitet und zieht die gleichen Schlüsse wie Florian. »Auf den Punkt. Wir konnten mittlerweile 16 Personen identifizieren, die von der Zom… äh, von dem Aufmarsch, wie Sie es ausdrücken, weggelockt werden sollen, die mit anderen Worten eine zweite Einladung erhielten. 32 Ehemalige schwören Stein und Bein, dass ihnen keine andere Einladung vorliegt, dass sie natürlich kommen werden. Das werden hoffentlich auch diese anderen 16 tun, sobald wir ihnen beweisen, dass es sich bei ihren Einladungen um reine Erfindungen handelt.«

Florian rief gestern und vorgestern schließlich noch die anderen Eingeladenen an. Die Gespräche verliefen etwas anders als die ersten sechs. Florian tischte niemandem mehr die Lüge von der abgesagten Rede des Ruhrbischofs auf, er konfrontierte alle mit der nackten Wahrheit, sprich den falschen Einladungen. Das ging wesentlich schneller. Allerdings konnte Florian erst 48 Zombies erreichen; das dürfte jeden Moment auch Schmitt auffallen, falls er nachrechnet.

»16 plus 32? Da scheinen zwei zu fehlen, oder?« Schmitt denkt mit.

»Richtig. Zwei Zom… äh, Teilnehmer können wir partout nicht erreichen. Ich habe ihnen Mails geschrieben, auf Mailboxen beziehungsweise Anrufbeantworter gesprochen.

Null Reaktion. Einer von beiden ist ausgerechnet unser erster Student, Konrad Priefke. Auf ihn möchte Ihr Vater auf keinen Fall verzichten.«

»Ich weiß«, seufzt Schmitt.

Aha, denkt Florian, der kennt die Marotten seines Vaters. Laut sagt er und konzentriert sich dabei etwas mehr, um keinen weiteren Versprecher zu riskieren: »Die andere Person ist eines dieser Kindergartenkinder von damals, Kerstin Schulze. Sie wäre zu ersetzen, wenn uns etwas mehr Zeit bliebe.«

Schmitt kratzt sich am Kopf. »Hm. Sie meinen, weil diese Kindergartenkinder von damals heute alle, in Anführungszeichen, nur um die 55, 60 sind?«

Florian ist froh, dass sein Gegenüber mitdenkt. »Ganz genau. Die dürften jedenfalls alle am Leben sein. Aber eine Woche vorher – puh, das ist extrem kurzfristig. Beim Ersatz für Herrn Germann hatte ich Glück, dass gleich die erste Kandidatin zusagte – und natürlich keine zusätzliche, falsche Einladung erhielt, da sie ja zunächst gar nicht vorgesehen war. Genau wie der Ersatz von Paul Petersen. Ob Petersen selbst eine gefälschte Einladung bekam, wissen wir bislang nicht. Auch wenn es pietätlos klingen mag: Letztlich spielt es nun keine große Rolle mehr.«

Schmitt nickt. »Mich interessiert eine andere Sache: Es handelt sich, wie gesagt, offenbar um Wünsche oder Träume dieser 16 Menschen. Ich frage mich: Woher weiß jemand davon?«

Florian blickt versonnen einer Gruppe von Studentinnen nach, die gerade an ihrem Tisch vorbeigeht. »Das frage ich mich seit Langem. Das ist wahrscheinlich genau der Punkt, an dem Sie bei einer Ermittlung ansetzen, oder?«

Schmitt folgt lächelnd Florians Blick. »Richtig.«

Florian holt sein Smartphone aus der Jackentasche. »Ich versuche es einfach mal. Hätte ich eigentlich schon längst mal machen können. Gut, dass Sie mich nun darauf stoßen.«

»Hm?«

»Ich gebe mal bei Google die Begriffe Walter Germann und Evangeliar Heinrichs des Löwen ein.« Genau das tut Florian. »Ach du Scheiße«, sagt er ein paar Sekunden später.

»Was denn?« Schmitt beugt sich zu Florian hinüber, offenbar will er einen Blick auf das Smartphone werfen.

Florian hält sein Telefon so, dass Schmitt es gut sehen kann. »Gleich der erste Treffer ist unsere Universitätszeitung. Da gab es ein Interview mit Germann, als er emeritiert wurde. Er wird nach seinen Wünschen für die Zeit nach seiner Emeritierung gefragt. Er sagt, dass er gern einmal das Evangeliar Heinrichs des Löwen in den Händen halten möchte.«

Schmitt sieht sich die Zeitungsseite an. »Hm. Dann war das also alles andere als ein Geheimnis, was?«

»Nö. Warten Sie mal, ich probiere es mit dieser Sekretärin.« Florian gibt die Suchbegriffe »Gerda Braun« und »Paul McCartney« ein. Wieder dauert es bloß wenige Augenblicke, bis Google die Ergebnisse anzeigt. »Uups, das Gleiche in Grün. Wieder unsere Zeitung. Wieder die Frage nach den Wünschen. Und als Antwort nennt die Braun natürlich: einmal Paul McCartney treffen.« Florian lehnt sich zurück. Er lässt das Smartphone auf dem Tisch liegen, für den Fall, dass Schmitt sich länger damit beschäftigen möchte. »Es ist übrigens beides Mal die gleiche Serie in unserer Zeitung: ‚Das schwindende Gedächtnis unserer Alma Mater'. Dort stellen wir regelmäßig Personen vor, die die Uni verlassen und – das ist die Idee dahinter und deshalb auch der skurrile Titel der Serie – ihr Wissen rund um das Geschehen an der Universität mitnehmen. Diese Serie gibt es seit Menschengedenken.«

Auch Schmitt lehnt sich zurück. »Können Sie vielleicht …«

»Bei den anderen mit gefälschten Einladungen gucken?«, unterbricht Florian.

»Genau.«

»Alles klar.«

Knapp 15 Minuten später hat Florian 13 weitere Treffer erzielt. 13 Personen, die in der Serie ihre Wünsche äußerten – genau die Wünsche, die ihnen nun scheinbar erfüllt werden. Papstaudienz, Filmaufnahmen, Treffen mit dem Dalai-Lama und so weiter. Allerdings fehlt eine der Personen mit gefälschter Einladung in dieser Serie: Lutz Laarmann. Das damalige Kinderkartenkind arbeitet heute in Witten als Kfz-Meister und wurde von Ferrari nach Montreal eingeladen, um beim Großen Preis von Kanada in der Box zu hospitieren. Laut Laarmann ein Kindheitstraum. Laut Ferrari leider eine gefälschte Einladung. Das fand Florian bereits heraus.

Da Laarmann nach anderthalb Jahren Hort niemals wieder mit der Uni Bochum in Berührung kam, wurde er nicht von der Zeitung interviewt. Auf diese Weise konnte der Täter, wenn man ihn denn so nennen mag, nicht Laarmanns Wunsch in Erfahrung bringen – weder in der gedruckten Version der Zeitung noch in der Onlineversion.

Überhaupt hinterlässt Laarmann sehr wenige Spuren im Internet. Er taucht dort ausnahmslos als Kfz-Meister des Autohauses Ernst in Witten auf. Von Ferrari ist keine Rede.

Florian sieht Schmitt an. Auf den ersten Blick scheint dieser mit seinen Gedanken ganz woanders zu sein. Doch dann fängt er sich, und Florian liest in seinen Augen einen Wunsch ab. »Soll ich mal den Gegentest machen?«

Schmitt lächelt – überraschend entwaffnend. »Sie sind der Beste.«

In den folgenden 25 Minuten gibt Florian die Namen derjenigen 32 Personen in die Suchmaschine ein, die nach eigenem Bekunden keine andere Einladung für den 6. Juni erhielten, sowie den Namen der Rubrik der Unizeitung. Der Test funktioniert: Keiner von ihnen wurde in der Zeitungsserie vorgestellt.

Florian lehnt sich zurück. »Wenn die Sache mit diesem Laarmann nicht wäre, hätten wir ein perfektes Bild: Der Täter nutzte als Quelle unsere Unizeitung, er wollte nur Ehemalige reinlegen, deren Herzenswunsch er dort fand. Bleibt Laarmann. Natürlich fehlen außerdem die beiden, die ich bisher nicht erreichte.« Florian beugt sich vor, gibt nacheinander die beiden Namen in die Suchmaske ein. Über Kerstin Schulze erfährt man – gar nichts. Natürlich erzielt Florian bei diesem Allerweltsnamen zahlreiche Treffer, aber keiner davon lässt sich eindeutig dem früheren Kindergartenkind zuordnen. Vor allem erhält Florian keinen Treffer zur Serie »Das schwindende Gedächtnis unserer Alma Mater«.

Ganz anders verhält es sich bei Konrad Priefke. Student Nummer 1 wurde vor zehn Jahren – zum 40. Geburtstag der Uni – in der Universitätszeitung interviewt und dabei nach seinem Herzenswunsch gefragt: »Einmal ins Weltall fliegen.«

Dann lädt die NASA ihn wohl für den 6. Juni zu einem Mondflug ein, spekuliert Florian, ohne seinen verrückten Gedanken auszusprechen.

»Es war also denkbar simpel, diese Träume herauszufinden, man musste nur regelmäßig die Universitätszeitung lesen«, resümiert Schmitt; er lässt den Fall Laarmann kurzerhand außer Acht. »Die Person, die diese Einladungen fälschte, hat allerdings darüber hinaus gewusst, wer überhaupt zu diesem Einmarsch eingeladen ist.«

»Ja, klar. Der Kreis derjenigen, die das wissen, dürfte ziemlich klein sein. Außer mir sind es die Mitglieder des Rektorats sowie ein paar Leute aus dem Umfeld dort, Sekretärinnen, Referenten. Pi mal Daumen 15, 20 Leute. Es gibt aber ein kleines Problem, Herr Schmitt.«

»Welches?«

»Lutz Laarmann.« Florian ärgert sich, dass Schmitt diese Tatsache ignoriert.

»Hm? Was ist mit dem?« Wieder wirkt Schmitt seltsam entrückt.

Irgendetwas stimmt nicht, denkt Florian. Laut sagt er: »Laarmann wurde doch nie in der Serie vorgestellt. In diesem Fall verfügt unsere gesuchte Person demzufolge über eine andere Quelle.«

Schmitt nickt. »Das sehe ich genauso. Ich werde mich mal mit diesem Laarmann unterhalten. Aber vorher möchte ich gern den Kreis der, sagen wir es ruhig, der Verdächtigen, genauer beleuchten.«

Florian lehnt sich zurück, gibt vor, entspannt zu sein. »Da wäre ich wohl der Erste?«

Schmitt trinkt in Seelenruhe einen Schluck Kaffee und stellt das Glas zurück auf den Untersetzer. »Zumindest sind Sie in diesem Moment ein naheliegender oder besser sitzender Kandidat.«

Florian ringt sich ein Lächeln ab. »Nett formuliert. Ich kann natürlich kein Alibi vorweisen. Fragt sich ohnehin, für welchen Zeitpunkt beziehungsweise Zeitraum.«

Schmitt reibt sich das Kinn. »Das dürfte ein grundlegendes Problem sein. Wir haben keine Vorstellung davon, wann die Einladungen geschrieben wurden.«

»Und wann die ganzen Webseiten erstellt wurden, die zu jeder Einladung gehören«, vervollständigt Florian.

In diesem Moment taucht die Kellnerin auf. Beide bestellen eine weitere Latte macchiato. Als die Getränke vor ihnen stehen, nimmt Schmitt den Faden wieder auf. »Können Sie denn so etwas? Webseiten erstellen, meine ich.«

»Diese Frage kann ich zum Glück verneinen.«

Schmitt schmunzelt. »Dann wären Sie also raus? Wahrscheinlich haben Sie sowieso kein Motiv. Das brauchen wir ja auch. Aber vielleicht lieber erst später. Schauen wir besser zunächst, wer überhaupt infrage kommt, wer beispielsweise die Namen aller 50 Ehemaligen kennt. Dann käme nämlich ich selbst ebenfalls als Täter infrage. Ich erkläre mich allerdings umgehend für unschuldig.«

»Huch, können Sie denn auf die Liste zugreifen?« Florian geht davon aus, dass Schmitt weiß, welche Liste er meint.

Schmitt blinzelt fast unmerklich, bevor er antwortet. »Die Liste liegt mehr oder weniger offen bei meinen Eltern herum.«

»Wenn das die anderen Beteiligten genauso handhaben, müssten Sie den Kreis der Verdächtigen etwas größer ziehen, Herr Schmitt. Meine Frau kennt diese Liste übrigens nicht.«

Schmitt senkt den Blick, löffelt den Milchschaum von seinem Kaffee. »Wie verhält es sich denn mit den Teilnehmern? Wissen die, wer außer ihnen kommt?«

»Denken Sie an Laarmann? Das wäre eine willkommene Erklärung für sein Fehlen in der Zeitungsrubrik, nicht wahr?«

Schmitts Augen funkeln. »Allerdings. Zu schön, um wahr zu sein, fürchte ich. Meinen Sie denn, Laarmann kennt die Namen der 49 anderen? Oder, dass ein anderer Teilnehmer sie kennt?«

»Nein.« Nach einer kurzen Pause fügt Florian hinzu: »Jedenfalls nicht von uns. Ob sie untereinander Kontakt haben und über die Zom… über die Parade sprechen – keine Ahnung.«

Schmitt stutzt. »Was haben Sie denn immer mit Ihrem Zomm?«

Florian gibt sich unschuldig. »Wie bitte?«

»Ach kommen Sie. Zum dritten Mal brechen Sie mitten im Wort ab. Das merke ich doch. Da gibt es irgendein Wort, das Sie lieber vermeiden möchten. Sagen Sie schon, Herr Gerber, das interessiert mich jetzt wirklich.«

Florian gibt sich so gut wie geschlagen. »Na gut, aber bitte behalten Sie es für sich, vor allem Ihrem Vater gegenüber.«

Schmitt hebt seine rechte Hand, spreizt Zeige- und Mittelfinger. »Ich schwöre.«

»Unter uns, im Dezernat, da nennen wir diesen Einmarsch Zombieparade, weil viele von diesen Alumni so irre alt sind.« Florian hofft, dass Schmitt den Begriff »Alumni« kennt.

»Wie mein Opa.« Schmitt klingt keineswegs entrüstet, er lacht. Mit dem Begriff »Alumni« kann er offenbar etwas anfangen. Er sieht auf die Uhr. »Mir bleibt noch etwas Zeit bis zu meiner Vorlesung. Wie sieht es bei Ihnen aus?«

Auch Florian blickt auf seine Uhr. Gleich 17 Uhr. Er könnte zurück ins Büro gehen oder Feierabend machen, er könnte aber genauso gut eine weitere halbe Stunde mit Schmitt verbringen. Der hinterlässt insgesamt einen ganz netten Eindruck, und diesen bohrenden Blick hat er mittlerweile abgelegt. Stattdessen beweist er Humor. Florian beschließt kurzerhand, auf das Angebot einzugehen. »Lassen Sie uns weitermachen.«

»Okay. Wie wäre es, wenn wir eine Aufstellung aller Personen machen, die die Namen derjenigen kennen, die beim Marsch mitmachen? Vielleicht können wir bei dieser Gelegenheit nach einem Motiv suchen und uns überlegen, ob die jeweilige Person eventuell die technischen Fähigkeiten besitzt, professionelle Webseiten zu erstellen. Und uns fragen, ob diese Person die Rubrik in der Unizeitung kennt. Was meinen Sie, Herr Gerber?«

Florian erklärt sich einverstanden. Sogleich holt Schmitt Block und Stift aus seiner Jacke hervor.

»Also los«, sagt der Kriminaloberkommissar.

»Okay, mich können wir gern aufschreiben. Aber mir fehlen, wie gesagt, das Know-how und das Motiv. Sie möchten ebenso wenig angeklagt werden, wenn ich Sie richtig verstehe. Dann hätten wir als Nächstes Ihren Vater selbst. Er kennt die Liste, er kennt die Rubrik in unserer Zeitung, er kann garantiert Webseiten bauen. Was fehlt, ist ein Motiv.«

Schmitt schreibt. »Das sehe ich ähnlich. Mein Vater erfüllt aber immerhin drei der vier Kriterien.«

Eine halbe Stunde später stehen exakt 20 Namen auf der Liste der Verdächtigen. Dazu jede Menge Fragezeichen. Denn natürlich kann Florian von keinem Rektoratsmitglied mit letzter Bestimmtheit sagen, ob es Webseiten bauen kann. Genau wie bei Schmitt senior geht er der Einfachheit halber davon aus. Dieses Know-how traut er ebenso den persönlichen Referenten der fünf Rektoratsmitglieder zu sowie den leitenden Angestellten im Dezernat für Hochschulinternes, das eng mit dem Rektorat zusammenarbeitet.

Sind diese Fragezeichen eher klein, so steht hinter jedem Namen in der Spalte »Motiv« ein großes Fragezeichen.

Kurz darauf verabschiedet sich Schmitt. Florian geht zurück in sein Büro. Der Gang im Erdgeschoss des Verwaltungsgebäudes wirkt wie leer gefegt. Kein Wunder, es ist weit nach 18 Uhr, da haben die meisten Kollegen längst Feierabend. Auch Florians Dezernent sitzt nicht an seinem Platz. Möglich, dass er irgendwo auf dem Campus an einer Besprechung teilnimmt. Schließlich finden in der kommenden Woche einige Großveranstaltungen statt; bislang wurde nur ein Teil davon in wirklich trockene Tücher gebracht.

Florian beispielsweise muss sich noch um eine Anfrage der Düsseldorfer Staatskanzlei kümmern. Es geht um die Fotos, die während der Feier von der Ministerpräsidentin gemacht werden. Die Gute besitzt nicht nur Schokoladenseiten, und von einer dieser Seiten (die nicht Schokolade sind) darf sie auf keinen Fall fotografiert werden. Deshalb wird Florian nun eine E-Mail formulieren, in der er der Staatskanzlei zusichert, dass alle Fotografen entsprechend instruiert werden.

Ist doch klar, Kollegen.

Während der zweistündigen Veranstaltung wird Florian jeden Pressefotografen und jeden Kameramann persönlich überwachen.

Kapitel 18 (30. Mai, Winnigstedt)

Für Helmut bleibt es unfassbar. Dabei kann er es sogar greifen. Wörtlich betrachtet. Dennoch, er kann es selbst nach über vier Monaten nicht fassen, morgens aufzuwachen und (wieder) jemanden neben sich liegen zu sehen: Jutta.

Er kann sie tatsächlich greifen, wenn er will. Sie berühren. Und einiges mehr. Aber die Berührung an sich macht die Sache keineswegs fassbar.

So einfach ist das. So kompliziert. Grammatikalisch betrachtet. Ansonsten ist es vor allem – wundervoll.

Überhaupt ist das Leben wundervoll. Jetzt beginnt auch noch das Wochenende. Samstagmorgen, 7.30 Uhr. Er liegt wach im Bett, betrachtet Jutta neben sich. Sie schläft.

Das ganze Wochenende bleibt ihnen noch für traute Zweisamkeit. Fast das ganze Wochenende, denn Jutta möchte sich weiterhin nur teilweise von der Küche im Dorfkrug trennen. Von ihrem Mann kann sie sich trennen, das stellt kein Problem dar. Zumal Werner mittlerweile mit einer anderen Frau liiert ist. Mit einer Sabine aus dem Nachbardorf Hessen, früher DDR, jetzt Sachsen-Anhalt.

Wahrscheinlich lief da bereits früher was zwischen Werner und Sabine, bevor sich Jutta und Werner offiziell trennten. Das will aber niemand so genau wissen. Schließlich lief Jutta zwei Jahre lang hinter Helmut her, ohne dass er es bemerkte.

Bemerken wollte.

Helmut hatte beschlossen, seiner verstorbenen Ehefrau Marianne bis in alle Ewigkeit treu zu bleiben. Er hielt lange an diesem Beschluss fest, mehr als neun Jahre. Bis zu jenem Abend im Spätsommer des vergangenen Jahres, als Jutta tränenüberströmt vor seiner Tür stand, ihm von ihrer Ehekrise erzählte und überhaupt, wie schrecklich alles wäre.

Im Nachhinein besehen erschien es allenfalls ein kleines bisschen schrecklich. Vielleicht war Juttas Auftritt sogar nichts weiter als eine kleine weibliche Finte. Die Inszenierung eines Rührstücks. Tränen können Männer rühren, das ist allgemein bekannt.

Helmut, der in jenen Tagen die mutwillig ungelösten Fälle des ermordeten Heinz Schrader sowie zweier verschwundener Personen, Jochen Wettenstedt und Fritz Tiedemann, vor sich herschob, ließ sich jedenfalls auf dem falschen Fuß erwischen. Es rührte ihn. Er wollte trösten. Aus einer tröstenden Umarmung entwickelte sich ein scheuer Kuss, aus dem scheuen Kuss ein leidenschaftlicher. Und etwas mehr. An diesem Abend nur etwas mehr, aber im Laufe des Spätsommers dann alles.

Jetzt wohnt Jutta bei ihm. Mehr als alles.

Sabine aus Hessen wohnt jetzt bei Werner – in der 4-Zimmer-Wohnung über dem Dorfkrug. Nur vom Kochen versteht sie nichts, die Sabine. Aber am Wochenende, da erwarten die Gäste des Dorfkrugs ordentliches Essen. Dafür sorgte Jutta jahrelang, häufig an den Freitagabenden, an jedem Samstagabend, an jedem Sonntagmittag. Fisch, Fleisch, Gemüse, Nudeln, Reis, Salzkartoffeln, Stampfkartoffeln, Salat; sonntags ein komplettes Menü mit drei Gängen, Suppe vorweg, Pudding hinterher. Unter der Woche schmeißt Werner Currywurst und Pommes in die Fritteuse. Unter der Woche arbeitet Jutta bei VW, da mag sie abends nicht in der Kneipenküche stehen.

Doch noch immer fühlt sich Jutta ihren Gästen verpflichtet. Selten freitags, aber meistens samstags und praktisch an jedem Sonntag. An diesem Wochenende ist es ausschließlich der Sonntag, sodass Helmut und Jutta zumindest den ganzen Samstag für sich haben.

Solange nicht irgendein Idiot im Landkreis Wolfenbüttel spontan beschließt, irgendeinen anderen Idioten im Landkreis Wolfenbüttel umzubringen, hat Helmut sogar 48 freie Stunden vor sich. Wenn er am Montag in die Dienststelle kommt, darf er als Erstes einen Fall abschließen.

Dank Jonas und David ist die Angelegenheit im Flüchtlingsheim endgültig geklärt. Der Täter ist geschnappt, demnächst wird ihm der Prozess gemacht. Dann kommt der Messerstecher in den Knast und hinterher zurück in den Kosovo. Oder umgekehrt.

Jetzt liegt auf Helmuts Schreibtisch nur noch ein unerledigter Fall: die Leiche aus der Oker. Wobei, der Fall ist so gut wie geklärt. Spätestens seitdem gestern endlich das Portemonnaie von Walter Germann entdeckt wurde. Es steckte zwischen zwei Steinen unter der Brücke an der Bahnhofstraße. Vermutlich lag auch die Leiche eine Weile unter dieser Brücke.

Im Portemonnaie befanden sich Papiere, Bargeld, Kreditkarten – sowie der Schlüssel zu einem Schließfach in der Stadtbücherei. In das Schließfach hatte Germann – offenbar mit einiger Gewalt – seine kleine Reisetasche gestopft. Wenn die Anzahl der Kleidungsstücke diesen Rückschluss zulässt, schien der Professor nicht länger als zwei, drei Tage von zu Hause fortbleiben zu wollen. Vielleicht wollte er zunächst die Lage bei Juliane Sobiech ausloten? Um im positiven Fall seine restlichen Siebensachen aus Bochum zu holen? Seine Frau zu verlassen? Oder, um zumindest erst einmal bis zum Symposium in Wolfenbüttel zu bleiben? Man wird es nie erfahren.

Wahrscheinlich wird man auch nie erfahren, ob es Selbstmord oder ein Unfall war; dennoch wird sich Helmut noch eine Zeit lang dieser Frage widmen. Der Fund des vollen Portemonnaies jedenfalls schließt einen Raubüberfall mit Todesfolge endgültig aus.

Helmut verdrängt seine Gedanken an die Wasserleiche, wirft einen letzten Blick auf die leise schnarchende Jutta und steht auf. Praktisch geräuschlos verlässt er das Schlafzimmer und springt unter die Dusche. Frische Klamotten liegen im Bad bereit, sodass er eine Viertelstunde später in Jeans und Polohemd in der Küche steht, um Kaffee aufzusetzen. Während die Maschine arbeitet, deckt er den Frühstückstisch (für zwei – unfassbar). Danach stellt er den Herd an, um ein paar Spiegeleier zu braten.

Jutta mag es morgens gern deftig: Wurst, Käse, Spiegelei, dazu gern Brot. Helmut braucht also nicht zum Supermarkt zu gehen, um frische Brötchen zu kaufen. Er selbst legt überhaupt keinen Wert darauf. Er isst morgens meist Müsli. Jutta kann darüber nur die Nase rümpfen. Aber keiner von beiden versucht, den anderen umzuerziehen. Ob das so bleibt? Mal abwarten, denkt Helmut und schlägt die Eier in die Pfanne.

Gerade als die drei Eier (die allesamt Jutta verspeisen wird) in Juttas Augen fertig sind (unten knusprig, oben mit flüssigem Eigelb), kommt sie, offensichtlich direkt aus der Dusche, in die Küche. Sie trägt eines von Helmuts Hemden, das karierte, welches er sich gewöhnlich für die Gartenarbeit überzieht.

Das Hemd reicht Jutta halb über die Oberschenkel, es sieht dadurch eher wie ein zu weit geratener Minirock aus. Ziemlich sexy irgendwie, zumal Jutta bloß einige der Knöpfe geschlossen hat, unter dem Hemd ausschließlich Haut trägt. Um ihre nassen Haare ist ein Handtuch gewickelt. Wie Nofretete sieht sie aus, denkt Helmut bewundernd, die schönste Frau aller Zeiten. Neben Grace Kelly. Und Jutta. Und Marianne natürlich.

Trotz der Dusche wirkt Jutta müde. Sie nimmt Helmut kurz in den Arm, lässt sich dann auf ihren Stuhl plumpsen. Als Helmut sie mit Spiegelei und Kaffee bedient, strahlt Jutta ihn dankbar an.

Nach der ersten Tasse Kaffee erwachen ihre Lebensgeister. »Du hast seit Tagen kaum was von der Arbeit erzählt, Schatz.«

Helmut macht sich keine Gedanken darüber, ob es wirklich in Ordnung ist, dass er mit seiner Freundin bisweilen aktuelle Fälle erörtert. Er plaudert schließlich keine Staatsgeheimnisse aus; bisweilen bereichert Jutta die Gespräche um geistreiche Bemerkungen, die sich bereits in zwei Fällen als hilfreich erwiesen.

»Und du?«, kontert Helmut lächelnd. Da Jutta seit 25 Jahren praktisch tagein, tagaus die gleiche eintönige Fließbandarbeit bei VW verrichtet, weiß sie im Grunde nie etwas zu erzählen – es sei denn, der Meister leistet sich mal wieder einen Bock.

»Du weißt doch, dass bei mir bestenfalls einmal im Quartal irgendetwas passiert.« Jutta gießt sich diesmal selbst den Kaffee ein. »Sag mal ehrlich, bedrückt dich irgendetwas bei der Arbeit?«

»Nein, ganz im Gegenteil.« Helmut berichtet Jutta in den folgenden Minuten von dem praktisch abgeschlossenen Fall rund um das Flüchtlingsheim und von der Wasserleiche. Er erwähnt in diesem Zusammenhang natürlich auch den Besuch in der Herzog-August-Bibliothek sowie die falsche Einladung an den Toten. Mittlerweile erfuhr Lisa von Henning, dass drei weitere Ehemalige ebenfalls gefälschte Einladungen bekamen. Auch das erzählt Helmut Jutta.

»Das klingt ja mal nach einem etwas anderen Fall«, ruft Jutta aus.

»Das ist kein Fall, es handelt sich um einen dummen Scherz.« Davon geht Helmut einstweilen aus.

Jutta lässt sich Zeit mit ihrer Antwort. Zunächst zieht sie sich ihr Handtuch vom Kopf, schüttelt kräftig ihr nasses Haar, wickelt dann das Handtuch erneut um ihren Kopf. Die Wassertropfen, die sie überall in der Küche verteilt, interessieren sie nicht. »Aber du hast doch gerade gesagt, dass Lisa dir von drei ähnlichen Fällen erzählt hat. Das wären vier Scherze. Jedes Mal geht es scheinbar darum, Menschen von dieser Veranstaltung wegzulocken. Da steckt doch garantiert System dahinter, oder?«

Helmut wischt ein paar Tropfen vom Tisch. »System? Selbst wenn, welchen Zweck soll das Ganze denn haben? Der Spielverderber zu sein, der diese Veranstaltung irgendwie verhindert oder zumindest behindert?«

Jutta beobachtet amüsiert Helmuts Versuche, den Tisch zu trocknen. »Vielleicht wurde dieser Spielverderber nicht eingeladen und will sich jetzt rächen?«

Helmut möchte das Thema eigentlich nicht vertiefen. Er kann außerdem schlecht den Anblick ignorieren, den Juttas halb angezogenes Hemd ihm bietet. »Gut, das ist denkbar. So was mag es geben. Aber es ist dennoch kein Fall, es liegt kein Verbrechen vor. Wenn doch, dann wäre es ein Fall für die Bochumer Kollegen.«

Jutta trinkt einen Schluck Kaffee und lächelt; bestimmt bemerkt sie Helmuts lüsterne Blicke. »Aber dich interessiert doch garantiert, wer tatsächlich dahintersteckt. Und warum. Zumal Wolfenbüttel einer der Schauplätze ist. Dein Revier. Immerhin gibt es hier sogar einen Toten.«

Helmut hebt seinen Blick, um sich abzulenken. »Ja, ja. Mein Revier. Aber dieser Fall ist erledigt. Aufgeklärt. Der Rest fällt in Hennings Revier. Ich kann mich schlecht in seine Arbeit einmischen. Ausgerechnet von Wolfenbüttel aus. Außerdem schlägt sich Henning nun selbst mit einem Toten herum.«

»Aber nicht zufällig einem Ehemaligen, der zu den Paradeteilnehmern gehört?«

»Doch. Er wurde bei einem Raubüberfall getötet. Das hat also rein gar nichts mit der Parade zu tun.« Helmut spricht in vollem Brustton der Überzeugung, vor allem muss er sich jedoch selbst überzeugen.

Jutta scheint das zu spüren. »Schatz, das glaubst du doch selber nicht. Zwei von 50 Teilnehmern sterben kurz vor der Parade eines gewaltsamen Todes, vier sollen mit gefälschten Einladungen davon abgehalten werden, dorthin zu gehen. Das ist kein Zufall. Es ist meiner Meinung nach sehr wohl ein Fall für Bochum und Wolfenbüttel.«

»Aber der Wolfenbütteler Teil ist abgeschlossen: Germann wurde nicht umgebracht.« Zu 99,9999 Prozent, fügt Helmut gedanklich hinzu.

»Und Lisa?« Jutta weiß natürlich genau, wie sie Helmut ködern kann. Dazu gehört eventuell ein halb geöffnetes Hemd. Dazu gehört auf jeden Fall der Hinweis auf Helmuts Lieblingskollegin und Ersatztochter.

»Was ist mit Lisa?« Sie spielt in der Tat die Rolle der Tochter, die in Helmuts Leben fehlt. Er liebt natürlich seine beiden Söhne, Nils und Matthias, die in Brasilien beziehungsweise Neuseeland leben und die Helmut leider nur alle Jubeljahre sieht. Marianne und er hatten sich auch eine Tochter gewünscht, doch nach mehreren Fehlgeburten gaben sie die Versuche damals auf. Schweren Herzens.

»Sie kann sich sehr wohl in Hennings Arbeit einmischen. Henning bat sie um Hilfe. Euch, um genauer zu sein.«

»Das war in Wolfenbüttel. Ein Fußweg von zehn Minuten, ein kurzes Gespräch. Wie gesagt: Es ist erledigt. Ob es nun mich betrifft oder Lisa oder uns beide.«

»Geholfen ist geholfen. Das könnt ihr doch fortsetzen.«

»Aber darum bittet Henning uns doch gar nicht. Für ihn ist das mit der Hilfe abgeschlossen. Darüber hinaus ist Bochum 300 Kilometer entfernt. Ich muss hier meine Arbeit erledigen.« Helmut deutet auf seinen Küchentisch, der keineswegs zugleich sein Arbeitsplatz ist.

Jutta versteht ihn trotzdem. »Aber du hast 30 Urlaubstage oder mehr für dieses Jahr übrig, die sonst wieder verfallen.

Nimm dir doch nächste Woche zwei, drei Tage frei und fahr nach Bochum. Henning lädt dich doch sowieso für das nächste Wochenende ein. Da bleibst du halt ein paar Tage länger, schaust Henning bei seiner Arbeit über die Schulter. Hospitierst bei ihm oder so. Jedenfalls könntest du ihm deine Hilfe anbieten.«

»Ich kann nicht einfach im Bochumer Präsidium auflaufen und dort hospitieren oder sonst irgendwie mitarbeiten. Ausgeschlossen.« Fast hätte Helmut ihr einen Vogel gezeigt, im letzten Moment hält er sich zurück.

»Dann hörst du dich halt auf eigene Faust um?« Jutta hebt am Ende dieser Aussage die Stimme, um es wie eine Frage oder einen Vorschlag klingen zu lassen.

»Ich bin doch noch nie in Bochum gewesen. Ich kenne da keine einzige Straße.« Das klingt lahm, das weiß Helmut selbst am besten. Außerdem kennt er die Castroper Straße, wo das Ruhrstadion steht – oder wie auch immer es heutzutage heißt.

»Henning wird dir sagen, wohin du gehen musst. Falls das überhaupt notwendig ist, dass du irgendwohin allein gehst.« Jutta jedenfalls klingt weitaus euphorischer.

»Hm.« Wenigstens gönnt Helmut sich einen weiteren Blick auf Juttas Hemd, das eigentlich sein Hemd ist.

»Na los, Schatz.« Das ist leider keine Aufforderung an ihn, sich sofort auf sie zu stürzen.

»Außerdem lädt Henning uns alle ein: mich, Lisa und dich.« Diesmal deutet Helmut auf Jutta.

Jutta hebt die Arme, dabei schließt sich kurzfristig das Hemd über ihrem Busen. »Wo ist das Problem? Entweder kommen Lisa und ich am Freitagabend nach, oder wir nehmen uns auch schon vorher Urlaub.«

»Puh!« Helmut dreht kurz sein Gesicht zur Seite, er fixiert einen Krümel auf den Fliesen, überlegt, ob er ihn aufheben soll. Tatsächlich feuchtet er den rechten Zeigefinger an und drückt ihn auf den Krümel. Den steckt er sich anschließend in den Mund.

Jutta sieht ihm irritiert zu, freilich ohne den Faden zu verlieren. »Na komm, Schatz. Mal ein bisschen Abwechslung. Du hast spätestens ab Mittwoch nichts mehr zu tun. Auf neue Fälle können Jonas und David sehr gut ohne dich warten.«

Helmut schüttelt den Kopf.

»Wenn wirklich irgendetwas total Dringendes in Wolfenbüttel passiert, dann kommst du eben schnell zurück. Das dauert keine drei Stunden mit dem Auto.«

Das stimmt, Helmut fuhr die Strecke bereits einmal, als er sehr spontan einen Serienmörder in Bochum verhaften wollte. In der Wohnung von Jakob Dieckmann, der fast das nächste Opfer des Mörders geworden wäre. Helmut hat seitdem einige Male an Dieckmann gedacht, der ihm damals – trotz wie wegen der Umstände – irgendwie sympathisch erschien. Vielleicht kann er ihn in Bochum besuchen? Trotzdem schüttelt Helmut noch einmal den Kopf.

»Ich würde sofort mitkommen, Schatz. Ich nehme mir ab Mittwoch frei, wir machen uns ein paar schöne Tage im Ruhrgebiet. Also?«

Helmut versucht, Zeit zu gewinnen, indem er einen Schluck Kaffee trinkt. Doch der Kaffee ist kalt und schmeckt bitter. Helmut verzieht das Gesicht. Er sieht das als Zeichen an, streckt die Waffen. »Ich weiß zwar wirklich nicht, was uns das bringt. Ob Henning das überhaupt möchte. Aber meinetwegen.«

Jutta steht auf, kommt zu ihm. Sie bückt sich und gibt ihm einen leidenschaftlichen Kuss. Da bei dieser heftigen Handlung weite Teile ihres Busens aus dem notdürftig zugeknöpften Hemd schlüpfen und die Stimmung gerade allgemein ziemlich anregend ist, vergeht der Samstagvormittag weitgehend ohne die beiden Verliebten.

Am Samstagabend verwöhnt Jutta Helmut mit einem 3-Gang-Menü. Während Helmut auf der Terrasse sitzt und Zeitung liest, bereitet Jutta das Essen zu.

»Das lasse ich mir doch nicht nehmen, dass ich am Samstagabend was Schönes koche«, erklärt sie, »ob nun für 20 Personen oder für zwei. Wenn ich sonst ohne fremde Hilfe für 20 koche, dann werde ich es allemal für zwei Personen schaffen. Du hast schließlich das Frühstück vorbereitet.«

Leider ist es am frühen Abend zu kühl, um draußen zu essen. Deswegen sitzen sie im Esszimmer. Während das Hähnchen im Ofen schmort, halten sie sich mit eingelegten Sardinen und Weißbrot schadlos. Zum Hähnchen serviert Jutta Rosmarinkartoffeln (gleichfalls aus dem Ofen) und Gemüse. Als Dessert essen sie Obstsalat.

Pünktlich um 20.30 Uhr ist alles abgeräumt, alle Töpfe und Bleche sind gespült. Denn natürlich mögen weder Helmut noch Jutta auf das DFB-Pokalfinale zwischen Dortmund und Wolfsburg verzichten. Zusammen mit dem Anpfiff in Berlin endet für knapp zwei Stunden das ansonsten so harmonische Verhältnis der beiden. Helmut fiebert mit den Schwarzgelben, während Jutta den Grünen die Daumen drückt.

Der BVB beginnt furios, geht in Führung, verpasst es aber, diese auszubauen. Ehe Helmut es sich versieht, steht es 3:1 für die Wolfsburger – und genauso endet das Spiel auch.

Die Siegerehrung sieht Jutta sich anschließend allein an, während Helmut niedergeschlagen auf der Terrasse sitzt, Bier trinkt und raucht. Juttas Angebot, Helmut mithilfe einer kleinen Massage (plus?) seelisch wiederaufzurichten, entpuppt sich als halbherzig, denn sie schläft früher als Helmut ein – ohne einen Finger zu rühren.

»Du solltest Lisa vorwarnen, dass du bereits am Mittwoch nach Bochum fährst«, schlägt Jutta ihm am nächsten Morgen beim Frühstück vor. Sie trägt ein VfL-Trikot, sonst kaum etwas.

Helmut, seit einer halben Stunde wiederaufgerichtet und darum kein Stück verärgert ob der giftgrünen Provokation an Juttas Körper, schüttelt den Kopf. »Schon erledigt. Ich schrieb ihr gestern eine SMS.«

Jutta streicht vergnügt Butter auf ihr Brot. »Und? Was meint sie? Dass man dir immer alles aus der Nase ziehen muss.«

Helmut rührt verlegen in seinem Müsli. »Sie findet das gut. Das Gleiche gilt für Henning. Lisa ist gerade bei ihm in Bochum. Sie suchen nach einem passenden Hotel für uns. Henning weiß zwar nicht, ob er wirklich Hilfe braucht, aber er freut sich darauf, mit mir den Fall von Angesicht zu Angesicht zu erörtern. Vielleicht hilft ihm das ja schon, sagt er. Ansonsten sollen wir zwei uns ein paar schöne Tage in Bochum machen – inklusive Gala und Feier.«

Jutta verteilt großzügig Schinken auf ihrer Brotscheibe. »Was ist mit Lisa? Kommt sie am Mittwoch mit?«

Helmut hält vergeblich Ausschau nach Brotkrümeln auf dem Küchenboden. »Sie überlegt noch. Sie meint, es wäre ein ungünstiger Zeitpunkt, Jonas und David im Stich zu lassen. Die haben gerade einen Fall abgeschlossen und jede Menge Papierkram zu erledigen. Dabei möchte sie helfen.«

Jutta blickt ihn finster an. »Du hättest Lisa ruhig anbieten können, dass sie am Mittwoch nach Bochum fährt und du deinen Kollegen hilfst.«

»Sie will nicht.«

Wie erhofft, reagiert Jutta verwirrt. »Hm?«

»Ich habe Lisa genau das angeboten, was du gerade gesagt hast.«

»Du hast ihr das wirklich angeboten?«

Helmut nickt.

Jutta strahlt. »Ach du, mein süßer Held.«

Aus einem kaum nachzuvollziehenden Grund (jedenfalls scheint es mehr als ein bloßer Gemütswechsel zu sein) steht Jutta unvermittelt auf und stürzt sich auf den sitzenden Helmut. Wahrscheinlich will sie sich einfach nur auf seinen Schoß setzen. Aber ihre plötzliche Bewegung ist viel zu heftig, deshalb kippt Helmuts Stuhl, samt Helmut und der auf ihm sitzenden Jutta, nach hinten um. Sie landen auf dem Boden. Weder sanft noch allzu heftig. Vielleicht gibt es eine Beule an Helmuts Hinterkopf oder einen blauen Fleck an Juttas Arm. Vor allem aber gibt es jede Menge Gelächter.

Wieder pressen sich schwere Brüste an empfindliche Männerkörper, wieder finden Hände Wege, die Hände in solchen Momenten zu finden pflegen.

Das Spiel ist aus, Zeit für den Trikottausch.

Kapitel 19 (1. Juni, Bochum)

1. Juni, 13 Uhr: außerordentliche Sitzung des Rektorats der Ruhr-Universität Bochum, kleiner Sitzungssaal; Protokoll: Janine Schrader. Das Rektorat ist vollständig vertreten – namentlich: Professor Doktor Christiane Bärlauch, Rektorin; Professor Doktor Martin Rasch, Prorektor für Forschung; Professor Doktor Winfried Schmitt, Prorektor für Finanzen und Planung; Professor Doktor Bernd Fleischer, Prorektor für Lehre; Doktor Gesine Naumann, Kanzlerin.

Bärlauch: Liebe Kollegen, liebe Kollegin, ich darf Sie zu dieser außerordentlichen Sitzung …

Rasch: Krisensitzung! Eine Krisensitzung ist das, Magnifizenz.

Bärlauch: Lieber Herr Kollege Rasch. So schlimm scheint es nun doch nicht zu kommen. Der Herr Kollege Schmitt wird es uns gleich näher erläutern und uns dabei auf den neuesten Stand bringen. Herr Schmitt?

Schmitt: Sehr richtig, Magnifizenz, liebe Frau Kollegin, sehr richtig.

Bärlauch: Doch zunächst möchte ich die Begrüßung beenden. Also: Liebe Kollegen, liebe Kollegin, ich darf Sie sehr herzlich zu dieser außerordentlichen Sitzung des Rektorats im kleinen Kreis begrüßen. Abgesehen von Frau Schrader haben wir gänzlich auf Nichtmitglieder des Rektorats verzichtet …

Naumann: Wogegen ich energisch protestiere, liebe Christiane. Wenigstens die Gleichstellungsbeauftragte müsste dabei sein.

Bärlauch: Gesine, bitte.

Rasch: Die Gleichstellungsbeauftragte brauchen wir gerade am allerwenigsten, verehrte Frau Kollegin Naumann. Das verlangen Sie doch nur, weil sie früher selbst Gleichstellungsbeauftragte dieser Universität waren.

Naumann: Herr Professor Rasch, ich darf doch sehr bitten. Dass Sie so Ihre Probleme mit der bloßen Funktion einer Gleichstellungsbeauftragten haben, ist hinlänglich bekannt. Ich habe es am eigenen Leib erfahren. Wenn die Gleichstellungsbeauftragte dann ausgerechnet, wie ich, bekennende Lesbe ist …

Rasch: Ich habe keine Probleme mit Lesben.

Naumann: Solange Sie ihnen in den Ausschnitt gucken können.

Rasch: Ich darf doch bitten. An meinem Lehrstuhl …

Naumann: … sind alle Doktorandinnen blond, vollbusig und gewiss keine Lesben.

Bärlauch: Gesine, Herr Rasch, es reicht.

Fleischer: Ich möchte doch sehr darum bitten, dass wir uns nun auf das Wesentliche beschränken. Der Herr Kollege Schmitt braucht unsere Unterstützung.

Schmitt: Danke, lieber Herr Kollege Fleischer.

Bärlauch: Richtig. Eigentlich würde ich gern meine Begrüßung abschließen. Aber egal. Nun, warum sind wir zusammengekommen? Als ich vor wenigen Tagen diese Sitzung einberief, sah die Lage wie folgt aus: Wir erfuhren gerade, dass Professor Germann in Wolfenbüttel tödlich verunglückt ist. Schlimm genug, aber offensichtlich hätte er ohnehin seine Teilnahme an der Parade der 50 Alumni wegen einer anderen Einladung abgesagt. Deshalb stellte der verehrte Kollege Schmitt verschiedene Nachforschungen an. Dabei kam heraus, dass einige weitere Alumni andere Einladungen für den 6. Juni erhielten und nun offenbar ebenfalls ernsthaft überlegen, nicht zur Feier zu kommen. Mit anderen Worten:

Die geplante Parade schien sich zu einem ernsthaften Problem zu entwickeln. Es betrifft immerhin 15 Alumni. Ist das richtig, Herr Schmitt?

Schmitt: 16 oder 17. Einen Fall konnte ich nicht abschließend klären.

Bärlauch: Es betrifft also jeden Dritten. Die Parade wäre deshalb ein echter Reinfall geworden, salopp gesprochen. Aber ich spreche bewusst im Konjunktiv, denn seit diesem Wochenende sieht die Lage etwas anders aus, wie mir Herr Schmitt heute Morgen erzählte. Professor Schmitt, berichten Sie bitte den anderen Anwesenden von den neuesten Entwicklungen in dieser Causa.

Schmitt: Gerne, Magnifizenz. Also, meine Damen, meine Herren, zunächst eine sehr erfreuliche Nachricht: Wir haben einen adäquaten Ersatz für den armen Herrn Germann gefunden. Genau wie zuvor für den ermordeten Hausmeister Petersen. Seit dem Wochenende weiß ich zudem, dass es sich in der Tat bei allen anderen Einladungen um Fälschungen handelt.

Naumann: Wie bitte?

Schmitt: Ja, bei all diesen Terminen und Veranstaltungen, die in den Einladungen genannt werden, handelt es sich um reine Erfindungen.

Fleischer: Können Sie uns bitte sagen, um welche Art von Veranstaltungen es sich handelt?

Schmitt: Gern, Herr Fleischer. Professor Germann beispielsweise wurde zu einem Symposium in die Herzog-August-Bibliothek zu Wolfenbüttel eingeladen, das nie geplant war.

Fleischer: Worum sollte es bei diesem Symposium gehen?

Schmitt: Um das Evangeliar Heinrichs des Löwen. Die geladenen Wissenschaftler hätten angeblich sogar darin blättern dürfen.

Rasch: Und?

Naumann: Das kann nur ein Naturwissenschaftler fragen.

Rasch: Natürlich, als Chemiker fehlt mir die notwendige Bildung, um dieses Evangeliar einordnen zu können. Sie hingegen – als promovierte Historikerin – …

Naumann: Als solche sage ich Ihnen, dass dieses Buch, denn darum handelt es sich, von unschätzbarem Wert ist, dass es eine große Ehre, eine absolute Ausnahme wäre, es in Händen zu halten. Von daher kann ich bis zu einem gewissen Punkt nachvollziehen, dass Professor Germann, als Kunsthistoriker, da schwach wird.

Bärlauch: Zumal es offenbar eine Art Kindheitstraum von ihm war. Wenn ich das richtig verstehe. Herr Schmitt?

Schmitt: Ja, Magnifizenz, darum handelt es sich offenbar.

Fleischer: Das scheint mir allerdings ein erstaunlicher Zufall zu sein, dass jemand Herrn Germann ausgerechnet diese Einladung zuschickt.

Bärlauch: Es ist keineswegs der einzige Zufall dieser Art. Professor Schmitt?

Schmitt: In der Tat, Magnifizenz, liebe Frau Kollegin. Ich fand heraus, dass sich auch die anderen erfundenen Veranstaltungen jeweils auf Wünsche der Eingeladenen beziehen. Diese Wünsche äußerten diese Personen ausgerechnet in Interviews mit unserer Universitätszeitung. Es handelt sich also keineswegs um geheime Wünsche.

Fleischer: Oha.

Naumann: Nennen Sie doch bitte ein paar Beispiele, Herr Schmitt.

Schmitt: Wir haben zum Beispiel eine Papstaudienz und ein Konzert von Jim Lennon.

Bärlauch: Jim? John, oder?

Naumann: Ja, natürlich John. Wobei das keine Rolle spielt, denn John Lennon ist seit 1980 tot. Ich glaube, darauf fällt niemand herein. Vielleicht handelt es um einen anderen Beatle?

Fleischer: Paul McCartney und Ringo Starr leben noch.

Schmitt: Paul McCartney, der ist es, natürlich. Der Dalai-Lama war ebenfalls dabei bei diesen angeblichen Veranstaltungen – und Mario Ahldorf.

Rasch: Mario Ahldorf? Adorf, oder?

Naumann: Der Schauspieler?

Schmitt: Ja, der Schauspieler, denn es ging um einen Film beziehungsweise die Dreharbeiten dazu. Da hätte dieser Alumnus mitmachen dürfen, natürlich ausgerechnet am 6. Juni.

Fleischer: Welcher Alumnus?

Schmitt: Das weiß ich gerade nicht. Tut mir leid. Jedenfalls sind es alles solche Termine, mit Prominenten. Mit Prominenten, die der jeweilige Alumnus gern treffen würde.

Naumann: Alumnus. Alumnus. Alumnus.

Schmitt: Alumnus, ja richtig. Was ist falsch daran, Frau Kollegin? Sie sagen das so komisch.

Naumann: Das ist halt Ihr Denken, lieber Kollege. Sie sehen ausschließlich Männer. Sie haben ohnehin praktisch ausnahmslos Männer eingeladen zu Ihrer Parade. Kaum eine Alumna.

Schmitt: Das stimmt doch gar nicht, liebe Frau Kanzlerin.

Naumann: Zugegeben, nur fast. Aber ich habe nachgezählt, lieber Herr Kollege: 41 Männer kommen zur Parade – und neun Frauen. Fünf Sekretärinnen, eine Studentin, eine technische Angestellte, zwei Kindergartenkinder. Keine Professorin. Keine wissenschaftliche Assistentin. Keine wissenschaftliche Mitarbeiterin. Keine akademische Rätin. Keine Dezernentin oder sonstige leitende Angestellte.

Fleischer: Liebe Frau Kollegin, soweit ich weiß, gab es 1965 unter den 82 erstberufenen Professoren gerade einmal zwei Frauen. Bei den wissenschaftlichen Assistenten, den wissenschaftlichen Mitarbeitern und den Akademische Räten war der Frauenanteil kaum höher.

Naumann: Das sind billige Ausreden. Da hätte sich doch Herr Schmitt erst recht um die wenigen Frauen bemühen müssen.

Schmitt: Aber die beiden Professorinnen, die der Kollege Fleischer anspricht, sind vor vielen Jahren gestorben.

Naumann: Aber es bleibt nun mal dabei, dass unter den 50 Teilnehmerinnen und Teilnehmern nur neun Frauen sind. NEUN.

Fleischer: Liebe Frau Naumann, es sind doch aber die Gegebenheiten …

Rasch: Herr Fleischer, ich frage mich, warum ausgerechnet Sie Partei ergreifen für den Kollegen Schmitt.

Fleischer: Wie meinen Sie das?

Rasch: Sie wissen doch so gut wie ich, dass der liebe Kollege diese Parade zu einem einzigen Zweck inszeniert: Er möchte sich ein Denkmal setzen und sich, basierend auf seinem Erfolg, zum Rektor wählen lassen. Nur darum geht es ihm.

Schmitt: Herr Rasch …

Fleischer: Wäre das denn wirklich unlauter, Herr Rasch?

Rasch: Es erstaunt mich, dass gerade Sie, als Verfechter der Lehre, mit Herrn Schmitt sympathisieren. Der wird Ihnen doch Ihr ganzes Blackboard-Gedöns um die Ohren hauen, sobald er die Kette trägt. Prorektor sind Sie dann die längste Zeit gewesen.

Naumann: Spricht da der Neid aus Ihnen, Professor Rasch?

Rasch: Neid? Wieso?

Naumann: Man hört ja, dass auch Sie gerne Ihren Hut in den Ring werfen würden.

Rasch: Ich? Ich glaube, da verstehen Sie etwas falsch.

Fleischer: Ich würde gern auf die Parade zurückkommen.

Bärlauch: Danke, Herr Kollege. Ich wollte ebenfalls gerade darum bitten, denn ich möchte dem Kollegen Schmitt gern ein paar Fragen stellen.

Schmitt: Bitte, Magnifizenz.

Bärlauch: Danke. Vor allem interessiert mich Folgendes: Sie sagen, Sie fanden heraus, dass es 16 oder 17 gefälschte Einladungen sind?

Schmitt: Richtig.

Bärlauch: Wissen denn die Betroffenen schon davon?

Schmitt: Zu einem großen Teil.

Bärlauch: Und was sagen sie dazu?

Schmitt: Nun ja, sie sind bestürzt.

Bärlauch: Aber konnten Sie diese Menschen überzeugen, dass es sich um gefälschte Einladungen handelt?

Schmitt: Wir sind gerade dabei, es zu tun.

Rasch: Also nicht?

Schmitt: Nicht alle.

Naumann: Was heißt das in Zahlen?

Schmitt: Die meisten.

Rasch: Die meisten, das ist keine Zahl, Herr Kollege.

Fleischer: Sie setzen dem Kollegen Schmitt ständig zu. Er sagt doch, dass der Prozess gerade läuft.

Bärlauch: Mich interessiert es durchaus, wie das zahlenmäßig aussieht. In fünf Tagen ist die Feier.

Rasch: Es wäre besser, die Parade komplett abzusagen.

Schmitt: Absagen?

Naumann: Das ist jedenfalls besser, als am Samstag mit 35 Alumni dazustehen. Das wäre eine Blamage.

Rasch: Das sehe ich genauso.

Fleischer: Na, das ist mal eine erstaunliche Koalition.

Rasch: Und Sie schlagen sich auffällig auf die Seite von Professor Schmitt. Warum eigentlich? Glauben Sie, dass er Sie unter diesen Umständen doch als Prorektor für Lehre behält? Wenn Sie sich da mal nicht täuschen.

Fleischer: Mir geht es nicht um mich, mich treibt die Sorge um die Feier und damit um das Wohl der Universität um.

Rasch: Ha!

Naumann: Darum geht es mir auch, Herr Fleischer. Allerdings scheine ich die Lage etwas realistischer einzuschätzen.

Fleischer: Pessimistischer, Frau Kollegin.

Bärlauch: Ich warte eigentlich noch immer auf konkrete Zahlen, Professor Schmitt.

Schmitt: Verzeihung, Magnifizenz. Da müsste ich meinen Assistenten fragen.

Rasch: Ihren Assistenten fragen? Das heißt, Sie selbst wissen es nicht? Ich dachte, Sie kümmern sich selbst darum?

Schmitt: Um jedes Detail?

Bärlauch: Als Detail würde ich das nicht gerade bezeichnen, Herr Schmitt. Verraten Sie uns doch wenigstens Ihren letzten Stand.

Schmitt: Ja, gerne. Nun …

Naumann: Besitzen Sie keine Notizen dazu?

Schmitt: Ähm, nein. Ich habe die Fakten aber so weit im Kopf.

Rasch: Wie bitte?

Fleischer: Lassen Sie ihn doch kurz überlegen.

Schmitt: Danke, Herr Kollege. Nun denn, etwa zehn der Alumni mit falschen Einladungen konnten wir überzeugen, dass es sich… na ja, um falsche Einladungen handelt. Sie alle sagen fest zu, am Samstag zum Audimax zu kommen.

Naumann: Da fehlen nach meinen Berechnungen sechs bis sieben, ich meine »etwa« sechs bis sieben. Was ist mit ihnen?

Schmitt: Etwa fünf von ihnen konnten wir bis zu diesem Zeitpunkt nicht überzeugen, bis gestern.

Rasch: Ich darf diese »Zahlen« mal zusammenfassen: Es gibt »etwa« zehn Überzeugte und »etwa« fünf Nichtüberzeugte. Das könnten »etwa« die 17 sein, um die es geht. Es könnten genauso gut »etwa« 13 sein. Oder weniger? Ich bleibe dabei: absagen.

Schmitt: Herr Kollege …

Bärlauch: Geht es eventuell etwas genauer, Herr Schmitt?

Schmitt: Tut mir leid, Magnifizenz. Wir haben nicht alle Alumni erreicht …

Bärlauch: Wie bitte?

Rasch: Wie viele denn nicht? »Etwa«?

Schmitt: Es ist genau einer.

Bärlauch: Und wer?

Naumann: Falls Sie den Namen zufällig wissen.

Schmitt: Die Namen weiß ich, Frau Naumann. Es handelt sich um Konrad Priefke.

Bärlauch: Den ersten Studenten unserer Universität?

Schmitt: Ähm, ja.

Rasch: Volltreffer.

Naumann: Versenkt.

Bärlauch: Auf ihn kann man eigentlich kaum verzichten. Das Bild, wie Herr Priefke sich bei uns einschreibt, ist sprichwörtlich um die Welt gegangen. Es hängt draußen vor der Tür.

Schmitt: Ich weiß, Magnifizenz, ich weiß.

Bärlauch: Was heißt denn »nicht erreicht«?

Schmitt: Er geht nicht ans Telefon, weder zu Hause noch an sein Handy. Er ignoriert unsere Bitten, sich zu melden, die wir ihm auf den Anrufbeantworter beziehungsweise die Mailbox sprechen. Er ignoriert unsere Mails und Briefe.

Fleischer: Gehen Sie doch zu ihm nach Hause.

Schmitt: Konrad Priefke wohnt in Oberstdorf.

Bärlauch: Kennen Sie dort niemanden?

Schmitt: Nein, Magnifizenz, ich kenne niemanden, der in Oberstdorf wohnt.

Fleischer: Oder herausfinden, wer seine Nachbarn sind und diese anrufen. Ihr Sohn …

Rasch: Sie wollen die Polizei einschalten?

Fleischer: Inoffiziell.

Bärlauch: Es wäre einen Versuch wert, denke ich. Was meinen Sie, Herr Schmitt. Könnte Ihr Sohn etwas unternehmen? Beispielsweise die Polizei in Oberstdorf um Amtshilfe bitten? So ist er in Wolfenbüttel vorgegangen, oder?

Rasch: Aha?

Schmitt: Ja, ich werde ihn fragen.

Bärlauch: Eines steht fest: Wir brauchen den Priefke, und wir brauchen 49 weitere Alumni. Deren Zusagen müssen übermorgen vorliegen. Sonst sage ich die Parade ab.

Schmitt: Magnifizenz, liebe Frau Kollegin …

Rasch: So kurzfristig? Besser heute …

Fleischer: Darüber sollten wir abstimmen, oder?

Naumann: Ich bin dafür, abzusagen.

Rasch: Ich auch.

Fleischer: Ich bin dagegen.

Schmitt: Auf keinen Fall – absagen.

Bärlauch: Dann gibt also meine Stimme den Ausschlag. Wir treffen uns am Mittwoch wieder. Die genaue Uhrzeit lasse ich Sie später wissen. Die außerordentliche Kri… äh, Sitzung des Rektorats ist hiermit geschlossen. Frau Schrader wird Ihnen bis morgen früh das Wortlautprotokoll zukommen lassen.

Kapitel 20 (2. Juni, Witten)

Henning hatte lange gezögert, nach Witten zu fahren, um mit Lutz Laarmann zu sprechen. Ihm war am letzten Freitag natürlich aufgefallen, dass Florian Gerber auf eine Reaktion wartete, auf eine eindeutige Ansage von Henning: Ich fahre sofort zu diesem Laarmann, lege ihm die Liste mit den 20 Verdächtigen vor, frage ihn, ob er einen davon kennt. Das bringt uns möglicherweise einen erheblichen Schritt voran.

Doch am Freitagnachmittag war Henning noch etwas Anderes durch den Kopf gegangen – etwas, das Gerber beiläufig erwähnte. Ohne bösen Willen, frei von jeglichen Hintergedanken. Das konnte der Assistent seines Vaters in der Tat nicht ahnen, dass hier auf einmal zwei Puzzleteile zusammenpassen könnten, die Henning niemals finden wollte.

Doch nun stellt er sich der Gefahr. Henning steuert den Golf durch das geöffnete Tor des Wittener Autohändlers Ernst, fährt vorbei an eng beieinander geparkten Nutzfahrzeugen, an Gebrauchtwagen aller Art und erreicht schließlich die Verkaufshalle mit den Neufahrzeugen, die von einer gigantischen Glasfassade umschlungen ist, damit man die teuren Schlitten aus München auch sonntags bewundern kann.

An die Verkaufshalle grenzt unmittelbar die Werkstatt, die sich hinter vier Rolltoren versteckt. Nur eines der Tore ist offen, es gibt den Blick frei auf eine Reihe aufgebockter Autos, an denen Frauen und Männer in schwarzen Overalls herumschrauben.

Henning parkt das Auto, atmet ein letztes Mal tief durch und steigt aus. Er betritt die Werkstatt und zieht sofort die Aufmerksamkeit einer jungen Kfz-Mechanikerin auf sich, die offenbar gerade Abgaswerte ermittelt. Sie legt ihr Messgerät ab und kommt Henning entgegen.

Die junge Frau ist knapp 1,70 Meter groß und blond, mit einem freundlichen Gesicht, das im oberen Bereich von einer schwarzen Kappe verdeckt wird. Im Gehen wischt sie sich die Hände an ihrem Overall ab. Wahrscheinlich wappnet sie sich für den Fall, dass sie Henning die Hand schütteln muss. Oder darf?

Doch Henning legt keinen Wert darauf, ständig Hände zu schütteln. Er grüßt nur freundlich. »Hallo.«

»Guten Tag«, erwidert die Mechanikerin lächelnd, sie mustert Henning einen Moment zu lang.

Zwei ihrer Kollegen stellen vorübergehend die Arbeit ein, sie blicken neugierig herüber.

Spielt sich hier etwa irgendein dämliches Ritual ab? Nach dem Motto: Wenn ein junger Mann in die Werkstatt kommt, kümmert sich eine der weiblichen Kolleginnen um ihn. Kommt eine junge Frau rein, darf einer der männlichen Kollegen ran. Dann wird munter drauf losgebaggert. Bitte nicht, denkt Henning.

»Ich suche den Meister, Herrn Laarmann.«

Das Lächeln verschwindet kurz aus dem Gesicht der Mechanikerin. »Möchten Sie Ihr Auto abgeben?«

Henning findet, dass sich die junge Dame etwas zu sehr bemüht. Er will sich jetzt auch keineswegs rechtfertigen, vor allem keinen unnötigen Wirbel um seinen Besuch machen. Er will einfach nur Lutz Laarmann sprechen, möglichst ohne Aufsehen zu erregen oder den Kfz-Meister zu brüskieren. Besuch von der Kripo – das regt schnell zu wilden Spekulationen an.

»Ich möchte Herrn Laarmann sprechen.«

Die Mechanikerin sieht ihm in die Augen. Herausfordernd? Dann blickt sie sich zu ihren Kollegen um, die noch immer neugierig gucken. Schließlich lässt sie die Schultern sinken: »Der Meister ist da hinten in seinem Kabuff.« Sie dreht sich abrupt um, lässt Henning einfach in der Halle stehen.

Henning entdeckt am Ende der Werkhalle einen Glaskasten, offensichtlich handelt es sich um das angesprochene Kabuff. Schon von Weitem erkennt Henning die vielen roten Wimpel, die an der hinteren Wand hängen. Ferrari. Hier dürfte er richtig sein.

Die Glastür steht offen, Henning geht hinein. Hinter dem Schreibtisch sitzt ein schlanker, rothaariger Mann Mitte oder Ende 50, der auf eine Tastatur eindrischt, dabei hin und wieder auf handbeschriebene Formulare oder seine Kaffeetasse schielt. Der Mann blickt erst auf, als Henning sich räuspert.

»Bitte?«, fragt der Mann unfreundlich.

»Lutz Laarmann?«

»Der bin ich. Wer sind Sie? Ihr Auto können Sie übrigens auch bei den Kollegen abgeben. Sozusagen direkt in der Halle.«

»Ich bin nicht wegen meines Autos gekommen.«

»Sondern?«

»Es geht um Ihr Wochenende in Kanada beziehungsweise die Geburtstagsfeier der Uni Bochum.«

Endlich bekommt Henning Laarmanns ungeteilte Aufmerksamkeit. Laarmann hört auf zu tippen, blickt Henning feindselig an. »Um was genau geht es da?«

»Vielleicht stelle ich mich zunächst einmal vor. Mein Name ist Henning Schmitt, ich arbeite bei der Kripo Bochum.« Henning zeigt Laarmann seinen Dienstausweis, doch der Kfz-Meister wirft nur einen kurzen Blick darauf.

»Schmitt?«, brummt Laarmann.

»Genau. Henning Schmitt.«

»Hinten mit zweimal t?«

»Ja, so schreibe ich mich. Haben Sie kurz Zeit?«

»Wenn es sein muss.«

»Aus meiner Sicht ja. Darf ich die Tür schließen und mich setzen?«

»Meinetwegen.«

Henning schließt die Glastür und setzt sich auf den roten (natürlich!) Plastikstuhl, der vor Laarmanns Schreibtisch steht.

»Kaffee?«, fragt Laarmann.

»Nein, danke.«

»Dann nicht.« Demonstrativ trinkt Laarmann aus seiner Kaffeetasse.

In den folgenden Minuten skizziert Henning seinem Gegenüber die Situation, die Laarmann natürlich im Wesentlichen geläufig sein dürfte: die Geburtstagsfeier der Uni Bochum, die Parade, die falschen Einladungen. Seine Liste verschweigt er zunächst.

»Dann wissen Sie ja sozusagen schon alles«, sagt Laarmann. Seine Gesichtszüge entspannen sich ein wenig. »Dann können Sie sich vielleicht auch vorstellen, warum ich zurzeit etwas übel gelaunt bin. Ich hatte mich total auf dieses Wochenende in Montreal gefreut, nun ist alles aus. Ich habe so einen Hals.« Laarmann greift sich tatsächlich an seinen Hals.

»Das kann ich in der Tat verstehen, Herr Laarmann. Vielleicht möchten Sie uns deswegen nun helfen.«

»Wie denn?«

»Wir suchen die Person, die diese falschen Einladungen verschickt hat.«

»Die Kripo sucht diese Person? Liegt denn ein Verbrechen vor?«

»So genau können wir das noch nicht sagen«, schummelt Henning. »Einer der Eingeladenen ist tödlich verunglückt, offenbar ohne dass jemand nachgeholfen hat. Ein anderer ist spurlos verschwunden, wir wissen nicht, ob …«

»Ob der vielleicht umgebracht wurde?« Laarmann reißt entsetzt die Augen auf.

»Ich persönlich halte das für sehr unwahrscheinlich, wir können es zu diesem Zeitpunkt jedoch nicht vollkommen ausschließen.«

»Umgebracht? Bin ich auch in Gefahr?«

»Das halte ich für noch unwahrscheinlicher, Herr Laarmann. Machen Sie sich da mal keine Sorgen.« Wenn er sich doch Sorgen machen soll, zum Beispiel, um mir helfen zu wollen, werde ich ihm von Paul Petersen erzählen, denkt Henning. Von dem Fall dürfte Laarmann gehört oder gelesen haben. Allerdings war nirgendwo die Rede davon, dass Petersen zur Geburtstagsfeier der Uni eingeladen war. Warum auch?

In diesem Mordfall gibt es bislang keinerlei Spuren, keine Zeugen, keine Verdächtigen. Nichts. Vielleicht sind die Mörder längst über alle Berge? Henning ist froh, weiterhin nicht mit diesem Fall betraut zu sein.

»Wie kann ich Ihnen denn helfen? Ich weiß doch sozusagen gar nichts.«

»Vielleicht doch. Uns interessiert nämlich, woher diese Person wusste, dass Sie sich so sehr über eine Einladung in die Ferrari-Box freuen würden.«

»Hä?«

»Bei den anderen Ehemaligen mit falschen Einladungen fanden wir das heraus.«

»Wie das denn?«

Henning berichtet kurz von der Kolumne in der Universitätszeitung.

»Nee, die haben nie über mich geschrieben«, sagt Laarmann.

»Eben. Dennoch hat der Täter irgendwie erfahren, dass Sie davon träumen, bei Ferrari zu hospitieren.«

»Das ist jetzt nicht gerade ein großes Geheimnis.« Laarmann trinkt wieder einen Schluck Kaffee.

»Es steht aber beispielsweise nicht im Internet.«

»Natürlich nicht. Was soll ich denn da?«

»Gute Frage. Ich wüsste es auch nicht. Aber wie erfuhr der Täter denn nun von Ihrem Traum? Er muss ja auch die Namen der anderen Paradeteilnehmer kennen. Das schränkt unserer Meinung nach den Kreis der Verdächtigen ein. Wir haben ihn auf 20 Personen reduziert. Die Namen stehen auf dieser Liste.« Henning holt den Zettel auf seiner Jacketttasche, faltet ihn auseinander und reicht ihn Laarmann. »Kennen Sie jemanden davon?«

Laarmann lehnt sich zurück und liest. »Da steht ja auch ein Schmitt mit zwei t am Ende drauf. Das ist der Kerl, der mich eingeladen hat. Sind Sie verwandt mit dem?«

»Nicht, dass ich wüsste«, lügt Henning – für den Fall, dass da noch mehr kommt.

»Eine Kundin von mir heißt ebenfalls Schmitt mit zwei t am Ende. Die fährt einen Mini.«

Da ist es auch schon passiert. Prompt bildet sich Schweiß unter Hennings Achseln. Er muss sich zusammenreißen, um weiterhin so sachlich zu bleiben wie bisher. »Schmitts gibt es ja an jeder Straßenecke.«

»Mit zwei t am Ende? Nee, meistens mit dt, würde ich mal behaupten.«

»Ich kenne einige mit zwei t am Ende«. Hennings nächste Lüge. »Ist denn auch dieser Herr Schmitt Kunde bei Ihnen?«

»Nein, nur diese Frau Schmitt.«

Henning schluckt und hofft, dass Laarmann das nicht richtig deutet. »Okay. Wie verhält es sich mit den anderen Namen auf der Liste?«

Laarmann liest. Henning spürt sofort, dass der Kfz-Meister auf einen bekannten Namen stößt. Er zuckt regelrecht zusammen, versucht krampfhaft, sich nichts anmerken zu lassen. Will er etwa jemanden schützen? Das wäre genial. »Und, welcher ist es?«

»Bitte?«

»Herr Laarmann. Ich mache meinen Job wirklich schon lange genug, um so etwas zu merken. Da steht mindestens ein Name auf der Liste, den Sie kennen. Nun denken Sie, Sie liefern vielleicht jemanden ans Messer, den Sie eigentlich mögen. Aber so weit sind wir längst nicht. Es gibt auch kein Messer. Vielleicht ist es nur Zufall, dass Sie diese Person kennen. Sagen Sie mir bitte, wer es ist.«

»Das kann sozusagen auf keinen Fall der Täter sein.«

»Sehen Sie! Dann ist es bestimmt auch so. Also, wer ist es?«

Laarmann schließt die Augen. »Herr Professor Fleischer.«

Diesen Namen hat Henning am allerwenigsten erwartet, und vielleicht bedeutet es nichts. Aber immerhin nennt Laarmann überhaupt einen Namen und lenkt somit von dem Thema ab, mit dem Henning sich nicht näher beschäftigen will. Nur aufgeschoben? Egal, jetzt muss Henning am Ball bleiben. »Ah, Professor Fleischer. Soviel ich weiß, sitzt der im Rektorat der Uni Bochum. Woher kennen Sie ihn denn?«

Laarmann rutscht nervös auf seinem Stuhl hin und her. Dieser Stuhl ist im Übrigen nicht aus Plastik, es handelt sich vielmehr um einen äußerst bequem wirkenden Bürosessel. Vielleicht sogar aus Leder? In jedem Fall natürlich rot. »Herr Professor Fleischer ist Kunde unseres Autohauses. Sozusagen ein sehr guter Kunde.«

Laarmann will partout nichts Schlechtes über Fleischer sagen. Henning muss extrem behutsam vorgehen, wenn er überhaupt etwas aus seinem Gegenüber herauskitzeln möchte. »Das glaube ich gern, Herr Laarmann. Soweit ich weiß, genießt Professor Fleischer auch an der Uni einen tadellosen Ruf. Worüber sprechen Sie denn so mit ihm, wenn er sein Auto bringt oder abholt.«

»Meist sozusagen genau darüber: über das jeweilige Auto, das er bringt oder wieder abholt.«

»Er besitzt also mehrere Autos?«

»Richtig. Er selbst fährt einen X5 und einen Z4. Seine Gattin, sozusagen die Frau Professor, fährt einen Einser. Aber der Herr Professor bringt auch das Auto seiner Gattin zu uns. Und holt es ab.«

Welch Mustergatte dieser Fleischer doch ist, denkt Henning. Durchaus wohlhabend. Drei BMW. Hallo. Laut sagt er: »Das sind Ihre einzigen Gesprächsthemen, Herr Laarmann?«

Laarmann wird deutlich unwohler zumute. Er öffnet den Mund, schließt ihn wieder, doch letztlich presst er seine Anklage hervor: »Ich weiß doch genau, worauf Sie hinauswollen. Ich bin ja nicht blöd. Sie wollen erfahren, ob Herr Professor Fleischer und ich auch über die Formel 1 reden und über Ferrari.«

»Und?«

»Ja. Manchmal.«

»Professor Fleischer weiß also, dass Sie sich für die Formel 1 begeistern und Ferrari-Fan sind?«

»Das ist gut möglich.«

»Er weiß möglicherweise auch, dass Sie gern einmal in der Box arbeiten würden?«

»Ich erinnere mich nicht, mit ihm darüber gesprochen zu haben.«

Nee, ist klar. So ganz in die Pfanne hauen will er seinen Herrn Professor dann doch nicht. Dabei ist es letztlich egal, ob die beiden tatsächlich über diesen Traum sprachen. Fleischer kann auch so auf diese Idee gekommen sein. Schade, dass sich damit das Thema noch nicht ganz erledigt hat. Zumindest dann nicht, wenn man gute Polizeiarbeit leisten möchte. »Sprechen Sie denn auch mit anderen Kunden über die Formel 1 oder Ferrari?«

»Jeder, der hier reinkommt, sieht doch sofort, was los ist.« Laarmann zeigt auf die roten Wimpel.

»Werden Sie also regelmäßig auf Ferrari angesprochen?«

»Mindestens von jedem zweiten Kunden.«

»Auch von weiblichen Kunden?«

Laarmann scheint nachzudenken. »Zwei, drei Kundinnen fallen mir da sozusagen spontan ein, wo es möglich wäre. Ich führe allerdings nicht Buch darüber.«

Vielleicht besser so, denkt Henning. Wer weiß, welche Namen in diesem Buch stünden?

Laarmann scheint zu bemerken, dass Henning kurz zögert, denn er ergreift die Initiative. »War es das dann?«

»Ich denke ja. Sie haben mir auf jeden Fall geholfen.«

»Wie geht es jetzt weiter?«

Das weiß Henning selbst noch nicht so genau. Er will zunächst einmal die für morgen geplante Lagebesprechung mit Helmut und Florian Gerber abwarten. Helmut kommt deswegen extra nach Bochum, er bringt Jutta mit.

Vielleicht ist das alles ein wenig überdimensioniert. Letztlich weiß niemand mehr so genau, wer wem damit einen Gefallen tun möchte. Helmut und Lisa fragten Henning, ob sie noch mehr helfen könnten. Das klang so, als wenn sie im Grunde genommen gern helfen. Auch schon vor dem Jubiläumswochenende nach Bochum kommen könnten. Hätte Henning dieses Gesuch ablehnen sollen, nachdem er kurz zuvor selbst um Hilfe gebeten hatte? Das brachte er nicht übers Herz. Also kommt Helmut nach Bochum, er bringt Jutta mit, es wird eine Besprechung geben, eine Stadtführung und natürlich die Feiern; Lisa kommt sowieso. Henning liebt Lisa, er mag Jutta und Helmut. Alles kein Problem, alles gut. Nur vielleicht etwas zu viel Aufwand, oder?

Bei dieser Besprechung wird Henning von seinem Gespräch mit Laarmann berichten. Das alles braucht Laarmann jedoch nicht zu interessieren, ihn speist Henning anders ab. »Jetzt hoffen wir erst einmal, dass der Verschwundene bald auftaucht.«

»Und wenn nicht? Wenn er sozusagen verschwunden bleibt?«

»Das entscheiden wir dann, wenn es so weit ist.«

»Wann wird das sein?«

»Das können Sie gern uns überlassen, Herr Laarmann.«

Laarmann grunzt unzufrieden. Sozusagen.

Henning steht auf und wendet sich Richtung Glastür. Ehe er die Klinke drückt, dreht er sich noch einmal zu Laarmann um. »Zur Parade am Samstag kommen Sie doch, oder?«

»Wenn ich nicht vorher krank werde.«

»Dann bleiben Sie mal bitte hübsch gesund.«

Als er die Halle verlässt, kann Henning die blonde Mechanikerin nirgendwo entdecken. Ihre Kollegen würdigen ihn keines Blickes.

Kapitel 21 (3. Juni, Bochum)

Der ICE von Berlin nach Köln rast mit irrer Geschwindigkeit dahin. Jutta schläft, ihr Kopf ruht an Helmuts Schulter. Helmut schaut aus dem Fenster, sieht Felder und Wiesen an sich vorbeirauschen. Es ist kurz nach 10 Uhr an diesem ersten Mittwoch im Juni. Sie befinden sich irgendwo zwischen Hannover und Hamm. Gegen 11 Uhr werden sie in Bochum sein.

Dort stellt sich die Lage eher schlechter als besser dar. Hennings Vater steht unter Druck, sein Aufmarsch hängt am seidenen Faden. Die anderen Mitglieder des Rektorats sind kurz davor, ihn abzusagen.

Helmut geht die Lage im Kopf durch: 50 Personen wurden zur Parade eingeladen, alle 50 sagten zu. Dann starben zwei von ihnen, Walter Germann und Paul Petersen. Doch Hennings Vater fand kurzfristig Ersatz für sie. Parallel tauchten die falschen Einladungen auf. Inklusive Germann wollten mindestens 16 Personen absagen beziehungsweise kommentarlos wegbleiben. Mittlerweile wissen die restlichen 15 (fortan abzüglich Germann), dass es sich bei ihren Einladungen um Fälschungen handelt. Aber nur zwölf wollen es wahrhaben. Die anderen drei zögern.

Zwei Personen konnten lange Zeit nicht erreicht werden. Doch vorgestern meldete sich eine von ihnen, ein Kindergartenkind von damals namens Kerstin Schulze, endlich beim Assistenten von Hennings Vater. Sie musste sich kurzfristig ein paar Tage um ihre demente Mutter kümmern. Schulze erhielt keine gefälschte Einladung und kommt zum Aufmarsch.

Die andere Person bleibt verschollen. Es handelt sich um einen 70-jährigen Mann, der in Oberstdorf wohnt: Konrad Priefke, der allererste Student der Uni Bochum.

Henning schaltete auf Wunsch seines Vaters die bayerische Polizei ein. Die Kollegen suchten das Haus der Priefkes auf, trafen dort niemanden an. Von Nachbarn erfuhren sie, dass Priefkes um Pfingsten herum häufig nach Holland fahren. In Ouddorp besitzen sie ein Haus, offenbar in einem dieser Ferienparks, die es in Holland, na ja, wie Sand am Meer gibt. Nordseepark oder so ähnlich heißt diese Anlage angeblich. Wahrscheinlich etwas anders geschrieben. Niederländisch halt.

Von diesem Ferienhaus erfuhr Henning erst gestern Abend. Heute will er im Nordseepark anrufen und, wenn nötig, auch in anderen Ferienparks in Ouddorp und Umgebung. Vielleicht findet er auf diese Weise heraus, ob Priefkes wirklich dort sind. Falls ja, kann Henning bestimmt die Verantwortlichen des Parks dazu bewegen, das Ehepaar aufzusuchen. Andernfalls bittet er die nächstgelegene niederländische Polizeidienststelle um Amtshilfe. Wenn es nicht anders geht, wird Henning selbst nach Ouddorp fahren.

Helmut versucht, sich die Eheleute Priefke vorzustellen, die wahrscheinlich 14 Tage ausspannen wollen und ihre Telefone und Computer ausgeschaltet haben. Die darum nicht wissen, dass man sie in Bochum dringend sprechen möchte. Könnte ja sein, dass jemand mal so richtig Urlaub machen möchte.

Andererseits verdichten sich die Hinweise, dass auch Priefke für den 6. Juni eine andere Einladung erhielt – höchstwahrscheinlich, um sich seinen Kindheitstraum zu erfüllen: ins Weltall zu fliegen. Mit 70. Na ja. Schlimmstenfalls glaubt Priefke dennoch daran.

Wenn man ihn endlich erreicht, wird man ihn zunächst nach einer anderen Einladung fragen, um ihn anschließend zu überzeugen, dass diese Einladung eine Lüge ist. Er muss es allerdings auch glauben.

Dass dies trotz erdrückender Beweislast nicht automatisch geschieht, beweisen diese drei anderen Personen, die irgendwie verdrängen wollen, dass sie einer Lüge aufgesessen sind. Sie berufen sich auf Briefe und Postkarten, auf E-Mails und Internetseiten. Überall steht, dass ihre Einladungen echt sind. Das wollen sie glauben. Sie wollen einen Film mit Mario Adorf drehen, sie wollen den Papst sehen oder Paul McCartney singen hören. Die Existenz anderer Informationen, anderer Internetseiten leugnen sie schlichtweg. Ihr durchaus nachvollziehbares Argument lautet: Die offiziellen Internetseiten sind für die Öffentlichkeit gedacht. Die drei Renitenten hingegen erhielten einen exklusiven Zugang zu inoffiziellen Internetseiten, ausschließlich dort steht die ganze Wahrheit.

Den Verantwortlichen der Universität sind die Argumente ausgegangen. Das Naheliegende versuchten sie natürlich längst. Sie nahmen Kontakt zu den Managern von Mario Adorf und Paul McCartney sowie zum Vatikan auf. Leider kann kein Normalsterblicher dort einfach anrufen und fragen: beispielsweise, ob Paul McCartney am 6. Juni ein Clubkonzert in London gibt. Selbst wenn man es könnte, würde eine telefonische Auskunft die drei renitenten Ehemaligen nur dann überzeugen, wenn sie selbst den Hörer in der Hand hielten und am besten persönlich mit Mario Adorf sprächen, um einmal dieses Beispiel aufzugreifen.

Alle drei weigern sich jedoch beharrlich, persönlich irgendwo anzurufen. Sie berufen sich auf ihre Einladungen. Den Leuten von der Uni bleibt folglich bloß der Schriftverkehr per E-Mail mit den Prominenten. Bis jetzt blieben die Mails unbeantwortet. Wenig spricht dafür, dass sich dieser Zustand heute oder morgen ändern wird. Henning sieht nur noch einen Ausweg: den drei Widerborstigen den Verantwortlichen für die falschen Einladungen zu präsentieren. Den Täter, wenn man so will. Das muss sie doch überzeugen, hofft Henning.

Dabei soll Helmut Henning helfen. Möglichst bald, denn Hennings Vater tanzt auf der Rasierklinge: Heute wird er seinen Kollegen im Rektorat versprechen, dass er 50 frisch bestätigte Zusagen hat. Es sind 46. Die fehlenden vier Zusagen muss er irgendwie erklären. Ein Grand ohne Vier, findet Helmut, der passionierte und zugleich miserable Skatspieler.

Doch es gibt bereits einen alternativen Plan: Zum einen soll Winfried Schmitt ehrlich sein und zugeben, dass man Konrad Priefke weiterhin vergeblich hinterherläuft. Das kann er halbwegs ruhigen Gewissens tun. Schließlich fand Schmitt beziehungsweise sein Assistent Florian Gerber tatsächlich einen Ersatz für Priefke, sprich einen anderen Studenten, der sich vor 50 Jahren an der Uni Bochum einschrieb. Dieser Franz Überall wohnt in Bochum, er würde kurzfristig einspringen. Es wäre ihm sogar egal, ob man ihn am Ende wirklich braucht oder nicht.

Gerber scheint ein fähiger Mann zu sein; Henning hält große Stücke auf ihn, lud ihn deshalb zu einer Lagebesprechung ein, die nachher in Hennings Wohnung stattfindet. Helmut freut sich vor allem deshalb auf Schmitts Assistenten, weil Henning ihm erzählte, dass Gerber zufällig im selben Haus wohnt wie Jakob Dieckmann.

Im Fall von Priefke hält Schmitt also einen Trumpf in der Hinterhand. Bei den drei Ungläubigen hingegen muss er schlichtweg – lügen.

Genau das wird Schmitt nun tun. Er hofft, dass er mit den (angeblich) 49 Zusagen plus dem Ersatz für Priefke im Rektorat einen weiteren Tag Aufschub herausschinden kann.

An diesem zusätzlichen Tag findet Henning bestenfalls den »Täter« und überzeugt anschließend die drei anderen Paradeteilnehmer.

Wenn man Priefke dann in Holland erwischt und ihn überzeugt, dass seine (vermutete) andere Einladung eine Ente ist, dann wäre alles gut. Nun ja, abgesehen von den beiden Toten.

Kreischend kommt der ICE zum Stehen. So laut, dass Jutta aufwacht. Sie reibt sich die Augen. »Sind wir da, Schatz?«

»Nein, wir sind erst in Hamm.«

»Na gut.« Jutta schließt wieder ihre Augen.

Kurz darauf, in Dortmund, wiederholt sich das Spiel. Nur, dass der ICE diesmal leiser abbremst und Jutta weiterschläft. Helmut wird sie gleich wecken, denn die Bahnfahrt von Dortmund nach Bochum dauert bloß ein paar Minuten.

Helmuts Smartphone brummt. Er holt es aus seiner Jackentasche. Lisa schreibt ihm: »SMS von Henning: Null Neuigkeiten aus Holland. Im Park ist momentan niemand, der so etwas entscheiden darf. Erst am Nachmittag. Gib bitte Henning einen Kuss von mir! LG. Lisa«

Das wird echt knapp, denkt Helmut, als der ICE den Dortmunder Hauptbahnhof verlässt.

Aus Dortmund wird beinahe übergangslos Bochum. Das jedoch ahnt Helmut mehr, als er es sieht. Laut Henning gehen die Städte im Ruhrgebiet nahtlos ineinander über.

Als über den Lautsprecher der nächste Halt, Bochum, angekündigt wird, streicht Helmut sanft über Juttas Kopf, der unverändert an seiner Schulter ruht. Diese Berührung reicht. Jutta wird wach, Helmut zeigt ihr Lisas SMS.

Jutta gähnt. »Du wirst mir aber keine fremden Männer küssen, oder?«

Helmut lacht. »Ist das alles, was dir zu dieser SMS einfällt?«

»Nein. Blöd, dass man jetzt auf die Holländer wartet. Die Zeit läuft uns weg, oder?«

»Genau.« Helmut steht auf, er holt den gemeinsamen Koffer und Juttas kleine Reisetasche aus der Gepäckablage.

Kurz darauf verlangsamt der ICE seine Fahrt und hält an, genauso leise wie in Dortmund.

Helmut entdeckt sofort Henning, der, strategisch perfekt, genau zwischen den beiden Treppen steht, die vom Bahnsteig nach unten führen. Er kommt ihnen entgegen, als er sie sieht. Er umarmt erst Jutta, dann Helmut und nimmt Jutta die Reisetasche ab.

»Habt ihr Hunger?«, fragt Henning, als sie auf dem Weg zur Treppe sind.

Helmut schaut auf seine Armbanduhr, es ist kurz nach 11 Uhr. »Etwas früh für ein Mittagessen, oder? Haben wir denn überhaupt Zeit?«

Henning wirft ebenfalls einen Blick auf seine Uhr. »Wir sind erst um 12.30 Uhr mit Florian Gerber verabredet. Er opfert seine Mittagspause und verlängert sie unseretwegen. Aber ich denke, wenn wir während unserer Besprechung essen, sind wir zu sehr abgelenkt. Wir sollten vorher eine Kleinigkeit essen und dann gegen 14 Uhr, 14.30 Uhr noch etwas Richtiges zu uns nehmen. Was meint ihr?«

»Und Herr Gerber? Wann isst der etwas?«, fragt Jutta.

»Du bist die Fürsorge in Person, Jutta«, antwortet Henning. »Herr Gerber weiß, dass wir uns in meiner Wohnung treffen und nicht in einem Lokal. Vielleicht isst er auf dem Weg zu mir ein Brötchen und erst heute Abend etwas Warmes?«

Henning meint, dass es am sinnvollsten sei, die Besprechung in seiner Wohnung abzuhalten. Dort seien sie, im Gegensatz zu einem Lokal, ungestört. Henning möchte Jutta und Helmut anschließend in ihr Hotel bringen. Er hat sich den ganzen Tag freigenommen, denn diese »Ermittlung« führt er weitgehend inoffiziell, da ja kein Verbrechen vorliegt.

Seine Vorgesetzten lassen ihm zum Glück in seiner Freizeit an diesem Nichtfall arbeiten. Schließlich geht es um das Wohl und den Ruf der renommierten Bochumer Uni – zugleich um die Stadt Bochum, sogar um das Land NRW. Hinzu kommt, dass Henning nicht in die Mordkommission in Sachen Paul Petersen berufen wurde. Möglicherweise mit Bedacht, um ihm Zeit für die Angelegenheit mit den falschen Einladungen zu lassen?

Sie befinden sich nun im Bahnhofsgebäude. Es gibt zwei Ausgänge. Sie steuern den rechten an, landen auf einem Wochenmarkt, der sich auf zwei Ebenen verteilt. Alle Stände sind gut besucht.

»Wegen des Marktes musste ich leider etwas weiter weg parken«, entschuldigt sich Henning. »Die Parkplätze rund um den Bahnhof sind alle belegt.«

»Kein Problem«, sagt Helmut. »Bei dem schönen Wetter.« In der Tat erweist sich dieser Mittwoch als wundervoller Frühsommertag. Die Sonne scheint, die Temperaturen liegen bei knapp 25 Grad. In den kommenden Tagen soll die 30-Grad-Marke geknackt werden.

Sie haben den Markt nun hinter sich gelassen, überqueren eine Straße, in deren Mitte Autos geparkt sind. Tatsächlich sind alle Plätze belegt, inklusive der Parkbuchten am Seitenstreifen. Henning steuert sie an einem nett aussehenden Lokal namens »Café Ferdinand« vorbei, dann biegen sie in eine etwas schmalere Straße ab. Sie kommen an einem Reifenhandel und der Rückseite einer Tankstelle vorbei.

»Keine 100 Meter von hier wurde Paul Petersen erstochen«, erklärt Henning unvermittelt.

»Habt ihr den oder die Täter mittlerweile geschnappt?«, fragt Helmut.

Henning winkt ab. »Nicht die geringste verwertbare Spur am Tatort. Nichts. Keine Zeugen. Petersen wurde offenbar mit Chloroform betäubt, dann ausgeraubt und erstochen.«

»Ist das nicht irgendwie etwas viel: betäuben, ausrauben und erstechen?« Spätestens mit dem Raub des Portemonnaies hatten die Täter ihr Ziel doch schon erreicht, findet Helmut.

»Vielleicht wurde Petersen zu früh wieder wach, musste deshalb spontan beseitigt werden. Vielleicht kannte er die Räuber, weil sie in seinem Kiez wohnen«, spekuliert Henning.

Helmut bleibt skeptisch. »Ich weiß nicht, Henning. Wenn dieser Petersen kein Gast auf eurer Parade wäre, würde ich mir vielleicht nichts weiter dabei denken. Aber der Mann war eingeladen – nun ist er tot. Genau wie Germann. Ein weiterer Gast ist verschwunden. Dazu all die falschen Einladungen.«

»Ja, ich weiß«, antwortet Henning. »Ich kann diesen Gedankengang sehr gut nachvollziehen. Meine Gedanken landen häufig genug an der gleichen Stelle. Lass uns gleich darüber reden, mit Florian Gerber. Okay?«

Helmut nickt. »Einverstanden.«

Schließlich stehen sie vor Hennings Auto, einem schwarzen Golf jüngeren Datums. Sie verstauen Koffer und Reisetasche im Kofferraum und fahren los. Helmut sitzt vorn bei Henning, Jutta auf der Rückbank. Henning kurvt den Golf geschickt durch die engen Straßen einer Wohngegend, drosselt regelmäßig die Geschwindigkeit, denn alle paar Meter fährt er über extrem hohe Bremsschwellen. Etwas später landen sie auf einer größeren Straße, Henning kann endlich beschleunigen – bis zur nächsten roten Ampel.

Henning dreht sich zu Jutta und Helmut. »Esst ihr gern Currywurst?«

»Ja, klar.«

»Auf jeden Fall.«

»Gut, denn ich bringe euch jetzt zu einer der berühmtesten Currywurstbuden im Ruhrgebiet.«

»Hat die schon geöffnet?«, fragt Jutta.

Die Ampel springt auf Grün, Henning fährt weiter. »Ja, die machen um 10 Uhr auf. Bis tief in die Nacht. Currywurst geht immer.«

»Was sagt denn deine Freundin dazu?« Helmut kennt sich bestens mit Lisas Essgewohnheiten aus. Er weiß, dass Lisa keine waschechte Vegetarierin ist, aber wenn sie ausnahmsweise einmal Fleisch isst, dann ausschließlich Biofleisch. Currywurst von der Bude würde sie niemals anrühren.

Henning lacht. »Mit Lisa gehe ich woandershin.«

Kurz darauf fährt Henning in ein erstaunlich helles und geräumiges Parkhaus. Alles ist weiß und freundlich, der Ausgang führt mitten in ein belebtes Kneipenviertel. Wohin Helmut schaut, sieht er Kinos, Restaurants, Cafés, Kneipen, Imbisse, Cocktailbars.

»Willkommen im Bermudadreieck!« Henning macht eine ausladende Handbewegung.

»Bermudadreieck?«

»Ja, Helmut. Wer abends hier eintaucht, bleibt schon mal eine Nacht lang verschwunden.«

»Aber er taucht wieder auf?«, will Jutta wissen.

»Ja, das ist der Unterschied zum echten Bermudadreieck. Zum Glück. Aber jetzt sind wir da.«

Sie stehen vor einer Holzhütte mit zwei Fenstern, dem »Bratwursthäuschen«. Vor beiden Fenstern haben sich kleine Schlangen gebildet.

Henning wählt die linke Schlange. »Jemand Pommes dazu?«

Jutta und Helmut verneinen die Frage.

Stattdessen entscheiden sich fünf Minuten später alle drei für eine zweite Currywurst.

»Du hast recht, Henning, die Wurst ist super.« Sie ist zart und mild, aber die Soße hat eine angenehme Schärfe. Passt perfekt, findet Helmut.

Doch nach der zweiten Wurst ist Schluss. Sie gehen zurück zum Parkhaus. Nach knapp zehnminütiger Fahrt, größtenteils auf einem Ring um das Stadtzentrum herum, gelangen sie zu Hennings Wohnung.

»Nette Gegend.« Jutta zeigt auf die zahlreichen Häuser aus der Gründerzeit.

»Oh ja, bevorzugte Wohnlage. Nennt sich Stadtparkviertel. Der Park selbst liegt dort.« Henning zeigt in die gegenüberliegende Richtung. Dann dreht er sich ein wenig nach links. »Dieser moderne Bau da drüben, das ist unser Kunstmuseum, etwas versetzt dahinter, das ältere Gebäude, das ist die Goetheschule.«

»Hast du dort dein Abitur gemacht?«, fragt Jutta.

»Nein, diese Schule erschien meinem Vater zu wenig leistungsorientiert. Der wollte lieber, dass ich Goethes Freund besuche.«

»Hm?« Das kommt synchron von Jutta und Helmut.

»Ich ging auf die Schillerschule. Die liegt an der Bochumer Königsallee.«

»Und wie heißt diese Straße hier?«, will Helmut wissen.

»Kurfürstenstraße.«

»Klingt irgendwie nach Berlin.«

»Mag sein, aber am Ende dieser Kurfürstenstraße lande ich praktisch auf der Castroper Straße«, verkündet Henning stolz.

»Muss man die kennen?« Jutta kennt sich zwar einigermaßen mit den niedersächsischen Fußballvereinen aus, aber nicht mit den Feinheiten des Ruhrgebietsfußballs.

Helmut schüttelt den Kopf. »Jutta, bitte! An der Castroper Straße liegt das Stadion des VfL Bochum.« Und an Henning gewandt. »Da kannst du ja bequem zu Fuß zu deinem VfL gehen. Sehr praktisch.«

»Das ist wahr.«

Hennings helle Altbauwohnung liegt im zweiten Stock. Alle Räume sind über einen fast quadratischen Flur zu erreichen, in dem sich eine Garderobe, ein Schuhschrank sowie ein Tisch mit Telefon befinden. Henning zeigt ihnen kurz alle Räume:

Wohnzimmer, Schlafzimmer, Küche, Bad, Gäste-WC sowie einen Raum, der wahlweise als Arbeits- oder Gästezimmer dient; Henning nutzt ihn offenbar darüber hinaus als Fitnessraum, denn ein Crosstrainer und ein Boxsack befinden sich darin.

Sie überlegen kurz, ob sie auf dem Balkon das schöne Wetter genießen sollen. Der Balkon ist über die Küche zu erreichen und liegt zum Garten hinter dem Haus. Doch letztlich entscheiden sie sich, in der Küche zu bleiben, da man dort produktiver arbeitet, da sind sich alle einig.

Noch während sie diskutieren, taucht Florian Gerber auf. Der Eventmanager der Uni dürfte um die 40 sein, schätzt Helmut, seine braunen Haare sind kurz geschnitten, sein Dreitagebart wirkt gepflegt; wahrscheinlich trimmt Gerber ihn täglich, damit er immer nach drei Tagen aussieht. Gerbers Gesicht ist rund, ohne dass es ihn dicklich erscheinen ließe. Davon ist der Mann tatsächlich weit entfernt: Er ist schlank und um ein paar Zentimeter größer als Helmut, wahrscheinlich misst er etwa 1,85 Meter. Sein gestreiftes Hemd ist komplett aufgeknöpft, darunter trägt er jedoch ein weißes T-Shirt. Locker, lässig. Dazu passt Gerbers leicht belustigter Blick, mit dem er vor allem Helmut und Jutta kurz mustert. Womöglich hält er dieses Zusammentreffen für ein wenig überdimensioniert. Abgesehen von diesem Blick lässt sich Gerber seine Reserviertheit jedoch kaum anmerken. Vielmehr schenkt er allen ein herzliches Lachen, das sich auch auf seine Augen überträgt.

Die Begrüßungszeremonie ist rasch beendet, auch die Frage nach Gerbers Mittagspause lässt sich schnell beantworten. Er hat vor der Pause im Büro ein Baguette gegessen – und er will sich notfalls bis zu zwei Stunden Zeit nehmen.

Unterstützt von Jutta, kümmert sich Henning um Wasser, Saft und Kaffee, während Helmut und Gerber kurz über ihren gemeinsamen Bekannten Jakob Dieckmann sprechen.

Helmut hatte gehofft, Dieckmann zu treffen. Doch nun erfährt er, dass Dieckmanns Familie das kommende Wochenende im Rheinland verbringt: bei der Familie von Jakobs Frau.

Schließlich stehen Tassen, Gläser, Flaschen sowie eine große Kaffeekanne auf dem Küchentisch; alle vier sitzen davor. Jutta, ganz in ihrer Rolle als Teilzeit-Wirtsfrau aufgehend, bedient.

Henning übernimmt die Moderation, er sorgt zunächst dafür, dass alle auf demselben Stand sind. Das geht schnell, einzig die unbefriedigende Antwort aus den Niederlanden zum Verbleib von Konrad Priefke ist für Gerber neu.

Helmut steckt unbemerkt den kleinen Finger in seine Kaffeetasse, um festzustellen, dass der Kaffee noch zu heiß ist. »Ich halte Priefkes Verschwinden für verdächtig. Kann es sein, dass ausgerechnet er diese Parade verhindern möchte?«

Gerber fühlt sich angesprochen. »Meinen Sie: allein durch sein Verschwinden? Oder vermuten Sie, dass Priefke hinter diesen falschen Einladungen steckt?«

»Ausschließen möchte ich weder das eine noch das andere. Können Sie sich ein Motiv vorstellen, Herr Gerber?«

Gerbers Antwort folgt prompt. »Herr Schmitt und ich haben eine Liste der Verdächtigen zusammengestellt. Priefke ließen wir außen vor. Das liegt hauptsächlich daran, dass auf dieser Liste ausnahmslos Personen stehen, die die Namen aller 50 Ehemaligen kennen, die an der Parade teilnehmen. Keiner der Ehemaligen weiß, meines Wissens nach, die Namen aller anderen Teilnehmer. Mir fällt ohnehin kein Grund ein, warum Priefke die Feier sabotieren sollte. Er machte, soweit ich weiß, nur gute Erfahrungen mit unserer Uni: Er war der allererste Student und legte einen guten Abschluss hin. Er wurde Lehrer, zog ins Allgäu. Vor zehn Jahren ließ er sich von unserer Zeitung interviewen, als die Uni 40 wurde.«

Sehr bedächtig ergreift nun Jutta das Wort: »Kann es denn für Priefkes Verschwinden einen ganz anderen Grund geben? Die Person, die die gefälschten Einladungen verschickt, verfolgt offenbar ein konkretes Ziel: Bestimmte Menschen sollen der Parade fernbleiben. Vielleicht reagierten 16 von ihnen genauso, wie es sich der Täter wünscht. Priefke jedoch anders. Er signalisierte, dass er trotzdem zur Geburtstagsfeier gehen will. Der Täter erreicht also bei Priefke sein Ziel nicht auf herkömmlichem Weg und versucht es nun auf andere Weise.«

Henning nickt anerkennend. »Indem er Priefke verschwinden lässt. Vorübergehend oder – endgültig?«

»Hilfe«, ruft Gerber, »das nimmt ja schlimme Formen an. Mord? Zwei Tote gibt es immerhin schon: Germann und Petersen.«

Henning hebt beruhigend die Hand. »Aber Herr Germann wurde offensichtlich nicht umgebracht, Petersen wurde ebenso offensichtlich Opfer eines brutalen Raubüberfalls. Das mit Priefke ist erst mal nur eine Theorie. Dennoch, darüber sprach ich vorhin schon kurz mit Helmut, müssen wir Germann und Petersen bei unseren Überlegungen stets im Hinterkopf behalten. Wir müssen jedoch zunächst herausfinden, ob Priefke tatsächlich eine zweite Einladung bekam. Hoffentlich erfahren wir heute mehr. Ich rufe später wieder in diesem Park in Holland an.«

Helmut trinkt endlich den ersten Schluck Kaffee. »Ich will dir nicht zu nahetreten, Henning. Aber solange wir nicht wissen, dass Priefke unversehrt in Holland Urlaub macht, sollten wir in Betracht ziehen, dass er verschwunden ist. Oder tot. Dann hätten wir bereits drei Tote unter den Paradeteilnehmern. Spätestens da muss man von einer Auffälligkeit sprechen. Und erneut darüber nachdenken, ob Germann nicht doch in den Fluss gestoßen wurde. Und ob dieser Raubüberfall auf den Hausmeister nur vom eigentlichen Motiv ablenken soll: ihn auf brutalste Art von der Parade fernzuhalten.«

Gerber räuspert sich. »Ich muss Ihnen was beichten, eine Sache, deren Bedeutung sich erst jetzt zeigt. Es geht um Gerda Braun, diese Sekretärin, die gern nach London geflogen wäre. Ich habe einige Male mit ihr telefoniert. Einmal erzählte sie mir, dass sie kürzlich im Wald überfallen wurde.«

»Wie bitte?«, rufen Jutta und Henning zeitgleich.

»Eine schwarz gekleidete, vermummte Gestalt lauerte ihr im Weitmarer Holz auf, sagt sie. Mit einem Baseballschläger in der Hand. Die Braun warf irgendwelche Gewichte nach der Gestalt, sprühte ihr direkt danach Pfefferspray in die Augen. Sie konnte entkommen. Sie hat wohl auch Anzeige gegen Unbekannt erstattet.«

»Das lässt sich überprüfen.« Schon hält Henning sein Smartphone ans Ohr und schildert einem Kollegen die Situation. Henning bekommt seine Antwort prompt. »Gerda Braun erstattete ihre Anzeige am 18. Mai, nur eine Stunde nach dem Überfall. Den Tathergang schilderte sie exakt so, wie es Sie gerade taten, Herr Gerber.«

»Das kann nun wirklich kein Zufall mehr sein.«

»Das fürchte ich auch, Helmut.« Henning fasst sich an die Stirn. »Es macht die Angelegenheit wesentlich komplizierter. Wenn Juttas These stimmt, geht unser Täter stufenweise vor: Erst verschickt er falsche Einladungen. Werden diese angenommen, ist alles gut. Werden sie nicht angenommen oder möglicherweise sogar explizit abgesagt, ergreift der Täter drastische Maßnahmen.«

Gerber schüttelt den Kopf. »Da muss ich widersprechen, dieses Szenario trifft allenfalls auf Konrad Priefke und Walter Germann zu. Priefke sagte vielleicht tatsächlich ab, Germann fand bekanntlich zufällig die Wahrheit heraus. Gerda Braun sagte zu, Paul Petersen erhielt höchstwahrscheinlich keine falsche Einladung. Jedenfalls keine, die sich auf die Rubrik in der Unizeitung bezieht. Dort wurde Petersen nicht interviewt.«

Betretenes Schweigen.

Jutta bricht es. »Also doch alles nur Zufall?«

Helmut blickt seine Freundin an. »Zufall ist vielleicht das richtige Stichwort, wenn auch anders als gedacht: Was wäre denn, wenn es zufällig zwei verschiedene Täter gibt, die – jeder auf seine Weise – Leute davon abhalten wollen, zu dieser Parade zu gehen?«

»Dann wäre es wohl noch komplizierter«, antwortet Henning. »Aber ich schließe mittlerweile nichts mehr aus. Umso dringender wird die Suche nach dem Täter – oder den Tätern.«

»Ich denke, dabei hilft uns letztlich nur das Motiv. Als Erstes sollten wir uns folglich fragen, gegen wen sich die Aktionen richten. Man will die Parade und damit die gesamte zentrale Feierstunde sabotieren. Das zielt auf jeden Fall auf die Uni, die an diesem Tag im Blickpunkt der Öffentlichkeit steht. Der Bundespräsident ist da, eure Ministerpräsidentin, ein paar Prominente mehr. Wäre nicht Herr Germann nach Wolfenbüttel gefahren und dort ertrunken, wäre kaum beizeiten herausgekommen, dass 16 oder 17 Teilnehmer die Parade schwänzen wollen. Dann hätte die Uni mit 33 statt 50 Ehemaligen dagestanden. Eine Riesenblamage, schätze ich. Meine erste Frage lautet deshalb: Ist das Opfer die Uni? Will also jemand der Uni als Institution schaden? Sich womöglich rächen?« Helmut blickt in die Runde.

Gerber atmet tief ein und aus. »Darüber habe ich lange nachgedacht, Herr Jordan. Speziell über den Aspekt der Rache. Bestimmt gibt es auch bei uns ein paar Wissenschaftler oder Beschäftigte, die meinen, die Uni hätte ihnen nicht die Art von Karriere ermöglicht, die sie ihrer Meinung nach verdienen. Die zum Beispiel keinen Lehrstuhl besetzen durften, ihre Promotion nicht beenden konnten oder nicht zum Abteilungsleiter befördert wurden. Oder was auch immer. In solchen Fällen richtet sich der Groll wohl tatsächlich gegen die Einrichtung statt gegen Personen. Ich frage mich nur, wie ausgerechnet diese vermeintlich zu kurz gekommene Person an alle relevanten Infos gelangt, um die Sabotage zu planen. Diese Leute sitzen ja gerade nicht an den Schalthebeln.«

Helmut nickt. »Damit kämen wir zu meiner zweiten Frage: Oder richtet sich die Sabotage gegen eine bestimmte Person? Ich denke, wir beschränken uns auf Personen aus dem Umfeld der Uni. Wer könnte das Opfer sein? Wenn ich es richtig verstehe, ist hauptsächlich dieses Rektorat für die Feier zuständig?«

Gerber nickt. »Richtig. Ich plane zwar auch ein wenig mit, aber an der Front stehen natürlich die fünf Mitglieder des Rektorats.«

Helmut blickt in die Runde. »Was haltet ihr davon, wenn wir uns zunächst diese fünf Personen vornehmen?«

Da sein Vorschlag auf allgemeine Zustimmung stößt, macht Helmut direkt weiter. »Ich kenne, wie gesagt, die Liste der Verdächtigen, auf der auch diese fünf Namen stehen. Daher weiß ich, dass es drei Männer und zwei Frauen sind. Henning erklärte mir darüber hinaus die Funktionen dieser Leute. Demnach ist die Rektorin die wichtigste Person in diesem Gremium. Wir sollten mit ihr anfangen. Als potenzielles Opfer. Was meinen Sie, Herr Gerber?«

Gerber räuspert sich. »Frau Bärlauch als Opfer dieser Aktion? Sie scheidet in vier Monaten aus ihrem Amt aus, aus Altersgründen, wird dann die Uni verlassen. Ob ihr also jemand den Abschied vermiesen will? Nach unserer Theorie ist der Täter höchstwahrscheinlich jemand aus dem Umfeld der Uni. Deshalb behaupte ich mal, dass er einen anderen Zeitpunkt gewählt hätte, um mit ihr abzurechnen. Wenn er sie heftiger trifft.«

»Das kann man genauso gut andersherum sehen«, beginnt Henning. »Wenn jemand ganz am Ende seiner Karriere die Uni derart blamiert, bleibt das doch in den Köpfen der meisten Menschen haften. Übrig bleibt dann die Rektorin, die die zentrale Feier verpatzte. In der ersten Reihe saß der Bundespräsident. Und lachte. Mit ihm ganz Deutschland.«

Helmut atmet tief durch. »Herr Gerber, gehen Sie doch nochmals in sich und denken an die Liste der Verdächtigen. Ist jemand darunter, der vielleicht eine Rechnung mit Frau Bärlauch begleichen möchte?«

»Ich höre eigentlich nur Gutes über Frau Bärlauch. Ich kenne ein paar von den Leuten, die enger mit ihr zusammenarbeiten, darunter ihren Referenten und die beiden Damen aus dem Geschäftszimmer der Rektorin. Selbst hinter vorgehaltener Hand verlieren sie nie ein schlechtes Wort über Frau Bärlauch. Im Gegenteil: Sie scheinen ihr schon jetzt nachzutrauern, sie machen sich eher Gedanken wegen der Zukunft.« Bei seinen letzten Worten schielt Gerber kurz zu Henning hinüber.

Helmut bemerkt diese Geste. »Sie meinen wegen der Nachfolgerin von Frau Bärlauch?«

Wieder zuckt Gerbers Kopf Richtung Henning. »Oder wegen des Nachfolgers.«

»Weiß man denn, wer das wird?« Helmut kann es sich denken, aber er will es von Gerber hören – oder von Henning.

»Nein, die Wahl findet erst im September statt. Offiziell gibt es keine Kandidaten. Die halten sich wegen der 50-Jahr-Feier bedeckt.«

»Und inoffiziell?«, fragt Helmut.

»Okay, der Flurfunk meldet zwei Namen.« Diesmal blickt Gerber eindeutig Henning an.

Henning bemerkt offenbar Gerbers Blick. »Mein Vater?«

Gerber bleibt unbeirrt. »Ja, sein Name wird häufig genannt.«

Henning schüttelt den Kopf. »Ich hatte so etwas befürchtet.«

»Wäre das so schlimm?«, fragt Jutta.

Statt zu antworten, blickt Henning hinüber zu Gerber. Helmut folgt dem Blick, er sieht, wie Gerber abwehrend die Hände hebt. Wahrscheinlich will er sich nicht den Mund verbrennen. Da Henning trotzdem keine Anstalten macht zu antworten, fragt Helmut: »Und wer noch?«

Gerber holt tief Luft. »Professor Rasch. Der ist seit vier Jahren Prorektor für Forschung, er tritt in so ziemlich jedes Fettnäpfchen. Sein Spezialgebiet ist Sexismus. Im Senat und im Hochschulrat sitzen so viele Frauen, dass Rasch keine Chance hätte. Er müsste in beiden Gremien eine Mehrheit bekommen.«

Nun schaltet sich Jutta ein. »Und wie stehen die Chancen von Hennings Vater?«

Gerber wendet sich wieder an Henning, Hilfe suchend.

Henning scheint es zu bemerken. »Sprechen Sie ruhig offen, Herr Gerber. Ich habe Ihnen gegenüber schon am Freitag angedeutet, dass ich keineswegs alles gutheiße, was mein Vater macht.«

»Also gut«, beginnt Gerber. »Ihr Vater erledigt, soweit ich es beurteilen kann, viele Aufgaben gut. Er sanierte zum Beispiel den Universitätshaushalt, ohne Stellen zu streichen. Das hat gewiss dem Senat und dem Hochschulrat gefallen. Die drei Leute, von denen ich vorhin sprach, der Referent der Rektorin und die Damen aus dem Geschäftszimmer, sind dennoch keine Fans von ihm. Sie erleben ihn jeden Tag hautnah, da sein Büro direkt neben dem Büro der Rektorin liegt. Schmitt macht, um es auf den Punkt zu bringen, alle verrückt. Er ist extrem launisch, das erlebe ich selbst regelmäßig. Wenn beispielsweise die Kommunikation mit dem Bundespräsidialamt oder der Staatskanzlei nicht reibungslos funktioniert, schnauzt er die Damen aus dem Geschäftszimmer an. Oder mich. Je näher der Termin rückt, je größer die Probleme werden, desto schlimmer wird es. Eine der Sekretärinnen hat er schon mal zum Weinen gebracht mit seinen falschen Anschuldigungen. Dem Referenten der Rektorin drohte Schmitt, ihn zu versetzen, sollte er demnächst Rektor werden. Insgesamt macht er viel zu viel Wirbel um die Feier, speziell um seine Parade. Es entsteht der Eindruck, dass er sich ein Denkmal setzen möchte, um seine Chancen bei der Wahl zu erhöhen.«

Helmut lässt diese Worte kurz sacken. »Im Umkehrschluss bedeutet das doch: Seine Chancen sinken erheblich, wenn die Feier in einer Blamage endet.« Helmut macht eine Pause. »Ihre drei Bekannten, die kennen doch ebenfalls die Liste der Paradeteilnehmer, oder? Immerhin stehen ihre Namen auf der Liste der Verdächtigen.«

Gerber beißt sich auf die Lippe. »Oh Gott, ja. Sie meinen ...«

»Ich meine, dass sie das etwas verdächtiger werden lässt. Ihre Kollegen wollen verhindern, dass Hennings Vater ihr neuer Chef wird und sie in den nächsten Jahren schikaniert. Dieser Referent bangt sogar um seinen Job. Andererseits scheint der andere Kandidat keinesfalls verlockender zu sein.«

»Das trifft es, Herr Jordan. Ich bin mir sicher, dass meine Bekannten trotz allem Herrn Schmitt als das kleinere Übel ansehen.« Gerber blickt Henning entschuldigend an.

Henning winkt ab. »Wie gesagt: Ich vertrage durchaus die Wahrheit. Mir kommt aber eine andere Idee: Wenn es so offenkundig ist, dass mein Vater Rektor werden will und die Feier als Bühne für seine Bewerbung nutzt, dann müssten das doch auch andere Personen mitbekommen. Zum Beispiel Herr Rasch. Das führt mich zu folgender Überlegung: Wir haben zwei Kandidaten. Einer ist praktisch chancenlos, einer besitzt gute Chancen. Wenn dieser eine aber kurz vor der Wahl großen Mist baut und sich dadurch praktisch unwählbar macht, dann steigen doch automatisch die Chancen des anderen. Das wäre doch ein Motiv, oder?«

»Das sehe ich ähnlich«, pflichtet Helmut bei. »Denn einen neuen Rektor benötigt die Uni doch auf jeden Fall, oder?«

Gerber verneint. »Wird der eine Kandidat dadurch besser, dass der andere schlechter wird? Rasch bleibt unwählbar.«

»Was, wenn nach der missglückten Feier ein dritter Kandidat auf der Bildfläche erscheint?« Die drei Männer sehen Jutta überrascht an. Henning lächelt sogar. Jutta fährt unbeeindruckt fort. »Das wäre dann der Retter in der Not.«

»Guter Gedanke, Jutta«, lobt Henning euphorisch.

Helmut wendet sich wieder an Gerber. »Wer kann denn überhaupt Rektor werden?«

»Rein theoretisch jedes Universitätsmitglied. Aber bis dato war das in Bochum stets jemand aus den Reihen der Professoren. Das wird garantiert so bleiben.«

Henning schlägt eifrig sein Notizbuch auf. »So, hier stehen die Namen der Verdächtigen. Wenn ich das auf die Schnelle richtig sehe, haben wir dort nur vier Professoren. Dabei handelt es sich um die Rektorin sowie die drei Prorektoren, sprich meinen Vater, Professor Rasch sowie Professor Fleischer. Fleischer ist übrigens der Prorektor für Lehre.«

Helmut stutzt. »Was ist denn mit diesem Professor Fleischer? Möchte der nicht auch Rektor werden?«

Gerber antwortet. »Fleischer? Ich weiß nicht, ob er Rektor werden möchte. Okay, er eignet sich durchaus. Er ist seit drei Jahren Prorektor, aber er scheint mir ein wenig zu jung zu sein mit Mitte 40. Normalerweise wird man erst mit weit über 50 Rektor, wenn man seine wissenschaftliche Karriere weitgehend hinter sich hat. So wie Frau Bärlauch. Bei Professor Schmitt passt es. Sechs Jahre Rektor, dann ab in die Rente. Ein schöner Abschluss.«

»Könnte es denn noch einen anderen Grund geben, Rektor werden zu wollen?« Helmut wendet sich ein weiteres Mal direkt an Gerber.

Gerber hebt die Schultern. »Ansehen? Macht? Geltungssucht? Gestaltungsdrang? Keine Ahnung.«

»Das klingt ziemlich billig, finde ich«, sagt Helmut. »Gibt es denn kein anderes Ziel? Was wissen Sie denn sonst von Professor Fleischer?«

Gerber lacht. »Mann, Sie schießen sich aber schnell auf Fleischer ein.«

»Das ist immerhin der letzte Professor auf unserer Liste«, sagt Henning.

»Unsere letzte Chance«, sekundiert Helmut.

Gerber lehnt sich zurück. »Fleischer ist einer der modernsten Dozenten bei uns. Der setzt ganz auf E-Learning, überträgt seine Vorlesungen live im Internet, lässt sie zusätzlich aufzeichnen, damit seine Studenten es zur Not ein zweites Mal anhören können – oder es erstmals hören und sehen können, falls sie die Vorlesung verpassen. Er macht das mit wirklich jeder Vorlesung. Fleischer erfand praktisch das Jurastudium neu. Als Prorektor übertrug er vieles davon auf andere Studiengänge. Die Studenten finden das super. In seiner Fakultät wird er mit schöner Regelmäßigkeit zum Dozenten des Jahres gewählt.«

Helmut kommt spontan ein Gedanke. »Sie betonen sehr, dass den Studenten diese Form der Lehre besonders gefällt. Wie verhält es sich mit den anderen Professoren?«

Diesmal denkt Florian kurz nach, bevor er antwortet. »Ich glaube, dass viele andere Professoren es mittlerweile auch gut finden. Bislang sind es vor allem die etwas jüngeren Dozenten, die E-Learning anbieten. Das Ganze ist darüber hinaus in den Geistes- und Gesellschaftswissenschaften weiterverbreitet als in den Natur- oder Ingenieurwissenschaften.«

»Und Professor Schmitt, findet er dieses E-Learning gut?« Helmut weiß, dass Hennings Vater alles andere als ein »jüngerer Dozent« ist, außerdem ein Ingenieurwissenschaftler. Aber ihm kam gerade eine Idee, die er jetzt weiterverfolgen möchte.

Helmut hatte sich an Gerber gewandt, doch Henning antwortet. »Mein Vater findet grundsätzlich alles schlecht, was ein Nicht-Ingenieur vorschlägt. Er hält sehr wenig von modernen Lehrmethoden wie E-Learning.«

»Stimmt«, beginnt Gerber, »Professor Schmitt scheint da sehr konservativ zu denken. Ich schätze, dass er keine seiner Vorlesung aufzeichnen lässt oder eine Übung über Blackboard oder Moodle anbietet. Dabei bringt E-Learning fast nur Vorteile: Man kann als Alleinerziehende studieren oder neben dem Job. Die Hörsäle sind nicht so überfüllt, und es gibt erwiesenermaßen weniger Abbrecher.«

Jutta strahlt. »Für all das steht Professor Fleischer? Das ist doch super für alle, den Kerl muss doch jeder lieben, egal ob Student oder Professor.«

Gerber dreht die rechte Hand hin und her. »Schön wäre es. Einige Professoren wehren sich noch immer mit Händen und Füßen gegen E-Learning. Denen geht es nämlich gerade nicht darum, ihren Studenten entgegenzukommen, möglichst allen ein schönes Studium zu ermöglichen. Im Gegenteil: In einigen Fächern möchten die Professoren nur die besten Studenten unterrichten. Sie versuchen, frühzeitig zu sieben, die in ihren Augen schlechten Studenten loszuwerden, indem sie beispielsweise schwere Klausuren schreiben lassen. Vor allem in den Ingenieurwissenschaften liebt man diese Auslese der Besten.«

Helmut schnipst. »Das hört sich fast nach einem Motiv an, oder? Wenn Hennings Vater, ein Ingenieurwissenschaftler, Rektor wird, fährt er wahrscheinlich das E-Learning zurück oder stellt es komplett ein. Das möchte Fleischer verhindern, indem er Schmitt als Rektor verhindert. Stattdessen will er selbst Rektor werden, um seine Methode zu retten und weiter voranzubringen.«

»Das wäre mal ein edles Motiv«, ruft Henning.

»Zu schön, um wahr zu sein«, sagt Gerber.

»Warum denn?«, fragt Jutta.

Helmut zwinkert seiner Freundin zu. »Das sehe ich ähnlich. Es kann durchaus mal ein hehres Motiv für ein Verbrechen geben, oder? Verbrechen setze ich mal in Anführungszeichen – zumindest so lange, bis wir uns über die Vermissten und Toten vollkommen im Klaren sind. Ich weiß natürlich, dass wir Fleischer in jedem Fall stoppen müssen. Falls er tatsächlich dahintersteckt. Immerhin richtet sich seine Aktion gegen die Uni, konkret gegen Hennings Vater – und unsere Mission lautet, die zentrale Feier zu retten. Ich bezweifle aber, dass Fleischer bestraft wird, falls er ausschließlich für die falschen Einladungen verantwortlich ist. Er bekäme seine Strafe, wenn die Feier wie geplant abläuft und anschließend Hennings Vater zum Rektor gewählt wird.«

»Was wird dann aus dem E-Learning?«, fragt Jutta.

Henning blickt sie entsetzt an. »In der Tat. Wenn das alles stimmt …«

»Sollen wir Fleischer doch gewähren lassen?«, fragt Helmut.

Gerber schüttelt den Kopf. »Ich finde, wir sind etwas vorschnell bei der Verurteilung von Fleischer.«

»Lasst uns doch die Kriterien auf Professor Fleischer anwenden«, unterbricht Henning etwas brüsk. »Ich denke, dann sehen wir klarer. Also: Fleischer kennt die Liste mit den 50 Ehemaligen, er kennt die Universitätszeitung, er besitzt allemal die Fähigkeit, Internetseiten zu erstellen. Jetzt haben wir endlich ein denkbares Motiv. Ich bezweifle, dass das vorschnell ist. Wir werden ihn nicht umgehend verhaften, sondern mit ihm reden.«

Gerber ist offensichtlich wenig überzeugt. »Was ist mit Lutz Laarmann? Woher weiß Fleischer, dass Laarmann so ein großer Ferrari-Fan ist, der davon träumt, einmal bei einem Rennen in der Box sein zu dürfen?«

»Diese Frage kann ich beantworten.«

Alle Augen richten sich auf Henning.

»Ich war gestern in Witten, um mit Laarmann zu sprechen.«

»Und? Spann uns nicht so auf die Folter«, bittet Helmut.

Henning lächelt. »Ich hätte euch auch schon vorher davon erzählt. Mir war aber bis eben nicht bewusst, dass Fleischer tatsächlich ein Motiv haben könnte. Jedenfalls kennt Laarmann ihn. Fleischer bringt seine Autos in Laarmanns Werkstatt, die beiden plaudern wohl regelmäßig über die Formel 1 und über Ferrari.«

»Auch über Laarmanns Traum?«, fragt Jutta.

Henning schüttelt den Kopf. »Angeblich nicht explizit. Aber Fleischer musste nur eins und eins zusammenzählen, um dahinterzukommen.«

»Also wirklich Fleischer?« Gerber kratzt sich ungläubig am Kopf.

»Wir müssen ihn so schnell wie möglich zur Rede stellen«, sagt Helmut. Nur im Kopf ergänzt er: Hinterher können wir uns immer noch überlegen, ob wir Fleischers edles Motiv in irgendeiner Weise berücksichtigen.

»Ich denke, ihr solltet unbedingt euer eigentliches Ziel im Auge behalten«, sagt Jutta. »Es geht doch vorrangig darum, die letzten drei Menschen davon zu überzeugen, dass ihre Einladungen Fälschungen sind.«

»Das dürfte Ihrem Vater sowieso am meisten helfen, Herr Schmitt«, ergänzt Gerber.

Helmut nickt. »Die beiden haben recht, Henning. Ich frage mich, ob unser Verdacht gegen Fleischer tatsächlich ausreicht, sie umzustimmen. Na gut, wenigstens kann man diesen drei Leuten das grundsätzliche Motiv des Täters nennen: zu verhindern, dass Hennings Vater Rektor wird. Mit etwas Glück reicht das, sogar ohne dass man Fleischers Namen erwähnt. Man spricht nur von einem Rivalen.«

Gerber schenkt sich ein Glas Wasser ein. »Das werde ich gleich versuchen, wenn ich zurück im Büro bin. Ich rufe die drei Leute an und schildere ihnen die neue Situation, ohne zu viel zu verraten. Auch das E-Learning lasse ich aus dem Spiel.«

»Gut, Herr Gerber«, beginnt Henning und wendet sich dann an Jutta und Henning. »Euch bringe ich gleich zum Hotel, dann fahre ich noch für ein paar Stunden ins Präsidium. Morgen knöpfen wir uns Fleischer vor. Bist du dabei, Helmut?«

»Ja, gern«, antwortet dieser. »Vielleicht finden wir dann heraus, ob Fleischer auch für die Toten verantwortlich ist. Andernfalls geht die Suche weiter.«

Kurz darauf brechen alle vier auf.

Kapitel 22 (3. Juni, Bochum)

Florian schüttelt den Kopf, als er vor Schmitts Haus steht und an das Gespräch mit Schmitt, Kommissar Jordan und dessen Freundin denkt. So vieles bleibt unklar; ganz offensichtlich blieb auch einiges unausgesprochen. Vor allem Schmitt scheint irgendein Geheimnis mit sich herumzutragen. Warum um alles in der Welt wartet der Kerl so lange, bis er von seinem Gespräch mit Lutz Laarmann berichtet? Alles wäre wesentlich zielgerichteter verlaufen, wenn Schmitt es gleich zu Beginn erwähnt. Aber nein, Schmitt hält sich bedeckt, bis Fleischer in den Fokus gerät. Beinahe so, als hätte er genau diesen Moment herbeigesehnt. Warum nur?

Florian zögert, zu seinem Auto zu gehen, um direkt zur Uni zurückzufahren. Das Wetter ist so angenehm, da möchte man noch ein wenig draußen bleiben. Sich vielleicht auf eine Parkbank setzen. Direkt gegenüber von Schmitts Haus steht zufällig eine Bank, doch dort sitzt schon jemand. Ein großer Kerl um die 50, blond, braungebrannt; er liest Zeitung.

Zu ihm möchte Florian sich nicht setzen. Also geht er an dieser Bank vorbei in den Stadtpark und setzt sich auf die erste Bank, die dort frei ist; er nimmt seinen Gedanken wieder auf.

Henning Schmitt wirkt nicht vollkommen vertrauenswürdig. Zumindest irgendwie befangen. Am liebsten würde Florian darüber mit Kommissar Jordan sprechen. Aber das kommt ihm irgendwie vermessen vor. Hinterher sieht er bloß Gespenster, macht sich lächerlich.

Außerdem schien sich Jordan die meiste Zeit über auf derselben Wellenlänge zu befinden wie Schmitt. Beide einigten sich erstaunlich rasch auf Fleischer als möglichen Täter; sie trauen ihm offenbar sogar die Morde beziehungsweise Mordversuche zu.

Lächerlich.

Fleischer soll Paul Petersen erstochen, Gerda Braun überfallen und Professor Germann ins Wasser gestoßen haben?

Unvorstellbar.

Die Sache mit den falschen Einladungen hingegen, die will Florian nicht vollkommen ausschließen. Eine intelligente Herangehensweise, zweifellos sympathischer als eine Mordserie. Das traut er dem Fleischer zu. Vielleicht sogar das Motiv: Winfried Schmitt verhindern, um selbst Rektor zu werden. Florians Segen hätte er. Völlig abwegig, nahezu hirnrissig wäre die Vorstellung, dass Fleischer es zusätzlich auf die harte Tour versucht. Hier dürfte dann doch der Zufall im Spiel sein.

Paul Petersen wurde überfallen und getötet. Das passiert heutzutage leider. Auch in Bochum. Man muss nur die Tageszeitung aufschlagen: Beinahe täglich liest man dort von Raubüberfällen. Sogar am helllichten Tag, sogar in angeblich besseren Wohnvierteln. Zum Glück gehen sie nicht immer tödlich aus. Manchmal misslingen sie sogar. Siehe Gerda Braun. Andererseits ist deren Geschichte extrem skurril. Vielleicht zu skurril, um wahr zu sein? Vielleicht wollte Braun sich nur wichtigmachen?

Walter Germanns Tod schien längst geklärt zu sein: ein Unfall. Kein Grund, das auf einmal wieder infrage zu stellen.

Und ob Konrad Priefke tatsächlich etwas zugestoßen ist, steht längst nicht fest. Im Gegenteil: Vieles deutet darauf hin, dass er samt Gattin in Holland weilt, um abgeschottet vom Rest der Welt ein paar schöne Tage an der Nordsee zu verbringen. Endlich einmal jemand, der sich traut, nicht ständig erreichbar zu sein. Hut ab!

Bliebe natürlich noch Kommissar Jordans Idee eines zweiten Täters, der parallel zu Fleischer operiert, der im Gegensatz zu dem Juristen nicht vor Gewalt zurückschreckt und wahrscheinlich nichts von Fleischers Aktion weiß. Das wäre selbstverständlich der allergrößte Zufall.

Diesem potenziellen zweiten Täter auf die Schliche zu kommen, dürfte sich wohl als sehr schwer erweisen. Wenn es bislang keinerlei Spuren gibt, kommen wohl auch kaum neue hinzu. Denn in nur drei Tagen findet die Feier statt, da bleibt nicht mehr viel Zeit für weitere Morde.

Auf der anderen Seite bliebe erst recht nicht mehr viel Zeit, einen Ersatz zu finden. Das wäre praktisch ausgeschlossen. Schließlich geht Florian die Liste der 50 Alumni in schöner Regelmäßigkeit durch – je näher Tag X rückt, desto häufiger. Jedes Mal fragt er sich, wie diese oder jene Person im schlimmsten Falle zu ersetzen wäre. Bei mindestens 20 Leuten wäre es ausgeschlossen, bei weiteren 25 so gut wie unmöglich. Nur drei, vier Studenten und Kindergartenkinder wären möglicherweise kurzfristig zu ersetzen, falls sie heute absagten – und falls Florian es umgehend erführe.

Außer ihm weiß wahrscheinlich niemand, wo die Reserveliste liegt.

Florian blickt sich um. Ein einsamer Jogger zieht seine Runden, er läuft aber bereits zum Parkausgang. Dort wiederum taucht gerade ein Pärchen auf. Wenn Florian sich nicht täuscht, handelt es sich um den blonden Mann, der gerade noch auf der Bank vor Schmitts Haus saß. Seine Begleiterin ist ebenfalls sehr blond. Die beiden steuern direkt auf Florians Bank zu.

***

Henning hat Helmut und Jutta in einem Hotel untergebracht, das mitten im Bermudadreieck liegt, es heißt »Art-Hotel Tucholsky«. Das schmucklose Treppenhaus liefert keinen Hinweis darauf, warum sich das Hotel den Zusatz »Art« auf die Fahne schreibt. Das Zimmer, das sie kurz darauf betreten, umso mehr. An den tiefroten Wänden hängen moderne Bilder; das Zimmer selbst ist geschmackvoll eingerichtet. Auf zwei Tischen stehen frische Blumen, der Holzfußboden harmoniert mit den dunkelbraunen Möbeln inklusive des gigantischen Doppelbettes. Helmut wirft einen sehnsüchtigen Blick darauf.

Ursprünglich wollte Henning mit ihnen essen gehen. Warum er nun auf einmal doch noch ins Präsidium fährt, obwohl er Urlaub hat, bleibt unklar. Helmut mag ihn nicht ausfragen. Henning wird schon wissen, was er tut. Wobei, das räumt Helmut schweren Herzens ein, Henning sich vorhin schon etwas seltsam verhielt. Sein Gespräch mit dem Kfz-Mechaniker derart spät und beiläufig zu erwähnen, obwohl daraus eine wichtige Information entsprang, bestenfalls ein konkreter Hinweis auf den Täter.

Na ja, besser spät als nie.

Helmut wirft erneut einen vielsagenden Blick auf das geräumige Bett. Diesmal vergewissert er sich, dass Jutta den Blick bemerkt.

Jutta sieht ihn versonnen an, doch sie sagt: »Bitte, erst nachher, Süßer. Ich habe Hunger.«

Sie lassen deshalb ihr Gepäck neben dem großen Bett stehen und gehen durch das enge Treppenhaus nach unten. Sie wenden sich nach rechts und landen vor einem indischen Restaurant namens »Taj Mahal«, das mit durchgehend warmer Küche wirbt. Angesichts der Uhrzeit, 14.45 Uhr, ein durchaus wichtiger Aspekt.

***

Normalerweise joggt Jakob Dieckmann morgens oder abends im Wiesental und meist zusätzlich durch das benachbarte Dürertal. Dorthin gelangt er bequem von seiner Wohnung aus. Doch heute hat er weder am Morgen noch am Abend Zeit zu laufen, will aber unbedingt eine Runde drehen. Das geht aber nur am frühen Nachmittag. An einem heißen Tag wie heute meidet er allerdings die beiden Täler, die der Sonne schutzlos ausgeliefert sind. Darum setzte er sich vorhin ins Auto und fuhr zum Stadtpark, wo viele Bäume stehen, die Schatten spenden.

Seine übliche Dreiviertelstunde ist gerade um. Er erreicht passenderweise den Parkausgang, wo ihm ein Pärchen entgegenkommt. Beide sind auffallend blond und braungebrannt. Wie Spaziergänger sehen sie nicht aus, dafür wirken sie irgendwie zu wenig entspannt. Außerdem könnte Jakob schwören, die Frau schon einmal gesehen zu haben. Es dürfte einige Jahre her sein, aber er ist sich sicher. Wahrscheinlich hat er mal über sie geschrieben.

Jakob dreht sich nach den beiden um und entdeckt in 50 Metern Entfernung eine einsame Person auf einer Parkbank sitzen. Diese Person erkennt er sofort.

***

Jutta und Helmut setzen sich an einen der Tische an der langen Fensterfront und lesen die Speisekarte. Sie entscheiden sich für zwei preiswerte Gerichte der Mittagskarte. Jutta wählt Lamm, Helmut Hühnchen.

Ein paar Minuten später werden beide Gerichte serviert; nach weniger als einer Stunde stehen Jutta und Helmut wieder auf der Viktoriastraße. Sie wollen zunächst das schöne Wetter nutzen und durch das Bermudadreieck bummeln. Sie laufen die Viktoriastraße hinauf, biegen dann nach rechts ab, um kurz darauf, nach einem erneuten Rechtsschwenk, in genau der Straße zu landen, in der das »Bratwursthäuschen« liegt. Wie ein paar Stunden zuvor stehen die Leute vor beiden Fenstern Schlange.

Im Gegensatz zum Vormittag sitzen nun viele Leute vor den Cafés. Einige trinken Kaffee, andere Bier oder Sekt. Jutta und Helmut lassen sich treiben, erreichen das Ende der Fußgängerzone, passieren eine Unterführung, wo ein Bettler sitzt, dem sie ein paar Euro schenken.

Kurz darauf stehen sie an einer großen Kreuzung. Gegenüber entdecken sie das städtische Theater; riesige Banner werben für die aktuellen Stücke. Doch statt die Straße in dieser Richtung zu überqueren, wenden sie sich um 90 Grad nach rechts und wechseln die Straßenseite.

Plötzlich bleibt Jutta stehen. »Guck mal, Helmut. Hier war früher ein Restaurant.« Sie zeigt auf das Schild über der Tür des Hauses, vor dem sie stehen: »Alt Nürnberg«.

Doch weder die wuchtige Holztür noch die verschmutzten Butzenscheiben wirken einladend. »Muss schon ewig zu sein, wie das hier alles aussieht«, sagt Helmut.

Jutta lässt sich davon wenig beirren. »Eigentlich keine schlechte Lage. Direkt gegenüber liegt das Theater, 200 Meter bis zum Bermudadreieck, überall gibt es Parkplätze.«

Helmut stutzt. »Was hast du vor, Schatz?«

»Ich lasse meine Gedanken schweifen.«

»Du willst mich wohl auf den Arm nehmen. Hier steht eine begnadete Köchin vor einem leer stehenden Restaurant in guter Lage und bewundert die Fassade. Du hast doch was vor oder zumindest eine Idee.«

***

Irgendetwas an dem Anblick der beiden Blonden beunruhigt Florian. Fast scheint es, als kämen sie seinetwegen zu dieser Bank. Müsste er das Pärchen kennen? Oder wenigstens einen von ihnen? Dann würde aber garantiert wenigstens einer der beiden lächeln, oder? Stattdessen gucken sie sehr grimmig, entschlossen, und sie sind nur noch ein paar Meter entfernt.

***

Jutta wendet den Blick von der Fassade ab, sie sieht Helmut lächelnd an. »Stimmt. Begnadete Köchin ist zwar etwas übertrieben, und diese Fassade ist alles andere als anbetungswürdig. Aber manchmal frage ich mich, ob ich tatsächlich den Rest meines Lebens bei VW am Band stehen möchte. Ich bin 47. Wenn ich etwas anderes machen will, sollte ich mich bald entscheiden.«

»Dieses andere, das wäre ein Restaurant in Bochum?«

»Möglicherweise. Diese Idee kommt mir halt gerade. Es kann Bochum sein, es muss kein Restaurant sein. Ich weiß halt nicht, ob ich den Rest meines Lebens in Winnigstedt verbringen möchte.«

»Du?« Helmut ist geschockt. Denkt Jutta überhaupt an ihn?

Jutta streicht ihm über die Wange. »Ach, du. Hätte ich wir gesagt, hättest du genauso komisch geguckt. Als wenn ich für dich mit plane. Natürlich möchte ich den Rest meines Lebens mit dir verbringen. Auch in Winnigstedt. Aber du siehst doch, wie viel lebendiger es hier ist. Allein dieses Theater da drüben. Die ganzen Kinos, Cafés und Restaurants, die Boutiquen. Das gibt es natürlich auch anderswo. In Berlin, Hamburg oder Köln wird es sogar ein Vielfaches davon geben. Manchmal denke ich halt, dass es noch mehr gibt als das Leben in einem Dorf an der ehemaligen Zonengrenze. Hier sehe ich einen Ausschnitt davon.«

»Ich bin kein Großstadtmensch.« Helmut weiß, dass das kleinmütig klingt. Er fühlt sich jedoch überrumpelt von Juttas Worten. Bis zu diesem Moment hat sie ihm gegenüber niemals angedeutet, dass sie irgendwie mit ihrem Leben unzufrieden wäre. Mit ihrer Arbeit. Mit diesem kleinen Dorf an der ehemaligen Zonengrenze. Andererseits hat sich Jutta gerade erst von ihrem Mann getrennt und sie geht einer Arbeit nach, die ihn selbst mit großer Sicherheit kaum befriedigen würde. Er könnte niemals acht Stunden pro Tag am Fließband stehen, immer wieder das Gleiche machen.

Helmuts Arbeit besitzt eindeutig eine andere Qualität. Er mag seine Arbeit. Er mag sein Haus. Er sitzt gern auf der

Terrasse. Er arbeitet gern im Garten. Er geht – trotz aller vernichtenden Niederlagen – gern zum Skat. Er sieht gern Fußball. Und Filme. Er denkt gern zurück an die Zeit mit seiner Familie. Er skypt gern mit seinen Söhnen. Er besucht gern das Grab seiner Frau Marianne.

Momentan ist er jedoch vor allem gern mit Jutta zusammen. Muss er ihr auf Dauer mehr bieten? Mehr als Winnigstedt? Seiner Arbeit darf er ohnehin nicht mehr ewig nachgehen. In zwei Jahren kann er ohne finanzielle Verluste aufhören. In spätestens fünf Jahren muss er aufhören. Und dann? Ans Rentnerdasein möchte Helmut keinen einzigen Gedanken verschwenden.

»Ich ebenso wenig. Wahrscheinlich bin ich einfach reizüberflutet oder wie das heißt. Die Ermittlung. Die große Stadt. Unser wundervolles Hotelzimmer. Die Feier am Wochenende. Ich komme halt selten raus aus meinem Trott. VW. Der Dorfkrug. Winnigstedt. Das ist doch mein Leben. Keine Ahnung. Bist du sauer?« Jutta blickt ihn besorgt an.

»Sauer? Nein, Liebes. Ich möchte, dass es dir gut geht, dass du glücklich bist. Ich verstehe, dass du nicht weitere 20 Jahre Fließbandarbeit verrichten möchtest. Du bist wirklich eine wunderbare Köchin. Vielleicht liegt genau dort deine Zukunft: in einer fremden Stadt oder in unserer Heimat.«

Jutta wiegt ihren Kopf hin und her. »Bestimmt vergesse ich all das, wenn wir nächste Woche wieder zu Hause sind?«

»Nein, vergiss bitte niemals deine Träume.« Manchmal müssen es halt große Worte sein, denkt Helmut, selbst wenn sie pathetisch klingen mögen.

Sie bleiben eine Weile vor dem früheren Restaurant »Alt Nürnberg« stehen. Der Verkehr rauscht an ihnen vorbei; sie versuchen nicht länger, dagegen anzusprechen. Sie nehmen sich in den Arm und schweigen. Kurze Zeit später gehen sie in ihr Hotelzimmer, duschen und lieben sich.

***

Jakob wundert sich, dass sein Freund Florian um diese Zeit nicht an der Uni weilt und in die Tasten haut. Andererseits könnte er mit diesen beiden blonden Menschen verabredet sein, die schnurstracks auf ihn zumarschieren.

Ach, egal, denkt Jakob, selbst wenn Florian mit denen verabredet ist, kann ich ihm dennoch kurz Hallo sagen.

Jakob läuft also los, noch im Laufen ruft er: »He, Flo!«

Beinahe im selben Moment ändert das Pärchen plötzlich seinen Kurs, schwenkt knapp vor Florians Parkbank nach links, geht quer über die Wiese, verschwindet kurz darauf auf einem der zahlreichen Wege im Stadtpark.

Jakob erreicht die Bank.

»Flo, was machst du denn hier?«

»Gerade war dieses Treffen mit Henning Schmitt und Kommissar Jordan.«

»Stimmt ja auch.« Jakob überlegt, ob er Florian über das Treffen ausfragen soll. Aber etwas anderes brennt ihm heißer unter den Nägeln. »Sag mal, kennst du Blondie Eins und Blondie Zwei?«

»Hm?«

»Na, die beiden, die gerade eben auf dem Weg zu dir schienen?«

»Nö, nie gesehen. Ich dachte aber auch, dass die zu mir wollen. Erst, als du meinen Namen gerufen hast, überlegten sie es sich anders. Sehr seltsam. Irgendwie bin ich ganz froh, dass du gerufen hast.«

Jakob trinkt einen Schluck aus seiner Wasserflasche. »Die Frau kenne ich irgendwoher. Ich habe mal was über die geschrieben. Ist bestimmt zehn Jahre her. Vielleicht 15. Irgendwas mit der Uni. Du hast sie nicht erkannt?«

Florian schüttelt den Kopf. »Nein. Aber vor zehn Jahren war ich auch noch nicht an der Uni.«

Jakob knetet seine Finger. »Oh, Mann. Das lässt mir jetzt keine Ruhe. Ich will wissen, woher ich die kenne. Irgendeine besondere Leistung.«

»Eher von einer Sekretärin oder von einer Wissenschaftlerin?«

»Eher Letzteres. Ich denke zu Hause in Ruhe darüber nach. Wenn es mir wieder einfällt, melde ich mich. Ich fahre jetzt mal nach Hause. Und du?«

»Ich mache mich auch auf den Weg, noch ein paar Stunden ins Büro.«

Kapitel 23 (4. Juni, Bochum)

Auf dem Forum der Universität Bochum, unmittelbar vor dem Audimax, herrschen bürgerkriegsähnliche Zustände. Etwa 60 mit unterschiedlichen Instrumenten bewaffnete Musiker versuchen, in das Audimax zu gelangen, notfalls mit Gewalt. Sie sehen aus, als würden sie dabei gern ihre Geigen und Flöten als Waffen benutzen. Die meisten Musiker tragen Zivilkleidung, einige sind wie für einen Auftritt gekleidet: schwarze Anzüge, schwarze Kleider, weiße Hemden beziehungsweise Blusen.

Den Musikern gegenüber stehen Beschäftigte der Universitätsverwaltung. Sie wollen verhindern, dass die Musiker, allesamt Mitglieder der berühmten Bochumer Symphoniker, ins Innere des Audimax gelangen. Die Beschäftigten wollen im Saal die zentrale Feier proben, damit am Samstag alles perfekt läuft. Der Bundespräsident kommt, hoppla, da muss alles passen; jeder Blumentopf benötigt einen festen Platz. Bei dieser wichtigen Generalprobe können die Verwaltungsangestellten die Symphoniker natürlich nicht gebrauchen.

Die Musiker hingegen wollen für einen Auftritt proben, der am Sonntag im Saal des Audimax stattfindet – und ausverkauft ist. Wie immer, denn es handelt sich um ein sehr gutes Orchester. Wenn die Musiker mit ihren Instrumenten auf der Bühne stehen, ist dort natürlich kein Platz für die Verwaltungsangestellten.

Es kann also nur eine Probe geben.

Kein Wunder, dass sich beide Gruppen unversöhnlich gegenüberstehen, sich gegenseitig Schläge androhen.

An der Spitze der Verwaltungsangestellten steht Professor Winfried Schmitt mit hochrotem Gesicht.

An der Spitze der Symphoniker steht der charismatische Generalmusikdirektor und Chefdirigent Sir Bruce Baker mit hochgekrempelten Ärmeln.

Wenig zur Beruhigung der erhitzen Gemüter trägt das Wetter bei, die Sonne knallt unbarmherzig auf das Forum.

Auf einer Brüstung über dem Forum, leicht seitlich versetzt, stehen Helmut, Jutta und Henning; sie beobachten entsetzt das Geschehen. Gerade hat Henning die komplexe Ausgangslage detailliert erläutert.

Eigentlich wollten Henning und Helmut längst im Büro von Professor Fleischer sitzen, um mit ihm über falsche Einladungen sowie Tote und Vermisste zu sprechen. Jutta hätte in dieser Zeit eine Tasse Kaffee auf der Terrasse des Universitätscafés getrunken. Doch dann rief Hennings Vater an. Er berichtete von der Auseinandersetzung vor dem Audimax.

Dabei begann dieser Donnerstag so gut. Helmut und Jutta lagen noch im Bett, als der Anruf von Henning sie erreichte. Konrad Priefke hatte sich am späten Abend bei Florian Gerber gemeldet. Endlich. Er hält sich tatsächlich in seinem Ferienhaus in Holland auf. Dort kapselt er sich mit seiner Frau seit knapp 14 Tagen von der Umwelt ab – unter anderem, um in Ruhe darüber nachzudenken, ob er am 6. Juni an der Geburtstagssause der Uni teilnimmt oder nach Darmstadt zur ESA fährt, um einen Test für Senioren zu absolvieren, bei dem festgestellt wird, ob er sich für einen Flug zur Internationalen Raumstation eignet.

Lange Spaziergänge am Strand sowie Radtouren am Deich sollten ihm beim Überlegen helfen. Priefke behauptet, die Lösung gerade gefunden zu haben, als der Manager des Ferienhausparks aufgeregt bei ihm anklopfte. Erfreulicherweise hat Priefke sich für seine Universität entschieden, ohne zu wissen, dass die Sache mit der ESA eine Lüge ist. Gleichwohl reagierte er entsetzt, als Gerber ihm davon erzählte.

Egal, Priefke fährt morgen Nachmittag von Ouddorp nach Bochum, um am Samstagmorgen pünktlich im Audimax zu sein.

Darüber hinaus gelang es Gerber gestern Nachmittag endlich, die drei zuvor skeptischen Teilnehmer der Parade zu überzeugen, dass ihre Einladungen frei erfunden sind. Es reichte aus, ihnen davon zu berichten, dass der Täter gefunden wurde und welche Beweggründe ihn leiteten – ohne den Namen des Täters zu nennen. Alle drei Ehemaligen haben Gerber fest versprochen, am Samstag zum Audimax zu kommen. Doch nun wartet unten auf dem Forum ein neues, ein unerwartetes Problem. So kurz vor der Feier darf natürlich nichts Unerwartetes mehr passieren; übermorgen sitzt das Staatsoberhaupt im Saal.

Und doch ist es geschehen – und zwar in etwa wie folgt:

Um 14.30 Uhr trafen sich die Verantwortlichen der zentralen Feier sowie einige Dutzend Beschäftigte der Uni im Saal des Audimax, um die Veranstaltung minutiös zu proben. Abgesehen von den Prominenten aus Politik, Wissenschaft, Kirche und Wirtschaft kamen alle Beteiligten: die Mitglieder des Rektorats, die Künstler sowie alle Angestellten der Uni, die hinter den Kulissen agieren: Techniker, Hausmeister, Einlasskontrolleure, Platzanweiser, Pressebetreuer und so weiter.

Zwei Beamte des Bundeskriminalamtes befanden sich unter den wenigen Zuschauern der Generalprobe. Neben ihnen saßen zwei Bochumer Staatsschützer sowie der Chef eines privaten Sicherheitsdienstes, dessen Mitarbeiter übermorgen die offiziellen Polizisten unterstützen.

Bis 15.30 Uhr verlief alles ohne Zwischenfälle, alles klappte reibungslos.

Zwei Praktikantinnen aus Gerbers Abteilung markierten mit Klebeband die Flächen, auf denen am Samstag der Blumenschmuck steht. Zum optischen Test stellten sie dort ein paar Stühle hin. Die Blumen natürlich nicht, die liefert am Samstagmorgen Bochums angesehenster Gärtnereibetrieb – niemand möchte dem Herrn Bundespräsidenten den Anblick einer welken Blume zumuten.

Florian Gerber und zwei seiner Kollegen bewaffneten sich ebenfalls mit Klebeband. Sie markierten die exakten Punkte, an denen die insgesamt 86 Mitglieder von Chor und Orchester der Universität stehen, wenn sie singen beziehungsweise musizieren. Den notwendigen optischen Test erledigten die Künstler persönlich, die selbstverständlich an der Generalprobe teilnahmen.

Da noch eine Menge Klebeband übrig blieb, wurden auch noch die Punkte festgelegt, an denen die 50 ausgewählten Ehemaligen stehen, wenn das große Händeschütteln beginnt. Ihnen blieb der Besuch der Generalprobe erspart. Ihren Job (für den optischen Test) erledigten 50 Verwaltungsangestellte, darunter Gerbers komplettes Dezernat – abgesehen von dessen Leiter, der den Test zusammen mit dem Rektorat überwachte.

Der Platz, auf dem der Bundespräsident am Samstag sitzt, musste nicht extra gekennzeichnet werden; er stand in dem Moment fest, als dieser die Einladung annahm, das bedeutet: seit fast einem Jahr. Es handelt sich natürlich um den mittleren Platz in der ersten Reihe.

Da der Präsident ohne seine Partnerin anreist, bleibt der Platz neben ihm für die Ministerpräsidentin frei, die ihren Gatten ebenfalls zu Hause lässt. Der andere Platz neben dem Staatsoberhaupt gebührt der Rektorin, die wiederum ihren Mann mitbringt.

Ferner sitzen im mittleren Block der ersten Reihe die Oberbürgermeisterin (mit Ehemann), der Bundestagspräsident (nebst Gattin), die Wissenschaftsministerin (ohne Anhang) sowie der Bischof (natürlich ebenfalls ohne Anhang).

In der Reihe dahinter sitzen die Prorektoren und die Kanzlerin, die jeweils in Begleitung erscheinen, sowie zwei Beamte des BKA, die man durchaus als solche erkennen soll.

Zehn weitere Polizisten verteilen sich im Publikum. Dazu halten sich rund 20 weitere Polizisten beziehungsweise private Sicherheitsleute im und am Audimax auf, außerhalb des Saals.

Bis 15.30 Uhr wollte niemand etwas an diesem Plan ändern. Doch dann kam Chefdirigent Sir Bruce Baker mit seinen 60 Symphonikern.

Hausmeister Gerhard Winkler sah als Erster die (aus seiner Sicht) wilde Horde auf das Audimax zuströmen. Winkler stand vor dem Audimax, um sich eine Zigarette zu gönnen. Die Generalprobe konnte ganz gut mal fünf Minuten ohne ihn laufen – bei derart viel Staatsschutz und Kompetenz aus den Reihen der Verwaltung.

Winkler dachte gerade darüber nach, ob er seiner Frau extra auftragen musste, für Samstag das weiße Hemd und die Anzughose zu bügeln, oder ob die Gattin von allein daran denkt, als der Trupp, der sich offenbar zunächst am anderen Ende des Platzes getroffen hatte, geschlossen das Forum überquerte und unausweichlich die linke Tür zum Foyer des Audimax erreichen würde.

Winkler stand zwischen der linken und der rechten Tür, aber etwas näher zur rechten. Er betrachtete die gerade erst zu drei Zügen gerauchte Zigarette, behielt sie in der Hand und eilte den Musikern entgegen.

Der Hausmeister hob demonstrativ die rechte Hand. »Hallo? Wohin soll es denn gehen, die Herrschaften?«

Da sich Chefdirigent Sir Bruce Baker als gebürtiger Engländer nach gerade einmal 15 Jahren in Deutschland natürlich keineswegs in der Lage sah, auf Deutsch mit Menschen zu reden, die nicht eminent wichtig oder, wie er selbst, großartige Künstler waren, überließ er seiner Assistentin, einer gebürtigen Bochumerin, die Antwort. »Wir haben hier eine Probe.«

»Wo? Hier?« Winkler zog lässig an seiner Zigarette; er fixierte die Assistentin, eine attraktive Brünette mit langen Beinen.

»Im Audimax, wie üblich.« Die Assistentin blickte ihren Chef an, der keine Miene verzog.

Der Tross der Musiker war zum Stehen gekommen.

Drinnen, im Saal des Audimax, probten in diesem Augenblick (sehr erfolgreich) die 50 sogenannten Freiwilligen den Einmarsch der 50 Ehemaligen, gemeinhin als »Zombieparade« bekannt.

»Aber nicht heute.« Winkler kannte selbstverständlich die Bochumer Symphoniker. Aber er wusste auch, dass er sich im Recht befand.

»Wie bitte?« Die Brünette trippelte nervös mit den Füßen.

Winklers Blick folgte dem Rhythmus ihrer Füße, die in flachen weißen Segelschuhen steckten – eine gute Wahl angesichts des Kopfsteinpflasters auf dem Forum; Stilettos konnten da mitunter tödlich sein. »Aber nicht heute. Heute wird im Audimax für die große Geburtstagsfeier geprobt.«

Die Assistentin wackelte aufgeregt mit dem Kopf. »Wir haben den Raum gebucht, von 15.30 Uhr bis 18.30 Uhr.«

Von Zahlen ließ sich jemand wie Gerhard Winkler jedoch kein bisschen blenden. »Das ist unmöglich. Seit ungefähr einem Jahr steht fest, dass wir heute die Generalprobe haben.«

»Wer is diese Mann?«, fragte Sir Bruce seine Assistentin.

Die Assistentin blickte ihren Chef dankbar an, endlich griff er ein. »Ja, genau, wer sind Sie eigentlich?«

»Gerhard Winkler. Ich bin hier der oberste Hausmeister.«

»A caretaker?«, zischte Sir Bruce.

»Ja, aber gewissermaßen der CEO der caretaker«, antwortete seine Assistentin.

»Please, klaren Sie this«, forderte Sir Bruce seine hübsche Assistentin auf, er ignorierte Winkler weiterhin demonstrativ.

Spätestens in diesem Moment wurde dem CEO der Hausmeister bewusst, dass der Lackaffe mit dem weißen Hemd und der überdimensionalen Hornbrille ihn von weit oben herab behandelte und ihm ziemlich blöde kommen wollte. Winkler schnippte seine Kippe weg, um beide Hände freizuhaben.

Sir Bruce und seine Assistentin folgten mit ihren Augen der Flugbahn der Zigarette. Sir Bruce drückte seine große Hornbrille nach oben, löste die Knöpfe an seinen Hemdsärmeln, um gleich darauf die Ärmel nach oben zu krempeln. Seine Arme waren männlich behaart, aber dünn.

»Lieber Herr Winkler«, begann die Assistentin, sehr freundlich, wie Winkler widerwillig einräumte, »wir haben das Audimax über Ihr Raumbuchungssystem gebucht. Heute für die Probe, morgen für die Generalprobe, am Sonntagabend für das Konzert. Wie Sie wissen, buchen die Bochumer Symphoniker regelmäßig das Audimax, es gab nie irgendwelche Komplikationen.«

Das Audimax zählte in der Tat zu den bevorzugten Spielstätten des städtischen Orchesters, das über keinen eigenen Aufführungssaal verfügte. Das würde sich demnächst ändern: Am Rand des Bermudadreiecks entstand das Musikforum, sozusagen das Bochumer Konzerthaus. Demnächst hätten die Symphoniker einen eigenen Saal. Dann würden sie das Audimax nicht mehr benötigen.

Winkler kratzte sich am Nacken. »Aber diesmal gibt es Komplikationen. Heute und morgen können Sie da jedenfalls nicht rein.«

Die Assistentin blickte sich Hilfe suchend zu ihrem Chef um, doch der sah zur Seite. »Das muss ein Missverständnis sein, Herr Winkler. Ich kann Ihnen die Buchungsbestätigung zeigen. Ich habe sie ausgedruckt.« Tatsächlich holte die

Assistentin ein Blatt Papier aus ihrer Handtasche. Sie gab es Winkler.

Winkler erkannte sofort, dass es sich dabei um das übliche Formblatt für Raumbuchungen an der Uni Bochum handelte. Jeder Seminarraum, jeder Hörsaal, jedes Labor, jede Werkstatt, jede Teeküche, jede Abstellkammer wurde über dieses System vergeben. Auf dem Ausdruck standen exakt die Angaben der Assistentin: Die Bochumer Symphoniker haben das Audimax für Donnerstag, Freitag und Sonntag gebucht – und bezahlt.

Der Sonntag wäre natürlich unproblematisch, doch heute und morgen durfte kein fremder Mensch einen Fuß in den Saal des Audimax setzen. Ausgeschlossen. Der Staatsschutz würde ihn kurzerhand niederschießen. »Warten Sie. Ich hole mal eben den Professor Schmitt, der ist zuständig.«

»In diesem Moment kommt Vater ins Spiel«, sagt Henning, als er, Helmut und Jutta auf der Brüstung stehen und auf das Forum blicken. »Er schickte sofort Florian Gerber los, um die Sache mit der Raumbuchung zu überprüfen. Dummerweise sind die Leute von den Symphonikern im Recht.«

»Das verstehe ich nicht«, sagt Helmut. »Das Audimax muss doch für diese Tage blockiert gewesen sein.«

»War es. Natürlich. Der zuständige Sachbearbeiter schwört Stein und Bein, dass er das Audimax vor über einem Jahr blockiert hat, für 14 Tage, den 6. Juni eingeschlossen. Dass es am 7. Juni ein Konzert der Bochumer Symphoniker im Audimax gibt, wusste dieser Sachbearbeiter. Das hielt er für unproblematisch. Er ging davon aus, dass es unnötig sei, dass das Orchester unmittelbar vorher im Saal probt, da es regelmäßig im Audimax auftritt und die Gegebenheiten gut kennt. Aber offensichtlich will dieser Baker unbedingt zweimal vor Ort proben.«

»Aber wie konnte er den Saal buchen, wenn der doch blockiert war?«

»Das ist die Frage, Helmut. Mir fällt dazu bloß eine Antwort ein: Jemand hat das Raumbuchungssystem manipuliert.«

Helmut reibt sich das Kinn. »Ein Hackerangriff?«

Henning zuckt mit den Schultern. »Schon möglich, oder?«

»Die Symphoniker?«, fragt Helmut.

Henning wiegt seinen Kopf von rechts nach links und wieder zurück. »Das wäre naheliegend. Natürlich. Erscheint mir aber äußerst unwahrscheinlich. Für die dürfte es kein Geheimnis sein, dass die Uni ihren 50. Geburtstag feiert, dass es diese große Feier am 6. Juni gibt. Wenn die Symphoniker also vor ihrem Auftritt zweimal proben möchten, beim Versuch zu buchen jedoch feststellen, dass das Audimax reserviert ist, werden sie sich selbstverständlich denken, dass diese Reservierung mit den Jubiläumsfeiern zusammenhängt. Dann kämen sie nach menschlichem Ermessen kaum als Erstes auf die Idee, die Software zu manipulieren, um ihrem Lieblingsgastgeber eins auszuwischen. Nein, Helmut, in dem Moment, als die Symphoniker beschließen, das Audimax zusätzlich für zwei Proben zu buchen, ist es frei. Dafür ist garantiert jemand anders verantwortlich.«

»Womöglich dieselbe Person, die die falschen Einladungen verschickte«, sagt Jutta, »dieser Professor Fleischer.«

»Das würde jedenfalls zu diesem Kerl passen«, ergänzt Helmut. »Das ist doch so ein Experte für Informationstechnik.«

»Das war auch meine erste Vermutung«, sagt Henning. »Aber mein Gefühl sagt mir nun, dass es sich anders verhält.«

»Warum?«, fragt Jutta.

»Es ist nur so ein Gefühl. Es wäre irgendwie zu viel. Einerseits diese 17 falschen Einladungen, da steckt enorm viel Arbeit dahinter. Und jetzt dieser Hackerangriff, wie du ihn nennst, Helmut.«

»Ich verstehe, was du meinst. Aber egal, ob es sich nun um ein und dieselbe Person handelt. Sie fand heraus, dass euer Orchester am 7. Juni im Audimax auftritt und dass es denkbar ist, dass die Musiker vorab in denselben Räumen proben möchten.«

»Das ist kein Hexenwerk, Helmut. Die Auftrittstermine sind öffentlich, und der Umstand, dass ein Orchester grundsätzlich dort proben will, wo es auftritt, ist kein Geheimnis. Die Sache wird erst an dem Punkt interessant, wo jemand in das Raumbuchungssystem der Uni eindringt und es manipuliert: das eigentlich für heute und morgen blockierte Audimax wieder für buchbar erklärt. Ohne, dass es jemand merkt. Es geht ja noch weiter: Dieser Sachbearbeiter erzählte, dass er selbstverständlich über jede Buchungsanfrage benachrichtigt wird. Als die Symphoniker den Raum buchten, wurde er nicht benachrichtigt. Schlimmer noch: Er bestätigte, ohne es zu merken, diese Buchungsanfrage. Da kennt sich folglich jemand sehr gut aus mit der Materie.«

Helmut verzieht das Gesicht. »Bleibt die Frage: Fleischer oder jemand anders?«

Bevor Henning diese Frage beantworten kann, eskaliert unten auf dem Forum die Lage. Scheinbar führt die Erkenntnis, dass es sich um die bewusste Manipulation einer dritten Person handelt, nicht dazu, dass beide Seiten sich irgendwie einigen. Im Gegenteil: Jetzt fliegen die Fäuste. Im wahrsten Sinne des Wortes.

Zum Glück liegt nicht Hennings Vater am Boden. Dort liegt der Chefdirigent. Selbst von hier oben erkennt Helmut die roten Spritzer auf dem weißen Hemd. Über dem Dirigenten steht ein etwa 50-jähriger, kleinwüchsiger, aber ziemlich breitschultriger Mann mit Bürstenhaarschnitt. Er macht eine eindeutige Geste Richtung Dirigent. Helmut sieht, wie sich die Lippen des Mannes bewegen. Er malt sich dabei aus, welche Worte sie formen: »Na los, steh doch auf, du Lackaffe!«

Der Dirigent richtet sich halb auf, sitzt nun auf dem Kopfsteinpflaster vor dem Audimax. Er reibt sich das Kinn, macht jedoch keinerlei Anstalten, aufzustehen, um sich den nächsten Schlag abzuholen. Der Mann, der ihn niedergeschlagen hat, den Schilderungen Hennings nach zu urteilen der Hausmeister Gerhard Winkler, wartet in Schlagweite über ihm. Allerdings stehen mittlerweile ein paar andere Personen um ihn herum, die ihn beruhigen wollen, darunter Winfried Schmitt.

Auf der Gegenseite halten drei der Musiker mit großem Aufwand einen ihrer Kollegen zurück, dessen Faust eine Querflöte umklammert und der Hausmeister Winkler offenbar mit dieser neuen Art von Waffe bedroht.

»Sollen wir mal nach unten gehen?«, fragt Helmut.

Henning nickt, auch Jutta schließt sich ihnen an.

Sie kommen gerade pünktlich, um mitzuerleben, wie sich aus diesem ersten Problem ein zweites entwickelt, das sich als schwerwiegender herausstellen könnte. Winfried Schmitt und Florian Gerber diskutieren aufgeregt mit zwei Anzugträgern.

»BKA«, sagt Helmut.

»Ja«, sagt Henning. »Ich gehe mal eben rüber. Ich gehe besser allein. Es ist zu kompliziert, eure Anwesenheit beziehungsweise Zuständigkeit zu erklären.«

Kurz darauf diskutiert Henning eifrig mit, er scheint gleichzeitig seinen Vater zu beruhigen.

»Was läuft da bloß?«, fragt Jutta.

»Keine Ahnung. Ich weiß nur, dass ich dringend eine Zigarette brauche.« Seit Helmut mit Jutta zusammen ist, raucht er die eine oder andere Zigarette weniger. Aber in solchen Momenten kann er selten widerstehen.

Obgleich er Jutta gegenüber den Ahnungslosen gibt, ahnt er, was die Männer bereden. Dem BKA dürfte diese Extravorstellung kaum gefallen. Solch ein Chaos und aus ihrer Sicht Dilettantismus zwei Tage vor dem Besuch des Staatsoberhauptes aller 82 Millionen Deutschen. Unfassbar. Wahrscheinlich stehen die Beamten kurz davor, den Besuch des Bundespräsidenten zu canceln, weil sie unter diesen Umständen nicht dessen Sicherheit garantieren können. Das wäre für die Uni natürlich der Super-GAU – damit zugleich für Hennings Vater.

Für Helmut steht außerdem fest, dass der Manipulator genau dieses Szenario hervorrufen will: die Absage des Bundespräsidenten (darüber hinaus die Absage der Ministerpräsidentin und weiterer Prominenz) so kurz vor der Feier, um diese erheblich abzuwerten oder komplett ausfallen zu lassen.

Daraus wiederum leitet Helmut ab, dass es zu 99 Prozent zwei Täter gibt. Täter eins (Fleischer?) scheint es darauf anzulegen, die Bombe (33 statt 50 Paradeteilnehmer) erst am Samstagvormittag platzen zu lassen – gut sichtbar für die 1.500 Gäste und die Medien. Warum startet er dann eine zweite Manipulation, die die Veranstaltung vorher diskreditiert oder gar verhindert? Das ergibt wenig Sinn und macht einen zweiten Täter sehr wahrscheinlich. Und die Suche nach ihm dringend, vor allem für den Fall, dass er weitere Manipulationen plant.

Erstaunlich, wie viel Zeit und Kreativität einige Menschen investieren, um dieses Fest zu zerstören. Wenn es tatsächlich noch den dritten Täter gibt, der die Feier mit roher Gewalt zerstören will. Kaum auszudenken …

»Hallo Helmut! Hier Jutta.« Jutta winkt mit den Händen genau vor seinem Gesicht. »Wo warst du denn?«

Doch bevor Helmut seiner Freundin antworten kann, stehen Henning, Winfried Schmitt und Florian Gerber vor ihnen. Henning stellt ihnen seinen Vater vor.

Schmitt senior macht einen sehr nervösen Eindruck, selbst sein Händedruck wirkt fahrig. Jutta würdigt er eines kurzen, musternden Blickes, während er ihr die Hand schüttelt. An Helmut sieht er glatt vorbei.

Kein Wunder, dass Lisa den Kerl nicht mag, denkt Helmut, wenn der sich immer so benimmt.

Andererseits gibt es gute Gründe für Schmitts Nervosität, denn Helmuts Ahnung erweist sich als richtig: Das BKA hat große Bedenken, all die hochkarätigen Politiker nach Bochum kommen zu lassen. Einer der Beamten beschrieb die Zustände am Audimax laut Henning als »unerträglich«. Damit meint er einerseits die Schlägerei, aber ebenso die Tatsache, dass es überhaupt passieren kann, dass der Saal im Audimax zwei Tage vor der bisher größten Feierlichkeit an der Uni Bochum anderweitig vergeben wird.

Noch gravierender ist, dass die Symphoniker den Raum ebenfalls für morgen gebucht haben. Morgen, so der BKA-Beamte, durchsuchen erstmals die Spürhunde das gesamte Audimax und schnüffeln nach Bomben unter den Sitzen oder in Versorgungsschächten. Der andere Mann vom BKA telefoniert hektisch mit seinen Vorgesetzten, um die Absage zu erörtern. Die Feier hängt in der Tat am seidenen Faden. Derweil kümmert sich Gerber um den angeschlagenen Bruce Baker, er redet auf ihn und seine Assistentin ein. Hausmeister Winkler hingegen ist von der Bildfläche verschwunden. Ein Teil der Universitätsbeschäftigten ist unterdessen zurück in das Audimax gegangen, um die Probe fortzusetzen. Die Musiker stehen in kleinen Gruppen zusammen. Einige rauchen. Zwei junge Frauen stehen etwas abseits. Sie haben ihre Querflöten ausgepackt und spielen konzentriert.

Dadurch erscheint die Atmosphäre etwas friedlicher. Möglicherweise haben sich die Musiker zudem damit abgefunden, dass sie nicht in den Saal dürfen. Sehen ein, dass niemand daran schuld ist. Abgesehen von der Person, die das Raumbuchungssystem so fachmännisch manipulierte.

In diesem Moment winkt der Mann vom BKA, der vorher mit seinen Vorgesetzten telefonierte, Henning zu sich. Er fand offenbar rasch heraus, dass es sich mit Henning leichter reden lässt als mit Winfried Schmitt.

Nach einer Minute kehrt Henning zurück. »Dies sei unsere letzte Chance, sagt das BKA. Wir sollen die Sache mit den Symphonikern jetzt sofort klären und verhindern, dass sie morgen wieder angewackelt kommen. Und wir sollen das Raumbuchungssystem im Blick behalten. Das meint der Typ da wörtlich. Da schaut ab jetzt bis Veranstaltungsende am Samstag ununterbrochen jemand drauf, damit es nicht wieder manipuliert werden kann.«

»Ich glaube, Herr Gerber ist schon dabei, die Wogen zu glätten«, sagt Jutta.

Das scheint zu stimmen, denn Gerber und Baker unterhalten sich entspannt. Baker hat sich eine Zigarette angezündet. Seine Assistentin steht daneben und telefoniert. Sie beendet das Gespräch und nickt. Baker nickt zurück. Die Assistentin geht nun nach und nach zu den Grüppchen von Musikern, zuletzt zu den beiden Flötistinnen. Alle Musiker nehmen ihre Instrumentenkoffer in die Hand und entfernen sich Schritt für Schritt vom Audimax. Zuletzt geht der Generalmusikdirektor. Aber zuvor schüttelt er Gerber freundschaftlich die Hand.

Gerber gesellt sich zu der Gruppe um Helmut. »Puh. Die Musiker waren echt sauer. So etwas haben sie noch nie erlebt. Dass man sie mit roher Gewalt daran hindert, zum Proben in den Saal zu gehen. Unseren Hausmeister möchten sie mit einer Zeitmaschine zurück in die 30er-Jahre schicken, da kann er sich dann bei der SA austoben. Da schätzen sie den Winkler allerdings falsch ein, der ist vom Scheitel bis zur Sohle Genosse. Na ja, egal. Ich habe Sir Bruce die ganze Geschichte mit den falschen Einladungen erzählt. Das fand er sehr interessant und viel kreativer, als die ganzen Leutchen einfach umzubringen oder zu entführen. Denn so hätte man deren Kommen zur Zombieparade … oh, Verzeihung, zum Aufmarsch auch verhindern können. Viel entscheidender ist, dass Baker aufgrund dieser Geschichte endlich glaubt, dass es sich um Sabotage handelt. Bakers Assistentin hat in der Geschäftsstelle der Symphoniker angerufen, damit die dort den Probenraum herrichten. Der befindet sich in der Prinz-Regent-Straße, in der Nähe der Zeche. Dort proben sie jetzt und auch morgen. Obwohl es eigentlich zu klein ist und die Akustik weniger als bescheiden. Die müssen irgendwie nacheinander proben. Keine Ahnung, wie das alles funktioniert.«

Helmut versteht fast nur Bahnhof. »Zombieparade«, »Prinz-Regent-Straße«, »Zeche«. Er mag allerdings nicht nachfragen, zurzeit gibt es wichtigere Dinge zu bereden.

Henning klopft Gerber auf die Schulter. »Gute Arbeit. Danke. Damit haben Sie zugleich unsere kleine Party am Samstag gerettet.«

Henning geht erneut hinüber zu den BKA-Beamten. Das Gespräch ist kurz, es endet mit allgemeinem Kopfnicken.

Henning kehrt zurück, er wendet sich an Helmut. »Lass uns endlich zu Fleischer gehen. Vielleicht sitzt er gerade in seinem Büro.«

»Hast du eigentlich deinem Vater erzählt, dass wir seinen Rektoratskollegen verdächtigen?«, fragt Helmut unterwegs.

Henning schüttelt den Kopf. »Nein. Ich brauche zunächst absolute Gewissheit.«

Kapitel 24 (4. Juni, Bochum)

»Touché.« Bernd Fleischer versucht erst gar nicht, den Unschuldsengel zu mimen. Der Professor sitzt hinter seinem Schreibtisch im Gebäude der Juristischen Fakultät, er wirkt allerdings kaum wie jemand, der gerade entscheidend getroffen wurde. Er lächelt verschmitzt.

Helmut denkt einen Moment lang darüber nach, ob dieses Lächeln eventuell bedeutet, dass Fleischer doch hinter der Aktion mit den Bochumer Symphonikern steckt. Oder, dass in Fleischers Köcher weitere Pfeile stecken.

Doch Helmut besinnt sich schnell eines Besseren. Fleischer weiß, dass sein Spiel verloren ist. Natürlich weiß er erst recht, dass die beiden Polizisten nicht gekommen sind, um ihn zu verhaften oder ihn sonst irgendwie zu belangen. Sie sind gekommen, um mit ihm zu reden.

Erstaunlich, wie einfach sie in dieses Büro gelangten. Kein Vorzimmerdrache versuchte, sie daran zu hindern; Fleischers Tür war weit geöffnet.

Der Jurist stand vor seinem wuchtigen Bücherregal, wollte offenbar gerade ein Buch zurückstellen. Er drehte sich um, als die beiden Männer trotz der offenen Tür anklopften, und begrüßte sie freundlich. Per Handschlag. Dann stellten sich Helmut und Henning vor. Kurz zuckte Fleischers linkes Auge, als er »Wolfenbüttel« hörte, doch er nahm die Erwähnung dieses Ortes genauso leidenschaftslos hin wie den Umstand, unangekündigten Besuch von zwei Kriminalbeamten zu bekommen.

Fleischers Haar ist dunkelblond, sein Gesicht eher spitz als rund, genau wie die Nase. Die Augen sind strahlend blau.

Fleischer misst ungefähr 1,75 Meter und wirkt auf eine nahezu asketische Art schlank. Er trägt einen hellgrauen Anzug, dazu ein blaues Hemd ohne Krawatte. Er lächelt oft, und das Lächeln spiegelt sich in seinen Augen wieder.

Für Helmut sind dies gemeinhin die Momente in seinem Berufsleben, die er am wenigsten mag: Er steht dem Täter gegenüber, findet ihn auf Anhieb sympathisch und möchte ihn nicht verhaften.

Dazu Fleischers souveränes Verhalten: Als Jurist weiß er natürlich, dass Henning und Helmut keinerlei Befugnis haben, bei ihm hereinzuschneien, um ihn einer Sache zu bezichtigen, die wahrscheinlich überhaupt kein Verbrechen darstellt. Doch anstatt die beiden Polizisten kurzerhand aus seinem Büro zu werfen, bittet er sie, Platz zu nehmen, bietet ihnen Getränke an, hört sich in aller Ruhe an, was sie ihm erzählen – und gibt anschließend zu, dass die Geschichte in weiten Teilen stimmt.

Ja, Fleischer verschickte 17 erfundene Einladungen an Teilnehmer der Parade.

Ja, er fälschte oder erfand Preisausschreiben, Internetseiten und einiges mehr.

Ja, er entnahm seine Informationen in 16 Fällen der Universitätszeitung und in einem Fall (Lutz Laarmann) persönlichen Gesprächen.

Ja, Laarmann einzubeziehen, sei ganz offensichtlich ein Fehler gewesen, denn so konnte man ihm leichter auf die Schliche kommen.

Ja, sein Ziel war es, die Parade zu einem Reinfall werden zu lassen, um Professor Schmitts Chancen auf das Rektorenamt zunichtezumachen und um hinterher selbst Rektor zu werden.

Ja, das ist alles richtig.

Nein, mit den beiden Todesfällen hat er nichts zu tun, er bedauert sie zutiefst. Er überfiel auch nicht Gerda Braun im Wald. Für alle drei Taten könne er wasserdichte Alibis liefern.

Für den Aufruhr auf dem Forum, der gerade beendet wurde, zeichnet er ebenso wenig verantwortlich.

»Das höre ich gerade erst von Ihnen«, sagt der smarte Jurist. »Hier hinten im letzten Gebäude auf dem Campus bekomme ich selten mit, was sich vor dem Audimax tut. Aber warum sollte ich das zusätzlich inszenieren? Es hätte doch, wie Sie selbst sagen, fast die Feier an sich verhindert. Ich wollte die Bombe gerade dort platzen lassen, um die größte Wirkung zu erzielen.«

Henning schüttelt den Kopf. »Und um meinen Vater vor aller Welt zu blamieren. Das hätte er nicht überlebt.«

»Herr Schmitt, ich bitte Sie. Ich kenne doch Ihren Vater. So labil, wie er manchmal tut, ist er keineswegs. Glauben Sie mir bitte, wenn ich die Gefahr gesehen hätte, dass diese Aktion indirekt zum Tod von Herrn Germann führt und Ihrem Vater wirklich zusetzt, gesundheitlich, meine ich, dann hätte ich die Finger davongelassen. Ich wollte wirklich nur verhindern, dass Ihr Vater Rektor wird.«

»Was wäre daran so schlimm?«, fragt Helmut.

»Schlimm wäre es für unsere 45.000 Studenten geworden, denn Herr Schmitt interessiert sich weniger als die sprichwörtliche Bohne für sie. Er empfindet sie vielmehr als lästig. Das sagte er mir wörtlich. Lästig. Herr Schmitt interessiert sich in erster Linie für einen ausgeglichenen Universitätshaushalt, in zweiter Linie für die Forschung und für Kooperationen mit der Wirtschaft. Er setzt voll auf Drittmittel und damit automatisch auf Ingenieure, auf Biologen, auf Chemiker, auf Mediziner. Uns hier, in den geisteswissenschaftlichen Gebäuden, ob nun Juristen, Germanisten oder Philosophen, würde er am liebsten komplett loswerden. Wir kosten bloß Geld. Wir haben die meisten Studenten, die außerdem kaum Geld einbringen, und wir holen die wenigsten Drittmittel herein. Wir halten nur den Betrieb auf. Schlimmer noch: Wenn es zu studentischen Aktionen kommt, zu Streiks und Besetzungen, dann stecken natürlich die Studenten der Geistes- und der Gesellschaftswissenschaften dahinter.

Dabei leben wir von unseren Studenten, ohne sie wäre unsere Uni mausetot. Ohne sie können wir den Laden dichtmachen. Wenn wir aber auf Dauer viele Studenten wollen, das wird angesichts der geburtenschwachen Jahrgänge demnächst knifflig, dann müssen wir ihnen etwas bieten: gute, innovative Studienbedingungen. Frau Bärlauch verstand das gut. Sie warf stets ein Auge auf die Lehre. Mir ließ sie freie Hand. Sie erlebte mit, dass ich es sogar in der ansonsten eher rückwärtsgewandten Rechtswissenschaft schaffte, Module aus dem E-Learning einzuführen.

Es ist halt so, dass man mithilfe von E-Learning sehr viele Studenten auf einmal, praktisch überall und stets sehr schnell, erreicht. Letztlich stellt natürlich der Zeitfaktor den größten Mehrwert für meine Studenten dar. Sie können sich die Inhalte anschauen, wann immer sie möchten.«

Henning nickt. »Das stimmt. Ich bin im Masterstudiengang Kriminologie eingeschrieben, ich profitiere sehr konkret von diesem Mehrwert.«

Fleischer hebt den rechten Zeigefinger. »Sehen Sie: Der Kollege Erdmann, der diesen Studiengang initiiert hat, ist einer meiner wichtigsten Mitstreiter in der Fakultät. Es werden stetig mehr, die an die Vorteile von E-Learning glauben. In unserer Fakultät, in allen geisteswissenschaftlichen Fakultäten. Mittlerweile sind die ersten Naturwissenschaftler überzeugt – sogar einige Ingenieure.

Aber E-Learning kostet natürlich Geld, vor allem für die Softwarelizenzen. Geld, das der Kollege Schmitt gern einsparen will. Auch das sagte er mir wörtlich. Er hätte mich nie im Leben als Prorektor für Lehre behalten, sondern einen anderen Ingenieur geholt oder einen Naturwissenschaftler, der auf seiner Linie liegt. An meiner Fakultät wäre alles den Bach runtergegangen, auch an der restlichen Universität. Das wollte ich verhindern. Unbedingt.«

»Da fiel Ihnen die Sache mit den falschen Einladungen ein?«, fragt Helmut.

Fleischer rutscht auf seinem Stuhl hin und her. Es dauert ein paar Sekunden, bis er die gewünschte Sitzhaltung findet. »Die Geschichte ist etwas länger: Dass Frau Bärlauch als Rektorin altersbedingt ausscheidet, steht lange fest. Bevor das neue Hochschulgesetz der rot-grünen Landesregierung in Kraft trat, das den Senat bei der Rektorenwahl wieder ins Spiel bringt. Nach dem alten Hochschulgesetz bestimmte der Hochschulrat praktisch im Alleingang einen neuen Rektor. Unser Hochschulrat ist bekannt dafür, dass er Kontinuität liebt. Kontinuität bedeutet, dass vorzugsweise einer der Prorektoren neuer Rektor wird. In unserem Fall wären es Professor Schmitt, Professor Rasch oder ich.

Unter diesen Umständen hätte ich die schlechtesten Karten gehabt, Herr Schmitt die besten. Jetzt, mit dem gleichberechtigten Senat bei der Rektorenwahl, lägen Raschs Chancen bei null. Er hat zu viele Feinde im Senat. Ich selbst habe dort zwar keine Feinde, aber auch keine große Lobby. Bei Schmitt ist der Senat durchaus reserviert, aber unter Umständen findet er mit ein paar Lippenbekenntnissen dort seine Mehrheit. Anschließend macht er sechs Jahre lang mehr oder weniger, was er will. Der Hochschulrat winkt Schmitt in jedem Fall durch, bei den Mitgliedern dieses Gremiums kommt seine Einstellung zur Lehre hervorragend an. Mit mir hingegen kann man im Hochschulrat wenig anfangen. Dort denkt man, im Gegensatz zu mir, gern ökonomisch.

Eine Weile hoffte ich, dass sich jemand anders durchringt zu kandidieren. Der Vorsitzende des Senats, ein Geograf, wäre so jemand gewesen. Ich fragte ihn. Er wollte nicht. Schon das Amt des Senatsvorsitzenden hielte ihn zu sehr von seiner eigentlichen Arbeit ab. Damit meint dieser Geograf gleichermaßen Forschung und Lehre.

Sie werden jetzt vollkommen zu Recht einräumen, dass auch ich, als Rektor, weniger Zeit für meine Studenten hätte. Das ist wahr. Es wäre für mich ein echtes Opfer gewesen.

Aber zurück zur Vorgeschichte. Außer dem Geografen gab es niemanden mit ernsthaften Chancen auf die Nachfolge von Frau Bärlauch. Niemand warf seinen Hut in den Ring. Prorektor Rasch machte zwar ein paar Mal Andeutungen, aber er gab niemals offiziell seine Kandidatur bekannt. Ähnlich wie Ihr Vater, Herr Schmitt. Inoffiziell sprach er häufig davon. Hochschulrat und Senat wussten Bescheid. Ihr Vater wollte ganz offenbar den perfekten Moment abwarten, ergo die glanzvolle Feier, für die er federführend verantwortlich ist.

Genau hier entspringt letztlich meine Idee: Wenn Schmitt besagten Augenblick nutzen möchte, um seine Kandidatur offiziell bekannt zu geben, dann kann ich doch genauso gut den gegenteiligen Fall nutzen, sprich die missratene Feier. Ich muss nur dafür sorgen, dass die Feier zu einem Reinfall wird.

Natürlich ist es alles andere als eine Heldentat, dafür verantwortlich zu sein, dass sich die eigene Universität in aller Öffentlichkeit blamiert. Aber es ist halb so schlimm, wenn sich diese Blamage an einer bestimmten Person festmachen lässt: an Professor Schmitt. Der wäre als Rektorenkandidat nicht mehr tragbar, es gibt aber keinen anderen Kandidaten. Das wäre mein Augenblick. Dann wäre es vollkommen gleichgültig, dass ich eine Notlösung bin, sozusagen der kleinste gemeinsame Nenner. Hauptsache, ich werde Rektor und rette die Lehre. Zumindest in der Theorie. Ob es letztlich wirklich funktioniert hätte, vermag ich nicht zu sagen.

Den Rest kennen Sie in weiten Zügen. Wie gesagt, ich wollte niemandem unnötig wehtun, weder physisch noch psychisch. Das mit dem Kollegen Germann tut mir unendlich leid. Und das mit Herrn Petersen und Frau Braun hat garantiert nichts mit der Feier zu tun. Mir ist durchaus bewusst, dass es Herrn Schmitt persönlich sehr getroffen hätte. Aber lebensbedrohlich? Ich bitte Sie! Was die anderen 16 Ehemaligen angeht, da hoffe ich, dass es keinem von ihnen wirklich wehtut.

Und seien wir doch mal ehrlich, meine Herren: All diese Einladungen sind im Grunde genommen derart weit hergeholt, dass man sie unmöglich ernst nehmen kann. Eine Privataudienz beim Dalai-Lama, als Rentner ins Weltall, Paul McCartney treffen. Puh, wer glaubt denn daran? Jeder der Reingelegten konnte die Einladung auf neutralem Terrain überprüfen. Ein paar Klicks genügen. Und alle konnten sich trotzdem für ihre Alma Mater entscheiden. Dadurch war das Ganze zunächst ein bloßes Spiel. Dass es so erfolgreich für mich verlief, überraschte mich. Wahrscheinlich habe ich die Eitelkeiten dieser 17 Menschen unterschätzt. Und nun werden sie übermorgen doch alle kommen, abgesehen von Germann und Petersen, für die man wahrscheinlich Ersatz fand?«

Henning nickt. »Ja, alle kommen – und richtig: Die beiden wurden ersetzt.«

Ein Lächeln huscht über Fleischers Gesicht, aber er antwortet nicht.

Helmut fragt sich, was Henning in seinem tiefsten Inneren von Fleischers Manipulation hält. Als Student profitiert er von den innovativen Lehrmethoden. Sein Vater wollte das E-Learning wieder abschaffen oder zumindest die finanziellen Mittel kürzen. Das dürfte Henning kaum gefallen. Andererseits dürfte ihm ebenso wenig gefallen, dass Fleischer seinen Vater an den Rand eines Nervenzusammenbruchs brachte, ihn zu einer Witzfigur machen wollte. Hoffentlich kann Helmut nachher mit Henning darüber sprechen.

Fleischer legt sein Kinn auf seine zusammengefalteten Hände. »Ich werde natürlich übermorgen nicht kommen. Ich glaube, das wäre eine gehörige Provokation.«

»Außer uns weiß bislang niemand, dass Sie dahinterstecken«, sagt Helmut. »Weder die betroffenen Ehemaligen noch Hennings Vater.«

Fleischer wirkt überrascht. »Nein?«

»Von mir aus muss es niemand erfahren«, sagt Henning.

Oh, denkt Helmut, da lehnt sich Henning aber weit aus dem Fenster. Es gibt durchaus ein paar Leute, die es interessiert, wer für die falschen Einladungen verantwortlich ist.

Aber Henning nimmt seinen Faden gleich wieder auf. »Es gibt schließlich noch einen zweiten Täter, der für das Schlamassel auf dem Forum zuständig ist und dem man auch die falschen Einladungen in die Schuhe schieben könnte.«

Fleischer blickt Henning ungläubig an. »Was, wenn diese Person das bestreitet?«

»Dafür müssten wir diese Person erst einmal suchen – und finden. Ihr die Sache mit dem Audimax nachweisen. Wie ich die Lage einschätze, hat diese Person keinerlei Spuren hinterlassen. Wir werden dennoch versuchen, die Manipulation am Raumbuchungssystem zurückzuverfolgen. Aber wenn sich die Spuren irgendwo zwischen Moskau und Peking im digitalen Sande verlaufen, stellen wir die Suche ein.«

»Sie wollen mich decken?«, fragt Fleischer.

Henning schürzt die Lippen. »Wenn Sie es so nennen möchten.«

Fleischer legt die Hände vor sich auf den Tisch, er hebt den Kopf um ein paar Zentimeter. »Welche Gegenleistung erwarten Sie von mir?«

»Versuchen Sie trotz allem, Rektor zu werden«, sagt Henning.

Helmut steht für einen Moment der Mund offen. Diese Wendung kommt vollkommen unerwartet. Er sieht zu Fleischer hinüber, der sichtlich um Fassung ringt.

»Wie bitte? Ich wollte eigentlich einen Ruf nach Bonn annehmen.«

»Ich glaube, die Ruhr-Uni braucht Sie«, sagt Henning ohne jedes Pathos.

»Sie machen mich fast sprachlos, Herr Schmitt. Ist das in Ihrem Sinne, Herr Jordan? Sie sind doch ebenfalls Polizist.«

Helmut zögert. »Ich bin noch inoffizieller unterwegs als Herr Schmitt. Ich darf sozusagen gar keine Einwände haben.«

»Dann ist es also abgemacht?« Henning reicht Fleischer die Hand.

Fleischer ergreift sie. »Ich fürchte jedoch, dass ich chancenlos gegen Ihren Vater bin.«

Henning schüttelt den Kopf. »Selbst, wenn am Samstag alles reibungslos verläuft, haben doch eine Menge Leute mitbekommen, wie eng es zwischendurch zuging. Dass es keinesfalls mein Vater war, der alles zum Besseren brachte. Er gab auch heute wieder keine gute Figur ab. Vielleicht findet er selbst heraus, dass das Rektorenamt eine Nummer zu groß für ihn ist. Im Zweifelsfall helfe ich ein bisschen nach.«

Fleischer lacht lauthals los. »Das ist so etwas wie eine zweite Chance, oder? Die große Läuterung.«

Henning hebt mahnend die linke Hand. »Hauptsache, Sie denken als Rektor weiterhin an die Lehre, an die Lehre allgemein und an Ihre eigene.«

Fleischer lächelt, es ist genau das gleiche Lächeln wie zu Beginn des Gesprächs. »Falls ich tatsächlich gewählt werde. Bei der Lehre im Allgemeinen brauchen Sie sich keine Sorgen zu machen, Herr Schmitt. Was meine eigenen Veranstaltungen angeht, kann ich nur hoffen. Man hat als Rektor allerhand Verpflichtungen und Termine.«

Henning erwidert das Lächeln, doch ganz so charmant wie bei Fleischer gerät es nicht, findet Helmut. »Sie müssen sich gute Prorektoren suchen, die Ihnen einen Teil dieser Verpflichtungen abnehmen. Und einen guten persönlichen Referenten. Da wüsste ich übrigens jemanden.«

»Aha. Wen?« Fleischer wirkt ehrlich interessiert.

»Florian Gerber heißt der junge Mann«, sagt Henning.

Fleischer scheint kurz nachzudenken. »Der ist doch in der Verwaltung fürs Marketing zuständig, oder?«

Henning zuckt mit den Schultern. »Kann sein. Ich weiß vor allem, dass er zusammen mit meinem Vater die zentrale Feier organisiert.«

Fleischer stutzt. »Diese Unterstützung erwähnte Ihr Vater niemals.«

»Typisch. Herr Gerber hatte die ganze Arbeit und diese blendend erledigt. Gerade eben konnte er im letzten Moment die Feier retten. Ein guter Mann. Wirklich.«

»Danke, Herr Schmitt. Ich werde es mir merken.«

Kurz darauf verabschieden sich Henning und Helmut von Professor Fleischer. Auf dem Weg zum Ausgang spricht Helmut ein Thema an, das ihm schon länger auf der Seele brennt. »Jetzt kannst du endlich die Katze aus dem Sack lassen, Henning.«

»Wie meinst du das? Vor allem: Was meinst du?« Henning sieht Helmut überrascht an.

»Irgendetwas hat dir Sorgen bereitet. Wenn ich nicht so ein entschiedener Gegner des Ratens wäre, würde ich sagen: Du hast lange Zeit jemanden anders als Fleischer verdächtigt, jemanden, der es auf gar keinen Fall gewesen sein darf.«

Henning schüttelt den Kopf. »Mir war schon klar, dass euch die Sache mit Laarmann irritiert. Mit der Information habe ich zu lange hinterm Berg gehalten. Im Nachhinein ist mir die

Sache mehr als peinlich. Vor allem, wenn ich dir jetzt noch sage, um wen es geht. Denn natürlich hast du recht: Ich habe mir wirklich Sorgen gemacht.«

»Na los, Henning, spuck' es aus!«

»Meine Mutter. Aber das ist wirklich Quatsch. Sie brachte zwar ihr Auto in Laarmanns Werkstatt, sie kannte garantiert alle Namen, auch die Zeitungsrubrik. Programmieren kann sie ebenfalls ein klein wenig. Na ja, auf meinen Vater ist sie auch nicht immer gut zu sprechen. Aber das ist wohl kein richtiges Motiv, oder?«

Helmut lacht. »Bestimmt nicht! Sei einfach froh, dass es so ausgegangen ist. Aber noch mal was anderes: Weiß denn Herr Gerber eigentlich schon von seinem Glück? Will er den Job überhaupt?« Natürlich ist Helmut bewusst, dass Gerber bislang keine Ahnung davon hat, was Henning mit ihm vorhat. Helmut möchte aber gern erfahren, welches Ziel Henning mit diesem indirekten Angebot verfolgt.

Scheinbar keines. »Nein, es ist mir gerade ganz spontan eingefallen. Nachher erzähle ich es dem Gerber. Er kann immer noch nein sagen, falls Fleischer wirklich gewählt wird und ihn tatsächlich fragt.«

Helmut überlegt, ob Henning ihm wirklich die Wahrheit sagt. »Du willst tatsächlich niemandem erzählen, was wir gerade erfahren haben. Deinen Vater eingeschlossen?«

»Mein Vater weiß glücklicherweise bisher nichts von unserem Verdacht. Ehrlich, Helmut: Dieses Gespräch eben hat mir die Augen noch weiter geöffnet, was meinen Vater angeht. Ich meine, ich liebe ihn und so weiter. Aber wie Fleischer sagte: An unserer Uni gibt es über 45.000 Studenten – die interessieren Vater einfach nicht. Dabei sind sie die Grundlage. Ohne Studenten keine Uni. Ich muss verhindern, dass er Rektor wird.«

Helmut tastet sich voran. »Selbst Jutta darf ich nichts erzählen?«

»Mein Gott, natürlich. Sie weiß es ja schon fast.«

»Genau wie Gerber.« Da Henning schweigt, fährt Helmut fort. »Natürlich willst du es ihm erzählen. Alles. Damit Gerber ein Ass im Ärmel hat, falls er demnächst persönlicher Referent des Rektors Bernd Fleischer ist und ihm auf die Finger schauen kann. Wenn dann der Rektor anders agiert, als du es dir vorstellst …«

»Dann haben wir aber nicht nur unseren Herrn Gerber, sondern auch das.« Henning winkt mit einem kleinen Aufnahmegerät. »Da ist alles drauf, was in der letzten Stunde erzählt wurde. Wort für Wort. Rechtlich kaum zu verwerten. Aber als kleines Druckmittel durchaus wertvoll.«

»Vertrauen ist gut, Kontrolle ist besser«, sagt Helmut.

»Genau.«

»Mir fällt da übrigens ein anderes abgedroschenes Sprichwort ein.« Helmut kramt in seiner Jackentasche, er holt ein winziges Aufnahmegerät heraus. »Doppelt hält besser.«

Laut lachend verlassen die beiden Polizisten das Gebäude und schlendern zum Universitätscafé, wo Jutta auf sie wartet.

Noch zwei Tage – alles befindet sich auf einem guten Weg.

Kapitel 25 (5. Juni, Bochum)

»Verdammter Mist.« Lydia schiebt ihr iPad wütend über den Küchentisch. Fast wäre es heruntergefallen.

Ihr schöner Plan B ist hin. Wochenlang tüftelte sie daran, praktisch seit dem Tag, als sie die Einladung zur zentralen Feier erhielt. Als ihr Ex-Liebhaber Winfried sich in Erinnerung rief, gleichsam darum bettelte, endlich von ihr bestraft zu werden. Das kann er gerne haben, schwor sie sich damals; sie begann zu recherchieren und zu planen.

Dank vieler einschlägiger Erfahrungen mit Politikern und anderen wichtigen Zeitgenossen weiß Lydia: Das schwächste Glied in der Kette ist der Besuch des Bundespräsidenten. Bundespräsidialamt und Bundeskriminalamt wollen alle Pläne für das Festprogramm wissen. Sie fordern detaillierte Listen an: von allen Gästen, vom Personal, den Künstlern, von überhaupt allen Personen, die in den Tagen vor der Feier Zugang zum Audimax bekommen. Natürlich wachen beide Ämter mit Argusaugen darüber, dass niemand anders in die Nähe des Audimax kommt – nicht am 6. Juni, aber ebenso wenig an den Tagen davor. Was diese Behörden am allerwenigsten mögen, ist Chaos. Demzufolge wollte Lydia für ein wenig Chaos sorgen. Mit ein paar kleinen Hackertricks drang sie heimlich in das Raumvergabeprogramm der Uni ein. Weil das so reibungslos klappte, loggte sie sich ebenfalls unbemerkt bei den Bochumer Symphonikern ein, um zusammenzubringen, was am 4. und am 5. Juni so gar nicht zusammengehört: das Audimax und die Musiker.

60, 70 Musiker, die während der Generalprobe für die Feierstunde in das Audimax eindringen wollen – das sollte genug Chaos sein, um zu beweisen, dass die Uni Bochum auf keinen Fall in der Lage ist, solch eine große Feier zu organisieren. Da gibt es nur eine Konsequenz: Der Bundespräsident sagt ab. Möglicherweise zieht die Düsseldorfer Staatskanzlei ähnliche Schlüsse und sagt das Kommen der Ministerpräsidentin ebenfalls ab. Dann wäre die Blamage für die Uni noch größer, namentlich für Winfried Schmitt.

Genau darum geht es schließlich.

Und genau darum ist Lydia jetzt so wütend. Gerade las sie auf den Internetseiten der »Westdeutschen Allgemeinen Zeitung« diesen Artikel. Die Überschrift klingt verheißungsvoll, »Eklat auf dem Forum«, aber der Rest des Artikels ist niederschmetternd.

»Am Donnerstagnachmittag wäre es vor dem Audimax der Ruhr-Uni beinahe zu einer Massenschlägerei gekommen. Rund 60 Mitglieder der Bochumer Symphoniker (Bosy) versuchten, in das Gebäude einzudringen, obwohl dort gerade die Generalprobe für die zentrale Feierstunde anlässlich des 50. Geburtstags der Uni abgehalten wurde.

Auch die Bosy wollten im Saal des Audimax proben: für ihr Konzert am Sonntag, 7. Juni. Als Mitarbeiter der Uni ihnen den Einlass verwehrten, wäre die Situation beinahe eskaliert. Letztlich blieb es bei einer kleinen Rangelei, bei der Chefdirigent Sir Bruce Baker einen Schlag ins Gesicht abbekam; er verletzte sich dabei jedoch nicht ernsthaft.

Wie diese Zeitung erfuhr, behält er sich jedoch rechtliche Schritte gegen den Täter vor – offenbar ein Hausmeister der Universität.

Andererseits lobt Baker das besonnene Vorgehen der anderen Verantwortlichen der Uni. Sie trugen dazu bei, den Streit schnell zu beenden und nach einer Lösung zu suchen, die beiden Parteien gerecht wird. Offenbar hatte die Software für die

Raumvergabe der Universität eine Doppelbuchung des Audimax zugelassen.

Zwei Tage vor der Feierstunde und unter Anwesenheit des Staatsschutzes konnte laut eines Uni-Sprechers die Lösung jedoch nur darin bestehen, dass die Generalprobe fortgesetzt wird und die Bosy an einem anderen Ort proben. Auch am Freitag werden die Musiker nicht, wie zunächst geplant, im Audimax proben, sondern ihre Räumlichkeiten an der Prinz-Regent-Straße nutzen.

Auf Anordnung des Bundeskriminalamtes bleibt das Audimax am Freitag für Außenstehende geschlossen; Hintergrund dieser Maßnahme ist der Besuch des Bundespräsidenten auf der Feierstunde am Samstag. Die Feierstunde werde wie geplant abgehalten, versicherte der Uni-Sprecher.«

Scheinbar zieht Winfried rechtzeitig den Kopf aus der Schlinge. Lydia ärgert sich, dass kein Plan C in ihrer Schublade liegt. Ursprünglich wollte sie sich damit während ihres Urlaubs in Grasse beschäftigen. Doch dann lernte sie jemanden kennen.

Keinen blutjungen Klippenspringer, sondern einen stattlichen Mann aus ihrer Generation. Theo, drei Jahre jünger als sie, Banker aus Den Haag, knapp 1,85 Meter groß, muskulös, braungebrannt, kurze, blonde Haare, tiefblaue Augen, Witwer, auf Urlaubsreise in Nizza.

Dort trafen sie sich zufällig, in einem der Cafés unter den Arkaden, am Beginn der Einkaufsstraße. Sie stürzten sich praktisch zeitgleich auf den letzten freien Tisch draußen. Theo war einen Wimpernschlag schneller, doch statt seinen Sieg zu zelebrieren, lud er Lydia mit einer vollkommen natürlichen Geste ein, sich zu ihm zu setzen. Ein offenes Lächeln, ein Strahlen in den Augen – Lydia konnte nicht widerstehen: weder an diesem Nachmittag noch am nächsten Abend im Restaurant samt der darauffolgenden Nacht – oder in den Nächten danach. In Grasse, in Bochum, in Wolfenbüttel, im

Allgäu. Sie blieben einfach zusammen, wollten nicht voneinander lassen, verlängerten ihre Urlaube und …

Na ja, dazu gleich.

Morgen allerdings wird Theo seinen Flieger besteigen, um nach Hause zu reisen.

Sehr, sehr wahrscheinlich wird Lydia ihn wiedersehen – gern sehr, sehr bald.

Aber Theo ist das eine, Plan C ist das andere. Theo gibt es. Plan C liegt nicht in ihrer Schublade.

Dort liegt auch Plan A nicht. Der etwas blutigere Plan. Dem bestenfalls sechs Menschen zum Opfer gefallen wären. Darunter fünf Menschen, die Winfried zu seiner tollen Parade einlädt – und die ihm schmerzlich fehlen sollten.

Lydia hatte drei der Mordversuche minutiös geplant, wochenlang Menschen observiert und deren Gewohnheiten herausgefunden.

Doch zum Töten braucht man offenbar etwas mehr Talent, zumindest andere Talente, als Lydia sie besitzt. Sie schafft es noch nicht einmal, eine Rentnerin zu beseitigen.

Doch der Reihe nach: Wirklich perfekt klappte der Anschlag auf diesen zerstreuten Professor, den sie heimlich nach Wolfenbüttel begleitete und dort stundenlang beschattete. Bis er endlich sturztrunken aus einer Kneipe taumelte, dann auch noch direkt am Ufer eines Flusses entlang torkelte. Vielleicht wäre der Kerl sogar von ganz allein ins Wasser gefallen? Lydia versetzte ihm vorsichtshalber einen kleinen Stoß. Im Vorbeigehen. Wild mit den Händen rudernd fiel der Kerl ins Wasser. Den Rest des Schauspiels ersparte Lydia sich, sie suchte lieber rasch das Weite. Erst einige Tage später erfuhr sie, dass der Mann tatsächlich ertrunken war.

Mit dieser dämlichen Ex-Sekretärin hingegen klappte es überhaupt nicht. Lydia lauerte Gerda Braun im Wald auf, wollte ihr einen Baseballschläger über den Kopf ziehen. Zur

Not mehrfach. Doch was macht die alte Schachtel? Wirft erst mit Gewichten nach ihr (und trifft), sprüht ihr gleich danach Reizgas in die Augen. Und verschwindet, während sich Lydia unter unerträglichen Schmerzen am Boden windet.

Ein vollkommenes Desaster.

Ab diesem Moment sprang ihr Theo zur Seite. Eigentlich wollte sie ihren Liebhaber nicht mit hineinziehen, sondern nur die schönen Seiten des Lebens mit ihm genießen. Doch Theo bekam natürlich mit, dass Lydia eine Art Problem vor sich herschob; er bedrängte sie so lange, bis Lydia ihm die ganze Geschichte erzählte.

Aus reiner Intuition heraus erzählte sie ihm allerdings eine etwas andere Geschichte: dass sie noch verschiedene Rechnungen zu begleichen habe.

Die Idee, mehr oder weniger fremde, womöglich sogar vollkommen unschuldige Menschen umzubringen, nur um jemand anderen zu schädigen, klingt doch recht krank, sobald man sie nicht nur im Kopf durchspielt. Lydia wollte unbedingt verhindern, dass Theo sie für eine Psychopathin hält.

So, wie Theo ihr letztlich half, mit enormer krimineller Energie und einer überraschenden Lust, anderen Menschen wehtun zu wollen, hätte er womöglich auch mitgemacht, wenn Lydia ihm die Wahrheit erzählt hätte.

Vielleicht neigt Theo ganz allgemein zu Gewalt? Vielleicht ist er ganz einfach Lydia verfallen? Vielleicht beides?

Auf jeden Fall übernahm Theo bereits beim nächsten Mordversuch das Kommando. Diesmal blieb es auch nicht beim Versuch. Im Gegensatz zu den eher zufällig ausgewählten Opfern Walter Germann und Gerda Braun hatte Lydia Paul Petersen mit voller Absicht ausgesucht. Petersen arbeitete früher als Hausmeister in Lydias Fakultätsgebäude. Ein Sexist, wie er im Buche steht. Übelste Sorte. Als Studentin wurde Lydia regelmäßig von ihm belästigt. Zwar nur verbal, aber dennoch auf eine höchst abscheuliche Art und Weise. Ein kleiner Sadist war er obendrein, der Petersen. Diese Neigung ließ er vorzugsweise an Tieren aus, Mäusen, Ratten, Vögeln, Katzen – was ihm zwischen die Finger kam. Zweimal erwischte Lydia ihn, wie er kleine Vögel zu Tode quälte. Als sie von ihrer Freundin erfuhr, dass ausgerechnet Petersen auf der Liste der 50 Ehemaligen stand, nahm Plan A erst so richtig Fahrt auf.

Ohne diese Freundin übrigens, die im Vorzimmer der Rektorin arbeitet, hätte Lydia keine der relevanten Informationen erhalten. Lydia traf sich regelmäßig mit ihr, quetschte sie vorsichtig aus, erhielt so einige Namen von Paradeteilnehmern – und letztlich den Hinweis, dass Winfrieds Assistent Florian Gerber einem Verbrechen im Umfeld der Geburtstagsfeier nachspürte. Offenbar war ihre Freundin wiederum gut mit diesem Gerber befreundet.

Hm. Lydia hält kurz inne. Im Grunde genommen sprach sie wohl etwas zu oft mit ihrer Freundin über diese ganze Angelegenheit. Zeigte sich vielleicht zu interessiert an der Parade, den Teilnehmern und an diesem Gerber? Ein erhebliches Risiko, das Lydia da eingegangen ist – und welches nun diese Freundin darstellt.

Oh, oh, Theo, hört es denn niemals auf?

Aber zurück zu Petersen. Als Lydia Theo von dessen Verfehlungen erzählte, gab es für Theo praktisch kein Halten mehr. Petersens Gewohnheiten hatte Lydia längst ausbaldowert. Petersen wohnte allein in der Alsenstraße in der Nähe des Bochumer Hauptbahnhofs, einer Gegend mit einigen dunklen Ecken, beispielsweise dort, wo sich Alsenstraße und Düppelstraße treffen und wo es einen heruntergekommenen Spielplatz gibt, ein Stück zurückversetzt von der Straße. Hier ging Petersen vorbei, wenn er vom Kiosk zurückkam, wo er allabendlich seinen Vorrat an Korn und Bier auffrischte.

Genau hier lauerten sie ihm auf, pressten ihm ein mit Chloroform getränktes Taschentuch vors Gesicht. Sie zerrten ihn auf den Spielplatz, wo Theo ihm ein langes, sehr scharfes Messer ins Herz rammte. Damit es nach einem Raubüberfall aussah, nahmen sie Petersens Portemonnaie mit, auch dessen Einkäufe. Schließlich durfte niemand auf die Idee kommen, dass Petersens Tod irgendetwas mit der Geburtstagsfeier der Uni Bochum oder mit Winfried Schmitt zu tun hatte. Den wollte Lydia nur ins Mark treffen, indirekt. Indirekt ist oft effektiver als direkt.

Theo erwies sich also als atemberaubend kaltblütig. Den nächsten Anschlag wollte er dann sogar allein durchziehen. Konrad Priefke stand ebenfalls mit Bedacht auf Lydias Liste: der allererste Student der Uni Bochum, ein herber, ein unersetzlicher Verlust für Winfried.

Priefke wohnt in Oberstdorf, wo Lydia und Theo ihn mal abwechselnd, mal gemeinsam beschatteten und auf eine günstige Gelegenheit warteten. Die ergab sich schließlich: Priefke ging bergsteigen.

Theo fuhr zusammen mit Priefke mit der Seilbahn aufs Nebelhorn. Wollte ihn bei passender Gelegenheit in die Tiefe stoßen. Doch Priefke blieb einfach an der ersten Bergstation stehen. Theo auch. Sie belauerten einander. Sozusagen. Als ob Priefke ahnte, dass Theo es auf ihn abgesehen hatte und dass die Bergstation kein geeigneter Tatort wäre. Niemand tat den ersten Schritt, bis auf einmal mit der nächsten Gondel 50 oder 60 Sachsen auftauchten und für großes Durcheinander sorgten. Dann war Priefke verschwunden – und die Chance vertan. Eine andere Chance ergab sich nicht. Genau wie bei Gerda Braun.

Nun schien ihr auch noch dieser Gerber auf die Schliche gekommen zu sein. Er sollte das nächste Opfer sein. Für langes Beschatten blieb keine Zeit mehr. Es musste alles an einem Tag geschehen. Morgens folgten Lydia und Theo ihm von der Wohnung aus zur Uni, bis ins Parkhaus, wo Gerber seinen Wagen abstellte. Sie wollten ihn kurzerhand über den Haufen fahren. Direkt im Parkhaus. Mit einem geklauten Auto. Natürlich nicht mit ihrem eigenen Wagen. Doch Gerber besaß einen Schutzengel. In dem Moment, als Theo bereits den Motor aufheulen ließ und das Gaspedal bearbeitete, um den ahnungslos zum Ausgang schlendernden Gerber umzufahren, wenn nötig mehrfach, tauchten zwei Kolleginnen von Gerber auf und gesellten sich zu ihm.

Mittags folgten sie Gerber in das Stadtparkviertel, wo er schließlich in einem der schönen Gründerzeithäuser verschwand. Lydia warf einen Blick auf die Klingelschilder und fand so heraus, dass Henning Schmitt in dem Haus wohnt. Ausgerechnet der Sohn von Winfried, der Polizist. Es wurde noch dringender, Gerber auszuschalten.

Ein paar Stunden später schien die Gelegenheit gekommen: Gerber saß allein auf einer Bank im Stadtpark. Auf dem Präsentierteller. Theo hatte einen getunten, bei gezielter Anwendung tödlichen Elektrotaser besorgt und wollte ihn gerade an Gerber ausprobieren, als jemand dessen Namen rief. Theo und Lydia änderten spontan die Richtung und ließen auch diesmal von Gerber ab.

Lydia beschloss, es kein weiteres Mal auszuprobieren. Stattdessen wird sie heute Abend noch einmal ihr Schicksal herausfordern. Durch eine Verkettung zahlreicher glücklicher Umstände ist ihr noch jemand direkt vor die Flinte (und damit wohl zugleich vor den Elektrotaser) gelaufen. Nicht irgendjemand. Sondern ein alter Freund, mit dem sie noch ein Hühnchen rupfen könnte. Sie hätte es wahrscheinlich niemals getan ohne besagte Verkettung. Aber nun wird sie es versuchen. Theo und sie werden allerdings kräftig improvisieren, und sie brauchen eine große Portion Glück. Wenn es klappt, bekommt Plan A eine Menge neues Leben eingehaucht. Eine ganze Menge.

Trotzdem wäre eine weitere Option schön. Doch wie gesagt: Plan C liegt nicht in ihrer Schublade.

In ihrer Schublade?

Ihrer Schublade?

Schublade?

Schublade!

Damit meint Lydia nicht die Schublade des Küchentisches, an dem sie sitzt, sie denkt vielmehr an die unterste Schublade ihrer Kommode; diese befindet sich natürlich in Lydias Schlafzimmer.

Die unterste Schublade ihrer Kommode enthält ein paar Dinge, na ja, wie soll man sagen? Vielleicht versucht man es anders: Die Schubladen darüber enthalten das, was man darin erwartet, sprich Unterwäsche, die oberste Schublade eher zweckmäßige, die mittlere Schublade eher verführerische. In der untersten Schublade liegt Spielzeug, Spielzeug für sie allein sowie Spielzeug für sie und einen Partner.

Theo beispielsweise. Der mag solche Art von Spielzeug.

Ist doch okay, oder?

Unter dem Spielzeug liegt ein großer Umschlag. Dieser Umschlag existiert seit 20 Jahren. Das muss man wissen, denn vor 20 Jahren gab es noch keine digitale Fotografie. Da gab es Negative und Abzüge. Die bilden zugleich den Inhalt dieses Umschlags.

Die Fotos sind schöne Erinnerungen an die ersten Jahre der zweiten Phase mit Winfried. Hauptsächlich an die langen Wochenenden in Grasse. Die Schweizer haben die Fotos gemacht.

Nein, nein, nicht solche Fotos. Mit den Schweizern ging es zwar oft feuchtfröhlich zu, aber das Feuchte bezog sich, in der Gruppe, ausschließlich auf Getränke. Die Fotos entstanden beim Feiern: am Strand, am Pool, auf Ausflügen. Sie zeigen Lydia und Winfried Hand in Hand, beim Küssen oder Tanzen. Die Fotos zeigen jedoch vor allem Lydia und Winfried zusammen, sie beweisen, dass beide sehr glücklich, sehr verliebt waren.

Dank der vielen unterschiedlichen Frisuren, Bekleidungen und so weiter erkennt man auf ihnen sehr gut, dass sie über einen längeren Zeitraum hinweg aufgenommen wurden. Fünf Jahre? Oder acht? Lydia wird sie sich nachher in aller Ruhe ansehen. Bestimmt kann sie anhand ihrer eigenen Kleidung oder ihrer Frisuren abschätzen, wie viele Jahre ihres Lebens diese Fotos abdecken.

Hinter den Fotos verbirgt sich im Idealfall zugleich Plan C. Lydia könnte zum Beispiel die schönsten Fotos heraussuchen und in einen neuen Umschlag stecken. Aus Zeitmangel kann sie diesen Umschlag allerdings nicht bei der Post aufgeben. Sie müsste ihn persönlich einwerfen. Aber die Fahrt von Langendreer nach Querenburg ist kurz. Das schafft sie locker, am besten auf dem Weg zur Arbeit.

Was dann passiert? Wenn es ganz dumm läuft, werden die Fotos von der Empfängerin ignoriert oder verbrannt oder zerrissen oder nicht rechtzeitig entdeckt. Wer weiß? Im besten Fall macht sie ihrem Göttergatten morgen früh eine hübsche kleine Szene, bevor er zur Universität fährt. Vielleicht kommt er dadurch sogar zu spät zu seinem eigenen Fest. Das wäre wirklich lustig.

Kapitel 26 (5. Juni, Bochum)

Nein, das ist nicht mehr die Universität, wie er sie kannte: Sie unterhält nun ein Gebäude mitten in der Stadt. Früher wurde strikt getrennt zwischen dem Campus weit außerhalb und der Stadt Bochum. Der Campus war eine Welt für sich. Eine schöne Welt.

Jetzt sitzt er hier in diesem »Blue Square« genannten Gebäude – praktisch auf der Fußgängerzone. Das ist ein Verrat an den alten Idealen. Gemeinsame Sache mit dem Klassenfeind.

Dabei wollte zunächst die Stadt nichts von der Universität wissen. Behandelte sie wie ein ungewolltes Kind, das man am liebsten versteckt. Weit draußen, auf den Feldern von Querenburg.

Später, zu seiner Zeit, lief es andersherum: Das Kind war groß geworden, über seine Eltern hinausgewachsen – und ignorierte sie weitgehend. Gut so.

Nun aber dieses Blue Square. Es handelt sich um ein Geschäftshaus mit fünf Etagen voller Veranstaltungs- und Seminarräume sowie einem Laden im Erdgeschoss. Verkauft werden Artikel mit dem Logo der Universität: Tassen, Pullover, Stifte, Frühstücksbrettchen und so weiter.

Die Universität, so erzählte man ihm, mietete das Gebäude 2013 an, um die vielen Studenten des doppelten Abiturjahrgangs unterrichten zu können. Da brauchte man zusätzlichen Raum. Und um den Bürgern Bochums näher zu sein, ihnen die Wissenschaft sozusagen frei Haus zu liefern.

Die können doch, verdammt noch mal, zum Campus kommen, wenn sie etwas lernen möchten.

Er ist zum Campus gegangen, hat Feinmechaniker gelernt, in der Werkstatt der Maschinenbauer; dort blieb er auch nach der Ausbildung. Er lächelt bei dem Gedanken an die Zeit unmittelbar nach der Lehre. Da lernte er diese Studentin kennen. So eine Überfliegerin. Nicht nur im Studium.

Ausgerechnet sie will ihn jetzt ...

Aber das wird erst nachher passieren. Jetzt gilt es, dieses Treffen im Blue Square zu überstehen. Seine frühere Universität betreibt seit den 70er-Jahren eine gemeinsame Einrichtung mit der IG Metall. Heute wird Jubiläum gefeiert, 40 Jahre Kooperation. Natürlich luden sie ihn ein. Den früheren Auszubildendenvertreter und Vorsitzenden des Personalrats. Ihn, der dann bei der Gewerkschaft Karriere machte, die früher ÖTV hieß und heutzutage Verdi heißt.

Sie laden ihn regelmäßig ein; dass er diesmal tatsächlich gekommen ist, hängt vor allem mit der zweiten Einladung zusammen, der für morgen. Es passte einfach: zwei Termine an demselben Wochenende in Bochum. Da lohnt sich die Reise von Berlin.

Berlin ist seine Heimat geworden. Das Ruhrgebiet vermisst er nicht. Manche Leute vielleicht. Nicht unbedingt Leute von der Uni. Zu niemandem von dort pflegt er den Kontakt. Auch nicht zu den alten Kollegen des Personalrats. Die meisten sind ohnehin längst in Rente gegangen. Von den aktuellen Mitgliedern kennt er niemanden.

Die großen Kämpfe an der Uni sind sowieso längst ausgefochten, vor allem Ende der 80er-Jahre, als der Universitätskanzler versuchte, die betriebliche Mitbestimmung auszuhebeln. Da machte das Kämpfen Spaß – erst recht das Gewinnen.

So wurden sie bei der ÖTV aufmerksam auf ihn, holten ihn nach Stuttgart; seine Karriere als Gewerkschaftsfunktionär begann. Nie an der Front, immer schön im Hintergrund, Strippen ziehen, Netzwerke bilden.

Letztlich steuerte er erfolgreich die Gründung der Großgewerkschaft Verdi und zog nach Berlin. Seine Ehe hielt all dem nicht stand. Egal, er kann gut allein sein – und seine Bedürfnisse dennoch immer befriedigen.

Vielleicht auch heute? Warum hat sie sich sonst bei ihm gemeldet? Woher weiß sie eigentlich, dass er in Bochum ist? Arbeitet sie an der Uni? Organisiert sie womöglich die morgige Veranstaltung mit? Er hat sie komplett aus den Augen verloren seit ihrer kurzen Affäre.

Erstaunlich, dass sich diese attraktive Studentin überhaupt mit ihm einließ, einem einfachen Feinmechaniker.

Mit ihr erlebte er einige der schönsten Momente seines Lebens. Nicht nur im Bett. Allerdings war sie ihm intellektuell derart haushoch überlegen gewesen, dass es bisweilen regelrecht wehtat. Zu viel. Deshalb beendete er diese Beziehung. Fühlte sich unterlegen. Kam damit nicht klar. Versuchte, ihr das genauso zu erklären. Sie schien zu verstehen. Machte ihm keine Szene.

Über 30 Jahre liegt das mittlerweile zurück. Ein halbes Leben. Wie mag sie heute aussehen? Natürlich nicht mehr die Studentin von damals. Aber vielleicht ist noch ein bisschen was übrig geblieben von ihrer Schönheit? Nun, später wird er es sehen. Nach diesem langweiligen Jubiläum.

An sich ist es eine hervorragende Sache, dass eine Universität und eine Gewerkschaft so eng zusammenarbeiten. Seit 40 Jahren. Natürlich gibt es Erfolge und Höhepunkte, die man an solch einem Abend gern Revue passieren lässt. Natürlich möchten viele Leute an all das erinnern, darüber reden. Leider zieht es sich dadurch in die Länge. Mittlerweile erinnert der fünfte Redner an die Anfänge, die Schwierigkeiten, deren Überwindung, erste Projekte, neue Herausforderungen, Erfolge, neue Probleme, gesellschaftlichen und volkswirtschaftlichen Wandel und so weiter.

Er blickt auf die Uhr. In knapp einer Stunde sind sie verabredet. Direkt hier in der zweiten Etage des Gebäudes. Er soll nach der Veranstaltung einfach hierbleiben. Sie will ihn abholen. Eigentlich ein seltsamer Plan. Sie könnten sich genauso gut in einem Café in der Innenstadt treffen. Oder will sie etwa die Situation direkt ausnutzen? Das Gebäude dürfte nach der Veranstaltung menschenleer sein. Betten wird es zwar keine geben. Damals benötigten sie jedoch auch keine Betten. Ein Tisch. Der Boden. Oder eine schnelle Nummer im Stehen. Was vor 30 Jahren funktionierte, klappt bestimmt auch heute noch.

Prompt schwillt sein Glied an. Dabei könnte es ganz andere Gründe für dieses Treffen geben. Vielleicht sucht sie den Rat eines mit allen Wassern gewaschenen Gewerkschafters? Bald wird er es erfahren.

Der nächste Redner. Der Mann von der örtlichen Vertretung der Metallergewerkschaft. Begrüßt ihn namentlich. Sehr freundlich. Danach allerdings erzählt er nichts anderes als seine Vorredner.

Vielleicht auf der Toilette? Oder im Aufzug? Im Aufzug haben sie es damals häufig getrieben. Im Gebäude IB. Von ganz unten bis in die oberste Etage fuhren sie. Fünf, sechs Fahrten brauchten sie, bis …

Natürlich nur am Abend, wenn die Studenten längst ihre Partys feierten und kaum noch Professoren oder wissenschaftliche Mitarbeiter in den Büros und Werkshallen saßen.

Nur auf diesen unsympathischen Hausmeister mussten sie achtgeben. Der durfte sie auf gar keinen Fall erwischen. Entweder hätte er sie angeschwärzt oder auf der Stelle erschossen. Oder sich sein Schweigen teuer bezahlen lassen. Sie ging davon aus, dass dieses Schwein von einem Hausmeister hinter ihr her war – damit wäre zugleich klar gewesen, womit er sich hätte bezahlen lassen wollen.

Nicht, dass sie damals nicht auch Wohnungen und Betten hatten und diese auch nutzten. Doch vor allem sie liebte den Kick: Sex quasi in der Öffentlichkeit. Oder Spiele im Bett, so eine Art Ringkampf. Das machte sie irgendwie an.

Wenn er ehrlich ist, war das auch ein Grund dafür, dass er sich letztlich von ihr trennte. Er fand das zwar auch irgendwie geil. Aber auf Dauer wurde es ihm einfach zu viel. Das und seine intellektuelle Unterlegenheit.

Heute wäre er allerdings durchaus zu einem Fick im Fahrstuhl bereit. Im Grunde genommen freut er sich regelrecht darauf, er erwartet es mittlerweile sogar. Alles andere würde ihn enttäuschen. Er wird sich nachher im Treppenhaus postieren, auf sie warten. Dort wird er sie auf jeden Fall treffen, egal, ob sie mit dem Fahrstuhl oder über die Treppe kommt. Und dann? Das wird sich zeigen.

Das Publikum klatscht. Der Redner verbeugt sich. Erklärt, dass er der letzte Redner sei, dass es nun zum gemütlichen Teil übergeht. Allerdings nicht hier, sondern im Café Soundso.

Er hört nicht mehr hin. Freut sich, dass es endlich vorbei ist. Spürt wieder die Erregung. Schüttelt halbherzig Hände. Verspricht, ebenfalls gleich ins Café Soundso zu kommen. Er müsse zuvor nur eine Kleinigkeit erledigen.

Endlich sind alle weg. Nur die beiden Studenten vom Blue Square räumen noch auf. Er verzieht sich auf die Toilette, harrt dort aus, bis er die Studenten die Treppe herunterstiefeln hört. Geht ins Treppenhaus, stellt sich vor den Fahrstuhl. Spürt das Kribbeln. Wirft einen schnellen Blick auf sein Smartphone. Für den Fall, dass sie doch noch abgesagt hat. Zum Glück nicht.

Da hört er auch schon den Aufzug. Sollte sie tatsächlich auf denselben Gedanken gekommen sein wie er? Das wäre unfassbar. Er übt rasch ein cooles Lächeln ein; ohne Spiegel, wird schon irgendwie passen.

Dann stoppt der Fahrstuhl, die Tür öffnet sich. Als Erstes sieht er die blonden Locken, denkt, dass sie sich kaum verändert hat, lächelt sein cooles Lächeln, geht ihr entgegen – und nimmt dann erst den Riesen wahr, der neben ihr steht und dessen Hand nach vorne schnellt.

Dann nimmt er gar nichts mehr wahr.

Kapitel 27 (6. Juni, Bochum)

Endlich ist der Tag gekommen, an dem die Universität Bochum ihren 50. Geburtstag begeht: mit einem Festakt im Audimax.

Gestern Nacht feierten Helmut, Henning, Jutta und Lisa bereits ausgiebig auf der sogenannten Gala: mit knapp 1.000 anderen Menschen in der Mensa der Uni. Es gab Livemusik (unter anderem Herbert Grönemeyer), Discjockeys, Gott sei Dank sehr wenige Reden und viel Alkohol. Helmut reicht dieses eine Fest eigentlich. Aber nachdem er geholfen hat, die zentrale Feier zu retten, sind Jutta und er so etwas wie Ehrengäste von Hennings Vater – und praktisch zum Kommen verpflichtet. Sie sitzen nachher in Block A, Reihe 3, zwei Reihen hinter all den hohen Tieren aus der Politik.

Doch jetzt stehen Helmut, Henning, Jutta und Lisa, genau wie Hunderte weitere Menschen, vor dem Audimax. Sie warten darauf, hineingehen zu dürfen.

Henning zeigt auf ein paar Leute und erklärt, um wen es sich handelt. Es sind durchweg Teilnehmer der Parade: ein paar Professoren einschließlich Hennings Großvater Adalbert Schmitt, die Sekretärin Gerda Braun, das damalige Kindergartenkind Lutz Laarmann sowie Konrad Priefke, der bis gestern verschollene erste Student.

Helmut erkennt zudem Florian Gerber. Neben ihm steht Winfried Schmitt.

Genau in diesem Augenblick brechen Gerber, Schmitt und die Ehemaligen auf. Sie gehen um das Gebäude herum.

»Wo ist denn deine Mutter, Henning? Ich sehe deinen Vater dahinten, sie aber nicht.«

Henning dreht sich zu Lisa. »Sie ist in Darmstadt.«

Lisa wirkt überrascht. »Bei deinem Bruder?«

»Ja«, antwortet Henning.

Lisa sieht ihren Freund skeptisch an. »Da fährt sie doch sonst nie hin, sagst du doch immer. Und dann ausgerechnet heute, am großen Tag deines Vaters?«

Henning hebt die Arme. »Vater hat es mir vorhin erst erzählt. Einer der Jungs liegt im Krankenhaus. Der Blinddarm muss dringend raus. Viktor und Nina wollen natürlich bei ihm sein. Sie können den anderen Lütten nicht mitnehmen. Darum fragten sie Mutter.«

»Gab es da keine andere Lösung?« Lisa starrt Henning wütend an, als wenn es seine Schuld wäre.

»Keine Ahnung. Ich habe es so von Vater gehört. Es gab die letzten Tage weiß Gott andere Dinge zu tun.« Henning blickt Hilfe suchend zu Helmut.

Helmut erfüllt seine Pflicht. »Das stimmt, Lisa. Wir mussten so einiges aufklären.«

»Männer!« Lisa verdreht die Augen.

Sie bekommt Unterstützung von Jutta. »Wie heißen eigentlich deine Neffen, Henning?«

»Hm?«

Lisa schüttelt den Kopf. »Du hast gerade von den Lütten gesprochen, ohne ihre Namen zu erwähnen. Darauf will Jutta hinaus, schätze ich. Aber das tust du ja nie, ihre Namen erwähnen. Ich kenne die Namen überhaupt nicht.«

Helmut ist diese Situation äußerst unangenehm. Ohne Not entsteht ein Streit. Er sucht verzweifelt nach einer Ablenkung, sieht sich deshalb um. Der Platz, auf dem sie stehen, das Forum, kennt er von vorgestern. Aber da konzentrierte er sich auf die beiden Gruppen, die sich gegenüberstanden. Heute halten sich auf dem Forum wesentlich mehr Menschen auf, aber sie haben alle ein gemeinsames Ziel: Sie möchten in das Gebäude, dessen Front den Platz dominiert: das Audimax.

Das Audimax wird von einer riesigen Glasfront dominiert, die aus vielen großen Scheiben besteht. Das Gebäude selbst ist rund, mit einem weißen Dach, dessen Zacken angeblich an eine Muschel erinnert. Das Audimax besitzt zum Forum hin zwei Eingänge, die etwa 15 Meter voneinander entfernt liegen. Am linken Eingang tut sich gerade etwas. Vielleicht geht es endlich los, denkt Helmut. Er will gerade die anderen informieren, doch in diesem Moment klingelt Hennings Smartphone.

Die allerbeste Ablenkung.

»Ja?« Henning geht ein paar Meter zur Seite, um in Ruhe zu telefonieren. Helmut, Jutta und Lisa wollen gerade das Gespräch wiederaufnehmen, als Henning zurückkommt. Er wirkt aufgeregt. »Vater ist total aufgelöst. Keine Ahnung, warum genau. Er bittet uns, zu ihm zu kommen. Er wartet mit den Ehemaligen in einem Raum unter dem Audimax.«

Henning führt sie zu einem unscheinbaren Eingang an der Rückseite des Audimax. Diesen Eingang benutzen heute normalerweise nur die Menschen hinter den Kulissen: Techniker, Hausmeister, Caterer sowie die Künstler, die Presseleute und zu guter Letzt die Teilnehmer der Parade; jetzt weiß Helmut, wohin Prorektor Schmitt, Gerber und die Ehemaligen gerade unterwegs waren.

Hennings Vater hat die Kontrolleure bereits informiert. Henning, Helmut, Lisa und Jutta können passieren, obwohl sie zu den normalen Gästen gehören. Sie gelangen in eine niedrige Halle mit schmucklosen Betonwänden. Ein paar BKA-Beamte sowie Mitarbeiter des privaten Sicherheitsdienstes stehen gelangweilt herum. Alles wirkt irgendwie trostlos. Vom Glanz des bevorstehenden Festes spürt man hier unten kaum etwas.

Von der Halle aus erreicht man drei Räume. In einem lagert das Universitätsorchester seine Instrumente, den zweiten nutzt die Presse, im dritten Raum treffen sich die Paradeteilnehmer.

Vor der Tür zu diesem Raum steht, neben Florian Gerber, Hennings Vater mit hochrotem Kopf. Tränen in den Augen. »Nur 49«, stammelt er.

»Was?« Henning schüttelt ungläubig den Kopf.

Dann dauert es eine Weile, bis Vater und Sohn sich über das Geschehen austauschen können, sekundiert von Gerber. Die anderen lauschen entsetzt.

Volker Kloschinki fehlt. Er war vor 50 Jahren eines der ersten Kinder in der universitären Kindertagesstätte. Kloschinki kehrte nach seiner mittleren Reife zurück an die Uni. Er absolvierte eine Lehre als Feinmechaniker, arbeitete in einer Werkstatt auf dem Campus, engagierte sich zudem früh im Personalrat. Zunächst nebenbei, später hauptamtlich, schlussendlich als dessen Vorsitzender. Vor etwa 25 Jahren verließ Kloschinki die Uni, zog nach Stuttgart, trat dort einen Job bei der ÖTV an: als Gewerkschaftsfunktionär. Er ist geschieden und wohnt, seit Gründung der Gewerkschaft Verdi, in Berlin.

Bei Kloschinki bestand nie die Gefahr, dass er eine andere Einladung annimmt. Er hatte keine erhalten, er wurde auch nicht in der Universitätszeitung interviewt.

Doch nun ist er nicht da und nicht zu erreichen. Wie vom Erdboden verschluckt.

Gerber hatte für ihn ein Hotelzimmer reserviert, vor wenigen Minuten durch einen Anruf im Hotel erfahren, dass Kloschinki gestern tatsächlich eingecheckt hatte. Anschließend war er zu einer anderen Veranstaltung gegangen – und nicht wieder zum Hotel zurückgekehrt.

»Dieses Gewerkschaftstreffen fand zufällig in einem der städtischen Gebäude der Uni statt«, erklärt Florian Gerber. »Dort war Kloschinki tatsächlich. Die beiden Studenten, die das Treffen betreuten, sahen ihn am Schluss noch zur Toilette gehen. Sie gingen davon aus, dass er anschließend, genau wie alle anderen Gewerkschafter, das Gebäude verlassen hat. Beim letzten Kontrollgang entdeckten sie ihn jedenfalls nirgends. Da fiel ihnen nur auf, dass der Aufzug streikte. Er steckte zwischen zwei Etagen fest, ließ sich nicht bedienen. Er kann erst am Montag repariert werden.«

»Entweder hat Kloschinki kalte Füße bekommen, warum auch immer, oder jemand hat dafür gesorgt, dass er nicht kommt«, sagt Henning.

Helmut nickt. »Das sehe ich genauso. Das sollten wir nach der Feier klären, schätze ich. Jetzt haben wir ein dringenderes Problem.«

Winfried Schmitt sitzt mittlerweile auf einem Stuhl vor der geschlossenen Tür des Raumes, in dem die Ehemaligen ihrem Einsatz entgegenfiebern. Henning, Lisa, Jutta, Helmut, Gerber und ein hinzugerufener Sanitäter stehen um ihn herum. Winfried Schmitt stöhnt in regelmäßigen Abständen lauthals, fasst sich abwechselnd an seine Brust oder seine Schläfen.

Helmut hält diese Geste für theatralisch. Aber eventuell verbirgt sich etwas Ernstes dahinter, etwas Lebensgefährliches. Man weiß es nicht.

»Lasst es doch einfach 49 sein. Das merkt doch eh keiner«. Lisa nickt – wahrscheinlich, um sich selbst von ihrem wenig durchdachten Vorschlag zu überzeugen.

Hennings Vater reißt den Mund auf, er schnappt ein paar Mal nach Luft, bevor er stottert: »Natürlich merkt man das. Die Leute können doch bis 50 zählen.«

Helmut ergreift das Wort. »Wie sieht es mit einem Ersatz aus? Mit diesem Franz Überall beispielsweise?«

»Ich gab ihm vorgestern Entwarnung, nachdem sich Priefke endlich meldete. Überall ist jetzt ins Sauerland gefahren«, antwortet Gerber.

Helmut startet den nächsten Rettungsversuch: »Es gibt doch diese Reserveliste, oder?«

Gerber schüttelt den Kopf. »Das ist jetzt viel zu spät.«

Wieder stöhnt Hennings Vater auf. Der Sanitäter, ein rundlicher Mann Ende 20, presst einen Finger an Schmitts Halsschlagader. »Irgendetwas muss passieren. Dieser Mann bereitet mir echt Sorgen.«

»Wer kennt eigentlich diesen Kloschinki? Der ist doch seit Ewigkeiten weg von der Uni.« Lisas Blick wandert zwischen Gerber, Henning und dessen Vater hin und her.

Es ist der alte Schmitt, der schließlich antwortet. »Von den geladenen Gästen wahrscheinlich kaum jemand.«

»Hm.« Lisa schließt die Augen, sie scheint angestrengt nachzudenken. »Es merkt also im besten Fall keiner, wenn nicht der echte Kloschinki auf der Bühne steht.«

»Was?« Schmitt richtet sich in seinem Stuhl auf, um sich gleich darauf wieder zurückfallen zu lassen. Erschöpft.

»Worauf willst du hinaus?« Henning blickt seine Freundin ungläubig an.

Lisa wiegt den Kopf hin und her. »Auf eine kleine Charade.«

Hennings Vater stöhnt wieder auf.

Lisa bleibt unbeirrt. »Wie alt ist er denn, dieser Kloschinki?«

»Mitte 50, glaube ich, älter dürfte er kaum sein, wenn er 1965 in den Kindergarten gegangen ist«, antwortet Henning.

Gerber nickt. »Das kommt hin.«

Einen Moment lang ist es still in der Gruppe. Man hört nur das leise Gemurmel der beiden Männer des privaten Sicherheitsdienstes, die ein paar Meter entfernt an einer wuchtigen Betonsäule stehen. Dann, wie auf Kommando, richten sich sechs Augenpaare gleichzeitig auf Helmut, selbst die des Sanitäters, der Helmut zusätzlich ein freudiges Lächeln schenkt, da er endlich den Lebensretter gefunden hat.

»Nein, nein, Leute.« Helmut hebt abwehrend die Hände.

»Ich gehe nicht auf die Bühne und tue so, als sei ich dieser Kloschinki. Dieser Betrug fällt doch sofort auf.«

»Wem denn, Helmut?«, fragt Lisa.

Der Sanitäter blickt Helmut flehend an, in den Augen von Hennings Vater flackert Hoffnung auf. Henning ergreift dessen Hand. Jutta scheint diese Geste zu gefallen, denn sie schnappt sich Helmuts linke Hand.

»Na, den Gästen. Dem Bundespräsidenten.« Fast hätte Helmut die rechte Faust gereckt, als ihm dieses schlagende Argument einfällt. Seine linke Hand wird gerade von Juttas rechter Hand quasi zerquetscht. Helmut fragt sich, ob Jutta ihm damit ihre Zustimmung zeigen will oder ob sie ihm mit Absicht wehtun möchte, weil sie die Meinung der anderen teilt, ihn sozusagen mit roher Gewalt umstimmen will.

Diesmal antwortet Henning. »Wie gesagt, Helmut, wahrscheinlich kennt niemand von den Gästen diesen Kloschinki. Das gilt auch für den Bundespräsidenten.«

Helmut gibt sich längst nicht geschlagen. Nichts treibt ihn an, vor 1.500 Zuschauern als falscher Kloschinki aufzutreten und das Staatsoberhaupt zu täuschen. Er könnte jetzt ganz gut eine Zigarette gebrauchen. »Ihr habt doch dem BKA Fotos von allen Paradeteilnehmern geschickt, oder? Bei all den Sicherheitsvorkehrungen erscheint mir das zwingend zu sein.«

Diesmal blicken alle auf Hennings Vater. »Nein, keine Fotos. Nur alle relevanten Daten.«

»Das heißt aber, dass das BKA nun auf Volker Kloschinki wartet, der sich dort hinten am Eingang registrieren lassen muss. Aber es kommt kein Kloschinki.« Helmut weiß natürlich, dass sein Eingreifen Hennings Vater helfen würde (falls er tatsächlich Hilfe benötigt), aber es scheint so viele unbeantwortete Fragen zu geben – zusätzlich zu seiner Nervosität. Außerdem, aber dieser Gedanke schlummert sehr, sehr tief in seinem Kopf, beinahe im Unterbewusstsein, und dennoch:

Außerdem würde dieser kleine Reinfall ihnen doch eigentlich perfekt in die Karten spielen beim Versuch, Hennings Vater zu stoppen. Nein, nein, nein, schimpft Helmut mit diesem bösen Gedanken. Wir werden Winfried Schmitt auch so stoppen, ohne ihn zusätzlich zu blamieren.

»Das ist kein Problem.« Hennings Vater reibt sich einmal mehr die Schläfe. »Wenn Kloschinki sich nicht am Eingang registriert, ist er für das BKA einfach nicht gekommen.«

»Falls er dann doch im Saal erscheint, werden die Sicherheitskräfte umgehend Alarm schlagen – und mich auf offener Bühne verhaften. Vielleicht fällt zu allem Überfluss jemandem von den Leuten an der Einlasskontrolle mein Gesicht auf, und diese Person bringt es mit meinem echten Namen in Verbindung.« Helmut wittert Morgenluft.

Henning lässt endlich die Hand seines Vaters los, er wendet sich an Helmut. »Ich glaube, du stellst dir diesen Einmarsch falsch vor, Helmut. Die Leute kommen nicht einzeln rein. Da ist auch kein Herold, der verkündet: ‚Nun begrüßen wir Volker Kloschinki, 56 Jahre alt. Vor 50 Jahren eines der ersten Kinder, welches die Kindertagesstätte der Ruhr-Universität besuchte'. Es werden nur ein paar Daten zu den 50 per Beamer auf eine Leinwand projiziert, während alle auf einmal in den Saal gehen. Dann schüttelt der Präsident euch die Hand. Da werdet ihr euch dann kurz vorstellen. Er weiß weder, dass Kloschinki nicht registriert ist, noch wie er aussieht. Es ist außerdem auszuschließen, dass sich der Bundespräsident anschließend beim BKA vergewissert, ob alle 50, denen er die Hand gab, am Eingang ordnungsgemäß erfasst wurden. Es bleibt dabei: Niemand wird den Schwindel bemerken.«

»Aber es bleibt doch ein Schwindel«, gibt Helmut zu bedenken.

Der Sanitäter schaltet sich ein. »Aber es ist für eine gute Sache.«

Ein letzter Akt der Verzweiflung: »Aber ich werde nächsten Monat 61. Ich bin mindestens fünf Jahre älter als dieser Gewerkschaftstyp.«

»Du hast dich aber prima gehalten, Schatz, du gehst locker für Mitte 50 durch.« Jetzt weiß Helmut endlich, auf wessen Seite seine Freundin steht.

Ein allerletzter Akt der Verzweiflung: »Und was sagen die anderen 49 dazu? Da ist garantiert jemand dabei, der 1965 zusammen mit Kloschinki die Kita besuchte und ihn nun wiedererkennen würde. Oder, der ihn als Personalratschef erlebte? Außerdem haben die Leute mitbekommen, dass sie nur 49 sind.«

Lisa schüttelt seufzend den Kopf. »Als würdest du jemanden wiedererkennen, mit dem du vor 50 Jahren zusammen im Kindergarten warst.«

»Das beantwortet eine meine Fragen.« Helmut hebt den rechten Daumen. Der linke Daumen ist weiterhin in Juttas kräftiger rechter Hand gefangen.

Henning zögert kurz, bevor er das Wort ergreift. »Dass ihn jemand als Personalratschef erlebte, können wir nicht ausschließen. Aber wenn du gleich in diesen Raum hinter dir gehst, wird dich niemand persönlich ankündigen. Du bist einfach da. Niemand dort drinnen kennt die vollständige Liste der Eingeladenen. Niemand erwartet Volker Kloschinki. Vermisst wird allenfalls die namenlose Nummer 50. Du bist also irgendjemand. Die Nummer 50. Du hältst dich besser im Hintergrund, suchst auf keinen Fall von dir aus das Gespräch. Wenn doch, dann allenfalls mit den ganz alten Männern, den Professoren von früher, die sich kaum an irgendwelche Betriebsräte beziehungsweise Personalräte erinnern. Auf jeden Fall können wir heilfroh sein, dass du keinem von den 49 Leuten bei unseren Ermittlungen persönlich begegnet bist. Dann wäre es natürlich kritisch.«

Hennings Vater übernimmt den Rest. »Die andere Sache, lieber Herr Jordan, die stellt auch kein Problem dar. Es stimmt, dass die anderen 49 mitbekommen haben, dass jemand fehlt. Aber nun ist er ja gekommen.«

Helmut empfindet das strahlende Lächeln, das Hennings Vater ihm schenkt, als genauso künstlich wie zuvor den verzweifelten Gesichtsausdruck. Aber es ist nun mal der Vater des Freundes seiner liebsten Kollegin. Da muss man mal ein Auge zudrücken, nicht wahr? »Und was ist mit meinem schönen Platz in der dritten Reihe? Fast direkt hinter dem Bundespräsidenten und den anderen tollen Politikern? Und dem Bischof?«

»Der Bischof sitzt nun doch in einem anderen Block«, erwidert Hennings Vater. »Die Prominenten können Sie am Ende der Veranstaltung aus nächster Nähe betrachten. Sogar berühren.«

»Und die Reden?« Als wenn Helmut sich für Reden begeistert. Bei den meisten Reden schläft er spätestens nach drei Minuten ein. Die größten Langweiler sind die jeweiligen Innenminister seines Heimatbundeslandes Niedersachsen. Dabei spielt es keinerlei Rolle, welcher Partei sie angehören. Sobald sie sich in einem großen Saal an die Spitzenkräfte der niedersächsischen Polizei wenden, verwandeln sie sich in Schlaftabletten. Immerhin gehört Helmut zu den Spitzenkräften der niedersächsischen Polizei. Da schläft es sich doch gleich angenehmer.

Doch von all dem ahnt Professor Schmitt selbstverständlich nichts. »In dem Raum, in dem Sie auf den Einzug warten, hängen zwei Fernseher an der Wand, die das Geschehen im Audimax übertragen. Dort können Sie die Reden hören und sehen. Live und in Farbe, wie man so schön sagt.«

Henning springt seinem Vater zur Seite. »Helmut, niemand wird irgendetwas Spannendes sagen.«

Ein allerletzter Akt der Verzweiflung: »Mir ist schlecht.«

Doch mit dieser Aussage erntet Helmut nur Kopfschütteln – und einen gebrochenen Finger.

Beinahe.

Wenigstens darf Helmut kurz nach draußen gehen, um eine Zigarette zu rauchen.

Als er zurückkommt, blickt Florian Gerber gerade kopfschüttelnd auf sein Handy. »Noch eine Hiobsbotschaft?«, fragt Helmut.

Auch Henning taucht neben Gerber auf. »Was ist los?«

»Ich erhielt gerade eine höchst seltsame Information von meinem Freund Jakob Dieckmann. Lesen Sie selbst, den Rest erkläre ich Ihnen.«

Gerber drückt Henning sein Smartphone in die Hand, die beiden Polizisten lesen:

»Hey Flo, mir ist endlich eingefallen, wer die Blonde ist, die aus dem Park neulich. Lydia Assmann. Ich habe tatsächlich mal über sie geschrieben. Die hat ihren Doktor in Maschinenbau mit Auszeichnung bestanden. Früher außerdem die beste und schnellste Studentin ever. Expertin für Maschinenbauinformatik. Also Computer, Programmieren, IT-Sicherheit. LG. Jake.«

»Was ist daran so seltsam?«, fragt Henning.

Gerber räuspert sich. »Schwer zu erklären. Ich fange mal von hinten an. Als ich am Mittwoch nach unserem Treffen runter auf die Straße kam, wollte ich mich erst einmal sammeln. Ich wollte mich dazu auf die erstbeste Bank setzen. Direkt gegenüber von Ihrem Haus, Herr Schmitt, steht eine Bank. Die war aber besetzt. Da saß ein braungebrannter, blonder Kerl und las Zeitung. Da bin ich ein Stück in den Stadtpark gegangen, setzte mich auf die erste freie Bank. Ein paar Minuten später kommt dieser blonde Typ in den

Park, begleitet von einer blonden Frau. Die beiden nehmen direkt Kurs auf meine Bank, als wollten sie wirklich zu mir. Doch kurz bevor sie mich erreichen, ruft jemand meinen Namen. Jakob. Im selben Moment dreht das Pärchen ab und verschwindet irgendwo im Park.

Das allein erschien mir schon irgendwie komisch, aber bis eben dachte ich mir nichts dabei. Jetzt erfahre ich von Jakob, dass es sich bei dieser Frau um Lydia Assmann handelt. Assmann war eine der wenigen Wunschkandidatinnen Ihres Vaters für die Parade, Herr Schmitt. Ein Kindergartenkind. Sie reagierte nicht auf die Einladung, ich strich sie schließlich von der Liste. Dass sie nun im Stadtpark keine zehn Meter entfernt von mir auftaucht, zusammen mit einem Mann, der zuvor direkt gegenüber von dem Haus saß, in dem ich mich mit einem Kripobeamten treffe, und plötzlich die Richtung ändert, weil jemand meinen Namen ruft – und sonst weit und breit niemand zu sehen ist –, das finde ich bemerkenswert. Zumal sich zusätzlich herausstellt, dass diese Lydia Assmann ein Computerfreak ist und Sie beide ja noch immer jemanden suchen, der für die Manipulation am Raumbuchungssystem verantwortlich ist.«

»Und eventuell dafür, dass Kloschinski nicht aufgetaucht ist«, vervollständigt Henning.

Gerber schluckt. »Dann meinen Sie also auch, dass dieses Pärchen vielleicht kurz davor war, mich … umzubringen?«

»Ich weiß nicht. Mir fällt auch spontan kein Motiv dafür ein. Wir wissen andererseits zu wenig über diese Frau.« Helmut blickt Henning an. »Vielleicht kann dein Vater etwas dazu sagen. Wenn er sie doch explizit einladen wollte.«

Henning nickt. »Wir fragen ihn. Aber besser erst nach der Feier.«

Ein Blick auf die Uhr verrät Helmut, dass jetzt ohnehin

keine Zeit mehr dazu wäre. Er muss dringend zu den 49 anderen Ehemaligen.

Kapitel 28 (6. Juni, Bochum)

Was für ein großer Mann!

Konrad Priefke schwebt. Gewissermaßen. In wenigen Minuten darf er dem ersten Mann im Staat die Hand schütteln. Dem Verfechter der Freiheit. Dem Mann, dem Bildung so wichtig ist. Wahrscheinlich fast so wichtig wie die Freiheit. Ein großer Mann halt.

Und er schüttelt ihm, Konrad Priefke, die Hand. Dem Mann, der fast seine eigene Alma Mater verraten hätte.

Niederträchtig.

Aber davon ahnt der Bundespräsident selbstverständlich nichts. Davon weiß kaum jemand etwas.

Neuerdings wissen es allerdings zwei andere Ehemalige, die, wie Konrad, falsche Einladungen erhielten. Gerade eben, beim Warten auf den Einmarsch, in diesem kleinen stickigen Raum unterhalb des Festsaales, lernte Konrad sie zufällig kennen.

Natürlich zufällig. Konrad wusste bis zu diesem Zeitpunkt gar nicht, wie viele außer ihm betroffen sind. Und um wen es sich handelt. Er wollte nicht zu jedem Einzelnen hingehen und nach gefälschten Einladungen fragen.

Konrad versuchte es etwas subtiler – das funktionierte hervorragend. Ein paar Andeutungen, die ausschließlich Betroffene verstehen. Wenn sie dann ein entsprechendes Signal gaben, fragte Konrad: »Haben Sie etwa auch so eine komische Einladung bekommen für heute?«

Zweimal lautete die Antwort ja: bei Gerda Braun und Lutz Laarmann. Beide hatten sehr skurrile Einladungen erhalten.

Einverstanden, als Rentner zur Raumstation ISS zu fliegen, klingt auch skurril. Im Nachhinein kann sich Konrad überhaupt nicht mehr erklären, wie er überhaupt auf diese andere Einladung hereinfallen konnte.

Unglaublich.

Laarmann und Braun geht es ähnlich.

Nun sind irgendwie alle froh, doch hier zu sein.

Das ist, strenggenommen, ein bisschen verlogen, räumt Konrad ein. Jeder der drei Menschen lügt sich und die anderen ein wenig an. Eines jedoch bleibt: Ihr gemeinsames Schicksal schweißt sie für ein paar Stunden zusammen.

Sie stehen die ganze Zeit über eng beieinander in diesem unwürdigen Raum: ohne Fenster, mit abgestandener Luft, dünnem Kaffee und pappigen Brötchen. Sie tauschen Erfahrungen aus mit falschen Einladungen, suchen nach bekannten Gesichtern unter den anderen Zusammengepferchten.

Aber Konrad erkennt nur drei der Professoren von früher wieder: den Anglisten Baum, den Biologen Keller, den Maschinenbauer Schmitt. Personen, an die sich auch Braun erinnert. Sie kennt ein paar Leute mehr, andere Sekretärinnen vor allem.

Laarmann hätte nicht einmal seine Erzieherinnen von damals erkannt. Aber von ihnen ist offenbar niemand eingeladen.

Gegen 10.30 Uhr, eine halbe Stunde vor Beginn der Veranstaltung, steckt Winfried Schmitt den Kopf in ihr Kabuff. Er erscheint in Begleitung eines etwa 60-jährigen Mannes. Schmitt geht sofort wieder, ohne mit jemandem zu sprechen. Der andere Mann bleibt, er hält sich jedoch abseits aller anderen auf, spricht mit niemandem ein Wort; niemand sucht seine Nähe.

»Wer ist das?« Laarmann deutet auf den Neuankömmling.

»Keine Ahnung«, antwortet Braun. Sie wäre die einzige Person, der man zugetraut hätte, den Mann zu kennen.

Später macht das Gerücht die Runde, dass es sich um Volker Kloschinki handelt, ein Kindergartenkind der ersten Stunde und zudem, wesentlich später, einige Jahre lang der Vorsitzende des Personalrats. Angeblich übt Kloschinki mittlerweile ein wichtiges Funktionärsamt bei der Gewerkschaft Verdi in Berlin aus.

»Der Name sagt mir was«, räumt Braun ein. »Den Mann habe ich jedoch anders in Erinnerung. Ich kann mich aber auch täuschen. Zu meiner Verabschiedung kam jedenfalls einer seiner Nachfolger.«

So vergeht die Zeit, es wird 11 Uhr, irgendwo über ihnen beginnt die Feier. Da die 50 Ehemaligen aufgrund des geplanten Einmarsches inklusive Überraschungseffekt natürlich nicht im Saal sitzen dürfen, bleiben sie in ihrem fensterlosen Loch. Immerhin gibt es zwei Bildschirme an der Wand, auf denen das Geschehen im Saal live übertragen wird.

So sieht Konrad, wie der Bundespräsident federnden Schrittes in den Saal kommt, sein Gefolge im Schlepptau: Bundestagspräsident, Ministerpräsidentin, Wissenschaftsministerin, Oberbürgermeisterin, Bischof, Rektorin, Prorektoren, Kanzlerin.

Die Rektorin eröffnet das Programm mit einer kurzen Begrüßung, bittet sogleich den Bundespräsidenten auf die Bühne. Die Rede des Präsidenten ist zugleich der Höhepunkt der gesamten Feier. Alle anderen Redner beziehungsweise Rednerinnen sagen leider so ziemlich das Gleiche. Wie wichtig die Universität Bochum für die Region und das Land sei. Und so weiter.

Dann endlich, gegen 12.45 Uhr, naht der große Moment, sozusagen der wahre Höhepunkt der Feierlichkeiten. Der Universitätschor betritt die Bühne, breitet sich dort in Windeseile aus. Etwa zeitgleich erscheint unten im Kabuff eine große, blond gelockte Dame, eine Mitarbeiterin der Universitätsverwaltung, und holt die Ehemaligen ab. Ein letzter Moment der Erniedrigung, als die Prozession sich durch ein enges Treppenhaus mit rohen Betonwänden quetscht, um zum Beginn der Welturaufführung des Parademarsches in den Saal zu strömen, in Zweierreihen, halbwegs geordnet, unter tosendem Beifall der 1.500 geladenen Gäste.

Auf der großen Leinwand im Saal prangen die Namen der 50 Ehemaligen, streng nach dem Alphabet sortiert, dann endlich: »Konrad Priefke, Student mit der Matrikelnummer 1«.

Konrads Augen kleben an der Leinwand; fast tritt er dem früheren Personalratsvorsitzenden in die Hacken. Dann macht die Karawane Halt und stellt sich in einer langen Reihe auf. Mann neben Mann neben Frau. Links neben Konrad steht Laarmann, rechts der frühere Personalratsvorsitzende, daneben Braun.

Der Präsident schreitet die Reihe ab, gibt jedem Einzelnen die Hand, findet für jeden ein warmes Wort. »Der erste Student und nun pensionierter Studiendirektor, soweit ich weiß?«, fragt er. Konrad nickt, bringt kein Wort heraus, schüttelt Sekunden später die Hand der Ministerpräsidentin, die weitaus weniger konzentriert wirkt als das Staatsoberhaupt und vorsichtshalber die Lippen zusammenpresst und schweigt. Ihr folgen all die anderen Würdenträger.

Die Komposition des Universitätsmusikdirektors nimmt ein letztes Mal an Fahrt auf, variiert ein paar Themen des Mittelteils, klingt langsam aus. Praktisch zeitgleich endet das große Händeschütteln, das für Konrad beinahe für das verpasste Wochenende in Darmstadt entschädigt.

Er und die anderen 49 Ehemaligen bleiben eine Weile auf der Bühne stehen, lassen sich feiern, bis der Applaus abklingt und die blonde Dame von der Verwaltung die ganze Bagage zurück zum Kabuff bringt, natürlich wieder durch das viel zu enge Treppenhaus.

Kapitel 29 (6. Juni, Bochum)

Wenige Minuten später findet sich Helmut inmitten der anderen Paradeteilnehmer wieder. »Inmitten« ist allerdings eine unpassende Umschreibung, denn Helmut steht, wie von Henning vorgeschlagen, weit abseits des Geschehens. Darüber hinaus versucht er, möglichst abweisend dreinzublicken, damit ihn ja niemand anspricht.

Bislang klappt das sehr gut. Helmut genießt seine Ruhe, blickt sich vorsichtig um, die Ohren gespitzt. Vielleicht schnappt er irgendeine kleine Geschichte auf. Beispielsweise von falschen Einladungen. Gleichzeitig hält Helmut sich bereit – falls ihn jemand auf falsche Einladungen anspricht.

Aber niemand will seine Geschichte hören. Tatsächlich will offenbar kaum jemand die Geschichte von jemand anderem hören. Viele Ehemalige stehen allein herum. Helmut erkennt nur zwei Grüppchen. Eine Gruppe besteht aus den ältesten Knackern weit und breit; keiner der Männer dürfte unter 85 sein. Die fünf Professoren der ersten Stunde, weiß Helmut mittlerweile.

Die Herren Professoren bleiben offenbar lieber unter sich. Standesdünkel bis ins Grab. Erst in diesem Moment fällt Helmut auf, dass Fleischer keinen von ihnen hereinlegen wollte. Möglicherweise hielt der clevere Jurist dies für vergebene Liebesmühe, setzte insgeheim darauf, dass ein oder zwei der alten Säcke kurz vor dem 6. Juni das Zeitliche segnen? Oder keiner der fünf Professoren äußerte jemals öffentlich einen Herzenswunsch? Oder es ist bloß Zufall?

Die andere Gruppe besteht aus drei Leuten. Helmut erkennt alle drei wieder. Am Morgen erzählte Henning ihm, um wen es sich handelt. Da standen diese drei Leute, genau wie die 46 anderen Ehemaligen, auf dem Forum und warteten darauf, ins Audimax zu gelangen.

Helmut erinnert sich jedoch nur an einen der drei Namen. Beim älteren der beiden Männer handelt es sich um Konrad Priefke, den berühmten ersten Studenten, lange verschollen, zum Glück beizeiten heimgekehrt. Der andere Mann, er müsste etwa Mitte 50 sein, ist dieser Kfz-Mechaniker. Lutz soundso. Der Nachname fällt Helmut nicht ein. Das gilt gleichermaßen für die Frau in der Runde, eine etwa 65-Jährige mit silbergrauen Haaren. In ihrem Fall hat Helmut auch den Vornamen vergessen.

Diese Frau macht Helmut allerdings ein wenig nervös. Ständig blickt sie zu ihm herüber, mustert ihn. Vielleicht sprach sich doch herum, dass es sich beim gerade eingetroffenen 50. Ehemaligen um den früheren Personalratsvorsitzenden handelt?

Im schlimmsten Fall arbeitete die Frau damals kurzzeitig mit Kloschinki zusammen und wundert sich nun, wie der Mann sich verändert hat. Oder, allerschlimmster Fall, sie wundert sich, dass Kloschinki sie nicht wiedererkennt und begrüßt, obwohl die beiden vor 20 Jahren allerbeste Freunde waren.

Oder ein Liebespaar?

Helmut spürt, wie der Schweiß unter seinen Achseln fließt. Eigentlich ist es warm genug, um das Sakko auszuziehen, aber das wäre angesichts der dunklen Flecken an den Achseln höchst peinlich. Außerdem hat keiner der Männer sein Sakko ausgezogen, beziehungsweise seinen Smoking; zwei der ganz alten Säcke tragen Smokings. Plus Fliege.

Standesdünkel, wie gesagt.

Helmut ist froh, als sich jemand zwischen ihn und die Frau stellt, sodass diese ihn nicht länger mustern kann. Deshalb legt sich letztlich Helmuts Nervosität, auch der Schweißfluss lässt nach. Er nimmt sich einen Kaffee und etwas später ein Brötchen vom Büffet.

Kurz darauf ist es so weit, 11 Uhr. Die 50 Ehemaligen starren gebannt auf die beiden Bildschirme, die an der Wand hängen. Im Saal oben herrscht knisternde Spannung, alle Reihen sind besetzt, nur die Reihe 1 in Block A bleibt leer. Doch plötzlich ertönt aus dem Lautsprecher die Ansage:

»Meine Damen und Herren – der Bundespräsident!«

Der gesamte Saal erhebt sich applaudierend, als das Staatsoberhaupt in den Raum schlendert, gefolgt von allen anderen Politikern, und herzlich in alle Richtungen winkt.

Dann sitzt er auch schon, neben sich die Rektorin, auf der anderen Seite die Ministerpräsidentin. Direkt dahinter sitzt Professor Fleischer, der künftige Rektor.

Oder?

Die Kamera ist auf den Präsidenten gerichtet, er lächelt professionell, da er das mit der Kamera natürlich weiß, weil er so etwas ständig erlebt. Dann steht die Rektorin auf und geht, begleitet von der Kamera, zum Rednerpult. Sie begrüßt die Gäste, die hohen Tiere allesamt namentlich, das Fußvolk im Block. Anschließend übergibt sie das Wort an den Bundespräsidenten. Die Rektorin schreitet zurück zu ihrem Platz, der Präsident schreitet zum Pult. Auf halbem Weg trifft man sich, drückt sich kurz die Hand. Der Präsident, ganz Charmeur, schließt dabei huldvoll die Augen.

Der Präsident bezeichnet die Uni als »Motor des Wandels im Ruhrgebiet«, erklärt kurz, weshalb er das tut.

In diesem Moment fallen erstmals Helmuts Augen zu. Zum Glück erinnert er sich rechtzeitig daran, dass er steht. Er zwingt sich, wieder wach zu werden.

Der Präsident wechselt nach knapp drei Minuten das Thema, um 16 Minuten lang über »Bildung als Bürgerrecht«

zu sprechen. In der letzten von insgesamt 20 Minuten kehrt er thematisch zur Uni Bochum zurück und bezeichnet sie fast wieder als »Motor des Wandels im Ruhrgebiet«. Er belässt es aber bei der »Neuerfindung des Reviers« und übergibt das Wort an die Ministerpräsidentin.

Für die Ministerpräsidentin ist die Uni ein »Versprechen, das längst eingelöst wurde«, für die Oberbürgermeisterin ist sie kurz darauf ein »Segen für die Stadt«, für die Rektorin, die ein zweites Mal zum Rednerpult schreitet, ist diese Feier offenbar der schönste Augenblick in ihrem Leben.

Sie strahlt.

Nach den Reden folgt Musik: Binnen einer Minute entern knapp 100 Musiker und Sänger die Bühne, angeführt von einem nervösen Mann um die 60, der als Universitätsmusikdirektor vorgestellt wird. Er dirigiert Chor und Orchester.

Die Musik, die nun erklingt, irritiert Helmut. Es ist wohl klassische Musik, aber mit einem irgendwie modernen Anstrich. Jedenfalls klingt es abgehackt, nur wenig melodisch. Seltsam, denkt Helmut. Er findet offenbar im Bundespräsidenten einen Bruder im Geiste. Einmal mehr wird dieser von der Kamera eingefangen, erscheint in Großaufnahme auf dem Bildschirm. Seine Miene ist versteinert. Konzentration? Hm, eher stummes Entsetzen, schätzt Helmut.

Zum Glück geht in diesem Moment tief unter dem Festsaal die Tür auf; eine etwas zu groß gewachsene, sehr nervöse Dame vom Organisationsteam gibt zu verstehen, dass die 50 Ehemaligen nun langsam nach oben gehen müssen.

Die 50 folgen der Dame durch ein dunkles, schmales Treppenhaus, in dem man einzeln nacheinander gehen muss. Es ist ein wenig gespenstisch, passt irgendwie zu der Musik, die gerade im Saal gespielt wird.

Hinter einer Eisentür liegt ein heller Gang, der wiederum geradewegs in das lichtdurchflutete Foyer des Audimax führt.

Kurz darauf stehen die 50 (plus der Frau vom Organisationsteam) an einer geöffneten Flügeltür, die den Blick auf den Saal freigibt. Sechs Personenschützer stehen an der Tür, mustern die Wartenden.

Niemand sagt etwas.

Die Anspannung ist greifbar. Man sieht den Personenschützern deutlich an, was sie denken: Jeder der Ehemaligen ist ein potenzieller Attentäter und dazu bereit, den Bundespräsidenten mit bloßen Händen zu erwürgen.

Gespenstisch, wie gesagt.

Wie gern säße Helmut jetzt in Reihe 3, Block A, sein Kopf an Juttas Schulter.

Drinnen scheint das Musikstück seinem Höhepunkt und/oder Ende entgegenzusteuern. Jedenfalls wird das Kreischen des Chores lauter. Kurz darauf ist tatsächlich Schluss. Der Universitätsmusikdirektor verneigt sich in alle Richtungen. Applaus brandet auf. Ob vor Begeisterung oder Erlösung, bleibt offen. Helmut jedenfalls fühlt sich erlöst.

Chor und Orchester bleiben am Platz. Die Rektorin schreitet erneut zum Rednerpult. Sie bedankt sich für die Musik und kündigt den Organisator des Festes an: Prorektor Professor Winfried Schmitt.

Applaus.

Hennings Vater geht zur Bühne, er wirkt kein bisschen nervös. Am Pult justiert er das Mikrofon, beginnt zu sprechen. Ganz locker, im Plauderton. Er stellt sich beziehungsweise seine Funktion vor, skizziert seine Idee mit den 50 Universitätsangehörigen der ersten Stunde. Tradition. Verbundenheit. Alle Statusgruppen vertreten. Das Menschliche und das Allzu-Menschliche. Dankbarkeit. Eine Wiederholung dieser Aktion zum 100. Geburtstag schließt Schmitt senior aus.

Großes Gelächter.

Helmut überlegt, ob es nicht doch möglich wäre, dass sich der Bundespräsident und der Gewerkschaftsfunktionär schon einmal in Berlin begegnet sind. Vollkommen auszuschließen ist das nicht, findet Helmut. Er beginnt wieder zu schwitzen.

Doch just in diesem Moment gibt Hennings Vater das Signal zum Einmarsch der Ehemaligen, von vielen jüngeren Universitätsmitgliedern, das weiß Helmut von Florian Gerber, despektierlich, aber offenbar durchaus zu Recht »Zombieparade« genannt.

Wieder schwingt sich der nervöse Universitätsmusikdirektor auf sein niedriges Podest und gleich darauf den Taktstock. Es ertönt ein Musikstück, das einen umständlichen lateinischen Namen trägt (der Name wird auf die Leinwand projiziert) und sehr schwerfällig daherkommt – und damit hervorragend zum Einmarsch passt, der nun beginnt. In Zweierreihen schreiten die 50 durch die Flügeltür, misstrauisch beäugt von den Personenschützern.

Helmut befindet sich etwa in Mitte des Feldes, neben ihm geht zufällig diese rüstige Rentnerin, die vorhin in der Gruppe um Priefke stand und Helmut misstrauisch anblickte. Sie summt leise eine Melodie, die mit dem Stück des Orchesters wenig gemein hat, sondern an den Beatlessong »Yesterday« erinnert.

Das ergibt Sinn. Diese Frau sollte nach London gelockt werden, um einem Konzert im kleinen Kreis von Paul McCartney beizuwohnen. Wahrscheinlich wäre diese Dame tatsächlich lieber dort als hier. Gerda Braun heißt sie, fällt Helmut unvermittelt ein.

Ausgerechnet jetzt sieht Braun zu Helmut hinüber und erkennt, dass Helmut sie mustert. Mit einer heftigen Geste wendet sie sich ab, brummt demonstrativ lauter. Sie hört erst auf, als die gesamte Parade vor der ersten Reihe im Audimax Stellung bezieht und der Bundespräsident sich erhebt.

Tatsächlich schreitet der gute Mann nun die gesamte 50-köpfige Reihe ab, um jedem Einzelnen die Hand zu schütteln. Zu Helmuts Entsetzen erheben sich kurz darauf die anderen Prominenten, um es dem Präsidenten gleichzutun.

Zeitgleich erahnt Helmut neben sich eine Bewegung. Augenblicklich sträuben sich seine Nackenhaare. Er wendet den Kopf, nimmt dabei wie in Trance wahr, dass sich überall im Saal junge Männer (Personenschützer?) erheben, unter ihre Jacken fassen und sprungbereit dastehen, sieht dann, wie ausgerechnet Gerda Braun in ihrer kleinen Handtasche kramt, als sich der Bundespräsident ihrem Standort nähert.

Lincoln, Kennedy, Schäuble, Lafontaine – das sind die Namen, die Helmut als Erstes einfallen.

Er überlegt kurz, ebenfalls unter seine Jacke zu fassen. Was völliger Blödsinn wäre. Seine Dienstwaffe sucht er dort natürlich vergeblich. Er wäre kaum in diesen Saal gelangt – mit einer Waffe im Schulterhalfter.

Und die Braun? Wer hat sie mit ihrer Waffe hereingelassen? Was ist es überhaupt? Pistole? Messer? Giftspritze? Säure? Schere? Smartphone?

Smartphone?

Ein Smartphone hält Braun nun in der Hand. Helmut ist drauf und dran, es ihr aus der Hand zu schlagen. Er weiß, dass sechs im Saal verteilte Scharfschützen nur darauf warten, es ihr aus der Hand zu schießen.

Dann entdeckt Helmut durch Zufall den Mann in Reihe 2, gleich hinter dem zurzeit verwaisten Platz des Staatsoberhauptes. Er trägt einen kleinen Kopfhörer im Ohr und ein Mikrofon am Revers. Während Helmut sich fragt, warum die Zeit stehen geblieben zu sein scheint, dass so vieles möglich ist, dass sich ihm die günstige Gelegenheit bietet, dem Präsidenten das Leben zu retten, indem er das Smartphone unschädlich macht, wird ihm klar, dass dieser Mann in Reihe 2 gerade checkt, ob Brauns Smartphone überprüft wurde und nicht in Wirklichkeit irgendeine gefährliche Agentenwaffe ist.

Helmut hält deshalb in der gerade begonnenen Bewegung – Handkantenschlag gegen Brauns rechten Arm – inne und stellt beruhigt fest, dass der Mann in Reihe 2 zufrieden nickt.

Das Smartphone ist ein Smartphone ist ein Smartphone …

»Selfie?« Der Bundespräsident hat die Situation offenbar längst erfasst, er spricht Braun von sich aus an.

Die Sekretärin nickt voller Glückseligkeit, gleich darauf steht sie Arm in Arm mit dem Präsidenten und fotografiert sich dabei.

Nicht ganz der McCartney, denkt Helmut, aber Braun scheint es zu reichen.

Der Präsident steht nun endlich vor Helmut und stellt sich ihm vor. Vollkommen überflüssig, jedoch nett gemeint. Helmut nennt gleichfalls seinen Namen, seinen falschen natürlich. Er berichtet dem Bundespräsidenten kurz, was er 1965 an der Bochumer Universität machte, was er heutzutage so treibt.

All das schafft Helmut, ohne ein einziges Mal zu stottern. Dieses wahre Husarenstück gelingt ihm bei allen Händeschüttlern, zu guter Letzt bei Hennings Vater, der Tränen in den Augen hat. Vermutlich sind es Tränen der Rührung und der Freude, womöglich sogar echte.

Kapitel 30 (6. Juni, Bochum)

Jetzt steht Konrad vor dem Audimax, in Sichtweite der Gruppe um das Rektorat und die Politiker. Man verabschiedet sich gerade von der Ministerpräsidentin; der Bundespräsident ist längst weg. Es heißt, er müsse zu einem Fußballspiel nach Berlin.

Den Mittelpunkt der Gruppe bildet jedoch keiner der großen Politiker, dort thront Prorektor Winfried Schmitt. Der große Planer der zentralen Feier lächelt zufrieden in alle Richtungen, wirkt aus nachvollziehbaren Gründen rundum glücklich.

Konrad gönnt ihm seinen Erfolg; er ist froh, dass letztlich alles gut ausgegangen ist. Er plaudert ein wenig mit Lutz Laarmann, den er recht sympathisch findet, obgleich er dessen Vorliebe für Autos, die ständig im Kreis fahren, eine gehörige Portion Unverständnis entgegenbringt.

»Haben Sie gesehen, was diese Sekretärin machte, als der Bundespräsident sozusagen direkt vor ihr stand?« Laarmann bezieht sich auf Gerda Braun.

»Nein.«

»Sie hat den Präsidenten sozusagen zu einem Selfie genötigt.«

»Zu einem was?« Konrad hat dieses Wort noch nie zuvor gehört.

»Selfie. Ein Foto, das man sozusagen von sich selbst macht. Man hält den Fotoapparat in der eigenen Hand und knipst. Beziehungsweise heutzutage das Smartphone.«

Konrad versteht – rein gar nichts. »Was hat der Bundespräsident damit zu tun?«

»Na, der musste sozusagen mit auf das Bild, Frau Braun umarmen und lächeln.«

»Aber w-w-warum macht der M-M-Mann d-d-dabei mit?« Konrad ist aufgebracht, deshalb gerät er aus heiterem Himmel ins Stottern. Das passiert ihm in den letzten Jahren häufiger. Entweder stottern oder vollkommene Sprachlosigkeit. Vermutlich eine Alterserscheinung. Er fragt sich jedoch ernsthaft, was sich der Präsident dabei denkt, mit wildfremden Menschen für ein Foto zu posieren. Er ist der oberste Repräsentant der Bundesrepublik, kein Grüß-August.

Konrad muss jetzt irgendetwas tun, um seine Unruhe und seinen Zorn und bestenfalls die Sache mit dem Stottern in den Griff zu kriegen. Schließlich nimmt er seine Brille ab, putzt sie mit einem Taschentuch. Dabei hat er seine Brille heute bereits dreimal geputzt. Die Brille ist so sauber, wie es nur geht; zum Glück sieht Konrad sehr gut damit. Ohne Brille praktisch null, mit Brille ungefähr 100 Prozent. Sein Augenarzt spricht von einem Phänomen.

Laarmann hebt die Hände. »Keine Ahnung. Eventuell will er sozusagen volksnah und modern sein.«

»V-V-Volksnah? M-m-modern?« Konrad kaut ein paar Sekunden auf diesen Worten herum, aber er kann sie weder zerbeißen noch ihre Bedeutung erkennen – und er kann dummerweise das Stottern nicht so schnell wieder abstellen. Stattdessen lässt er den scharfen Blick über das Forum schweifen, streift dabei erneut die stetig schrumpfende Gruppe der wichtigen Leute, entdeckt dann in etwa 20 oder 25 Metern Entfernung und damit praktisch mitten auf dem Platz eine zierliche Frau mit dunklen Locken. Sie steht einfach da, eine Sporttasche in der Hand.

Vielleicht ist sie auf dem Weg zu den Turnhallen unterhalb des Mensagebäudes, denkt Konrad, sieht jedoch sofort ein, wie unrealistisch diese Mutmaßung ist. Eine Frau, die bestimmt zwischen 50 und 60 ist, geht wohl kaum am Samstagmittag zusammen mit Studenten in die Turnhalle. Höchstwahrscheinlich finden samstagmittags ohnedies keine Sportkurse oder Trainings statt. Nein, diese Frau verfolgt ein anderes Ziel.

Konrad blickt nun wieder Laarmann an, doch der schaut in diesem Moment – sozusagen – ganz woanders hin. Er hat die Frau gar nicht bemerkt. Konrad sieht sich um, offenbar nimmt niemand die Fremde wahr. Alle sind zu sehr mit sich selbst beschäftigt.

Deshalb sieht außer Konrad niemand, wie die Frau ihre Sporttasche abstellt, wie sie sich bückt, wie sie die Tasche öffnet, einen Umschlag sowie einen Gegenstand herausnimmt, der zu klein ist, als dass Konrad ihn auf diese Entfernung erkennt. Die schlanke Frau legt den Umschlag neben die Tasche, stellt das andere Ding darauf ab.

Konrad kneift die Augen zusammen, um besser sehen zu können. Das hilft tatsächlich, wahrscheinlich erhöht er seine Sehfähigkeit auf den anatomischen Wunderwert von 104 Prozent. Er erkennt, dass es sich bei dem kleineren Gegenstand um einen kleinen Pokal handelt.

Fasziniert und zugleich ängstlich beobachtet Konrad die Frau. Sie zieht sich gerade vorsichtig eine weiße Baseballkappe über den Kopf, greift danach erneut in die Sporttasche.

Konrad mag seinen superscharfen Augen kaum trauen, denn nun hält die Frau wuchtige schwarze Kopfhörer in der Hand, steckt sich diese über die weiße Kappe. Sie sieht nun nicht mehr aus wie eine zierliche Frau mit Locken zwischen 50 und 60, eher wie eine Sportlerin.

Die Sportlerin, Konrad beschließt, sie fortan im Geiste so zu nennen, holt nun erneut etwas aus ihrer Tasche, ein Ding, das entfernt aussieht wie – eine Pistole!

Die Sportlerin betrachtet kurz dieses Ding (Konrad beschließt, es fortan im Geiste vorsichtshalber »Ding« zu nennen), verändert dann ihre Position um etwa 90 Grad. Nun streckt die Sportlerin kurz den rechten Arm um ebenfalls 90 Grad nach vorn. Konrad steckt der Schrei in der Kehle (denn in der rechten Hand hält die Sportlerin das Ding), doch dann senkt sich der Arm der Sportlerin wieder.

Konrad möchte wetten, dass der Arm sich genau um 45 Grad senkt. Doch es ist niemand zum Wetten da. Alle Anwesenden sind beschäftigt.

Laarmann steht neben ihm, er unterhält sich mit Gerda Braun; Konrad hat die Sekretärin überhaupt nicht kommen gehört.

Konrad blickt sich ein weiteres Mal um. Die Situation ist unverändert: Die Sportlerin hält das Ding in der Hand, niemand nimmt Notiz von ihr. Er fragt sich, wo sich die vielen Personenschützer, Polizisten und die Leute des privaten Sicherheitsdienstes gerade aufhalten mögen.

Dann fällt ihm ein, dass ein Teil der Sicherheitskräfte vorhin zusammen mit dem Bundespräsidenten abzog; ein weiterer Teil sichert gerade die Abfahrt der Ministerpräsidentin.

So bleibt niemand übrig, der auf die Sportlerin achten könnte, die dieses Ding in der rechten Hand hält, den Arm um 45 Grad gesenkt.

Die Sportlerin steht dort einfach, sie strahlt – selbst auf die Entfernung von ungefähr 30 Metern – eine unglaubliche Ruhe aus. Sie wirkt in höchstem Maße konzentriert. Und sie scheint zu warten.

Wartet sie womöglich auf ein Kommando?

Konrad fühlt sich wie vor einem Duell in einem Westernfilm. Ein Duell, das er verlieren würde, denn er steht dort im wahrsten Sinne des Wortes wie angewurzelt, kann nicht einmal den Arm heben. Er bringt keinen Ton heraus, kein Stottern.

Er hält auch kein Ding in der Hand.

Zum Glück ignoriert die Sportlerin ihn vollkommen, sie fixiert vielmehr die Gruppe mit dem Rektorat und der verbliebenen Politprominenz.

Wenn die jetzt den Bundestagspräsidenten oder den Bischof erschießen will, denkt Konrad, um Gottes Willen, das muss ich doch verhindern.

Endlich will er irgendetwas tun, etwas rufen, doch dafür ist es nun zu spät.

Genau in diesem Moment kommt in die Gruppe um das Rektorat endlich Bewegung. Die Rektorin zeigt in Richtung der Frau, sie spricht dabei offenbar Winfried Schmitt an, der sich zu der Frau umdreht.

Schmitts Reaktion erkennt Konrad nicht, denn Schmitt wendet ihm den Rücken zu.

Die Sportlerin hält das Ding in der Hand, den Arm schräg nach unten. 45 Grad.

Konrad steht dort weiterhin wie gelähmt.

Genau wie Winfried Schmitt.

Die Leute um ihn herum gehen alle einen Schritt zur Seite.

Konrad nimmt aus den Augenwinkeln eine Bewegung wahr, dreht sich kurz zur Seite. Er erkennt den früheren Personalratsvorsitzenden. Dieser läuft neben einem jüngeren Mann, den Konrad als Winfried Schmitts Sohn zu erkennen glaubt. Der jüngere Mann reißt den Mund auf, ruft etwas.

Es klingt wie »Mutter«.

Alles geschieht nun wie in Zeitlupe. Aus dem Audimax kommen Polizisten, sie greifen nach ihren Waffen.

Konrad sieht, wie die Sportlerin in einer anmutigen Bewegung den rechten Arm hebt.

Exakt 90 Grad.

Dann wird die Stille zerrissen, regelrecht zerfetzt. Innerhalb weniger Sekunden feuert die Sportlerin fünf Schüsse auf Winfried Schmitt ab.

Das Ding ist tatsächlich eine Pistole, denkt Konrad entsetzt.

Winfried Schmitt wird mit jedem Treffer ein Stück weiter nach hinten geschleudert, letztendlich zu Boden geworfen.

Fünf Treffer.

Die Sportlerin lässt den Arm sinken.

45 Grad.

Wieder ein Schuss. Diesmal von anderer Stelle aus abgefeuert. Wahrscheinlich von einem der Polizisten, die gerade aus dem Audimax gestürmt sind.

Die Sportlerin zuckt, ihre beigefarbene Bluse färbt sich in der Brustgegend rot. Sie bleibt einen Moment stehen. Dann lässt sie die Waffe fallen, sinkt zu Boden.

Das Letzte, was Konrad erkennt, bevor er ohnmächtig wird, sind der frühere Personalratschef und sein junger Begleiter, die sich zu der am Boden liegenden Frau bücken.

ENDE

ARNE DESSAUL
Trittbrett-
mörder
Kriminalroman
GMEINER SPANNUNG

„Trittbrettmörder"

Landwirt Hanno fährt beim Pflügen im ehemaligen deutsch-deutschen Grenzgebiet über eine vergessene Landmine. Ein Unfall? Pfarrer Mario wird am Bahnhof Ehrenfeld in Bochum von der S1 erfasst. Selbstmord? Ellens Tod hingegen ist eindeutig ein Verbrechen: Sie wird in ihrer Wolfenbütteler Boutique erstochen.

Drei Tote an drei unterschiedlichen Orten. Niemand würde sich etwas dabei denken. Doch die drei Menschen sind innerhalb weniger Tage ums Leben gekommen – und haben 1989 zusammen auf dem Wolfenbütteler Gymnasium im Schloss Abitur gemacht. Außerdem geht das Sterben der 89er munter weiter.

Kriminalhauptkommissar Helmut Jordan hat alle Hände voll zu tun, um das totale Aus des Jahrgangs zu verhindern. Die Suche nach Verdächtigen und Motiven gestaltet sich höchst kompliziert – und der einfühlsame Witwer Jordan lässt sich, genau wie der Leser, auf einige falsche Fährten locken. Nach 408 ziemlich aufregenden Seiten ist dann alles klar – oder?

Pressestimmen

»Spannender Krimi, clever erzählt.« (WAZ)

»Dessaul verdichtet geschickt die Spannung und entwirrt die Fäden am Ende unerwartet und schlüssig.« (Braunschweiger Zeitung)

»Ein klassischer Wer-war-es-Krimi voller überraschender Wendungen – mit einem sympathischen Protagonisten, der das Zeug zur Kultfigur hat.« (Neue Allgemeine Gesundheitszeitung)

»Trittbrettmörder ist dicht erzählt, nah an den Menschen und hat einen Schluss, von dem man noch länger etwas hat.« (Radio Bochum)

»So ein Klassentreffen kann zu einer blutigen Angelegenheit werden – wenn Arne Dessaul darüber schreibt.« (Halberstädter Volksstimme)

»Ein großes, lebendiges Erzählvermögen und ein geschickt gespannter Spannungsbogen, der ohne blutrünstiges Morden auskommt, lassen die 400 Seiten wie im Flug vorübergehen.« (Vorort Bochum)

ARNE DESSAUL
Bauernjäger
Ein Krimi aus der Provinz
GMEINER SPANNUNG

„Bauernjäger“

„Bauernjäger“ ist – nach „Trittbrettmörder“ – der zweite Fall für das Ermittlerteam um Kriminalhauptkommissar Helmut Jordan. Aufzuklären gilt es einen 40 Jahre alten, ungelösten Mordfall: 1974 wird der Bauer Heinz Schrader in einer verregneten Sommernacht erschlagen. Mittendrin: Helmut Jordan, damals ein blutjunger Malergeselle und unglücklich verliebt. Er findet die Leiche und gerät so ungewollt in die Ermittlungen.
Im Buch wird der Fall aus stetig wechselnden Perspektiven aufgerollt. Mal erinnert sich Helmut Jordan an die dramatischen Tage, mal wird der 1974 ermittelnde Kommissar bei Zeugenbefragungen gezeigt. Außerdem wird die Mordnacht durch die Augen aller Beteiligten beschrieben: Opfer, Täter, Verdächtige, Zeugen.
Die Leserinnen und Leser erhalten so in jedem Kapitel ein neues Puzzleteil – und erfahren schließlich, dass diese Regennacht mehr als nur ein Geheimnis birgt.

Pressestimmen

»Starke Krimikost, gerne mehr davon.« (Ruhr-Nachrichten)
»Auf 400 packenden Seiten beleuchtet Dessaul die Ereignisse aus wechselnden Perspektiven.« (Neue Allgemeine Gesundheitszeitung)
»Endlich hat für die zahlreichen Fans von Helmut Jordan das Warten ein Ende.« (Vorort Bochum)
»Clever gestrickt und ... spannend.« (WAZ)
»Wer Trittbrettmörder mochte, wird bei Bauernjäger ganz sicher auch einen Mordsspaß haben.« (Braunschweiger Zeitung)

ISBN 978-3-7467-5483-3
9 783746 754833 00002
www.epubli.de